Karl Hansmann

»Ein altes Haus packt aus«

»Von Hölzken op Stöcksken«

Karl Hansmann

»Ein altes Haus packt aus«

»Von Hölzken op Stöcksken«

Dat war toffte kurz nachen Kriech in

Steele!

»Steele im Loch - wir
finden dich doch«

Erinnerungen, Erzählungen, Anekdoten & Geschichten aus der Kind- und Jugendzeit der 40er- und 50er-Jahre

Karl Hansmann geb. 1939
Lebte bis 1967 in Steele
Schule + Beruf:
1947 - 1950 Ruhrauschule
1950 - 1957 Realschule Steele
1957/58 Höhere Handelsschule Essen
1958- 1965 Essener Stadt-Anzeiger/
Steeler Zeitung /Sport Beobachter
1965 - 1967 Funk Uhr /
Das Grüne Blatt, Dortmund
1967 - 2002 Mittelbadische Presse/
Offenburger Tageblatt
Seit 1. Februar 2002 i. R.
Verheiratet,
3 Söhne, 3 Schwiegertöchter
4 Enkeltöchter, 2 Enkelsöhne

Herstellung und Verlag:
Books on Demand GmbH, 22848 Norderstedt

Titelseite:
I.C.T. Imaging Creativ Team für Handelswerbung GmbH, 77656 Offenburg

Grafisches Konzept, Gestaltung und Satz:
Dirk Hansmann, 77746 Schutterwald

Lektoriat:
Burkhard Ritter, 77933 Lahr/Schwarzwald

Fotos:
Weigle-Haus, 45128 Essen (6)
Privatbrauerei Jacob Stauder, 45326 Essen (1)
Rest: Familien-Privatarchiv

Erstauflage: Dezember 2004

ISBN 3-8334-2407-9

Inhalt

Vorwort

Alte bzw. älter werdende Menschen neigen dazu, Geschichten aus ihrer Jugend zu erzählen. Und das immer öfter, bis die Jüngeren sagen: »Immer derselbe Quatsch.« Kurz vorher passierte Dinge werden dagegen vergessen. Das Langzeitgedächtnis funktioniert offensichtlich besser als das Kurzzeitgedächtnis.

Meine alten Storys will auch in meiner Familie niemand mehr hören. Egal welche Version ich präsentiere oder welche Varianten ich einbaue. Mit dem sicheren Gefühl, dass es noch reichlich andere Interessenten gibt, habe ich deshalb alles unter dem Motto »Wer`s weiß, wird`s wissen« aufgeschrieben, was ich glaube noch zu wissen. Dabei habe ich mich bemüht, nicht zu dichten. Es droht auch die Gefahr, selbst alles zu vergessen. Um manche Geschichte wäre es schade.

Die ältere Generation soll sich schmunzelnd und nachdenklich erinnern »Weisse noch?«. Ganz toll wäre es, wenn der Nachwuchs aus gewissen Dingen nützliche Erkenntnisse ziehen könnte. Nämlich, dass Not erfinderisch macht, dass man in Notzeiten niemals aufgeben darf, dass man nicht auf die schiefe Bahn geraten soll, dass man Alternativen suchen muss und dass man versuchen soll, Visionen umzusetzen. Aber Visionen ohne Aktionen sind Halluzinationen.

Hier werden keine nachahmenswerten Beispiele aufgezählt. Es sind nur Denkanstöße. Denn: Andere Zeiten - andere Sitten. Hauptsache, die Moral geht nicht in die Binsen.

Steeler oder Steelenser ?

Wäre John F. Kennedy seinerzeit in Steele gewesen, hätte er mit Sicherheit gesagt: »Ich bin ein Steeler«. Na klar - in Berlin hat er ja auch nicht gesagt, er sei ein Berlinser. Es sagt auch niemand, er sei Main- oder Oder-Frankfurtser. In Berlin und Frankfurt liegen die Fälle eigentlich klar. Schwieriger wird es schon in Baden.

Die ersten 28 Jahre meines Lebens lebte ich in Steele. Aus beruflichen Gründen wurde ich danach Wahl-Badener, nicht Badenser. Ich fühle mich jedoch nach wie vor als Steelenser. Nicht nur weil das Wort besser über die Zunge geht und besser im Ohr klingt, sondern grundsätzlich. Auch wenn man sich in der Fremde pudelwohl fühlt, sind Gefühle an die Urheimat oft nicht nachvollziehbar. Das ist nun mal so.

Die Tatsache, dass ich zufällig über Pfingsten 1939 in Dortmund geboren wurde, macht mich noch lange nicht zum Dortmunder. Als Musiker hatte mein Vater über die Feiertage mehrere Auftritte. Um nicht alleine zu sein, fuhr meine hochschwangere Mutter mit ihrer Mutter zur Schwester nach Dortmund. Offensichtlich kam ich etwas früher als erwartet. Deshalb steht zeitlebens im Pass: Geburtsort Dortmund. Genauso gut hätte ich Hamburg geboren werden können; denn einen Tag nach seiner Hochzeit musste meine Vater von Krupp nach Hamburg. Oder gar in Breslau, wohin viele Kruppianer versetzt wurden. Die paar westfälischen Tage zählen für mich nicht. Gezeugt, ausgetragen und aufgewachsen im rheinischen Steele, das ist ausschlaggebend bei Herkunft und Heimatgedanken.

Steeler als Einwohner, was soll denn das? Steelenser - basta! Bei »Steeler Krieger« ist dies wiederum anders - da bekommt man Appetit auf mehr. Apropos Genuss, seit 36 Jahren werde ich fast täglich durch den von der Sonne verwöhnten badischen Wein an Steele erinnert. Warum und weshalb?

Wie das Steeler Wappen weist auch das badische Weinsiegel drei Ringe aus. In der Anordnung identisch: zwei Ringe oben, einer unten. Drei Ringe als Wegbegleiter. Dreiringplatz, vor allem die Dreiringstraße waren in Steele mein Jugendzentrum, dann das Wappen auf der Schulturnhose oder auf dem Trikot und jetzt das Weingütezeichen. Nicht zu vergessen das Firmenzeichen von Krupp. Ebenfalls drei Ringe. Allerdings einer oben und zwei unten. Mein Vater hat nach 40-jähriger Zugehörigkeit als Kruppianer die Ehrennadel mit den drei Ringen erhalten. Na gut, notfalls konnte man sie ja in Steele andersherum anstecken. Dass ich nebenbei auch Essener bin, verrate ich nur bei Erklärungsnot im Ausland.

Steeler Wappen

Krupp

Bad. Weinsiegel

Kurz vor dem 2. Weltkrieg

Die viel besungenen und gepriesenen Goldenen 20er waren gar nicht so toll. Im Gegenteil, es war wohl das miserabelste Jahrzehnt im 20. Jahrhundert. So erzählen die Alten, die immerhin zwei Weltkriege mitgemacht haben. Da hing der Brotkorb wirklich hoch.

Jedoch ließ man die Flügel nicht hängen. Fröhlichkeit bis Ausgelassenheit war angesagt. Neue Operetten und viele, viele neue Schlager kamen heraus. Und ein neuer Tanz kam aus Amerika herüber. Der Gesellschaftstanz der 20er Jahre schlechthin war der Charleston. Benannt nach der Stadt in South Carolina wurde er 1922 erstmals in New York vorgeführt und gilt als Symbol für die »wilden zwanziger Jahre«. Im Viervierteltakt ist er im Prinzip ein sehr flott gespielter, rhythmischer, synkopischer Foxtrot.

Am Operettenhimmel strahlten u.a.:

Eduard Künneke	1921	Der Vetter aus Dingsda Strahlender Mond Ich bin nur ein armer Wandergesell
Franz Lehár	1925	Paganini Niemand liebt dich so wie ich Gern hab` ich die Frau`n geküsst Liebe den Himmel auf Erden
	1927	Der Zarewitsch Wolgalied Einer wird kommen
	1928	Friederike Singspiel Sah ein Knab ein Röslein steh`n O Mädchen mein Mädchen
	1929	Land des Lächens Dein ist mein ganzes Herz Immer nur lächeln
Emmerich Kálmann	1924	Gräfin Mariza Grüß mir mein Wien Komm Zigány

	1926	Zirkusprinzessin Zwei Märchenaugen
Walter Kollo	1923	Marietta Was eine Frau im Frühling träumt

Die Schlager-Revue der 20er Jahre

1920	Bummel-Petrus	Rheinländer
	Salome	Orient. Fox
	Schwiegermutter-Marsch	Marsch
	Seh`n Sie, das ist ein Geschäft	Rheinländer
	Die Holzauktion	Rheinländer
	Whispering	Fox
	Ist denn kein Stuhl da für meine Hulda	Mazurka
1921	Komm mein Schatz, wir trinken ein Likörchen	Rheinländer
	Wenn du meinst, der Mond geht unter	Walzer
	Bist du glücklich mein Schatz?	Fox
1922	In Berlin an der Ecke von der Kaiserallee	Marsch
	*Wonderful one	Walzer
	Beim Souper	Walzer
1924	Tea for two	Fox
	Kölsche Mädche könne bütze	Marsch
	*King Poster Stomp	Blues
	Madonna, du bist schöner als die andern	Slow-Fox
	Ach lieber Schaffner	Rheinländer
	Die Sänger von Finsterwalde	Marsch
1925	Durch Berlin fließt immer noch die Spree	Marsch
	Ja, der Sonnenschein	Fox
	Ich hab das Fräulein Helen baden sehn	Fox
	Ich hab mein Herz in Heidelberg verloren	Marsch
1926	Das Lied vom Angeln	Fox
	So beim Mondschein zu küssen	Walzer
	Am Rüdesheimer Schloss steht eine Linde	Fox
	Zwei rote Rosen	Fox

1927	Ramona, good bye	Fox
	*My blue heaven	Swing-Fox
	Das alte Lied	Langs. Walzer
1928	Sweet Sue - just you	Fox
	Gruß aus Obersalzburg	Marsch
1929	Wer kann dafür	Walzer
	Ja, das haben die Mädchen so gerne	Fox
	Schöner Gigolo	Tango
	Puppchen, du bist mein Augenstern	Marsch

Die Titelauswahl erhebt keinen Anspruch auf Vollständigkeit
* Die ersten Titel von Glenn Miller tauchen auf.

In meinem Notenarchiv kann man sehr wohl Zeitgeist erkennen. Man erkennt, wann die ersten englischen Titel auftauchen und wann sie verschwinden. Man kann die Jahreszahlen ablesen, wann es z.B. Slow-Fox und Engl.Waltz oder wann es Langsamer Foxtrot und Langsamer Walzer hieß.

Was aber haben Melodie und Rhythmus und was haben speziell Noten mit Steele zu tun? Es gab da eine interessante Verbindung zwischen dem Steeler Musik- und Notenverlag Willi Webels und dem Komponisten Eduard Künneke und dessen Tochter Evelyn. Aber darüber an anderer Stelle mehr.

Ende der Zwanziger - 28/29 - fand die große Eingemeindungswelle statt. War Steele ausgeblutet, weil die Kohle abgebaut war? Jedenfalls schluckte die hauptsächlich durch Krupp groß gewordene Stadt Essen eine Vielzahl von bis dato selbstständigen Gemeinden. Dazu gehörten auch Steele und Königsteele. Steele gehörte vorher zum Regierungsbezirk Düsseldorf (Rheinland) und Königsteele wurde von Arnsberg (Westfalen) verwaltet.

Um Dubletten bei den Straßennamen zu vermeiden, wurden im Zuge der Eingemeindung einige Straßenschilder ausgetauscht. Aus der »Berliner Straße« wurde die »Bochumer Straße«, die »Königstraße« hieß fortan »Alte Zeilen« und die »Bachstraße« bekam den passenden Namen »Grendbach«. Die »Hansastraße« hieß früher »Chausseestraße« usw. usw.

Wie tief vor allem die Namen »Bachstraße« und »Königstraße« in den Köpfen der Bürger verankert waren, beweist die Tatsache, dass sie noch Jahrzehnte nach der Eingemeindung im Sprachgebrauch waren. Teilweise sogar bei Kindern, die zur Zeit der Änderungen noch gar nicht auf der Welt waren. Auch ein äußeres Kennzeichen der Betroffenheit über die Entwicklung.

Vor dem Krieg gab es viele jüdische Mitbürger in Steele. Darunter auch einige erfolgreiche Geschäftsleute im Einzelhandel. Blumenthal, Coppel, Koppelberg, Hertz und wie sie alle hießen. Diejenigen unter ihnen, die rechtzeitig erkannten, welche Gefahr ihnen durch das NS-Regime drohte, und über ausreichend Geld verfügten, emigrierten. So auch die Familie Blumenthal, die 1938 in die USA übersiedelte.

Diesem Umstand hatten es meine Eltern zu verdanken, dass sie nach ihrer Heirat 1938 im Herbst eine 3-Zimmer- Wohnung plus Kämmerchen in der zweiten Etage eines Geschäfthauses erhielten. Schöne hohe Räume, das Wohnzimmer mit großer Schiebetür und mit herrlichen Stuckarbeiten an der Decke. Alle drei Fenster zur Bochumer Straße hin. Die Rückseite zur Grendgasse wurde von der Familie Günter Lierse gemietet. Zwei Räume mit großem Balkon. Die gesamte Etage vorher für eine Familie mit Bad eine super Wohnung. Das Bad wurde wegen mangelnder Ablösesumme herausgerissen und anderweitig verkauft; denn der vorherige Wohnungsinhaber brauchte das Geld für die Überfahrt nach Amerika. Toilette für beide Familien einen halben Stock tiefer im Anbau, aber mit Wasserspülung. Postanschrift: Bochumer Straße 15. Eingang: Grendgasse 10.

Die Betonung liegt auf »Geschäftshaus«, weil sich in diesem Hause ein großer Keller mit Heizungsanlage befand, was in den folgenden Kriegsjahren bei den Luftangriffen von großer Bedeutung sein sollte.

Kurz nach der Währungsreform erhielten meine Eltern einen liebevollen Brief der jüdischen Familie aus Amerika. Man habe sich entschlossen, in den Staaten zu bleiben, obwohl man sehr an Steele hänge und hier sehr gern gelebt habe. Die Entwiklung wurde bedauert und man fand es schade, dass man nicht alles mitnehmen konnte. Dann folgte eine genaue Beschreibung der Kellerräume. Man Vater möge doch bitte unter den Kohlen nachschauen, in der und der Ecke müssten noch zwei Kisten Moselwein ihrer Lieblingsmarke stehen. Wenn der Wein getrunken worden sei, wäre das nicht schlimm - wenn noch vorhanden, solle man ihn jetzt trinken. Die Bitte ging dahin, die Lieferantenadresse ausfindig zu machen.

Mein Vater konnte den Wunsch erfüllen. Trotz mehrerer Überschwemmungen waren die Weinkisten aus Holz unversehrt geblieben, und innen befand sich ein noch lesbares Etikett. Wein war allerdings keiner mehr da. Vermutlich wurde er bei den vielen Luftangriffen, als die Hausbewohner im Keller Schutz suchten, als Beruhigungsmittel eingesetzt.

Die Frage, ob man von dem Winzer an der Mosel Provision hätte bekommen könnnen, hat sich nie gestellt. Aber vermutlich sind große Bestellungen aus Amerika dort eingegangen.

Neue Operetten und Singspiele gab es in den 30ern noch einmal »volle Pulle«. War es das letzte Aufbäumen in einer auslaufenden Epoche? Hier einige Beispiele aus dieser Welt der Musik:

Franz Lehár	1930	Schön ist die Welt
Ralph Benatzky	1930	Im weißen Rössel
		Im Salzkammergut
		Es muß was Wunderbares sein,
		von dir geliebt zu werden
		Zuschau`n kann ich nicht (Granichstaedten)
		Mein Liebeslied muss ein Walzer sein (R. Stolz)
Eduard Künneke	1933	Glückliche Reise
		Am Amazonas
	1934	»Die Lodernde Flamme« - Singspiel
		Ich träume mit offenen Augen
	1935	Die große Sünderin
		Immer singt mein Herz deinem Herzen zu
Heinrich Strecker	1933	Ännchen von Tharau
		Folg nur deinem Herz
		Draußen ist Frühling, draußen ist Mai
Paul Abraham	1930	Viktoria und ihr Husar
		Ja so ein Mädel, ungarisches Mädel
		Reich mir zum Abschied noch einmal die Hände
	1938	Die Blume von Hawaii
		Du traumschöne Perle des Südens
		Blume von Hawaii

Theo Mackeben	1937	Die Dubarry Wenn Verliebte bummeln gehen Ich schenk dir mein Herz
Robert Stolz	1932	Singspiel Wenn die kleinen Veilchen blühn
Richard Stauch	1937	Die Tartarin Nimm mich in deine Arme
Fred Raymond	1935	Ball der Nationen Wer sich die Welt mit einem Donnerschlag erobern will Heut scheint die Sonne ins Herz mir hinein Abends wenn die Lichte glühn
	1936	Maske in Blau Die Julischka aus Budapest Schau einer schönen Frau nie zu tief in die Augen / Frühling in San Remo
	1939	Saison in Salzburg Und die Musik spielt dazu Wenn der Toni mit der Vroni Die Perle von Tokay Dulli - öh !
Nico Dostal	1934	Die Vielgeliebte Du nur bist das Glück meines Lwebens Clivia Wunderbar wie ein Wunder war Ich bin verliebt, ich weiß nicht wie mir geschehn Am Manzanares
	1936	Prinzessin Nofretete Fata Morgana
	1937	Monika Heimatlied
	1938	Die ungarische Hochzeit Märchentraum der Liebe

Rudolf Kattnig	1937	Kaiserin Katharina Eine Kaiserin darf keine Liebe kennen Der Prinz von Thula Juble mein Herz
	1939	Balkanliebe Leise erklingen Glocken von Campanile Heimat, mit der Seele grüß ich dich

Interessant entwickelten sich auch der Schlager und die Tanzmusik in den 30er-Jahren noch kurz vor dem Krieg.

Die Schlager-Revue der 30er Jahre

1930	Good bye Blues, Bert Kaempfert	Blues
	Adieu mein kleiner Gardeoffizier	Marsch
	Die ganze Welt ist himmelblau	Fox
	Ich bin die fesche Lola	Fox
	Liebling, mein Herz lässt dich grüßen	Fox
	Mucho mucho	Beguine
	O Donna Clara	Tango
	Zwei Herzen im Dreivierteltakt	Walzer
1931	My Golden Baby	Slow-Fox
	Wenn Sie wieder mal nach Hamburg kommen	Fox
	Eine Nacht in Monte Carlo	Tango
	Es wird in 100 Jahren wieder Frühling sein	Tango
	Das gibt`s nur einmal	Fox
	Das muss ein Stück vom Himmel sein	Walzer
1932	Night and day	Slow-Fox
	Rheinische Lieder	Marsch
	Einmal am Rhein	Walzer
	In der Nacht ist der Mensch nicht gern alleine	Fox
	Das Glöckchen des Erimiten	Potpourri
	Ein armer Fischer	Marsch
1935	Lullaby of Broadway	Fox
	Tango Notturno	Tango
	Die Liebe ist Schuld daran	Walzer

1936	Eine Seefahrt die lustig	Marsch
	Hochzeit beim Kronenwirt	Walzer
	Ich wollt ich wär ein Huhn	Fox
	In München steht ein Hofbräuhaus	Walzer
	Anno dazumal vor vielen Jahren	Tango
	Mondnacht an der Alster	Walzer
	Rheinlandmädel	Marsch
	Wie ein Wunder kam die Liebe	Walzer
1937	Lust`ge Jungs von der Waterkant	Marsch
	Mein Herz sucht eine Königin	Tango
	Schön ist`s bei den Soldaten	Marsch
	Was in den Sternen steht	Tango
	Wenn die Adria träumt	Tango
	Ein Musikant hat Sehnsucht nach der Heimat	Tango
	Einmal muss man leider von der Liebe scheiden	Fox
	Hallo kleine Nachbarin	Fox
	Ich bin nur ein Spielmann	Fox
	Ich liebe dich	Langs. Walzer
	Ich sag zu Ihnen »Sie« schöne Frau	Tango
	Ich tanze mit dir in den Himmel hinein	Langs. Walzer
	Das Liesel vom Bayrischen Wald	Fox
	Die launische Polka	Polka
	Die Liebe ist das Element des Lebens	Paso doble
1938	La Paloma	Tango
	Peter Kreuder Melodien	Fox/Serenade
	Schneemann	Polka
	Sunrise-Serenade /Glenn Miller	Slow-Fox
	A Musi, a Schwipserl, a Maderl dazu	Heurigen Walzer
	Auf den Flügeln bunter Träume	Beguine
	Der Junge an der Reeling	Marsch
	Die Dorfmusik	Ländler
	Einmal von Herzen verliebt sein	Langs. Walzer
	Finster ist die Nacht	Matrosenlied
	Immer wenn ich glücklich bin	Slow-Fox
	Jou-Jou	Langs. Walzer
	Lili Marleen	Slow-Fox

1939	Lass das sein	Tango
	Moonlight-Serenade / Glenn Miller	Blues
	Geschichten aus dem Wiener Wald	Walzer
	Guten Tag liebes Glück	Langs. Walzer
	Ich werde jede Nacht von Ihnen träumen	Slow-Fox
	Ja, der Peter	Fox
	Jede Frau hat ein süßes Geheimnis	Fox
	Adelheid	Fox
	And The Angels Sing / Glenn Miller	Slow-Fox
	Die Mädels aus dem Böhmerwald	Walzer
	Du kannst von mir alles, alles haben	Walzer
	Ein kleines weißes Haus	Slow-Fox

Die Daten stammen aus dem privaten KH-Notenarchiv, sie erheben keinen Anspruch auf Vollständigkeit. Trotzdem fällt auf, dass aus den Jahren 1933/34 kein einziger Titel vorliegt. Die ausländischen Melodien wurden bis zu den olympischen Spielen 1936 stillschweigend geduldet, danach aber nicht mehr gewünscht, oder besser gesagt verboten. In verschiedenen Steeler Tanzlokalen wagten sich Musiker doch, zum Beispiel Glenn Miller zu spielen. Jedenfalls wurde dies von meinem Vater und seinen Musikerkollegen immer wieder erzählt.

Karneval 1928 - man ließ sich für die Noten-Titelblätter etwas einfallen. Die Sütterlin-Schreibschrift konnte noch gelesen werden. Sie war seit 1915 in Deutschland teilweise Schulschrift. Nach dem Krieg bedeutungslos. Meine Eltern konnten die Schrift noch lesen und auch schreiben. Ich nur verschiedene Buchstaben. Zu spät für die »Goldenen Jahre« geboren - aber früh genug, um die »Echten Glanzjahre« des Jahrhunderts zu erleben.

Tanz- und Unterhaltungsmusik in Groß-Steele und Umgebung

Ende der 20er bis Anfang der 50er Jahre

Eine Aufnahme vom 17.9.1933
v.l.n.r.
»Kiki« Müller, Schlagzeug, Trompete und Gesang (Megaphon, leider in den ersten Kriegstagen gefallen.
Karl Hansmann, Klavier u. Akkordeon
Willi Schaffeld, Geige

Eine andere Formation:
Karl Hansmann am Klavier
Bass- und Geigenspieler leider nicht namentlich aufgeführt.

... und in noch größerer Besetzung mit Willi Ripka, Schlagzeug; Heini Schaffeld, 1. Geige; Karl Hansmann, Klavier; Karl Zobel, 2. Geige; Peter Dittgen, Saxophon

Vergnügen während der Musikpausen und posieren für die Werbung

Jeweils in der Bildmitte ist Karl Hansmann sen. zu sehen

Charleston-Stimmung im Wohnzimmer... oder der Fan-Club freut sich auf das nächste Engagement. Links oben meine Eltern Anni Pollmann und Karl Hansmann. Sie waren damals noch nicht verheiratet. Und das waren einige der gängigen Lokale mit ständigen oder sporadischen Tanzveranstaltungen:

Steele: Gartenrestaurant »Thierpark« Steeler Str. bis Ende der 20er
Stadtgarten Saalbau
Central-Cafe Germscheid » CC« Dreiringstraße
Ferd. Grotthoff »Maxim« Kaiser-Wilhelm-Str.
Pfeiffer, Ruhr/Henglerstraße
Scheidt, Ruhrstr./Eickelkamp
Hermannsaal, Westfalenstraße
Saal Schürmann, Krayer Straße
Ewald Heckers, Bochumer Str. Bahnhof Nord
Truschel, Bochumer Straße
Sahrhage, Bochumer Str. Freisenbruch
Overbeck, Bochumer Str. Freisenbruch
Haus Witteler, Bochumer Str. »Ackmannsberg« am Schlackenberg
»Pferdemetzger« Schmidt, Steeler Berg
Steinsiepe-Leunissen, Ahestraße
Spies, Nottenaumskamp
u.v.a.

Umgebung: Vesper, Stattrop, Kuhaupt in Kray; »Zur schönen Aussicht« Altendorf Ruhr; Haus Rose, Dahlhausen; Haus Silva, Überruhr; Hermannshöhe Überruhr; Großheimann Kupferdreh; Hotel Bovensiepen Kupferdreh; Jahn- Haus Hake Langenberg.

Grendgasse 10 - Hier fängt meine Geschichte eigentlich erst an:

Hier wohnten meine Großeltern August und Bernhardine Pollmann. Sie hatten fünf Töchter. In der Mitte meine Mutter. Anna Martha »Anni«, geboren Oktober 1908, die Älteste. Es folgten Anneliese (März 1910), Else (Januar 1912) links im Bild und Wilhelmine »Mimi« (Oktober 1914) und Auguste »Guste« (April 1916) rechts im Bild.

August Wilhelm betrieb mit seinem Bruder Heinrich das bekannte Unternehmen »Hoch- und Tiefbau Gebr. Pollmann«. Opa Pollmann muss sich wohl sehr gegrämt haben, dass kein Sohn zur Welt kam. Nicht ohne Grund wurden seine letzten beiden Töchter Wilhelmine und Auguste genannt.

Anfang des Krieges gaben meine Großeltern das kleine Häuschen in der Grendgasse auf und zogen in die Bochumer Straße 31 a zu Frau Funke. Nachfolger wurde eine Familie Fendel, die später einen Heißmangelbetrieb in der Ruhrstraße betrieb. Mit Sohn Manfred habe ich in den ersten Kriegsjahren gespielt, soweit das überhaupt möglich war. Auf jeden Fall hatte ich Zutritt zum Haus, in dem meine Mutter aufgewachsen war. Auch nach dem Krieg noch, als das Anwesen von der Familie Steinfels bewohnt wurde. Paul Steinfels betrieb eine Kohlenhandlung, weswegen der wunderschön angelegte Garten verschwinden musste.

Der Eingang zu unserer Wohnung in der Bochumer Straße lag in der Grendgasse unmittelbar neben dem beschriebenen Grundstück Grendgasse 10.

Grendgasse 5

Hier saß der zweite Unternehmer der Grendgasse. Direkt gegenüber der Pollmanns lebte die Familie Fahrenthorn. Heinrich Fahrenthorn unterhielt einen Bierverlag und eine Mineralwasser-Fabrikation. Es wurde auch eigene Limonade produziert und abgefüllt. Im Gegensatz zu Opa Pollmann mit fünf Töchtern konnte Heinrich Fahrenthorn »nur« vier Mädchen vorweisen: Elsbeth, Ruth, Maria und Christine »Tini«, die natürlich zum Freundeskreis der Familie zählten.

Das Bild entstand Fronleichnam 1958 und zeigt meine Schwester Ursula mit unserer Cousine Eva Kaiser vor dem Haus Fahrenthorn. Schön zu erkennen die Nostalgiewerbung mit Stauder-Bier.

Die Hausmusik zieht sich wie ein roter Faden durch das Leben unserer Familie von vier Generationen. Auf dem oberen Bild ist meine Mutter (Anni Pollmann) links oben mit ihrer Laute zu erkennen. Als Mädchen war sie lange aktives Mitglied im Mandolinen- und Gitarren-Verein »Eichenkreuz«.
Das untere Bild zeigt meinen Vater (Karl Hansmann) als Zwanzigjährigen an seiner Zither während eines Krankenhausaufenthaltes. Die anderen Patienten sollen nach der Vorstellung sehr spendabel gewesen sein.

Während des Krieges

Geboren am 30. Mai 1939. Ich bin also noch Vorkriegsware - im Gegensatz zu meiner Schwester Ulla, die als Nachkriegskind am 2. August 1946 das Licht der Welt im Steeler Luther-Krankenhaus erblickte. Terminlich gute Planung unserer Eltern oder Zufall? Wir können sie nicht mehr fragen.

Die Dächer aller Krankenhäuser waren ganz groß mit dem Rot-Kreuz-Emblem farblich gekennzeichnet, damit die angreifenden Flieger sie nicht bombardierten. Das konnte man noch lange nach dem Krieg erkennen. Das Lutherhaus hatte außerdem auf der Südseite im Abstand von einem halben Meter eine Schutzmauer bis zum Dach. Meine Mutter lag mit meinem Schwesterlein im Parterre. Kinderbesuch verboten. Zwischen Schutzmauer und Hauswand war so viel Platz, dass ich hindurch schlüpfen, durchs Fenster einsteigen und meine Mutter so doch besuchen konnte. Im Garten waren die Pflaumen reif, und Vater brachte die ersten gepflükkten Früchte mit ins Krankenhaus. Es gab ja sonst so gut wie nichts.

Aber das sind alles nur Kriegsnebenschauplätze, und ich bin in Gedanken schon in der Nachkriegszeit. Den eigentlichen Krieg gegen uns als Zivilbevölkerung habe ich - vor allem was die letzten Jahre betrifft - noch in sehr guter oder besser gesagt in sehr schlechter Erinnerung.

Der Zweite Weltkrieg von 1939 bis 1945 begann laut Lexikon-Eintragung am 1. September 1939 mit dem deutschen Angriff auf Polen. Am 3.9. erklärten daraufhin England und Frankreich den Krieg an Deutschland. Kanada, Neuseeland und Südafrika folgten. Nach der Kapitulation Berlins am 2.5.45 erfolgte die Gesamtkapitulation in Reims am 9.5.45 - das offizielle Kriegsende.

Der Ruhrkessel wurde am 18.4.45 bezwungen, aber bereits am 9.4. marschierten die Amerikaner in Steele ein. Ich war dabei und bin damit Zeitzeuge - mit noch nicht ganz sechs Jahren ein ganz junger.

Zurück zum 30. Mai 1939. Was brachte der Rundfunk - der jetzt ganz stark im Kommen war - worüber berichteten die Zeitungen? Nachfolgend mein Ersttagsstempel und zwei kleine Zeitungs-Ausschnitte:

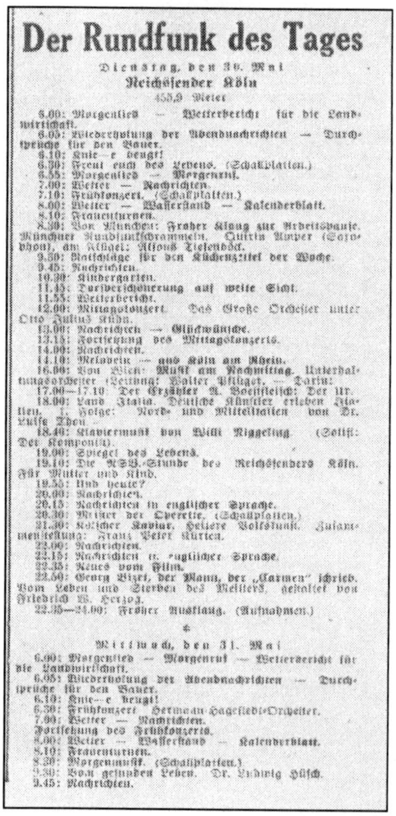

Der Rundfunk des Tages

Dienstag, den 30. Mai
Reichssender Köln
455,9 Meter

6.00: Morgenlied — Wetterbericht für die Landwirtschaft.
6.05: Wiederholung der Abendnachrichten — Durchsprüche für den Bauer.
6.10: Knie—e beugt!
6.30: Freut euch des Lebens. (Schallplatten.)
6.55: Morgenlied — Morgenruf.
7.00: Wetter — Nachrichten.
7.10: Frühkonzert. (Schallplatten.)
8.00: Wetter — Wasserstand — Kalenderblatt.
8.10: Frauenturnen.
8.30: Von München: Froher Klang zur Arbeitspause. Münchner Rundfunkschrammeln. Quirin Amper (Saxophon), am Flügel: Alfons Tiefenbäck.
9.30: Ratschläge für den Küchenzettel der Woche.
9.45: Nachrichten.
10.30: Kindergarten.
11.45: Dorfverschönerung auf weite Sicht.
11.55: Wetterbericht.
12.00: Mittagskonzert. Das Große Orchester unter Otto Julius Kühn.
13.00: Nachrichten — Glückwünsche.
13.15: Fortsetzung des Mittagskonzerts.
14.00: Nachrichten.
14.10: Melodein — aus Köln am Rhein.
16.00: Von Wien: Musik am Nachmittag. Unterhaltungsorchester (Leitung: Walter Pfliiger. — Tarin:
17.00—17.10: Der Erzähler R. Boeitfleisch: Der Ur.
18.00: Land Italia. Deutsche Künstler erleben Italien. 1. Folge: Nord- und Mittelitalien von Dr. Luise Thon.
18.40: Klaviermusik von Willi Niggeling. (Solist: Der Komponist).
19.00: Spiegel des Lebens.
19.10: Die NSV.-Stunde des Reichssenders Köln. Für Mutter und Kind.
19.55: Und heute?
20.00: Nachrichten.
20.15: Nachrichten in englischer Sprache.
20.30: Meister der Operette. (Schallplatten.)
21.30: Kölscher Kaviar. Heitere Volkskunst. Zusammenstellung: Franz Peter Kürten.
22.00: Nachrichten.
22.15: Nachrichten in englischer Sprache.
22.35: Neues vom Film.
22.50: Georg Bizet, der Mann, der „Carmen" schrieb. Vom Leben und Sterben des Meisters, gestaltet von Friedrich W. Herzog.
23.35—24.00: Froher Ausklang. (Aufnahmen.)

*

Mittwoch, den 31. Mai

6.00: Morgenlied — Morgenruf — Wetterbericht für die Landwirtschaft.
6.05: Wiederholung der Abendnachrichten — Durchsprüche für den Bauer.
6.10: Knie—e beugt!
6.30: Frühkonzert. Hermann-Hagestedt-Orchester.
7.00: Wetter — Nachrichten.
Fortsetzung des Frühkonzerts.
8.00: Wetter — Wasserstand — Kalenderblatt.
8.10: Frauenturnen.
8.30: Morgenmusik. (Schallplatten.)
9.30: Vom gesunden Leben. Dr. Ludwig Hüsch.
9.45: Nachrichten.

Übrigens mit großem Sportteil. »Olympische Spiele 1940 im Rundfunk - Gleichzeitig 28 Übertragungen aus dem Stadion in Helsinki«. Die Finnen setzten voll auf das neue Medium. Aber die Spiele fanden wegen des Krieges nicht 1940, sondern erst 1952 dort statt. Die Verbindung zu Steele? Denk ich an Helsinki, denk ich an Friedel Overwien von der Turnvereinigung Steele 1863 e.V., der zur olympischen Kernmannschaft gehörte, und an Edgar Gorgas, den erfolgreichen Boxer des BC Steele, der ebenfalls zum Olympia-Kader in Helsinki zählte.

Tokio hatte am 29. Mai die Teilnahme Japans an den Winterspielen in St. Moritz abgesagt. Ergeben sich die Fragen, ob die Japaner vom Kriegsbeginn schon mehr wussten, ob die Finnen noch dran glaubten, die Olympischen Spiele durchführen zu können oder ob den Deutschen mit der Helsinki-Vorschau eine heile Welt vorgegaukelt werden sollte. Dem Veranstaltungsprogramm nach war die Welt auch scheinbar noch in Ordnung.

Auch Hitler hat das neue Massenmedium erkannt und genutzt. Alle Reden waren wirkungsvoll auf das Radio abgestimmt. Man stelle sich vor, das Fernsehen hätte schon mit hohen Einschaltquoten aufwarten können und man hätte die Propagandareden des Führers, von Goebbels & Co live übertragen, man hätte die Gesichter, die Mimik und die Gestik im Wohnzimmer über sich ergehen lassen müssen. Ob die Massen dann auch so folgsam gewesen wären?

Einzelpreis 15 Rpf.

Ausgabe: A

Düsseldorfer Nachri…en

Düsseldorfer General-Anzeiger

Heute: Westdeutsche Sport Zeitung

Dienstag, den 30. Mai 1939 — Morgen-Ausgabe — 64. Jahrgang – Nr. 265

Die Sowjetregierung läßt sich Zeit

Noch keine Stellungnahme zu den englisch-französischen Vorschlägen — Molotow wird am Mittwoch über die schwebenden außenpolitischen Fragen sprechen

Großer Sport an den Pfingsttagen

Prinzregent Paul in Berlin

Vorweg: Meine Eltern waren nicht in der Partei. Mein Vater wurde wegen seiner Diabetes nicht eingezogen. Er arbeitete bei KRUPP im Fotolabor und war nebenberuflich Musiker, nach dem Krieg sogar hauptberuflich; da war nach der englischen Demontage bei KRUPP nichts mehr los. Zunächst gab es noch körperlich schwierige Aufräumungsarbeiten in der »Rotte«. Zur Arbeit und nach Hause musste er laufen, erschwert durch die vielen Trümmer. Der kürzeste und schnellste Weg war über die Bahngleise (Bahnhof Essen-West, Essen Hbf, Bahnhof Steele West). Einmal wurde er auf dem Heimweg auf der Höhe des »Eickenscheider Busch« von ehemaligen russischen und polnischen Zwangsarbeitern überfallen. Bis auf die Unterhose wurde ihm alles geraubt. Wobei die restlichen Butterbrote (Hasenbrote) aus damaliger Sicht wertvoller waren als das Erbstück, eine schöne Taschenuhr.

Ein Weiterarbeiten bei KRUPP war ihm nach diesem Zwischenfall nicht mehr möglich. Erst 1952 konnte er dort wieder anfangen. Die alten Jahre wurde angerechnet, so dass er seine 40 Jahre doch noch vollmachen konnte. Zwischendurch, wie gesagt, freiberuflich und nach der Währungsreform zur Überbrückung bei

Wisthoff Schichtarbeit auf der Glashütte in Steele mit körperlicher Schwerstarbeit.

Wenn man Geschichten aus früher Kindzeit erzählt, glaubt man fest daran, alles wirklich so erlebt zu haben. Oft bildet man sich dies jedoch nur ein, weil die Geschichten in der Familie immer und immer wieder erzählt wurden. Das echte Erinnerungsvermögen geht bei dem einen weiter und bei dem anderen weniger weit zurück. Ich glaube, dass ich noch ein paar Begebenheiten aus der Zeit unter zwei Jahre im Gedächtnis habe. Mit zunehmenden Alter werden es immer mehr Geschichten und Begebenheiten. Sei`s drum - die Deutung und Bedeutung der Dinge findet sowieso erst viel später statt.

Meine Oma mütterlicherseits starb 1946 kurz nachdem meine Schwester geboren wurde. Da gibt es überhaupt keine Erinnerungsprobleme. Ihr Mann, mein Opa Pollmann, verstarb bereits 1941. Ich kann mich erinnern, dass meine Mutter und ich ihn kurz vorher im Knappschafts-Krankenhaus besucht haben. Zu Fuß von der Grendgasse aus. Zuvor hat meine Mutter mir in der Hansastraße im Spielwarengeschäft ein kleines blau-rotes Nachziehwägelchen mit vier Rädern gekauft. Im Krankenhaus hat mir mein Opa dann einen Pfirsich geschenkt. Es muss also Pfirsichzeit gewesen sein, und ich war demnach zwei Jahre alt.

Einen Opa Hansmann konnte ich nicht kennen lernen, denn dieser ist bereits 1934 lange vor meiner Geburt gestorben. Aber Oma Hansmann vom Hellweg habe ich noch intensiv erlebt, bevor sie am 14. September 1942 verstarb. Jeden Sonntagmorgen besuchte mein Vater sie und seine Schwester Alwine in der elterlichen Wohnung. Auch weil sein Klavier noch dort stand und er gelegentlich Übungsstunden einlegen musste. Ich war schon dabei, als ich noch gar nicht laufen konnte, während meine Mutter den Sonntagsbraten vorbereitete. Die Oma nahm mich regelmäßig auf den Schoß und sang mir lustige Kinderlieder auf Plattdeutsch vor. Ich wäre stolz, wenn ich diese Lieder heute noch kennen würde - leider sind sie wie weggeblasen. Vermutlich weil man sie sonst auch nirgendwo mehr hören konnte.

Es existiert auch ein Foto meiner Oma mit mir an der Hand, als ich gerade anfing zu laufen. Vielleicht bilde ich mir auch deshalb ein, noch alles aus der Zeit zu wissen. Jedenfalls wurde Weihnachten 1941 bei uns in der Bochumer Straße gefeiert. Besser gesagt: Heilig Abend, da gab es einen Gänsebraten -für lange, lange Jahre der letzte - mit Oma und Tante Alwine, Vaters Schwester. Der Gänsebraten war damals für mich noch nicht so interessant. Wohl aber das Weihnachtsgeschenk:

eine Kindersitzgarnitur, bestehend aus einem Kindertisch mit Schublade (wichtig!), einer Sitzbank für zwei Kinder und einem Kinderstühlchen. Diese Garnitur hat lange Jahre gehalten und vielen Kindern Freude bereitet - und damit auch mir. Später stand sie in unserer Gartenlaube, so dass auch meine Schwester mit ihren Spielgefährtinnen noch ihre Freude daran hatte.

Von einem geschmückten Tannenbaum zu Hause weiß ich aus diesen Tagen nichts. Die erste Erinnerung an einen solchen resultiert aus den Bunker-»Besuchen« am Pass. Hier erinnere ich mich an einen großen, bunt geschmückten und beleuchteten Weihnachtsbaum. Mein Vater hatte mich auf dem Arm tragend extra durch die Menschenmenge gedrängt, um mir den zu zeigen. Ansonsten ist mein Vater nicht immer mit uns in den Bunker gestürmt, wenn Fliegeralarm war. Er zog es oft vor, weiterzuschlafen. Das war kein besseres Erkennen einer Gefahrlosigkeit, das war purer Leichtsinn. Und außerdem auch rücksichtslos gegenüber meiner Mutter. So musste sie vielmals mit mir und ihrem kleinen Köfferchen mit den wichtigsten Papieren loszuckeln.

Natürlich war mein Vater darauf bedacht, dass ich als Kleinkind meine Nachtruhe bekam. Im eigenen Hauskeller stand sogar ein Kinderbett für mich. Je nach Alarmstufe suchten die Familien den eigenen Hauskeller auf, begaben sich in einen nahe gelegenen Luftschutzkeller oder suchten den Bunker auf. Wer von beiden Elternteilen in Sachen Bunkerrennen Recht hatte, möchte ich nicht beurteilen. Gott sei Dank ist keinem etwas passiert.

Das kurzfristige Glücksgefühl durch den Tannenbaum ist natürlich ein schwaches Trostpflaster für die schrecklichen Dinge, die im Laufe der Kriegsjahre passierten. Man möchte gern diese Erinnerungsgedanken einfach auslöschen. Das geht aber trotz aller Bemühungen nicht - manche Dinge sollten oder müssen aber vielleicht auch im Sinne einer mahnenden Erinnerung im Gedächtnis bleiben und weitergegeben werden.

Es ist im Nachhinein viel geschrieben worden über den Krieg, über seine Ursachen und über seine Folgen. Es gibt Statistiken noch und nöcher - wie viele Bomben auf Steele gefallen sind, wie viele Häuser zerstört wurden, wie viele Tote es gegeben hat usw. usw.

Wie aber haben die in Steele verbliebenen, nicht evakurierten Kinder das alles erlebt? Und vor allem, wie haben sie es verarbeitet? Hat die Zeit alles verdrängt? Vieles mit Sicherheit. Aber es gibt bestimmte Dinge, die kommen in gewissen Situationen immer wieder hoch. Da ist zum Beispiel die Angst vor mangelnden oder besetzten Toiletten. Sei es im Bus, im Zug, im Flieger, im Gasthaus oder im Wald bei einer Wanderung. »Wo ist das nächste Klo?« lautet die innere Horrorfrage. Manchmal war es schon bis zum Zielort zu spät. Kann man drüber lachen, wenn man nicht betroffen ist? Oder aus irgendeinem Grund heult irgendwo eine Sirene - es kommt zwar selten vor, aber dann kann ich an nichts mehr anderes denken als an herannahende Flieger. Kürzlich bin ich von Straßburg nach Brüssel geflogen. Beim Anblick der Propeller-Maschine habe ich mir noch nichts gedacht, obwohl ich sonst immer nur gedüst bin. Erst als die Motoren ansprangen, die Propeller sich drehten, drehte sich bei mir auch alles. Ich hatte nach so vielen Jahren wieder die Bomber im Ohr. Düsenjets lösen diese Wirkung bei mir nicht aus, sie gab es damals noch nicht. Es sind die zwei- und viermotorigen Propellermaschinen, die gelegentlich noch zu hören sind. Wenn bei Veranstaltungen Laserstrahlen als Werbeffekt in den Himmel geschickt werden, denke ich an die nächtlichen Scheinwerfer, die für die Flak (Flugzeugabwehr-Kanone) die feindlichen Flieger zum Abschuss sichtbar machten, während wir zum Bunker rannten.

Der Krieg in Steele im Zeitraffer:

1940 Nach mehrjährigen Bauarbeiten wird der Großbunker unter dem Laurentiusberg fertiggestellt. Fassungsvermögen: 3000 Personen.

1941 Beim ersten Luftangriff wird das Postamt in Steele-Horst zerstört. Drei Tote.

1942 Luftangriffe auf Horst-Eiberg am 2.6., Eligiushöhe und Knappschafts-Krankenhaus am 17.6. sowie Schultenweg und Mecklenbeck am 24.7.

1943 Vermehrte Luftangriffe auf Steele. Wolfskuhle, Steinhagen, Henglerplatz, Horst, Krimm und wieder Knappschafts-Krankenhaus. Am 17.5. wird die Staumauer der Möhnetalsperre getroffen.

1944 Am 23.10. zerstört eine Luftmine Alt-Steele.

1945 Am 9.4. rücken die Amerikaner in Steele ein. Die Ruhrbrücken werden von deutschen Einheiten gesprengt.

Diese kleine Statistik - entnommen dem wunderschönen Buch von Fritz W. Deger »Unvergessenes Steele« - könnte auf den ersten Blick die Ereignisse verharmlosen. Es war aber nicht mit ein paar Treffern bei den Angriffen getan; denn sonst sei`s noch » Gott gelobt, trompetet und gepfiffen« . Es steht auch an anderer Stelle des Buches, es kam viel schlimmer als man geahnt hatte.

Die Vorbereitungen wie Fertigstellen von Bunkern, Luftschutzkellern, Einrichtung von Wasserreservoiren (Löschteichen), Luftschutzübungen, Probealarmen, Verdunkelungsaktionen und später das Verteilen von Gasmasken ließen nicht ahnen, was passieren würde.

Gerade an die »Löschteiche« kann ich mich gut erinnern. Im Wisthoff-Park am Villenweg war z.B. so einer. Sie erinnerten so ein bisschen an die Klärbecken in den Ruhrwiesen. Allerdings waren sie quadratisch und nur ca. 20-30 Meter in den Seitenabmessungen. Die Seitenbefestigung sah so schräg aus wie eine Radrennbahn. Und gerade die Schräge hatte mich wohl - etwa dreijährig - beim sonntäglichen Spaziergang mit meinem Vater gereizt hinunter zu rutschen. Vater hatte einen Gesprächspartner getroffen und ich hatte mich wie so oft wieder einmal selbstständig gemacht. Als Vater mich entdeckte, war er fürbaß erschrocken und erzürnt. »Junge, Junge, was machst du denn dort nur? Du kannst doch gar nicht schwimmen. Wenn du abrutscht, musst du ertrinken. Komm, gib mir schnell deine Hand, damit ich doch hochziehen kann«, lautete sein eher besorgter als schimpfender Kommentar. »Aber Papa, das ist doch überhaupt nicht schlimm. Du hast mir doch selbst erzählt, dass alle kleinen Kinder vom Storch aus dem Teich geholt werden« war meine durch falsche Aufklärung unbekümmerte Antwort.

Weitere Bassins waren zwischen Steeler Straße und Laurentiusweg hinter der Gärtnerei Schmitz und in der Westfalenstraße in Richtung Schwimmverein. Aber da bin ich dann nirgendwo mehr reingeklettert. Ich weiß bis heute nicht, wie tief die Teiche waren.

Auch die zu einem späteren Zeitpunkt eingerichteten Versorgungsdepots hätten ein Warnzeichen auf bevorstehende Engpässe sein können, aber die meisten Menschen haben das gar nicht richtig registriert. Diese Depots waren hauptsächlich in Turnhallen eingerichtet - so auch in der Dreiringstraße in der Halle der Turnvereinigung Steele von 1863. Gehortet wurden einigermaßen haltbare Lebensmittel wie Mehl, Zucker, Trockenmilch, Ölsardinen, Konserven usw., aber auch Erste-Hilfe-Artikel oder Seife, Bürsten, Bimsteine, Schwämme, Schmirgelpapier oder Werkzeuge wie

Hammer, Zange, Schraubenzieher. Fast alle Dinge, die man nicht mehr kaufen konnte.

Es war in den ersten Kriegsjahren beileibe nicht so, dass überall die panische Angst ausgebrochen wäre. Als Kleinkind konnte man sogar noch auf der Straße spielen, und man fand manchen Alarm sogar als spannende Abwechslung. Das hat sich natürlich mit zunehmendem Alter und grauenvollem Fortschreiten des Krieges gravierend geändert.

Es gab auch noch die Steeler Kirmes. Traditionell im Mai und im Oktober. Laut Aussage meiner Mutter muss das ja früher ganz toll gewesen sein. Die Attraktionen, Fahrgeschäfte und Schaubuden zogen sich von Steele-West bis Steele-Süd durch den ganzen Ort. Für Mutter war die »Rollende Tonne« wohl das Größte. Ich kannte damals nur den Grendplatz als Kirmesplatz, aber schon sehr, sehr früh.

Mit zehn Monaten soll ich schon sehr gut laufen gekonnt haben und noch knapp zwei Jahre alt, schon das Weglaufen. Das erste Ziel: Kirmes! Von der Grendgasse bis zum Grendplatz war es ja nicht weit. Was den damaligen schwachen Straßenverkehr anging weiter auch nicht gefährlich für Kleinkinder. Erst später als der Fliegeralarm einsetzte, wurde es für solche Eskapaden brenzlig.

Offensichtlich wurde ich auch während meines kurzen Kirmesausflugs nicht groß vermisst. Voller Begeisterung kam ich freiwillig zurück: » Mama, Mama komm mit - schön, schön und eine schöne Frau auf Karussell. Muss ich dir zeigen. Komm sofort mit, bitte, bitte!« Die Quälerei muss so schlimm gewesen sein, dass meine Mutter den Kittel auszog und mit mir zum Grendplatz ging. Ich führte sie schnurstracks auf Scheidtmann`s Kinderkarussell, einer anerkannten Attraktion, zu. Aber nicht die hüpfenden Pferdchen, die sich schnell drehenden Kaffeemühlen auf dem Karussell oder die große Orgel mit beweglichen Figuren und schmissiger Musik hatten mich fasziniert. Nein, es war die Chefin des Fahrgeschäfts mit auffallend gelber Bluse. Meine Mutter hat sich vor lauter Lachen bald nicht mehr eingekriegt. Gelb, meine Lieblingsfarbe bis heute. Ein paar meiner Enkel bevorzugen diese Farbe auch. Ob so was wohl auch erblich ist?

Wie gesagt, Anfang des Krieges konnte man als Kind noch auf der Straße spielen. Wenn ich raus durfte, war ich meistens direkt vor der Haustür. Im ehemaligen Domizil meiner Großeltern August und Bernhardine Pollmann wohnte, wie erwähnt, jetzt die Familie Fendel. Deren Sohn Manfred war etwa gleichaltrig. Mit ihm habe ich oft auf der Terrasse gespielt.

Städtische Kinderspielplätze - ein Fremdwort. Wir hatten aber trotzdem unseren idyllischen Platz zum Spielen. Genau in der Hälfte der Grendgasse stand das Haus Nr. 1. Die Steffens, Terbracks und Lindners wohnten dort. Um ihre Toillette benutzen zu können, mussten sie um ihr Haus herum. Auf diesem Weg befand sich ein kleiner Berg, besser gesagt ein Bergsken mit einem Hinterhofausgang der Häuser »Alte Zeilen«. Hier wohnte Erwin Klauwer, der ein Jahr älter und damit auch schon vernünftiger war als ich.

Eines schönen Morgens war die Hinterhoftür an diesem Bergsken geöffnet. Erwin kam heraus und brachte seine Eisenbahn mit breitspurigen Schienen und einer aufdrehbaren Lok mit nach draußen. Ich durfte mitspielen -ganz allein mit ihm. Plötzlich heulten die Sirenen auf. Ich war so vertieft und verliebt in die Eisenbahn, dass ich auf den Alarm gar nicht achtete, obwohl meine Eltern mir immer wieder eingebläut hatten aufzupassen. Erwin jedenfalls riss die Schienen auseinander, schmiss sie mit samt der Eisenbahnwaggons in den Hinterhof und behielt nur die Lok in seinen Händen. Ich wunderte mich nur und war überrascht, dass Erwin so barsch war. Er schrie mich an: » Karlchen, Karlchen, mach datt du wekkomms, ich happ Angst!« Da bekam ich es auch mit der Angst zu tun und rannte um die Ecke. 50 Meter weiter stand meine Mutter - Vater musste ja arbeiten - und schnappte mich. Nach weiteren 50 Metern war die Sparkasse in der Dreiringstraße erreicht. Hier gab es einen ausgebauten, also offiziellen Luftschutzraum. Wie ernst die Lage an diesem Morgen tatsächlich war, vermag ich heute nicht mehr einzuschätzen.

Ansonsten gibt es aus dem Kriegsszenario »Spielkiste« nicht allzu viel zu berichten. Natürlich hatte ich mir auch eine Eisenbahn gewünscht. Stattdessen bekam ich ein Schaukelpferd, was gar nicht so übel war. Das schärfste Spielzeug war aber ein Steckenpferd. Nicht bekannt? Das ist ein Besenstiel, der einen selbst geschnitzten Pferdekopf aus Holz aufgenagelt bekam, mit einem kurzen Stück Holz quer durchgezogen, um das Ding halten zu können. Den Stiel durch die eigenen Beine gezogen, den Pferdekopf vor sich gehalten, konnte man stundenlang durch die Wohnung traben. Toll. Ein Hexenbesen ist ein Dreck dagegen. Aber aufsitzen zum Mitreiten wollte kaum jemand.

Zwei Tiere gab es, an denen ich sehr gehangen und ihnen später auch sehr nachgetrauert habe. Da war zum einen ein beweglicher Dackel aus Holz. Beweglich, weil er auf vier Rädern stand und hinter sich hergezogen werden konnte und beweglich, weil er gegliedert war. Der Rumpf war steif, aber mit dem Kopf und mit dem Schwanz konnte er wackeln. Ein richtiger Wackel-Dackel. Zum anderen gab es da ein kleines Schäfchen aus Stoff mit einer Mäh-Stimme. Im Laufe der Zeit war dieses Schmuseschäfchen, das im Bett zum Einschlafen, im Keller und im Bunker zum Trösten immer dabei war, total verdreckt und musste gebadet werden. Dabei hat Mäh-Mäh-Lotte ihre Stimme für immer verloren. Da sind bei mir über längere Zeit einige Tränen geflossen.

Der absolute Hammer aber war ein von meinem Vater selbst gebastelter Lkw. Den hatte ich mir gewünscht, wobei ich natürlich einige Vorstellungen im Detail hatte. Was dabei herauskam, stufte ich als einen einfachen Hauklotz ein. Das darauf aufgepflanzte kleinere Stück Holz, war wahrscheinlich als Kühler gedacht. Darunter befanden sich vier unbewegliche Räder. Kein Führerhaus, kein Lenkrad, keine erkennbare Ladefläche. Ich habe diesen »Wagen« immer neben dem Kohleschoss beim Küchenherd geparkt, als wollte ich sagen: »Brennholz gehört in den Ofen«. Aus heutiger Sicht würde ich sagen, dass die Enttäuschung bei meinem Vater ob dieser Resonanz größer war als meine eigene.

Eine Aufnahme aus dem Jahre 1940. In unserem Garten am Hellweg blüht noch nichts - danach müsste es Anfang März gewesen sein. Ich war da etwa 10 Monate alt. Oma Hansmann hielt mich besorgt fest. Neben der Musik hatte Vater als zweites Hobby das Fotografieren. Leider hat er gelegentlich vergessen, die genauen Daten zu notieren.

Apropos Spielkameraden. Im Haus selbst spielte sich da nicht viel ab. In der ersten Etage wohnte Familie Schlösser, Leonhard und seine Frau Rosa eine geborene Wilsenack, die Inhaberin des Weißwaren-Geschäfts »Geschwister Wilsenack«. Deren Kinder Hardy und Ingrid waren für mich zu alt.

In der zweiten Etage hatte sich neben uns auf dem gleichen Korridor Günther Lierse und seine Frau Christine geb. Schmitz von der Gärtnerei in der Steeler Straße und dem Blumengeschäft in der Bochumer Straße eingemietet. Mutters Schwester, Tante Guste, wollte hier mit ihrem Mann Jakob ebenfalls einziehen. »Köbes« Kaiser wurde früh eingezogen. Aber obwohl sie mit Helmut (1936) und Norbert (1938) schon zwei Kinder hatten - Anneliese kam erst 1942 dazu und Eva erst nach dem Krieg, bekamen sie den Zuschlag für die Wohnung nicht und mussten sich in der vierten Etage mit der zweiräumigen Dachwohnung begnügen. Sie zogen später dann auch um zur Oma Pollmann in die Bochumer Str. 31 a.

Frau Lierse hatte eine Schwangerschaft vorgegeben, was aber ein Irrtum gewesen sein muss; denn Wolfgang kam erst im Februar 1942 zur Welt und seine Schwester Christel folgte erst 1947. Günther Lierse war eingezogen und in Italien im Einsatz. Jedenfalls lernte ich die Famlie Lierse erst nach dem Krieg kennen. Die Wohnung war zwar von ihnen total eingerichtet, aber darin gewohnt hat eine ältere Dame, die wir nur Oma Kuscheidt nannten. Wolfgang war in den Kriegsjahren bei seiner Oma Lierse im Rott in der Bewerungestraße. Frau Lierse war entweder dort oder bei ihren Eltern in der Gärtnerei. Nach dem Krieg musste Oma Kuscheidt erst rausgedrängt werden - sie zog bei Liskes, der Schmiede in der Dreiringstraße ein , um selbst einziehen zu können. Ähnliche Schicksale hatten viele Familien, die evakuiert waren. Als sie zurückkamen waren ihre Wohnungen besetzt, obwohl ihre Möbel drinstanden.

Also in der ersten und zweiten Etage war während des Krieges niemand, mit dem ich hätte spielen können. Und in der dritten Etage auch nicht. Direkt über uns wohnte Hermann Mücher mit seiner Frau und seinem Sohn Hans-Willi und seiner Mutter - für uns Oma Mücher. Hans-Willi hätte vom Alter her mein Vater sein können. Nicht ganz so alt war Friedhelm Uhrig, der mit seiner Mutter über der Wohnung von Lierse wohnte. Der Vater muss wohl früh gefallen sein.

Blieben also nur meine Cousins Helmut und Norbert. Sie kamen mal runter, ich ging gelegentlich rauf. Viel lief da nicht, sie sind ja dann auch weggezogen bzw. vorher evakuiert worden.

Was lernen wir daraus? Wer keine Freunde im Haus hat, muss sie sich woanders suchen! Wenn nicht gerade Bomben fallen oder Hochwasser droht.

Nach dem Krieg sollte sich die Kindersituation in Bochumer Straße 15 jedoch grundlegend ändern.

Weihnachten 1939 - *kleine Feierstunde in der Bochumer Straße bei Hansmann. Das Bild zeigt in der hinteren Reihe von links: Mit der Geige Onkel Jakob »Köbes« Kaiser und seine Frau Guste. Daneben ihre Schwester, Tante Else. Ihr Mann Willi Becker, mein Patenonkel war schon eingezogen. Er ist leider 1943 als Kradmelder in Serbien von Partisanen erschossen worden. Die Geburt seines zweiten Kindes mit Namen Wilma im Mai d.J. hat er nicht mehr erlebt.*

Untere Reihe: Mit der Laute meiner Mutter Hans-Willi Mücher. Sein Vater Hermann war bereits eingezogen und seine Mutter muss wohl dieses Bild geschossen haben. Aber Oma Mücher ist dabei. Daneben Mutter Anni und Vater Karl Hansmann mit dem Akkordeon.

Es war wohl für lange Zeit die letzte harmonische, einigermaßen friedfertige Weihnachtsfeier. Auffällig, dass keine Kinder dabei sind.

Natürlich habe ich mich immer riesig gefreut, wenn Kinderbesuch angesagt wurde. Besonders spaßig war es, wenn Tante Else kam und ihren Sohn Guido, meinen gleichaltrigen Cousin, mitbrachte. Neugierig lief ich ins Treppenhaus, wenn es geklingelt hatte, um nachzuschauen wer da wohl kommt. Aufgeregt eilte ich zur Küche zurück: »Mama, Mama, Kühe kommen die Treppe herauf!« Das Wort »Guido« (Gido) konnte ich noch nicht aussprechen.

Solange es ging, machte mein Vater Sonntag morgens einen Spaziergang. Da waren auch oft andere Kinder dabei. Verwandte, Nachbarn, alle die zur Verfügung standen und Lust hatten. Es gibt auch noch einige Fotos aus diesen ersten Jahren des Krieges.

Frühjahr 1941: *Drei Cousins im Garten am Hellweg. Guido Becker (geb. 6. 3. 39) Günther Schäfer (5.2.37) und Karlchen Hansmann (30.5.39)*

Gegenüber, in der Bochumer Straße 16, wohnte die befreundete Familie Josef »Jupp« und »Friedchen« Bocks. Wir besuchten sie und sie uns. Wir konnten praktisch gleich hoch wohnend von Fenster Hausnummer 15 zu Fenster Hausnummer 16 Blickkontakte pflegen. Jedenfalls erinnere ich mich, dass es beim Metzgermeister immer gut zu »spachteln« gab. Ende 1942 hatte Jupp Bocks zu sich eingeladen. Luftlinie nur 20 Meter, zu Fuß aber erst die Grendgasse raus, über die Dreiringstraße in die Bochumer Straße. Keine Meilenroute, aber im Krieg konnte es zu einem Gewaltmarsch mit Hindernissen kommen. Onkel Jakob hatte zum Jahresende kurzen Heimaturlaub, so dass Kaisers auch mit zu dieser improvisierten Silvester-Party gehen konnten.

Meine Eltern nahmen mich mit, und ich sollte bei den Bocks-Kindern Horst und Franz-Josef schlafen. Onkel Jakob und Tante Guste ließen Helmut, Norbert und das Baby Anneliese zu Hause. Es war ja nicht weit weg, dachten sie. Und prompt kam überraschender Fliegeralarm. Es blieb keine Zeit mehr, um nach Haus zu laufen. Ab in den Keller von Bocks. Nach der Entwarnung bei den Eltern natürlich kein Gedanke mehr ans Feiern. So schnell wie möglich zurück in die eigenen vier Wände. Vor unserer Korridortür eine kurze Verabschiedung; denn Onkel Jakob und Tante Guste mussten ja noch in die vierte Etage.

Es dauerte gar nicht lange, da kam Tante Guste wieder heruntergerannt, laut um Hilfe schreiend. Was war passiert? Eine Brandbombe war durch das dünne Flachdach unseres Hauses in die Wohnstube gedrungen, durch das Ledersofa abgefedert und zwischen Tisch und Sofa stecken geblieben. Gott sei Dank, nicht explodiert; denn sonst wären die drei im Nebenzimmer schlafenden Kinder unweigerlich verloren gewesen. Das ganze Haus wurde alarmiert. Auch ein Feuerwehrmann kam zur Begutachtung. Zuerst wurden die Kinder vorsichtig herausgetragen, immer darauf bedacht, dass bloß nichts vibriert, was den Zünder der Bombe aktivieren könnte. Die gesamte Familie Kaiser zog zu uns runter in die zweite Etage, auf dem großen Flur wurde ein Notquartier eingerichtet. Vor lauter Angst konnte wohl keiner mehr richtig schlafen.

Am nächsten Morgen kam der Oberbrandmeister wie versprochen mit einigen Helfern. Die Bombe wurde nicht in der Wohnung entschärft, sondern erst vorsichtig nach draußen getragen. Bei diesem gefährlichen Manöver mussten alle Hausbewohner natürlich das Haus verlassen. Noch mal Glück gehabt. Das Dach wurde geflickt, und die Familie konnte wieder einziehen. Nicht für lange. Vermutlich hat dieser Zwischenfall den Ausschlag für eine baldige Evakuierung gegeben.

September 1942: Horst Bocks (Jg. 36) und dessen Bruder Franz-Josef »Männlein« Bocks (Jg.38) nehmen Karlchen in die Mitte. Der dritte Bocks-Junge Helmut wurde erst nach dem Krieg geboren.

Das Foto wurde auf dem ev. Friedhof in Freisenbruch geschossen - einer der Zielorte sonntäglicher Spaziergänge.

Von schlimmen Kinderkrankheiten bin ich verschont geblieben. Die Masern hatte ich aber doch. Ich muss so zwei bis drei Jahre alt gewesen sein und saß am helllichten Tag in der Küche auf dem Nachttöpfchen. Meine Mutter stand vor dem Küchenherd. Ohne Vorwarnung gab es plötzlich eine Detonation mit einer starken Druckwelle. Alle Fensterscheiben fielen raus, und ich wurde samt Nachttopf unter den Spülstein geschleudert. Meine Mutter stürzte auch zu Boden. Es ist uns außer dem Schreck weiter nichts passiert. Aber das Haus des Eisenwarengeschäfts Röltgen, Bochumer Str. 12, war total zerstört. Bombeneinschlag! Ob es da Tote gegeben hat, weiß ich nicht; ich konnte es auch nirgendwo nachlesen.

Ich erinnere mich gut an die unfreiwillige Rutschpartie mit dem Nachttopf. Sie wurde auch immer wieder von meinen Eltern erzählt. So unter dem Motto »Über Emden und Leer mit dem Pisspott übers Meer«. Ein Spruch der in Bezug auf die beiden Städte während der späteren Hamsterzeit noch an Bedeutung gewinnen sollte.

Offiziell gab es die ersten Todesopfer in Steele bei einem Luftangriff am 9. Januar 1941. In Steele-Horst fielen der Postmeister Günnewig, seine Frau und deren Tochter dem Angriff zum Opfer, als das Haus in der »Briefzeile 4« von einer Bombe getroffen wurde. Erst 1943 und in den darauf folgenden Jahren mehrten sich die Angriffe. Schlimmes Beispiel: Am 23. September 1944 fielen in Steele 72 Sprengbomben. Das bedeutet jedoch nicht, dass es dazwischen ruhig und friedlich war.

Es gab reichlich genug Alarm, der uns je nach Stärke zwang, den Hauskeller, den benachbarten Luftschutzkeller in der Sparkasse oder den Bunker am Pass aufzusuchen. Jedenfalls hatten meine Eltern für mich im Hauskeller ein eisernes Kinderbett aufgestellt. Man musste ja oft stundenlang dort ausharren. Und anfangs meist nachts.

Unser Keller hatte den Vorteil, dass sich dort eine Zentralheizung befand, die die Geschäfte im Parterre mit Wärme versorgte. Von dieser Wärme profitierten die Schutzsuchenden. Allerdings gab es in diesem Keller auch einen gewaltigen Nachteil. Das war der Grendbach oder ein kleiner Teil, der nach der Kanalisierung noch sichtbar war, wenn auch durch Gitterplatten abgedeckt. Der Grendbach, nach dem die Straßen »Grendgasse« und »Grendbach« sowie der »Grendplatz« ihren Namen haben, entspringt im ehemaligen König-Steele, fließt kanalisiert über den Ruhrbruchshof zwischen Kaiser-Wilhelm-Staße und Bochumer Straße, wo er jedoch teilweise noch sichtbar war, weiter Richtung Grendgasse, Grendbach und mündet auf Kosslers Wiese hinter dem Schwimmverein in die Ruhr.

Diese »Köttelbecke« in unserem Keller hatte ihre Tücken und konnte zur Gefahr werden. Dann nämlich, wenn das Wasser anstieg, nicht etwa wegen flüchtender Ratten. Das Wasser stieg nicht erst nach der Sprengung der Möhnetal-Sperre an; immer wenn es in der Nachbarschaft einen Bombentrichter gab und eine Wasserleitung getroffen wurde, ging der Kampf ums Überleben los. Vor dem drohenden Wasser flüchteten alle Hausbewohner die Kellertreppe hinauf, d.h. sie wollten es. Aber von oben drängten die ersten Personen zurück, weil von oben die Bomben fielen, das Feuer tobte. Die Schreie und verzweifelten Hilferufe waren schrecklich Von unten Wasser, von oben Feuer - wo ist der Ausweg? Wie durch ein Wunder ist bei uns bei diesen heiklen Szenen niemand umgekommen. Oft gab es auch beherzte Leute, die sich auf die Straße wagten und Kanaldeckel abdeckten, damit das Wasser schneller ablaufen konnte. Sie verhinderten mutig Schlimmeres.

Wie gesagt, nicht nur die direkten Luftangriffe versetzten uns in Angst und Schrecken. Schlimm war auch der Angriff auf Bochum zu spüren. Die Motorengeräusche der sich drohend nähernden oder uns überfliegenden Bombergeschwader waren unheimlich und zermürbend.

Trotzdem - zwischendurch wurde auch etwas unternommen. Manchmal nahm mich meine Mutter mit, wenn mein Vater am Wochenende einen Musikauftritt hatte. So auch einmal nach Dahlhausen. Wir fuhren zusammen mit Vater und anderen Musikern der Kapelle und deren Anhang von Steele-Süd nach Dahlhausen. Überraschend gab es Alarm. Die Lichter im Zug gingen aus. Verdunkelung war überall angesagt. Mit einiger Verspätung kamen wir am Zielort an. Mit schlotternden Knien, sagte Mutter später.

Aber auch Reisen wurden unternommen. Nach dem Tod von Oma Hansmann fuhren wir 1942 nach Bevern bei Holzminden, um Verwandte zu besuchen. Vaters und seiner Schwester Alwines Cousine Berta, verheiratete Ohm, wohnte dort mit ihrem Mann Willi und Sohn Karlheinz. Opa Hansmann und seine Vorfahren stammten aus dem Weserbergland. Die Reise fing schon mit Turbulenzen an. Vater wollte für die Fahrt einen Schoppen Schnaps mitnehmen. Dieser Schoppen war keine gewöhnliche Flasche, sondern ein Glasauto. Im leeren Zustand hatte ich immer gern damit gespielt, auch wenn ich nicht durfte. Diese Originalität fiel runter und zerbarst. Ich weinte wegen des Autos, und Vater trauerte dem Schnaps nach. Vom herzlichen Empfang auf dem Lande weiß ich nichts mehr. Wohl kann ich mich an einen Ausflug in ein Gartenrestaurant erinnern. Die Eltern und Tanten saßen gemütlich in der Gaststube und ich spielt mit Karlheinz, dem Sohn von Tante Berta im Garten. Gänse kannte ich bis dato nicht. Sie sahen eigentlich alle gleich aus und schnatterten lautstark. Eine muss mich wohl besonders ins Auge gefasst haben. Sie scherte aus dem Gänsemarsch aus und kam forsch auf mich zu. Ich drehte mich um und rannte schnell weg, um bei den Eltern Schutz zu suchen. Die Gans war schnelller, biss mich in den Allerwertesten und verfolgte mich sogar bis in die Gaststube. Erst der Wirt konnte sie schnappen und hinausbefördern. Eine ganze andere Art von Krieg. Heute mag ich Gänse wieder - am liebsten die Martinsgänse. Der Gegenbesuch der Beverner in Steele ließ 20 Jahre auf sich warten.

So wechselten traurige und lustige Episoden im Leben eines Kriegskindes. Vieles bleibt dauerhaft in Erinnerung, aber die Zusammenhänge werden einem erst viel später klar.

Immer wenn Vater sich von mir abends am Kinderbett mit Küsschen verabschiedete, fragte ich neugierig nach dem Wohin. »Papa muss arbeiten, Papa muss Musik machen, Papa muss Geld verdienen« war in der Regel die Antwort. Musik kam ja nur am Wochenende in Frage. Ich konnte zwar noch nicht die einzelnen Wochentage unterscheiden, wusste aber genau, ob die Aussage stimmte oder faul war. Mit Pomade im Haar ging er zum Spielen, ohne nicht. So einfach war das. Weitergebohrt erhielt ich die Antwort: »Papa will eben dem Churchill ein Glas Bier schicken, damit es bald Frieden gibt. Churchill soll wissen: Das Ruhrrevier trinkt Stauder-Bier«. Diese Churchill-Zapfstelle war gegenüber im Gasthof »Schützenhof« Truschel (später Monschau), dem Vereinslokal des Box-Clubs »BC Steele« und des Schützenvereins »Lützow«. Das war nicht weit, und er konnte notfalls bei Alarm schnell wieder nach Hause. Trotzdem Quatsch!

Vater hat öfter versucht, mich zu verkohlen. Meist bin ich ihm auf die Schliche gekommen. Wahrscheinlich war dies auch seine Zielsetzung. Einmal suchte ich verzweifelt nach einem selbst gemalten Bild. Weg, futschikato. Im Kohlenschoss habe ich das Bild dann total verschmiert wiedergefunden. Der beschuldigte Vater wollte die Tat noch abstreiten. Aber ich konnte ihm beweisen, dass er mit seinem Pfeifenreinigungsdocht das Ganze verursacht hatte.

Wenn bei Einbruch der Dunkelheit für die Nacht Verdunkelung angesagt wurde - und das war zum Schluss generell so, sahen die Häuser und Straßen gespenstisch aus. Aber wir mussten ja zum Bunker durch die Dunkelheit, dabei durfte noch nicht einmal eine Taschenlampe angemacht werden. Die feindlichen Flieger sollten schließlich keine Ziele ausmachen können. Weil absolute Dunkelheit vorherrschte, setzten die Engländer so genannte »Christbäume« an den Himmel, um ihn zu erleuchten. Diese Phosphorbomben sanken hernieder und gaben den Kampffliegern bessere Sicht. Am Boden liegende Reste verursachten lange nach den Angriffen vor allem bei spielenden Kindern verheerende Phosphorverbrennungen.

Diese Ereignisse und die sich mehrenden Zerstörungen - im Ruhrpott war die Hölle los - haben bei vielen Familien den Entschluss zur Evakuierung beschleunigt. Die Väter an der Front, wenn nicht gar schon gefallen, und die Mütter hilflos, sich und ihre Kinder zu schützen. Was sollte man da tun?

Mein Vater war gegen eine Evakuierung, er ging ja noch nicht einmal immer mit in den Bunker und blieb allein zu Hause. Aber unsere Verwandten waren die letzten zwei oder etwas mehr Jahre weg. Die Familien Schäfer und Kaiser waren in

Rosbach bei Waldbreitbach an der Wied. Das heißt Tante Guste mit Helmut, Norbert und Anneliese und Tante Mimi mit Günther und Jürgen. Familie Becker, Tante Else mit Guido und Wilma verschlug es für kurze Zeit nach Bierstedt, Kreis Salzwedel. Und meine damals noch kinderlose Patentante Anneliese hatte mit ihrem Mann, dem hanseatischen Kaufmann Kurt Vietense, nach Zwischenstationen in Dortmund und Hamm ein großes Bekleidungshaus in Danzig eröffnet.

Im Juni 1944 durfte oder musste ich als Fünfjähriger für zwei Wochen an die Wied zu meinen Verwandten. Ob mit oder ohne Zustimmung meines Vaters weiß ich nicht. Der fast achtjährige Helmut und der siebenjährige Günther gingen dort schon zur Schule. Der sechsjährige Norbert stand vor der Einschulung. Jürgen und Anneliese waren noch zu klein.

Luftangriffe gab es hier keine. Wir Kinder konnten auf dem Bauernhof und in der Umgebung unbekümmert spielen. Die Tanten mussten auf dem Feld mithelfen. Deshalb wurde nur sonntags zu Hause gekocht. Ansonsten gab es für alle Kinder aus der Umgebung ein Gemeinschaftsessen im Saal der umfunktionierten »Wiedperle«. Hatte ich zu Hause schon Probleme mit dem Essen - hier erst recht. Aber es herrschten strenge Sitten. Wer nicht aufgegessen hatte, durfte nicht aufstehen und mit den anderen Kindern spielen. Die Lektion habe ich schnell gelernt. Fortan habe ich die ganze Zeit gut durchgegessen. Bis zu dem Sonntag als mich meine Mutter abholte. Es war Spargelzeit und die Tanten hatten zum Empfang meiner Mutter für Sonntag was ganz Feines vorbereitet. Ich habe gestreikt und aus lauter Enttäuschung, schon wieder geholt zu werden, fürchterlich geplärrt.

Geheult habe ich zwischendurch auch. Vor Angst zum Beispiel auf der Hängebrücke über der Wied. Als ich endlich den Mut gefasst hatte, die Seil-Brücke überhaupt zu betreten, brachten die anderen Kinder diese ins Schwingen und lachten mich aus, weil ich so verängstigt war, eventuell abzustürzen. Weniger Angst hatte ich, als ein Bulle, der sich im Stall losgerissen hatte, durch das Dorf tobte. Ich hatte da keine Gefahr erkannt und fand es mehr lustig, dass erwachsene Leute vor einem Tier davonrannten.

Ein Jahr später, im April/Mai, sollte ich mit meiner Mutter zu meiner Tante nach Danzig. Vetter Helmut war auch schon dort gewesen. Diese Reise hat mein Vater jedoch zu verhindern gewusst. Aus späterer Sicht zu Recht. Wenn wir beim Zusammenbruch in Danzig gewesen wären, hätten wir uns wahrscheinlich dem Flüchtlingsstrom nach Westen anschließen müssen. Ob wir das wohl überlebt hätten? Tante Anneliese und Onkel Kurt konnten sich jedenfalls bis Magdeburg durchschlagen. Immer der Meinung, das sei westlich genug. Kurz nach dem Krieg eröffneten sie dort einen HO-Laden.

Aber auch wenn ich bei Kriegsende noch in Waldbreitbach gewesen wäre, hätte ich Pech gehabt. Tante Mimi und Tante Guste haben sich bei Kriegsende mit ihren Kindern zu Fuß auf den Weg gemacht, um wieder von der Wied an die Ruhr zu gelangen. Sie haben es nach drei Wochen geschafft. Das wurde auch höchste Zeit, denn sonst wären ihre Wohnungen samt Einrichtungen von Fremden ge- und benutzt worden.

Indes spitzte sich der Krieg zu. Landläufig war später immer die Frage: »War dein Vater im Krieg?« Die Antwort konnte nur JA oder NEIN lauten. Vielleicht auch aus irgendwelchen Gründen WEISS NICHT. Gemeint war der Frontkrieg. Aber die Zeiten, dass Kriege ausschließlich auf dem Schlachtfeld ausgetragen wurden, waren längst vorbei. Krieg war überall. In der Heimat manchmal schlimmer und länger als an der Front. Man darf nichts beschönigen oder verniedlichen. Aber wer direkt zu Beginn des Krieges beim Afrikafeldzug gefangen genommen und nach Kalifornien auf die Baumwollfelder verbannt wurde, hatte mit Sicherheit ein bessseres Schicksal, als der derjenige, der von Stalingrad nach Sibirien verschleppt wurde.

Zurück zum Bombenterror in der Heimat. Die Angst vor den Jabos und Stukas wuchs und versetzte die Leute in Panik. (Jabo = Jagdbomber; Stuka = Sturzkampfflieger) Die Stukas, auch Tiefflieger genannt, flogen so tief, dass man manchmal den Piloten in der Kanzel sehen konnte. Ich habe so einen Tiefflieger auf dem Grendplatz gesehen. Der Pilot oder besser gesagt der Schütze hatte mich wohl als Kind erkannt und verschont. Ansonsten kam es vor, dass Stukas über die Bunkereingänge flogen und in die sich drängelnde Menschenmenge schossen. Es war angebracht, frühzeitig in den Bunker zu kommen. Oft kam aber der Alarm zu spät.

Einmal war es zu spät für den Bunker am Pass. Meine Mutter schnappte mich und ihr Köfferchen - mit den wichtigsten Papieren ein ständiger Begleiter - und wollte in den Sparkassenkeller. Am Ausgang der Grendgasse, zwischen den Kammer-Lichtspielen und dem Zigarrenhaus Rennecken war ein neuer Bombentrichter bereits mit Wasser gefüllt. Wir konnten die Dreiringstraße zum Rathaus nicht überqueren. Das Dumme dabei war, dass meine etwas kurzsichtige Mutter den Trichter in der Dunkelheit gar nicht erkannt hatte. Anscheinend konnte ich damals noch hervorragend sehen, denn ich hielt meine Mutter an der Hand zerrend vor der Gefahr zurück. Dann schrie auch ein Mann von der gegenüberliegenden Seite: »Zurück, zurück, hier können sie nicht durch!« Also sind wir zurück nach Hause. Vater lag noch im Bett und hatte wohl im Nachhinein ein schlechtes Gewissen, als er von dem Bombentrichter hörte. Gedacht, nicht ausgesprochen hat er vermutlich: »Seht ihr, hättet ihr bloß auf mich gehört und wärt bei mir geblieben.«

Später hörten wir, dass der Bunkereingang am Pass total von Menschen verstopft war. Es ging nicht mehr vorwärts oder rückwärts. Und der zweite Eingang wurde zerbombt. Er befand sich unmittelbar neben der Laurentiuskirche. Praktisch ein steiler Treppenabgang, mit einem kleinen Betongewölbe überdacht. Hier war auch kein Rauskommen mehr. Teilweise sind die Leute durch die Luftschächte im Pfarrgarten oder der Schule entronnen.

Auch mit meinem Vater zusammen war mir das Schicksal kurz vor Kriegsende einmal hold. Wir wollten im März 1945 spazieren gehen bis das Mittagessen fertig war. Ziel war die Ruhr. Über den Grendplatz, durch die Ruhrstraße, über den Ruhrdamm bis zum Schwimmverein, über die Bahnlinie und zurück über die Westfalenstraße zum Grendpaltz, zur Grendgasse. An der Haustür hat uns Herr Mücher, der aus dem Keller kam, aufgehalten. Er verwickelte Vater in ein Gespräch über die Kriegsentwicklung und dergleichen. Für mich natürlich uninteressant und langweilig. Den Vater am Ärmel zupfend, drängte ich gewaltig auf die Fortsetzung unseres geplanten kleinen Ausflugs.

Plötzlich lautstarke Explosionen mit gewaltigen Detonationen. So heftig, dass wir alle drei von der Haustüre zwei Meter weiter Richtung Keller geschleudert wurden. Es gab keinen Fliegeralarm. Also, was war denn nun wieder passiert? Auf dem Hinterhof der Post am Grendplatz war ein großer Transporter mit Hänger, voll beladen mit Granaten und Minen zwischengelagert. Der Feind muss davon gewusst haben; denn sonst hätten Stukas diese gefährliche Ladung nicht so gezielt beschossen, getroffen und zur Explosion gebracht.

Die Dauer der Unterhaltung mit dem Nachbarn und die Zeit, die wir für den Weg bis zur Post benötigt hätten, stimmen überein. Herr Mücher hat uns vor dem Fegefeuer an der Post bewahrt.

Wenn man einen flachen Kieselstein geschickt über eine offenes Gewässer wirft, setzt dieser mehrmals hüpfend auf, bevor er versinkt. Als Kinder nannten wir dieses Spiel »Butterfletschen«. Dieses Prinzip haben sich die Engländer zunutze gemacht, um die Möhnetalsperre - das Trinkwasser-Reservoir des Ruhrgebiets - zu sprengen. Ein Kampfflieger sollte eine Bombe flach auf das Wasser des Stausees aufsetzten, damit diese hüpfend die Sperrmauer erreicht und beim Aufprall zündet.

In der Nacht vom 16. zum 17. Mai 1943 hat es geklappt. Ein englischer Kampfflieger, der namentlich bekannt ist, hat das Kunststück fertig gebracht, eine Sperrmauer zur zertrümmern. Nach Kenntnis der Ausmaße dieser Katastrophe soll er später halb verrückt geworden sein. Und die Ausmaße waren schlimm. Sie sind viel beschrieben und sicher genügend geschildert worden, können aber doch nicht oft genug in Erinnerung gerufen werden.

Wir lagen im Fenster und beobachteten die Situation. Kähne schipperten durch die Bochumer Straße. Hilfskolonnen riefen Warnungen aus. Das Hochwasser sollte bis zur zweiten Etage, in der wir ja wohnten, steigen. Es ging alles wahnsinnig schnell. Keller konnten nicht mehr geräumt werden. Wie auch? Die Geschäftsleute hatten keine Chance, ihre Waren aus den Parterreläden zu retten. Wir planten eine Evakuierung zu Tante Alwine am Hellweg. Es kam nicht soweit.

Das Treppengeländer in unserem Haus endete im Hausflur an einem schönen, geschnitzten Holzmast. Der war etwa 1,50 Meter hoch. Die beiden obersten Kugelköpfe schauten noch 20 cm heraus. So hoch, und gottlob nicht höher, stieg das Wasser. Das bedeutet, in der leicht bergauf führenden Dreiringstraße erreichte das Wasser fast den Markt, den Kaiser-Wilhelm-Platz. Alles, was zwischen »Alte Zeilen« und der Ruhr lag, war überflutet.

Die schlimmsten Erinnerungen stammen aus dem Herbst 1944. Am 23. Oktober zerstörte eine Luftmine Alt-Steele. Obwohl es vorher, am 23. September, einen schwereren Angriff gegeben hatte, bei dem nachts 72 Sprengbomben auf Steele fielen, die rund 500 Häuser mit über 1600 Wohnungen zerstörten bzw. stark beschädigten und obwohl der Abend des 18. November bei dem Angriff auf den Bahnhof Steele-West mit 36 Toten die größte Zahl der Opfer zu verzeichnen hatte, bleibt mir das Großfeuer in Alt-Steele in schlimmster Erinnerung. Und das kam so:

Es gab wieder Fliegeralarm. Bevor wir uns in den Luftschutzkeller oder in den Bunker begeben konnten, flogen uns die Splitter schon in der Wohnung um die Ohren. Die meisten Fensterscheiben waren sowieso schon raus, Ersatz gab es nicht mehr, und die Fenster wurden einfach mit Brettern zugenagelt. Die restlichen Scheiben mussten an diesem besagten 23. September dran glauben. Glas- und Holzsplitter demolierten nicht nur den Kleiderschrank. Vater und Mutter beschlossen auszuziehen. Entweder zu Tante Alwine in die Wohnung oder notfalls in die benachbarte Gartenlaube am Hellweg. Mit ein paar schon bereit stehenden Brettern nagelte Vater die restlichen Fenster zu, und ab ging`s zum Hellweg. Sollte es gehen! Das Wie war schrecklich, aber in der Wohnung konnten wir nicht mehr bleiben.

Den nächsten Weg über die Dreiringstraße zum Marktplatz konnten wir nicht einschlagen, denn der obere Ausgang der Grendgasse war gesperrt. Bombentrichter mit Wasser gefüllt!

Also ging es nur durch den unteren Ausgang der Grendgasse die Hansastraße hoch. Ab der Einmündung »Alte Zeilen« war fast Ende. Hand in Hand sind wir an der Hauswand entlang schleichend zum Kaiser-Otto-Platz gelangt, obwohl man uns mehrfach zurückschicken wollte. Das brennende Alt-Steele kann man keinem erklären, der es nicht gesehen hat. Im Hintergrund die Silhouette der ebenfalls zerstörten Laurentiuskirche, gespenstisch angestrahlt von dem riesigen Feuer. Dazu die ausstrahlende Hitze. Unheimlich und kaum zu beschreiben.

Es dauerte ein paar Tage, bis wir wieder in unsere Wohnung zurückkonnten. Vater ging zwischenzeitlich immer wieder zur Kontrolle hin. Lange hing die Frage im Raum, was wohl aus den armen Leuten geworden ist, z. B. aus Schuhmacher Karl Jüngst und seiner Familie, der seine Werkstatt dort betrieb und den wir oft aufgesucht hatten. Nachrichten sickerten zunächst sehr spärlich durch. Die Familie hat überlebt und war eine der ersten, die nach dem Krieg wieder aufgemacht hat - unmittelbar an der hohen Mauer vor der Laurentiuskirche. Der Flachbau musste aber bald wieder weichen, und der Umzug der Schuhmacherei in die Humanstraße war perfekt.

Im Februar 1945 gab es nochmals mehrere schwere Angriffe auf Steele, wobei u.a. das Rathaus am Henglerplatz in die Luft flog.

Im März wurde dann das Ruhrgebiet durch ein millionenfach abgeworfenes Flugblatt von Eisenhower offiziell zur Kampfzone erklärt. Die Gesamtbevölkerung wurde aufgefordert, das Gebiet sofort zu verlassen, was nicht geschah, obwohl die NSDAP Vorbereitung zur Umsiedlung getroffen hatte. Erstmals, dass die Bevölke-

rung der Partei nicht gehorchte. Vorher soll es noch andere gezielte Flugblätter von Churchill zur Demoralisierung gegeben haben. »Steele im Loch - wir finden dich doch« - war dies eine Warnung oder eine frohe Botschaft zur Befreiung oder ist es nur eine Legende? Vielleicht war der Spruch nach der Währungsreform auch dem Einzelhandel dienlich. Steele musste sich dem Sog der Einkaufsstadt Essen mit den Lichterwochen entziehen. Es liegt doch nahe:
»Essen im Licht - wir suchen dich nicht«, aber »Steele im Loch - wir finden dich doch«. Sorry, aber dieses Licht soll beileibe nicht an die brennenden Häuserfackeln des Krieges erinnern. Das wäre ja schrecklich. Nein, man sollte dabei symbolisch mehr an die aufgehende Sonne, an Wiederauferstehung wie Phönix aus Schutt und Asche denken.

Ein paar Tage bevor die Amerikaner am 9. April von Kray kommend in Steele einrückten, war ich mit meinem Vater wieder einmal im Garten. Den Hellweg hinunterkommend mussten wir durch die Bahnunterführung der Strecke Steele-West/Steele-Nord, um über den »Steeler Berg« nach Hause zu kommen. Das war fast nicht mehr möglich. Widerstandskämpfer der Heimatfront waren dabei, den kleinen Tunnel mit dicken Holzbalken zu verstreben. Sinn und Zweck der Übung war, die avisierten amerikanischen Panzer aufzuhalten. Ein naives Unterfangen, genauso blöd, wie alle Ruhrbrücken zu sprengen. Die Panzer haben die Holzbalken dann zerbrochen, als seien es Streichhölzer.

Durch den Widerstand wurde Steele vom 8. auf den 9. April kurz zu einem Grenzgebiet. Eine undurchsichtige Situation, die Artelleriebeschuss zufolge hatte. Trauriges Ergebnis: 86 Bürger waren tot, als die Amerikaner um 12 Uhr mittags einrückten.

Es gab eine Menge Bürger, die den Amerikanern zujubelten. Viele fragten sich auch, ob das Ende des Krieges nicht ein paar Jahre früher hätte kommen können. Oder noch besser, er hätte gar nicht erst angefangen.

Ein Bild habe ich noch deutlich vor Augen. Die amerikanischen Panzer wollten vom Marktplatz her die Dreiringstraße hinunterrollen. Plötzlich ein Stopp. Eine kleine nicht feindlich gesonnene Gruppe von Bürgern aus der Nachbarschaft war die Ursache. Irgendwie wurde verdolmetscht, dass sich in der Nachbarschaft in der Turnhalle ein großes Depot mit lebenswichtigen Artikeln befinde. Die Amis gaben ihre Erlaubnis für eine begrenzte Plünderung von zwei Stunden.

Wir waren auch dabei. Man konnte von der Dreiringstraße aus durch die kleine schmale Gasse zwischen Feinkost Baukelmann und Liskes Schmiede zur Turnhalle gelangen. Vater war in der Halle und sammelte, was er erhaschen konnte. Mutter und ich erwarteten die Ware. Aber nicht etwa in der schmalen Gasse im Gedränge, vielmehr auf dem Sparkassenhof, auf dem sich eine Art Bauhof befand. Vom Seitenausgang der Turnhalle konnte Vater die »Eroberungen« über eine Mauer zu uns hinüberreichen.

Die prall gefüllte Turnhalle war in weniger als zwei Stunden leer. Die Soldaten grinsten nur, und ein paar farbige verteilten sogar Schokolade an die Kinder.

Wir brachten ein paar schöne Sachen mit nach Hause, die den ersten Nachkriegstag zu einem glücklichen werden ließen. Trockenmilch, Zucker, Puderzucker, Salz, Butter. Ölsardinen, Trockenobst waren dabei. Auch einige nützliche Gegenstände wie Hammer, Meißel, Zange oder Schwämme, Seife, Waschlappen. Dinge die eigentlich nicht zum Mundraub zählen. Deshalb ehrlich gefragt: »Muss ich meinen Vater jetzt als Dieb und meine Mutter als Hehlerin ansehen?« Genauso ehrlich geantwortet, ist es mir auch jetzt egal. Aus der damaligen Situation heraus ist das Handeln (mit Besetzergenehmigung) erklärbar und auch verständlich. Andere Depots in den Turnhallen der Schulen wurden ebenso kurzfristig ausgeräumt, um nicht zu sagen geplündert.

Und dies tat sich auf dem Sektor der Unterhaltung während der Kriegsjahre:

Am Operettenhimmel wurde es zwar noch nicht düster, aber es war doch nicht mehr ganz so stürmisch in der Entwicklung, was nicht unmittelbar nur mit dem Krieg, sondern auch mit der allgemeinen Entwicklung zu tun hatte. Weg von der Operette - hin zum Musical. Ein paar Beispiele der Neuerscheinungen:

Rudolf Kattnig	1940	Balkanliebe
		Heimat, mit der Seele grüß ich dich
Ludwig Schmidseder	1940	Frauen im Metropol
		Komm doch in meine Arme
Nico Dostal	1941	Die Flucht ins Glück
		Das soll der schönste Walzer sein
		eines Herzens brennende Sehnsucht
Friedrich Schröder	1942	Hochzeit im Paradies

Ein Glück, das man sich so verlieben kann

Dann war eigentlich Pause, bis Eduard Künneke 1949 »Hochzeit mit Erika« präsentierte.

Die Schlagerwelle lief weiter. Das Lied »Du hast Glück bei den Frau`n, bel ami« wurde oft parodiert und umgetextet. Man sang: »Du hast Glück bei der Flak, Erna Sack«. Erna Sack (1898-1972), deutsche Koloratursopranistin in Opern, Konzerten und Filmen. Was sie mit der Flak zu tun hatte, bleibt der Fantasie des Betrachters überlassen. Ich weiß darüber nichts.

Zarah Leander, schwedische Filmschauspielerin (»Es war eine rauschende Ballnacht«) und Sängerin (1907-81) mit Bühnentätigkeit in Deutschland von 1936-42, danach wieder in Schweden, und Marlene Dietrich (eigentlich Maria-Magdalena von Losch, geb. 1901), deutsch-amerikanische Filmschauspielerin (»Der blaue Engel«) und Sängerin - Gegnerin des Nationalsozialismus waren als Stars in aller Munde.

Der inzwischen zum Volkslied gewordene Schlager »Lili Marleen«, gesungen von Lale Andersen, war der absolute »Hammer«. Heute würde man »Mega-Hit« sagen. Norbert Schultze vertonte 1938 das Gedicht von Hans Leip aus dem Ersten Weltkrieg. Das Lied wurde die inoffizielle Hymne der Soldaten an sämtlichen Fronten. Schultze war schon vorher ein bekannter Komponist und Texter. Da seine Arbeiten politisch inspiriert waren, untersagten ihm die Alliierten nach Kriegsende weitere Arbeiten. 1948 fing er jedoch wieder an.

Der Unterhaltungssender, für den Schultze das Lied schrieb, wollte es zunächst nicht senden. Goebbels wollte einen Marsch daraus machen und Lale Andersen (geb. 1905 in Lehe/Bremerhaven als Eulalia Bunnenberg, gestorben 1972 in Wien) wollte es zunächst gar nicht singen. Kurz vor dem Krieg machte sie doch eine Aufnahme und verkaufte 700 Kopien. Erst 1941 strahlte das deutsche Heer die »Lili Marleen« bis zum Afrika-Korps aus und bewirkte damit den Durchbruch. Wegen seines »unheilvollen Charakters« wurde das Lied im Großdeutschen Reich alsbald verboten, was seine Verbreitung jedoch nicht verhindern konnte.

Nach der deutschen Besetzung Jugoslawiens wurde in Belgrad ein Nachrichtensender erstellt. Am 18. August 1941 lief die Lale-Andersen-Version erstmals über Radio Belgrad und wurde auch beim Afrika-Korps empfangen. Auf besonderen

Wunsch von Feldmarschall Rommel wurde das Lied ins Programm aufgenommen und zur Erkennungsmelodie des Senders, täglich um 21.55 Uhr, kurz vor Sendeschluss. Auch die Alliierten hörten es, und das Lied war nicht mehr zu bremsen und wurde zur Lieblingsmelodie aller Soldaten, gleich welcher Nationalität oder Sprache. Es soll in 48 Sprachen übersetzt worden sein.

Gefragt, warum das Lied so populär wurde, antwortete Lale Andersen: »Kann der Wind erklären, warum er zum Sturm wurde?«

Auszüge der Schlager-Revue von 1940 bis 1945.

1940	Abends in der Taverne	Foxtrot
	Alo-ahe	Foxtrot
	Am Montag fängt die Woche an	Foxtrot
	Chianti-Lied	Tarantella
	Die kleine Stadt will schlafen gehen	Slow-Fox
	Einen Walzer für dich und für mich	Langsamer Walzer
	Für eine Nacht voller Seligkeit	Foxtrot
	Ich sehn mich so nach dir zurück	Tango
	Junger Mann im Frühling	Foxtrot
	Kleines Haus in der Heimat	Foxtrot
	Komm doch in meine Arme	Slow-Fox
	Mach dir keine Sorgen Liebling	Foxtrot
	Mein Schiffermann vom Rhein	Walzer
	Pennsylvenia 6-5000 /Glenn Miller	Swing-Fox
	Tanz der bösen Buben	Foxtrot
	Unsere Marine	Marsch
	Weekend	Foxtrot
	Weine nicht Mütterlein	Langs. Walzer
	Wenn das Schifferklavier an Bord ertönt	Marsch
	Wir lagen vor Madagaskar	Marsch
	Wir sind alle Kameraden	Marsch
1941	Brasil	Samba
	Chattenooga Chou-chou /Glenn Miller	Swing-Fox
	Das erste Stelldichein	Foxtrot
	Elmer`s Tune / Glenn Miller	Swing-Fox
	Erinnerungen an Zirkus Renz	Galopp

	Frühling in Wien	Langsamer Walzer
	Herz-Schmerz-Polka	Polka
	Hoch drob`n auf dem Berg	Foxtrot
	I know why / Glenn Miller	Swing-Fox
	It Happened in Sun Valley / Glenn Miller	Swing-Fox
	Kuckucks-Walzer	Walzer
	Man müßte Klavierspielen können	Tango
	Meines Herzens brennende Sehnsucht	Lied
	Sing Nachtigall sing	Slow-Fox
	So schön wie heut, so müßt es bleiben	Foxtrot
	Unter der roten Laterne von St, Pauli	Tango
1942	At Last / Glenn Miller	Swing-Fox
	Bianca	Langsamer Walzer
	Davon geht die Welt nicht unter	Walzer
	Ein bisschen Hoppsassa	Polka
	Heimat deine Sterne	Slow-Fox
	Hockey-Cokey	Foxtrot
	Ich möchte so gerne	Tango
	Ich weiß, es wird einmal ein Wunder geschehn	Langsamer Walzer
	Mal etwas anderes	Foxtrot
	Mein Herz hat heut Premiere	Slow-Fox
	Wir machen Musik	Foxtrot
1943	Candellight-Waltz	Langsamer Walzer
	Capri-Fischer	Tango
	Da bläst es zum Zapfenstreich	Marsch
	Fern durch die Dämmerung	Slow-Fox
	Mach dir um mich doch bitte keine Sorgen	Slow.Fox
	Über Nacht kam das Glück zu mir	Musette-Walzer
	Und zum Schluß einen Kuss	Foxtrot
	Wenn die Kastagnetten klingen	Paso doble
1944	Hört ihr Leut und lasst euch sagen	Sow-Fox
	Kauf dir einen bunten Luftballon	Foxtrot
	Maria aus Bahia	Samba
	My Guy`s come back / Glenn Miller	Sing-Fox
	Toulousenaise	Musette-Walzer
1945	Das Meer	Foxtrot

Glenn Miller - amerikanischer Posaunist und Bandleader - 1904 bis 1944. Pflege und Popularisierung des Jazz im Chicagostil und Swing. 1937 Gründung einer eigenen Band mit dem typischen Glenn-Miller-Sound. Die Titel der Kriegsjahre - Glenn Miller selbst ist ja 1944 im Krieg gefallen, Flugzeugabsturz - stehen bewusst in der deutschen Schlagerparade, weil der Swing kurz nach Krieg für meinen Vater und seine Musikerkollegen noch eine wichtige Rolle spielen sollte.

»Entartete Kunst« war in Deutschland nicht erwünscht. Gewisse Musik durfte nicht gespielt, nicht verbreitet und auch nicht »schwarz« über den englischen Sender gehört werden.

Und gerade dieses Schwarzhören des englischen Senders wäre meinem Vater in den letzten Kriegstagen noch zum Verhängnis geworden. Vertrauensvoll hatte er seinem besten Arbeitskollegen erzählt, dass der Krieg laut Radiomeldung der Alliierten in nächsten Tagen beendet sei. Prompt wurde er denunziert. Das hätte ihn fast Kopf und Kragen gekostet.

Mein Vater war kein Widerstandkämpfer, er war einer der Stillen - man kann auch sagen der Nichtmutigen -, die gegen das NS-Regime waren. Wenn der Krieg noch länger gedauert hätte, wären aber wahrscheinlich auch diese Stillen irgendwann kaschiert worden. Davon war er fest überzeugt.

Der schwarze Markt

»Das Mädchen unter der Laterne« beendete unsere Leidensgeschichte des Zweiten Weltkrieges, aber mit »Lili Marleen« wird sie unmittelbar danach fortgesetzt. Und zwar in der Form, dass das Lied immer wieder gesungen wurde. So auch bei uns. Nach den Strapazen der Rückkehr aus der Evakuierung von der Wied an die Ruhr musste sich Tante Guste für ein paar Tage in ein Krankenhaus begeben. Das Knappschaftskrankenhaus war wie auch andere Anstalten teilweise zerstört. So wurde das Franz-Sales-Haus auf der Steeler Straße, Straßenbahn-Haltestelle »Schwanenbusch«, auch für »normal« Kranke zugänglich gemacht. Da lag Tante Guste.

Haltestelle »Schwanenbusch« ist gut - es fuhr ja gar keine Straßenbahn mehr. Alle Oberleitungen waren abgerissen, teilweise auch die Schienen zerstört. Wir mussten also per pedes dorthin. Meine Mutter schnappte die drei Kaisers Kinder - Helmut, Norbert und Annelieschen - und auch mich, und wir marschierten los. Den Laurentiusweg entlang über die Eligiushöhe zur Steeler Straße mit dem Ziel »Franz-Sales-Haus«. Damit es beim Fußmarsch nicht so langweilig wurde, stimmte meine Mutter ein Lied an. Natürlich »Lili Marleen«. Erstaunlich, wie wir Kinder den Text schon kannten. Besonders Helmut und Norbert, die etwas älteren.

Das war alles kurz nach dem Zusammenbruch; denn die Amerikaner waren noch da. Kurz danach wurde das Ruhrgebiet ja Britische Zone. Die Amerikaner hatten zwar das bis dahin geltende Verdunklungsgebot aufgehoben, dafür aber Sperrstunden eingeführt. Wir mussten also aufpassen, unbedingt bis 18 Uhr wieder zu Hause zu sein. Behördlich ging in Steele alles drunter und drüber. Es wurde mit Hilfe der Amerikaner eine Hilfspolizei eingerichtet. Es gab zweisprachige Notausweise.

MILITARY GOVERNMENT OF GERMANY

TEMPORARY REGISTRATION — Zeitweilige Registrierungskarte

Name / Name: ALWINE-HANSMANN — Alter / Age: 41 — Geschlecht / Sex: WEIBLICH

Ständige Adresse / Permanent Address: HELLWEG. 29 — Beruf / Occupation: SCHNEIDERIN

Jetzige Adresse / Present Address: ESSEN-STEELE HELLWEG. 29

Der Inhaber dieser Karte ist als Einwohner von der Stadt ESSEN-STEELE vorschriftsmäßig registriert und ist es ihm oder ihr strengstens verboten, sich von diesem Platz zu entfernen. Zuwiderhandlung dieser Maßnahme führt zu sofortigem Arrest. Der Inhaber dieses Scheines muß diesen Ausweis stets bei sich führen.

The holder of this card is duly registered as a resident of the town of ... and is prohibited from leaving the place designated. Violation of this restriction will lead to immediate arrest. Registrant will at all times have this paper on his person.

Legitimations-Nummer / Identity Card Number

ALWINE-HANSMANN.

Unterschrift des Inhabers / Signature of Holder

Right Index Finger

Name and Rank / Mil Gov Officer, U.S. Army

25.5.1945

Datum der Ausstellung / Date of Issue

LT. COL. R. A.

130 M. G. DET.

1 JUNE 1945.

(Dies ist kein Personal-Ausweis und erlaubt keine Vorrechte.)
(This is not an identity document and allows no privileges.)

Unter Androhung von sofortigem Arrest, war es strengstens verboten, sich von seinem Standort zu entfernen. Ein Fingerabdruck war sogar drauf.

Trotz aller Kinderfreundlichkeit machten die Amerikaner insofern Randale, dass sie systematisch Straßenzüge durchkämmten und Razzien vor allem in Geschäftshäusern durchführten. Wir lagen oben im Fenster, die wütend an der vergitterten Eingangstür von »Geschwister Wilsenack« rappelnden Soldaten beobachtend. Die Köpfe einziehend, als die MPs drohend nach oben zeigten.

Man suchte vergeblich den Hauseingang. Der war aber in der Grendgasse und nicht in der Bochumer Straße. Nur eine Frage der Zeit, und man hätte diesen Zugang zum Haus gefunden. Aber es passierte nicht. Gesucht wurde nach Waffen oder belastende NS-Unterlagen. Bei der Gelegenheit blieben auch optische Geräte nicht vor dem Einsammeln verschont. Vater hatte vorausahnend seine wertvolle Voigtländer-Kamera (mit 9x12 cm großen Glasplatten) in Leinentüchern gewickelt im Garten verbuddelt. Nach über einem Jahr im feuchten Boden war die Kamera dann nur noch bedingt einsatzfähig.

Während die Soldaten auf der Straße polterten, bat eine Nachbarin aus dem oberen Stock dringend und lautstark um Einlass an unserer Korridortür. » Herr Hansmann, Herr Hansmann, sie müssen mir unbedingt helfen, die Nazi-Papiere meines Mannes zu verbrennen. Die Amis stehen schon vor der Tür. Mein Mann ist nicht da, und Sie haben doch einen Kanonenofen: mein Herd schafft das so schnell nicht«, gestikulierte sie wild, einen großen Karton mit nach ihrer Ansicht gefährlichen Papieren vor sich herschiebend. Man Vater hat geholfen, obwohl dieselbe Frau noch vor ein paar Wochen im Treppenhaus seinen Guten-Morgen-Gruß mit den Worten erwidert hatte: » Das heißt Heil Hitler, Herr Hansmann, merken Sie sich das gefälligst, sonst könnte Ihnen das mal schlecht bekommen.«

Trotz strenger Maßnahmen waren die Besatzer bemüht, Normalität einkehren zu lassen. Mit Sondergenehmigung gab es schon einige Tanzveranstaltungen. Eines Samstags spielte Vater mit seiner 10-Mann-Kapelle (außer Klavier und Schlagzeug einiges doppelt besetzt) bei Vesper auf der Krayer Straße. Mutter durfte mit, während ich bei Tante Alwine schlafen musste und deshalb die Story nur aus Erzählungen der Eltern kenne.

Der Tanzboden war voll. Wegen der Sperrstunde konnte niemand vor Sonntagmorgen nach Hause. Aber das wusste man ja. Nach den ersten gemütlichen Stunden und fröhlichen Tanzrunden ertönte plötzlich laut eine Trillerpfeiffe. Razzia - Tanzstopp - sit down please! Vater bekam wohl den größten Schreck. Er dachte, die Razzia gelte ihm, weil er einige Flaschen selbst gebrannten Hefeschnaps im Flügel versteckt hatte. Eine glatte Fehleinschätzung, wie sich später herausstellte.

Aus Sicht des Publikums und nach dem eigenen Empfinden wurden alle Musiker regelrecht verhaftet und auf einen Lkw verfrachtet. Die Musikinstrumente, außer dem Flügel natürlich, durften sie mitnehmen. Die Ehefrauen sowie die gesamte Tanzgesellschaft wurden im Saal eingesperrt, nicht wissend was mit den Musikern passiert.

Die Musiker wurden nach Langenberg »verschleppt« und mussten dort beim Langenberger Sender im Funksaal für die Soldaten musizieren. »Essen & Trinken vom Feinsten, Behandlung gut, Applaus spärlich« lauteten die späteren Kommentare der Musiker. »No Waltz. Please Swing, Swing, Swing.« Der Glenn-Miller-Sound war gewünscht. Obwohl man Fotokopien (nicht die bei uns üblichen Blaupausen) mit den entsprechenden Noten erhielt, hatten die Aktiven so ihre Problemchen. Natürlich konnten sie normalerweise vom Blatt spielen, aber ohne Probe spielt sich Glenn Miller doch nicht so, wie es amerikanische Ohren gewöhnt sind.

Am Sonntagmorgen wurden die Musikanten zurück zum Tanzlokal gebracht. Von da aus konnten sie sehen, wie sie nach Hause kamen, um ihre verängstigt wartenden Familien über die Sachlage aufzuklären. Auf der Talfahrt vom Langenberger Sender war ein Lkw den Abhang hinuntergestürzt. Der alkoholisierte Fahrer verletzte sich leicht und wurde wie der Lkw ausgetauscht. Die Musiker blieben wie durch ein Wunder unverletzt. Lediglich das Schlagzeug war kaputt. Ersatz? Flötepiepen.

Die Band bestand aus folgenden Mitwirkenden:

Klavier	Karl Hansmann
Akkordeon I	Fritz Bedenbender
Akkordeon II	Kurt Heine
1. Geige	Josef »Jupp« Hess
2. Geige	Heini Schaffeld
Schlagzeug	Willi Ripka
Posaune	Hermann Niggemeier
Gitarre	Kaspar Heidbügel
Saxophon	Karl Zobel
Klarinette/Saxophon	Peter Dittgen

Vater bekam die fotokopierten Noten zum Üben mit nach Hause. Sie lagen noch lange auf unserem Klavier. Zu einem weiteren Auftritt kam es nicht mehr; denn die Amerikaner wurden durch die Engländer abgelöst. Und wieder begannen neue Zeiten...

In der Nachkriegs-Musikerszene kursierten in Steele Namen wie Heini Matthäus (Klavier) und Willi Müller, mein späterer Klavierlehrer. Zwei Asse als Pianisten. Das äußere Erscheinungsbild jedoch wie Edelmann und Bauer. Willi Müller legte keinen großen Wert auf Äußerlichkeiten und wurde deshalb von einigen namhaften Interpreten, die er begleiten musste, unterschätzt. Er brauchte keine Proben, so notensicher war er. Aber auch ohne Noten brillierte er schon in der Stummfilmzeit als Kinomusiker. Kenner wissen, dass dies kein einfaches Unterfangen war.

Aber auch die Akkordeonisten Ernst Hensing und August Thorhauer hatten ihre Engagements. Später meist als Alleinunterhalter wie Fritz Bedenbender, Kurt Heine oder Manfred Zobel, der Sohn von Karl Zobel.

Von einigen Musikerkollegen konnte Vater lustige Anekdoten erzählen. Hermann Niggemeier war zum Beispiel nicht nur auf dem Tanzboden zu Hause, er spielte auch regelmäßig bei der Fronleichnamsprozession mit. »Posauen-Hermann«, wie man ihn nannte, marschierte auf dem rechten Flügel des Klangkörpers und trug einen geliehenen Zylinder. Diese Kopfbedeckung war offensichtlich ein paar Nummern zu groß und rutschte beim Spielen während des Fußmarsches immer über die Augen. An der Löwen-Apotheke schwenkte der Zug von der Bochumer Straße links ab in die Kaiser-Wilhelm-Straße ein. Herrmann soll mit seiner Posaune allein einige Meter weiter geradeaus gelaufen sein.

Oder Peter Dittgen mit seinem Saxophon. Saxophonisten gehen bei einem Solo gern in die Knie. Als Show-Effekt oder um besser Luft holen zu können sei einmal dahingestellt. Der eifersüchtige Peter nutzte die Beugehaltung, um einen potentiellen Kontrahenten auf der Tanzfläche leichter und vor allem für das Publikum unauffällig in den Hintern treten zu können.

Karl Zobel soll etwas Zigeunerblut in sich gehabt haben. Im Klartext, er war schnell auf hundert und flippte leicht aus. Einmal hat er seine Geige auf dem Kopf eines Tanzenden zertrümmert. Da war der Abend für ihn gelaufen. Aber das Publikum liebte ihn. Immer wieder kam der Musikwunsch nach »Le Canari« mit dem berühmen aber sehr schwer zu spielenden Geigensolo. Den Kanarienvogel original wirkend mit der Geige zu imitieren, beherrschen nur echte Zigeunermusiker. Der Wunsch kam also aus dieser Richtung, und nicht etwa weil Karl Zobel auf dem Kanarienberg wohnte. Der Kanarienberg war im Übrigen oft Ziel eines Spaziergangs unserer Familie. Neben Familie Zobel wohnte auch die Musiker-Familie Ripka hier. Über die Ruhrau, Dahlhauser Straße ging es kurz vor dem Anstieg zur Horst durch die Eisenbahnunterführung hindurch, am Gasthaus »Zum grauen Esel« vorbei, zum Kanarienberg.

Es ging alles gut, bis die Stelle mit dem Solo kam. Dann nahm er regelmäßig seinen Geigenbogen und zupfte daran herum als sei dieser zerrissen, zog profilaktisch ein paar Fäden herunter und rief laut zum Klavier herüber: »Karl, hau Du in die Tasten, hau rein!« Das war dann die Stelle, an der das Publikum herzlich lachte und Karl Zobel wütend wurde. Harmlose Späße, was soll`s.

Im Prinzip ist das Musiker-Leben generell nicht leicht - besonders in der Ehe nicht. Wer auf der Bühne steht, hat mehr Chancen. Wird sogar oft angehimmelt. Das erfreut einen Künstler und ärgert den Partner, der im Publikum sitzt. Viele Frauen bleiben deswegen lieber zu Hause. Aber dann kann der Mann nicht frei aufspielen - immer denkend »was macht die wohl zu Hause, oder ist gar Besuch da?« Geht die Herzensdame jedoch mit und tanzt laufend mit anderen oder (noch schlechter) immer mit einem bestimmten Partner, kann es auch zu unangenehmen Eifersuchtsszenen kommen.

In Anlehnung an Schiller wird der Vers »Drum prüfe, wer sich ewig bindet, ob sich nicht noch was besseres findet« bei Musikern deshalb besonders beherzigt.

Wenn die bunten Fahnen wehen, wird etwas signalisiert. Trauer, Feier, Macht - alles kann man mit Fahnen zeigen, sogar Flagge. Als Kind gefällt einem natürlich eine mit viel Fahnen geschmückte Stadt gut und man freut sich, wenn man selbst auch eine an einen dünnen Holzstab befestigte Papierfahne schwenken durfte. Der Anlass war Nebensache und das Hakenkreuz spielte keine Rolle. Unter der Aussage »Der Führer hat Geburtstag« konnte man sich als drei- oder vierjähriger Junge nichts vorstellen.

Was im Nachhinein auffiel, waren die vielen Fahnenhalterungen in verschiedenen Stärken an allen Häusern, in allen Etagen, an fast allen Fenstern. Nach dem Krieg wurden diese Halterungen weitestgehend mit Fahnen ganz anderer Art wieder genutzt. Bei der Fronleichnamsprozession. Es ergibt sich die Frage, ob die Halterungen von den Nazis für spezielle Anlässe angebracht bzw. angeordnet wurden oder ob sie schon vorher da waren.

Ich weiß es nicht, obwohl ich bestimmt danach gefragt habe. Spätestens bei der ersten Fronleichnamsprozession nach dem Krieg, als bei uns trotz vorhandener Halterung keine Fahne hing. Na klar, wir waren ja evangelisch. Aber vor uns wohnten doch Juden in dem Haus. Woher stammten also diese verflixten Fahnenhalterungen und wozu dienten sie ursprünglich? Meine Eltern haben mir sicher eine Erklärung dafür gegeben. Ich habe die Antwort eben vergessen und später auch nie mehr nachgehakt. Es gab schwerwiegendere Probleme, die es zu lösen galt.

Die Frage »Wie ernähren wir uns, wie kann unsere Familie überleben?« war für Vater und Mutter nach dem Krieg fast noch entscheidender als während des Krieges.

Hätte es damals schon das Wort - oder das Unwort - des Jahres gegeben, der Begriff KALORIEN hätte bestimmt für mehrere Jahre den Spitzenplatz behauptet. Die Lebensmittelzuteilungen grenzten an das Existenzminimum, der Kalorienspiegel sank bis ins Bedenkliche. Erschwerend kamen die kalten Wintermonate ohne Kohlezuteilung hinzu.

Da konnte man Trümmerfrauen und -kinder ganz anderer Art sehen. Nicht zum Aufräumen für den Wiederaufbau, sondern Holz suchende. In den Häusern hatte ja vor dem Krieg der Beton noch keinen Einzug gehalten. Alle Zwischendecken hatten Holzbalken. Auch die Treppenhäuser waren aus Holz. So wurden die vielen Trümmergrundstücke zu wahren Fundgruben für Brennmaterial. Natürlich hatten die Eisblumen an den Fenstern - eine Sache, die Kinder von heute nie kennen gelernt haben - einen Hauch von Romantik. Genauso könnte man aber berechtigt sagen: »Scheiße am Stock ist auch `ne Blume!«

Die Kaloriennot zwang die Leute zu so genannten »Hamsterfahrten« aufs Land. Wenn man Waren zum Tauschen hatte, bestanden gewisse Chancen auf Erfolg in Sachen Lebensmitteln. Das einfache Betteln brachte meist nichts. So sind viele Menschen ihr Silberbesteck, ihren Schmuck, ihre Uhren, Teppiche, Musikinstrumente losgeworden, nur um ein paar Eier, ein bisschen Speck oder dergleichen zu ergattern. Wer gut gehamstert hatte, war glücklich - er konnte aber auch dabei noch Pech haben, wenn er kurz vor der Haustür noch ausgeplündert wurde.

Vater ging nie allein und nie ohne Tauschware auf Hamstertour. In Begleitung seines Freundes Peter Altmeier, dem »Marktstenz« aus dem Plümerskamp, ging es meist nach Ostfriesland, nach Emden und Leer. Nie ohne ganz heiße Tauschware, die es aus durch die amerikanische und englische Zone zu schmuggeln galt. Das war nicht ganz einfach, eigentlich sogar gefährlich.

Die Fuselbrennerei, ursprünglich nur für den privaten Hausbedarf gedacht, entwickelte sich über eine kurze Experimentierphase zur einer professionell betriebenen Hausbrannt-Schwarzbrennerei. Dieses illegale Geschäft hielt sich bis kurz nach der Währungsreform und hielt unsere Familie nebst Besucher-Anhang wesentlich besser am Leben, als es die Normalität erlaubt hätte. Lediglich ich verweigerte gelegentlich die Nahrungsaufnahme, was später auch zu Problemen führen sollte. Kurzum: Das beste Zahlungsmittel bzw. Tauschobjekt war der Schnaps.

Bis auf die Tatsache, dass die Amerikaner eine andere Zone bekamen und wir im Ruhrgebiet zur Britischen Zone erklärt wurden, passierte im ersten Halbjahr nach dem Krieg nicht viel. Jedenfalls nicht in meiner Erinnerung.

Sechsjährig hätte ich 1945 eventuell schon eingeschult werden können, aber das ging sowieso nicht, denn die kriegsbeschädigte Hauptpost vom Grendplatz war vorübergehend in der Ruhrauschule untergebracht. Einschulung also 1947. Erfreulicherweise zusammen mit meinem Cousin Guido. Wir saßen sogar in den ersten Wochen nebeneinander, bis Guidos »Ersatzvater« Hans Rzepka - der neue Lebensgefährte von Tante Else, Onkel Willi war ja im Krieg gefallen - behauptete, es sei nicht gut für unsere Entwicklung, in einer Klasse zu sitzen; denn ich, Karlchen, würde immer bei Guido abschreiben. Dem Antrag wurde stattgegeben. Ich blieb in Klasse 1 a bei Frau Kluge, und Guido musste in die 1 b zu Lehrer Wissfeld. Auf dem Halbjahreszeugnis stand dann: K. hatte einen guten Anfang. »Versetzt« war das Ergebnis nach dem zweiten Halbjahr.

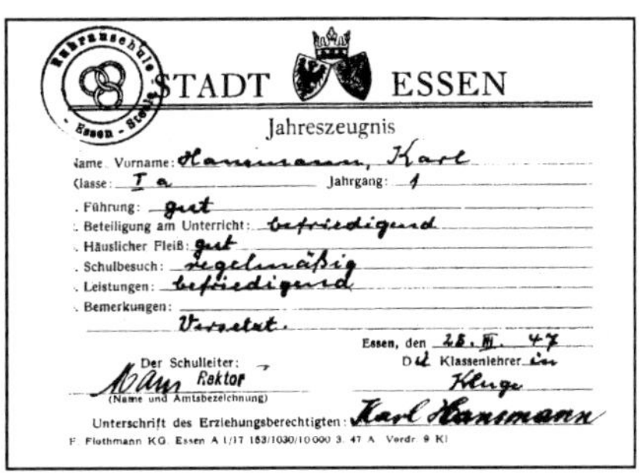
Ruhrauschule Essen - Steele
STADT ESSEN
Jahreszeugnis
Name, Vorname: Hansmann, Karl
Klasse: I a Jahrgang: 1
Führung: gut
Beteiligung am Unterricht: befriedigend
Häuslicher Fleiß: gut
Schulbesuch: regelmäßig
Leistungen: befriedigend
Bemerkungen: Versetzt.
Essen, den 28. III. 47
Der Schulleiter: Rektor
(Name und Amtsbezeichnung)
Die Klassenlehrerin: Kluge
Unterschrift des Erziehungsberechtigten: Karl Hansmann
F. Flothmann KG. Essen A I/17 183/1030/10000 3. 47 A. Verdr. 9 Kl

Das Schlimmste von der ganzen Schule war jedoch nicht der Unterricht, nicht das Lernen, nicht die Hausaufgaben und schon gar nicht die liebe Lehrerin Frau Kluge - furchtbar war für mich das Essen. Während andere Kinder sich freuten und dankbar waren, hatte ich große Probleme mit der »Schwedenspeise« und noch mehr mit dem »Quäker-Eintopf«, im Sprachgebrauch »Erbsenschlör« genannt. Wie oft ich nachsitzen musste, um meinen »Fressnapf« zu leeren, um anschließend auf dem Heimweg wieder alles auszuspucken, kann ich gar nicht zählen. Die Schulwege wurden so auf komische Art und Weise markiert. Aber nicht nur von mir. Dabei waren die Eltern froh, dass die Kinder Nahrung bekamen. Die meisten machten auch regen Gebrauch davon: so konnte ich gelegentlich meine Portion vor Schulschluss verschenken, ohne nachsitzen zu müssen. Manche hatten richtige, verschließbare Henkelmänner dabei und konnten Reste gut mit nach Hause nehmen. Andere hatten nur eine Konservendose oder einen Blechteller. So hatten einige, je nach Wohlstand, sogar echte Schultornister und Schiefertafeln mit Griffeln, andere dagegen nur Pappersatz. Bei der Beurteilung der Schulverpflegung sollte man aber über Einzelschicksale hinwegsehen und die großartige Spendenorganisation der Amerikaner und Schweden dankbar anerkennen. Für manche Familien waren diese Aktionen die letzte Überlebenschance. Nicht zu vergessen auch die Care-Pakete, die von den Kirchen »gerecht« an den Mann gebracht wurden.

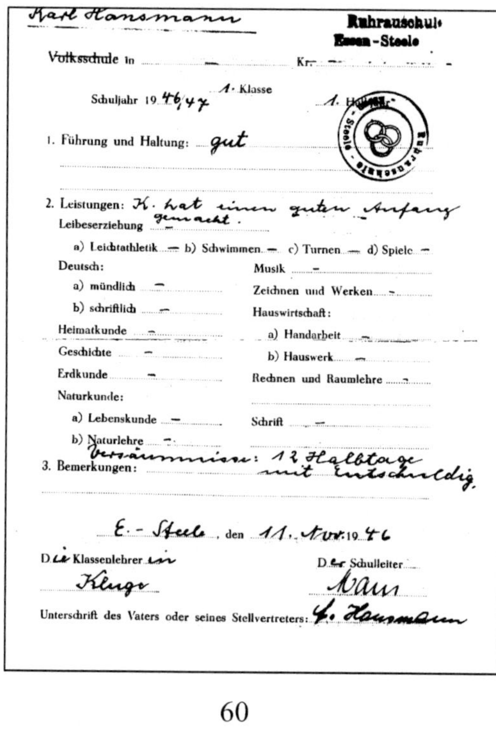

Karl Hansmann

Ruhrauschule Essen-Steele

Volksschule in — Kr. —

Schuljahr 1946/47 1. Klasse 1. Halbjahr

1. Führung und Haltung: gut

2. Leistungen: K. hat einen guten Anfang gemacht.

Leibeserziehung —

a) Leichtathletik — b) Schwimmen — c) Turnen — d) Spiele —

Deutsch:

a) mündlich —

b) schriftlich —

Heimatkunde —

Geschichte —

Erdkunde —

Naturkunde:

a) Lebenskunde —

b) Naturlehre —

Musik —

Zeichnen und Werken —

Hauswirtschaft:

a) Handarbeit —

b) Hauswerk —

Rechnen und Raumlehre —

Schrift —

3. Bemerkungen: Versäumnisse: 12 Halbtage mit Entschuldig.

E.-Steele, den 11. Nov. 1946

Die Klassenlehrerin Kluge

Der Schulleiter Mann

Unterschrift des Vaters oder seines Stellvertreters: K. Hansmann

Jedenfalls wurde ich in die zweite Klasse versetzt, wie mein Vetter Guido auch. Damit verbunden auch ein Lehrerwechsel. Leider sogar zweimal. 1.Halbjahr Herr Klockmann, 2. Halbjahr Herr Kruse. Anscheinend für mich beide keine Sympathieträger, denn die Zensuren wurden schlechter. Muss es denn immer nur am Schüler liegen?

Aber gut, wiederum versetzt. In der 3. Klasse, zusammengewürfelt mit Viertklässern hatte, dann »der blaue Hübert« die Regie. Bei dem waren meine Mutter, die Tanten und Onkel schon in der Schule. Eigentlich gute Voraussetzungen für ein gutes Abschneiden.

Aber es kam alles ganz anders. Und zwischendurch passierte außerhalb des Schullebens ja auch noch was.

1946 vor dem Portal der Ruhrauschule. Es handelt sich um keine zusammenhängende Schulklasse, sondern um die Empfänger der Schweden- oder Quäkerspeisen.

Die Damen im Hintergrund sind keine Lehrerinnen - es sind Helferinnen bei der Verteilung. Bei einigen Kindern im Vordergrund erkennt man deutlich die Art der Gefäße. Links oben, der große Blonde mit dem weißen Kragen, das bin ich, das Karlchen. Das Mädchen mit der Haarschleife müsste Ursula Bangert sein und das Mädchen mit dem Haarkränzchen Margot Harscheidt. Vor ihr Hermann Kossler.

Apropos Nahrungsaufnahme: Ich hatte nicht nur in der Schule Schwierigkeiten damit. Auch zu Hause habe ich meine Mutter - was mir erst viel später bewusst wurde - sehr durch Verweigerungen geärgert und natürlich auch besorgt. Gut belegte Butterbrote (Kniften) nahm ich mit nach draußen, verteilte sie an andere Kinder, damit sie mit mir spielten. Zur Erhaltung der Gesundheit wurde mir dann ekliger Lebertran eingeflößt.

Gott sei Dank habe ich viel Obst aus dem eigenen Garten gegessen. Vater musste oft Wache schieben, sonst wäre alles geklaut worden. Aber Äpfel, mögen sie noch so gesund sein, blähen bekanntlich den Bauch auf. Viele Äpfel - viele Blähungen, die ab und zu auch unkontrolliert entfleuchen. So was kann auch im Klassenzimmer passieren. Man musste dann beim Erwischtwerden vor die Tür, während die anderen im Gestank sitzen bleiben mussten. Ich meine, es war ein Fehler, als ich mich einmal freiwillig meldete. Fortan war ich immer der Übeltäter, egal wer wo was losgelassen hatte. Anstand wäre gewesen, vorher zu fragen: »Darf ich mal kurz raus?« Wenn man dann nicht durfte, lag die Verantwortung beim Lehrer.

Fragt der Lehrer: »Wer hat schon einmal eine Wanze unter dem Mikroskop beobachtet?« »Wir haben zu Hause kein Mikroskop« bekannte Hermännchen kleinlaut.

Die Kartoffelkäferplage war hinlänglich bekannt. Auch Läuse waren nichts Neues. Die entlausten Kinder erkannte man an den ganz kurz geschorenen Haaren. Wanzen sind Blutsauger, die nachts im Bett aktiv werden. Man konnte die Blasen und Beulen nicht verhindern, wohl aber unter der Wäsche und Garderobe versteckt halten. Jeder behauptete, keine Wanzen zu haben. Man schämte sich ganz einfach. So die Amerikaner und Engländer kurz vor Kriegsende Flugblätter abgeschmissen haben, sollen die Russen säckeweise Läuse und Wanzen abgeworfen haben. Die müssen dann aber äußerst schnell in den Westen gewandert sein.

Wandern war wieder modern. Oder besser gesagt spazieren gehen. Sonntags konnte man die Familien dann beobachten, wenn sie aus dem Schellenberger Wald, aus dem Eickenscheidter Büschken oder dem Bergmannsbusch zurückkamen: alle bewaffnet mir einem großen Strauß Farnkraut. Zur Verschönerung der Wohnung, weil Blumen teurer waren. In Wirklichkeit wurden die Farnwedel unter die Matratzen gelegt, um Wanzen zu vertreiben. So konnte man sich leicht einen Überblick verschaffen, wer alles Wanzen hatte. Wer kein Farnkraut besorgte, kannte entweder das Geheimnis der Wirkung von Farn auf Wanzen nicht oder aber hatte genug Geld für einen Kammerjäger. Wo der Kammerjäger ein und aus ging, wusste man allerdings auch. Der Tratsch der Schmach.

Noch mal zum Essen zurück. Seltsamerweise schmeckte es mir im Gasthaus ganz gut. Am besten bei Änneken Hau in der Union-Schänke beim Union-Theater. Da gab es so schöne dreigeteilte Teller - in der Mitte das Fleisch oder die Wurst, rechts und links davon getrennt die Beilagen, Kartoffeln und Gemüse. Da die Qualität daheim mit Sicherheit besser war, kann ich heute Mutter verstehen, dass sie sauer war, wenn ich bei ihr nicht gegessen habe. Als Änne Hau noch mit ihrem Mann Seppel zusammenlebte, war es in deren Wirtschaft immer interessant. Seppel war Motorradfan. Im Nebenzimmer standen Pokale, hingen Siegerkränze, und es gab viele Bilder zu sehen. Rennszenen und Siegerpodeste. Auch der legendäre Bernd Rosemeyer war dort verewigt. Nach der Trennung führte Seppel Hau mit seinem Bruder ein Zweiradgeschäft mit Werkstatt. Änne blieb der Gastronomie treu. Zuerst war es der »Goldene Stern« Bochumer Straße/Neuholland« und zum Schluss war sie im »Mühlenhof« gegenüber dem Bahnhof Steele-West tätig.

Bevor ich in die Schule kam, soll ich auch einen einigermaßen guten Appetit gehabt haben.

Mit unheimlicher Esslust wich ich nicht vom Herd, wenn eine Bratwurst in der Pfanne brodelte. Oder ich verließ den Laden beim Einkaufen bei Schweinsberg in der Bochumer Straße nicht, bevor ich ein Stück Wurst bekommen hatte. Da fällt mir noch eine kleine Episode ein, die einmal auf dem Weg zu Schweinsberg passsierte. »Mutti, Mutti, da kommt eine Lüge« rief ich und zeigte mit dem Finger auf einen uns entgegenkommenden Mann. Mutter lief rot an und zerrte mich an dem Fremden vorbei. Dieser war wohl etwas zu klein geraten und ich hatte Mutters geflügeltes Wort »Lügen haben kurze Beine« im Kopf und eben so gedeutet.

1946 war das größte Ereignis die Geburt meiner Schwester Ursula am 2. August im Lutherhaus. Ein Rotfuchs ward geboren... welch Freude. Bestimmt sind Vorurteile übertragbar. So auch die Mär, Rothaarige seien anders als andere. Listiger, falsch aber auch temperamentvoller. Egal, ich wollte keine rote Schwester. Die Haarfarbe spielt keine Rolle, Hauptsache blond - sagten wir später immer. Und tatsächlich, nach kurzer Zeit waren die roten Haare weg und durch schöne blonde ersetzt. Da war die Kinderwelt für mich wieder in Ordnung.

Mutter dagegen hatte Schwierigkeiten mit unserem kleinen Säugling. Ulla war ein paar Monate alt, da konnte Mutter wegen eines Ekzems an beiden Händen und

Unterarmen das Baby nicht mehr selbst baden. Tante Guste, Tante Else und ein paar Freundinnen halfen aus. Keine Salben, keine Tropfen, keine Pillen - nichts half und kein Arzt wusste Rat. Auch nicht ein Heilpraktiker vom Zehnthof namens Zambrowski oder so ähnlich.

Erst die »Schwatte Käthe« aus dem Grendbach, bekannt durch den schwarzen Markt in Sachen Bezugsscheinbeschaffung, gab den entscheidenden Tipp: Kaliumpermanganat! Woher aber nun übermangansaures Kalium nehmen? Kalium und Mangan zählen zu den Metallen, und Manganate sind Salze des Meeres. Vater, der ja bei Krupp als Werkstoffprüfer im Labor gearbeitet hatte, kannte sich ein bisschen damit aus und wusste, wo das Zeug zu finden war.

Weil der Erste Weltkrieg - wenn auch nur schwach - im Versuchsstadium mit Gasangriffen geendet hatte, befürchtete man im Zweiten Weltkrieg die totale Gasoffensive. Alle Haushalte wurden deshalb mit Gasmasken ausgerüstet. In einer länglichen Blechtrommel mit Trageriemen befand sich die Maske aus zwei Augengläsern, dicht umschlossen von einer Gummimaske, die man vor das Gesicht drücken musste. Am Hinterkopf gab es mehrere für jede Kopfstärke verstellbare Schnallen zum Strammziehen und Befestigen. Es musste ja alles luftdicht sein. Luft braucht man bekanntlich zum Atmen - nur keine gashaltige. Dafür wurde in Mundhöhe ein Filter vorgeschraubt. Eine Leichtmetalldose mit einem Löchersieb an der Frontseite. Darin Papierfilter und lilafarbene Kristalle. Das war Kaliumpermanganat. In Wasser aufgelöst und darin gebadet - so wurde ein vielleicht nicht neues, aber wirkungsvolles Heilmittel für Mutters Ekzem entdeckt.

Im ganzen Haus, in der Nachbarschaft und in der Verwandtschaft machten wir Jagd nach diesen Filtern, nicht den wahren Grund verratend, denn sonst hätten wir vermutlich keine bekommen. Das war sowieso schon schwer; denn vielerorts waren die Masken wieder eingesammelt worden. Von wem auch immer. Und andere hatten sie vernichtet. Aber es gab noch genügend, so dass Mutter geheilt wurde und Ulla wieder selbst versorgen konnte.

Alldieweil spielte Jupp Hess mit seiner Geige mein Schwesterchen in den Schlaf und wisperte dazu »Ullala trinkt Pullala«. Immer in Wartestellung, dass der Vorlauf in Vaters Heimdestillation bald durch war und er einen anständigen Meisterbrand kredenzt bekam. Von ihm stammt auch der Ausspruch: »Du, du bist noch so klein und kannst schon so schrei'n.« Eines Tages aus gegebenem Anlass abgewandelt in »Du, du bist noch so klein und kannst schon so stinken«.

Ansonsten begann sich das Leben ganz allmählich wieder zu normalisieren. Man hatte die Reichsmark, konnte auch was dafür kaufen. Die Auswahl war natürlich nicht allzu groß. Die Hamsterei lief weiter, und der schwarze Markt florierte bis zur Währungsreform immer besser, brach aber kurz danach total zusammen.

Meiner im russischen Sektor gelandeten Tante Anneliese ging es in Magdeburg in den ersten Nachkriegsjahren offensichtlich besser als uns im Westen. Vetter Günter Schäfer war sogar einmal dort zu Besuch. Der HO-Laden von Onkel Kurt fluppte. Jedenfalls bekamen wir anfangs tolle Pakete mit Luxusartikeln wie Seidenstrümpfe, Bohnenkaffee, Tee, Tabak, Zigaretten. Wohlbemerkt: Es gingen keine Pakete vom Westen in den Osten, sondern umgekehrt.

Eines Tages gab es eine große Aufregung. Mutter war mit uns Kindern einkaufen, und Vater saß in der Volksbadewanne. Der Postbote klopfte, Vater konnte nicht öffnen und war damit einverstanden, dass das Paket aus Magdeburg vor die Küchentür gestellt wird. Abtrocknen, Hemd und Hose überstreifen, Tür öffnen - das kann nur wenige Minuten gedauert haben. Aber lange genug, um die wertvolle Sendung verschwinden lassen zu können. Wer hat sich da mal schnell bereichert, waren es die Nachbarn, Fremde oder gar der Postbote selbst? Alle Verdächtigungen blieben Spekulation.

Vor dem Krieg war Steele ein wichtiger Verkehrsknotenpunkt - z.B. führte die einzige Bahnverbindung von Essen nach Wuppertal über Steele. Durch den Abbau der Kohle bedingt, verschob sich das Zechengefüge nach Norden. Man hätte das Ruhrgebiet auch in Emschergebiet umtaufen können. So etwas verändert natürlich die Verkehrssituation. Den Rest besorgte der Krieg. Die Sprengung der Ruhrbrücken war ein herber Schlag. Die Eisenbahnbrücke von Steele nach Altendorf/Ruhr wurde gar nicht mehr repariert und in Betrieb genommen, später sogar ganz entfernt. Die Eisenbahnbrücke Steele-Nord nach Wuppertal nur noch eingleisig in Stand gesetzt. Ebenso die Verbindung von Steele-Süd nach Essen-Süd an der Spillenburg.

Auch die Straßenbahn wurde durch die Zerstörung der Ruhrbrücke in Mitleidenschaft gezogen. Unabhängig davon wurde jedoch überall ein Anti-Straßenbahn-Trend eingeläutet. Vielerorts falsch, wie sich erst nach Jahrzehnten herrausstellen sollte. So schnell es jedoch möglich war, Schienen und Oberleitungen wieder betriebsbereit zu gestalten, fuhren die Straßenbahnen wieder. Endstation, Start- oder Umsteigeplatz Steele hieß es für die Linien:

EVAG	Linie 5	Stadtwaldplatz, Frankenstraße, Westfalenstraße, Grendplatz;
	Linie 9	Bochumer Straße nach Frohnhausen über Porscheplatz;
	Linie 18	Bochumer Straße nach Mülheim-Heißen über Essen Hbf;
VESTISCHE	Linie 4	Steele - Wanne-Eickel über Kray, Rotthausen, Gelsenkirchen (anfangs nur von der Krayer Straße hinter der Unterführung Steele-West, später wieder ab Bochumer Straße);
BERGISCHE	Linie 17	Steele - Nierenhof; durch die Zerstörung der Ruhrbrücke zunächst ab »Haus Ruhreck« auf der anderen Ruhrseite; nach provisorischer Reparatur und Teilersatz durch eine Holzbrücke dann Endstation Ruhrstraße/Grendplatz vor der Gaststätte Scheidt.

Endstation Bochumer Straße vor dem Gasthof Truschel, dem Vereinslokal des BC Steele. Gegenüber von der 2. Etage aus B 15 konnte man alles beobachten. Das war sehr interessant und spannend und tröstete auch über das nächtliche Quietschen der Räder in der Kurve zur Dreiringstraße hinweg, wenn die ersten Bahnen gegen vier Uhr loslegten. Wenn der Box-Club dann am Samstag noch seinen Heimsieg feierte und mit Akkordeonbegleitung sein Lied »Aber eins, aber eins, das bleibt bestehn...« herüberschmetterte, war es nicht weit her mit der Nachtruhe.

Trotzdem, als ich nach der Wende in Leipzig zu tun hatte, wurde ich im Hotel am Bahnhof gefragt, ob ich lieber ein Zimmer vorne oder hinten heraus haben möchte. Ich fragte nach dem Unterschied. Die Antwort lautete: »Vorne ist es lauter, da hört man morgens ab vier Uhr die Straßenbahnen quietschen.« Spontan entschied ich mich für die Straßenfront, so groß war die mit Sehnsucht untermalte Erinnerung an Steele - an das Haus B 15.

Mein Kindertraum - eine Vision - war, das alle Straßenbahnen an unserem Haus vorbeifahren und nicht in der Westfalenstraße, in der Ruhrstraße oder in der Krayer Straße enden. Dabei stellte ich mir den Grendplatz als Drehscheibe für Straßenbahnen und Busse vor. Auch die Linien 3 und 12, das Krayer Gegenstück zu den Linien 9 und 18, die zwar viel später wieder in Takt waren als die Steeler Linien, waren gedanklich einbezogen. Sie hätten in Kray nicht wenden müssen, sondern hätten über die Krayer Straße nach Steele und von dort aus zurück nach Essen fahren können.

Auf dem Grendplatz passierte aber nicht viel, außer dass das Denkmalpodest entfernt wurde. Das Schild »Droschkenplatz« stand noch lange neben der Notrufsäule, bevor es durch das Wort »Taxi« ersetzt wurde.

Die Straßenbahnen fuhren also in alle Himmelrichtungen, außer nach Osten in Richtung Freisenbruch. Vor dem Krieg gab es einen Schienenstrang entlang der Berliner (Bochumer) Straße bis Steele Nord. Jetzt fuhr ein Bus - sogar mit Anhänger - diese Strecke. Im Winter kam es bei vereister Fahrbahn oft zu Schwierigkeiten. Der überladene Bus mit dem ungewöhnlichen Anhänger schaffte es oft nicht, den Ackmannsberg, sprich Bochumer Straße zwischen Bahnhof Nord und Haus Witteler, hinaufzufahren.

Der Straßenbahntraum war bald ausgeträumt. Als Erstes starb die Linie 5. Dann wurde die wegen der schlechten Wegstrecke so schön gepolsterte 17 eingestellt - auf der neuen Ruhrbrücke gab es sowieso keine Schienen mehr, und Endstation »Haus Ruhreck« war ein Witz. Zum Schluss musste auch die Linie 4 aufhören. Für den kleinen Rest an Straßenbahnen musste der Kaiser-Otto-Platz herhalten. Aber es gab immer mehr Busse.

In den ersten Jahren nach dem Krieg gab es im Geschäftsverkehr aber auch noch einige Pferdefuhrwerke in Steele. In der Grendgasse, unserer Spielstraße, war es der Getränkevertrieb und Stauder-Generalvertreter Heinrich Fahrenthorn, der seine Verteilung mit Pferd und Wagen vornahm. Sogar verhältnismäßig lange. Zuerst war es der treue Hans, der sich leicht füttern und streicheln ließ, dann folgte die etwas wildere Lotte. Milchbauer Geißen wurde morgens in den Straßen schon erwartet, wenn er mit Pferd und Wagen auftauchte und frische Milch brachte. Auch Kartoffelhändler Serges hatte kurze Zeit noch ein Pferdefuhrwerk. Ebenso einige Lumpensammler, »Klüngelskerle« genannt. Laut erschallte ihr Ruf: »Lumpen, Eisen, Knochen und Papier, ausgeschlagene Zähne sammeln wir.« Aber der Vormarsch des Autos war natürlich nicht aufzuhalten. Das Pferd verschwand aus den Zechengruben und von der Straße. Von der Straße damit auch die Pferdeäpfel - und deswegen sicher auch die Spatzen.

Und die Hufschmiede hatten ausgedient. Die Schmiede Liske in der Dreiringstraße hatte zwar noch andere Arbeiten, aber mit dem Pferdebeschlagen war es aus.

Dabei stand auf dem Hof, unmittelbar links neben der Sparkasse, eine abgewrackte Postkutsche, die einmal von vier Rössern gezogen werden musste. Für uns Kinder ein sagenhaft interessanter Spielplatz, vor allem als wir die ersten Cowboyfilme sehen durften. Aber dann war die Romantikkutsche plötzlich verschwunden. Weiß der Kuckuck wohin.

»Mutti, Mutti, wann gehst du wieder einkaufen? Du hast mir versprochen, den schwarzen Markt zu zeigen. Ich will unbedingt den schwarzen Markt sehen, wo ist der überhaupt?« fragte ich neugierig in regelmäßigen Abständen. »Wenn die Wetterlage gut ist, nehme ich dich beim nächsten Mal mit, versprochen« lautete jedes Mal die Antwort. Aber einmal war es dann tatsächlich soweit, ich sollte den schwarzen Markt endlich kennen lernen.

Ich hatte mir Wunder was vorgestellt, aber wir gingen zielstrebig auf den normalen Markt auf dem Kaiser-Wilhelm-Platz. Hier gab es einige Stände mit Obst, Gemüse, Kartoffeln und sonstiges, was eben in diesen schlechten Zeiten machbar war. Aber jede Menge Leute waren unterwegs. Es war ein richtiges Gedränge, und es wurde viel geschoben. Im wahrsten Sinne des Wortes. Aber ich war zu klein, zu jung, zu dumm, zu unwissend, um festzustellen, was da eigentlich abging. Ich hatte nur registriert, dass Mutter wahnsinnig viele Bekannte grüßte, manche mit Handschlag ohne lange stehen zu bleiben, und andere durch Kopfnicken oder Handwinken. Außerdem hatte sie ein paar grüne Heringe gegen Reichsmark an einem Stand gekauft.

Das soll der schwarze Markt gewesen sein? Zuhause berichtete Mutter dem Vater, dass heute nicht viel los gewesen sein soll. Nicht viel los? Der Markt war doch proppenvoll, dachte ich. Sie habe lediglich etwas Zigarettenpapier erhaschen können und zog ein Dutzend Gizeh-Päckchen, also Markenware, aus der Manteltasche. Sie war es gewöhnt, Selbstgedrehte zu rauchen und hatte für die Herstellung ein kleines Spezialgerät. Aber Tabak brauchte man hauptsächlich dazu. Markentabak gab es dieses Mal keinen, aber sie habe zum Schluss noch den »Ritzenschieber« getroffen, der ihr ein Tütchen aufbereiteten Tabak zugesteckt habe. Von diesen Einkäufen habe ich überhaupt nichts mitbekommen.

»Ritzenschieber« nannte man die Leute, die mit einem Spazierstock, der am Fußende mit einem Nagel versehen war, in den Straßenbahnschienen oder in den Straßenrinnen herumstocherten, um weggeworfene Zigarettenkippen oder Zigarrenstummel aufzuspießen. Die Faustregel sagt, dass man auf fünf Kippen eine neue

Zigarette drehen kann. Quizfrage: Wie viele Zigaretten kann man aus 25 Kippen herstellen? Die Antwort »fünf« wäre rechnerisch richtig, aber unlogisch; denn die fünf neuen hinterlassen wiederum fünf Kippen für eine weitere neue Zigarette. Die richtige Antwort muss also »sechs« lauten.

Wenn der »Gebraucht-Tabak« zu knapp oder zu feucht, oder gar mit Zigarrenresten vermischt war, wurde er mit trockenen, ganz fein geschnittenen Kirschblättern »verfeinert« oder besser gesagt »verlängert«.

»Ritzenschieber« waren in der Regel fröhliche Menschen. Sie sammelten teilweise für sich selbst, aber meistens für andere, und zwar für das Tauschgeschäft auf dem schwarzen Markt. Bei der Suche sangen sie oft das passende Lied: »Der eine raucht Havanna, die der Himmel ihm beschert - und der andere all die kleinen Stümmelkes, die er findet auf der Erd. Doch keiner soll sagen, wer da raucht, der sei schlecht. Denn für alle die da rauchen, blüht der Tabak erst recht.«

Die »Ritzenschieber« kannten also den schwarzen Markt. Mutter auch. Ich jetzt auch, aber begriffen habe ich ihn erst viel später nach der Währungsreform. Der schwarze Markt fand überall statt. Auf dem Wochenmarkt, im Kino, in der Schlange vor den Geschäften, in der Straßenbahn - immer da, wo Menschen aufeinander trafen, die etwas zu kummeln hatten. Vater hatte seinen schwarzen Markt daheim als Schwarzbrenner und auf dem Tanzboden, wo er den Schnaps verhökerte.

Es ging alles sehr geheimnisvoll zu. Keiner wollte erwischt werden. Die »Tschakos« - so nannte man die Polizisten wegen ihres Helmes - konnte man ja erkennen und ihnen aus dem Wege gehen. Bei der zivilgekleideten Kripo war das schon gefährlicher. Natürlich war es nicht verboten, Gegenstände aus dem eigenen Hausrat gegen andere einzutauschen. Aber Ware illegal zu beschaffen oder zu produzieren und dann damit zu handeln, war strafbar. Wenn es nur für den Hausgebrauch geschah oder ausschließlich der Ernähung der Familie diente, drückte die Obrigkeit auch mal ein Auge zu. Wehe, wenn der Eindruck erweckt wurde, dass Reichtümer entstehen.

Die Prohibition bedeutet ein staatliches Verbot von Herstellung, Import, Export, Kauf und Besitz alkoholhaltiger Getränke. So ein Verbot gab es in den USA von 1920-33, in Irland von 1900-33 und in Finnland von 1919-32. Besonders in den USA hatte dies illegale Herstellung und Vertrieb durch organisierte Banden und Gangster zur Folge.

Was bei uns ablief, war zwar auch illegal und damit strafbar, aber die Situation ist nicht mit der Prohibition vergleichbar. Bei uns ist eigentlich das Motto »Not macht erfinderisch« anwendbar, wobei man hier und da auch ergänzen kann: »Not kann auch verbrecherisch machen.«

Was mein Vater in seiner häuslichen Schwarzbrennerei produzierte, bewerkstelligte er allein. Von einer organisierten Bande kann nicht die Rede sein. Nur beim Absatz der Ware in den Hamstergebieten benötigte er Hilfe von seinem Freund Peter Altmeier. Natürlich musste der Einkauf der Zutaten Zucker und Hefe organisiert werden, auch die Beschaffung von Korken, Etiketten, Plomb-Verschlüssen und Essenzen. Wenn mich heute jemand nach dem Woher der Ware fragt, kann ich nur antworten: »Alles vom schwarzen Markt.« Genaueres weiß ich nicht.

Wenn die braune, klebrige Zuckermasse - meist war es eine Baby-Badewanne voll - geliefert wurde, musste sie auch schnell verarbeitet werden. Der Zucker wurde in Wasser aufgelöst. Die satte Lösung wurde mit Hefe versetzt in Weinballons zum Gären abgefüllt. Das war schon alles. Je mehr Hefe, desto kürzer der Gärungsprozess, was aber zu Qualitätsverlusten führen konnte.

Der Brenntag war immer ein aufregender Tag. Das ganze Haus stank nach Hefe, und Vater und Mutter lagen immer auf der Lauer, ob kein unangenehmer Besuch auftauchte. Einmal kamen drei Kripo-Beamte. Einer war ein Schulkollege von Mutter, aber die Herren waren nicht hinter Schwarzbrennern (Vater stopfte gerade Hefe in die Zuckerlösung) her, sondern waren auf der Jagd nach gestohlenem, wertvollem Widia-Stahl (Widia von Krupp »Wie Diamant«) her. Die Spur führte zu dem Tanzlokal, in dem Vater am Wochenende musizierte. Die Sache klärte sich schnell als harmlos auf. Der Herren tranken noch einen Schnaps und verabschiedeten sich, ohne einen Blick in die Brennküche geworfen zu haben. Noch mal Glück gehabt.

Der Brennkessel bestand aus einer umfunktionierten 30-Liter-Milchkanne, wie man sie vom Milchbauer kennt. Der Deckel musste bearbeitet werden. Ein abgedichtetes Loch für die Kühlschlange aus Kupfer musste rein, eine generelle Abdichtung des Deckels, damit kein Dampf entweichen konnte, und starke Schraubverschlüsse, damit der Deckel bei dem enormen Druck nicht wegflog.

Die Kühlschlange führte durch einen mit kaltem Wasser gefüllten Kanister aus Dünnblech. Dort wo die Kupferschlange unten aus dem Kanister austrat, war eine undichte Schwachstelle. Da konnte man nicht löten, schweißen oder verpflastern. In so einem Notfall musste ja auch alles schnell gehen. Ein einfacher Trick half, damit die gerade laufende Produktion gerettet wurde. Vater zerkaute Graubrot und schmierte dieses Brot-Speichel-Gemix auf die undichte Stelle. Das half für kurze Zeit.

Wichtig war, dass das Destillat klar war und nicht nach Hefe schmeckte. Gebrannt haben viele, aber nicht jeder hatte die Fähigkeit, Qualität zu produzieren. Vater beherrschte das aus dem Effeff. Das Hinzufügen von Essenzen, den Alkoholgehalt mit Hilfe eines Alkoholometers festzulegen, das Abfüllen, das Etikettieren und Plombieren waren eine Kleinigkeit.

Je näher die Währungsreform rückte, desto mehr Engpässe gab es bei der Beschaffung insbesondere der Hefe. Da mussten wir Kinder einspringen und in den verschiedenen Bäckereien Hefe kaufen, was nur in Haushaltsmengen möglich war. Dazu wurde ein richtiger Einkaufsplan entwickelt.

»Äi Kalle, hasse ma n Tacken für mich?«, fragte mich Frika eines Tages, »am Sonntach gipptet im Unni n neuen Määrchenfillem. Et fehlen noch n paa Maak.«
»Kannze dir fadien, wennze willz - mussa abba watt für tun«, sachich und verklickerte ihm den Hefeeinkaufsplan.

Eine Scheibe Hefe kostete 1 RM. Zehn Scheiben konnte man aus einem Paket schneiden, also ein Paket 10 RM. Nur: Ein ganzes Paket verkaufte keine Bäckerei. Die Haushaltsmenge war eine, höchstens zwei Scheiben. Man konnte auch nicht jeden Tag in die selbe Bäckerei gehen. Es gab viele Bäckereien, aber es wurde auch schnell viel Hefe gebraucht. Frika, der mit dem Einkauf sofort einverstanden war, und ich waren zu wenig Kinder. Wolle, Wille und Pidder sagten auch sofort zu. Alle gingen wir schließlich gerne ins Kino. Lieber als ins Union-Theater wären wir natürlich in die Kammer-Lichtspiele in unserer Grendgasse gegangen, denn hier liefen Western und nicht Märchen. Nur mussten wir aus Altersgründen hierauf noch ein bisschen warten.

Die anderen Kinder wussten natürlich nicht, dass die Hefe zur Schnapsproduktion benötigt wurde, und die Bäckerein sollten es auch nicht spitzkriegen. Wenn gefragt wurde, lautete die Erklärung in Richtung Kuchen backen für die Silberhochzeit, für den Geburtstag, für die Beerdigung oder für das Straßen-Schützenfest. Schützenfest war eine gute oder schlechte Erklärung, je nach Betrachtungsstandort. Zu oft

Organisation HEFE für KW	Mo	Di	Mi	Do	Fr	Sa
Agent	FRIKA	KALLE	WOLLE	WILLE	PIDDER	
Zielobjekt						
Bonsiepe Back+Teigwaren Kaiser-Wilhelm-Str.						
Bruhne Bäckerei Bochumer Str. 31						
Fischer Cafe-Konditorei Hansastraße						
Geene Cafe.- Konditorei Bochumer Straße						
Gräler Bäckerei Bewerungestr.47						
Holzmann Cafe Bochumer Str. 22						
Michaelis Konditorei Kaiser-Wilhelm-Str./Neuholland						
Middelhauwe Bäckerei Ruhrstraße						
Röcken Cafe-Konditorei Kaiser-Otto-Platz 14						
Ruhrbruchs-Mühle Ruhrbruchshof						
Ruhrmann Bäckerei, Konditorei Alte Zeilen 1-3						
Scheele Bäckerei Josef-Boismardweg						
Schmidt Jos. Bäckerei Krayer Str. 18						
Schmidt Jos. Bäckerei Nottebaumskamp 9						
Schmidt-Real Bäckerei, Kond. Humannstraße 7						
Schölwer Bäckerei Kaiser-Wilhelm-Str.						
Schramm Bäckerei Krayer Str. 76						
Schwedtmann Bäckerei Bochumer Str. 121						
Teigler Bäckerei Bochumer Str.						
Weerth Bäckerei, Konditorei Dahlhauser Straße						
Zobel Backwaren Augenerstraße						

durfte man den Begriff jedenfalls nicht ins Gespräch werfen. Es kam vor, dass der Bäcker großzügig auf das Geld verzichtete und die Hefe für das angebliche Schützenfest spendierte. So hatte der junge Einkäufer plötzlich Schwarzgeld, das gar nicht geplant war. Die Gefahr bestand darin, dass man nicht wiederkommen durfte, wenn kein Festumzug registriert worden war.

Ansonsten bekamen die Kinder eine Reichsmark pro eingekauftem Paket. Mit einem Tacken - gleich Groschen, gleich zehn Pfennig - wären wir ja nicht weit gekommen. Aber so geschah es, dass unsere Clique regelmäßig ins Kino konnte. Nach der Währungsreform lief dieses »Geschäft« noch kurzzeitig weiter. Der Umtauschfaktor war 1:10. Das Paket kostete dann eine DM und eine Scheibe zehn Pfennig.

Um beim Hefeeinkauf nicht aufzufallen, musste schon eine gewisse Ordnung sein. Da konnte nicht jeder rumlaufen, wo und wann er wollte. Es sollten ja keine Eintagsfliegen sein; nach Aussage der Hefefabrikanten und -großisten gab es für längere Zeit nichts zu erben.

In den täglichen Rapportzetteln wurden die Einkaufsquelle und die Tagesmenge eines jeden Jungen festgehalten. Vor dem Einsatz bekam jeder genaue Order, wo er hinzugehen hatte. Hört sich umständlich an, war aber wichtig.

Es kam natürlich auch vor, dass der eine oder andere vor Ablieferung der Hefe etwas davon genascht hatte. Schmeckte gar nicht so schlecht.

Das Schützenfest war im Übrigen nicht nur eine Erfindung. Das Kinder-Schützenfest kam in einigen Straßen ganz groß in Mode. Auch in unserer Grendgasse gab es mindestens zwei davon im Jahr. Die Bettelei für die Zutaten war nicht einfach, viel aufregender war aber die Entscheidung für einen tollen König und die Auswahl seiner Königin. Das war richtig spannend und bleibt deswegen mit Sicherheit allen Beteiligten in guter Erinnerung.

Die schönsten Schützenfeste wurden bei Weimer auf dem Hof gefeiert. Vor der Währungsreform und auch danach. Die Postanschrift von Weimers hieß Dreiringstraße 6, da wo Dr. Martin seine Arztpraxis hatte. Durch den Hausflur gelangte man in den Hinterhof ins Separee, einem Sonderraum, bestehend aus einem kleinen Flur und zwei Zimmern. Der abschließende Schweinestall wurde nur als Rumpelkammer genutzt. Für das Ehepaar Weimer mit den vier Kindern Gerda, Inge, Friedrich-

Karl (Frika) und Renate viel zu klein. Vermutlich handelte es sich vor dem Krieg um eine Art Hausmeisterwohung. Man konnte die Wohnung leichter über den Hof erreichen. Das Tor dazu war in der Grendgasse zwischen den Häusern Rennecke und Fahrenthorn.

Aber Wohnraumnot herrschte überall. Fast jeder musste einen Raum abgeben. Wer drei Zimmer hatte, bekam eins durch Zwangseinquartierung von Flüchtlingen mit Hilfe der Behörden abgenommen. Wer übersehen wurde, nahm sich einen Untermieter und kassierte ab - vorausgesetzt der Hausherr merkte nichts oder drückte ein Auge zu.

Das Gegenstück zu diesem Holzhaus befand sich auf der nicht einsehbaren Rückseite. Der eigentliche Hauseingang hierzu war in der Dreiringstraße 4 im Haus der Zahnärztin Dr. Steinsiepe. Der Nebeneingang war in der Straße »Alte Zeilen«. Hier gab es kein Tor wie in der Grendgasse, sondern nur eine schmale verschlossene Tür innerhalb einer hohen, langen Mauer. Dort soll auch eine Familie mit Kindern gewohnt haben. Aber unsere Clique hat diese Leute nie zu Gesicht bekommen. Vermutlich haben sie das Wort »Separee« zu ernst genommen und sich separiert. Oder es gab einen anderen triftigen Grund, den wir nicht kannten.

Kinder-Schützenfeste waren Nachbarschaftsfeste in Notzeiten. Kurz nach dem Krieg und bis kurz nach der Währungsreform waren sie »Gang & Gebe«. Im wahrsten Sinne des Wortes: Denn man musste betteln gehen in der Hoffnung, dass die Leute etwas geben, sofern sie selbst was hatten. Ohne Spenden war kein Schützenfest, keine Kinderparty möglich.

Bei den Eltern, die Kinder zum Mitfeiern hatten, war es leichter etwas zu bekommmen als bei den anderen. Hier gab es ein paar Kartoffeln, da ein bisschen Brot, hier ein bisschen Mehl und da ein wenig Zucker. Kakao, Milch - alles war gefragt. Mineralwasser und Limonade bekamen wir meistens von der Firma Fahrenthorn geschenkt. Dann mussten noch Mütter gefunden werden, die Kuchen backten oder den Kartoffelsalat fertig machen, Kaffee kochen usw. Meistens gab es Streuselkuchen und Rhabarbertorte aus Grießmehl. Abends dann Kartoffelsalat - und wenn wir Glück hatten ein paar einfache Schnittchen. Tische, Stühle und Bänke wurden dann kurzfristig am Veranstaltungstag - meist samstags - zusammengetragen. Im Prinzip brachte sich jeder selbst seine Sitzgelegenheit mit.

Wenn der Termin feststand, brach so drei bis vier Wochen vorher das Königs-Fieber aus. Wer wird König und wen sucht er sich als Königin aus? Wer soll der Prinz und wer die Prinzessin sein? Das waren die spannenden Fragen. Wenn es ausreichend Kandidaten gab und die Festschar größer als erwartet wurde, gab es außer dem Königs- und Prinzenpaar eben auch noch ein Kaiser- und Grafenpaar. Aber das war seltener. Dann mussten die Kostüme erstellt werden. Nicht nur für das Königspaar, auch für das Gefolge.

Ich persönlich wollte schinanterweise wegen der Braut nie König oder Prinz werden. Jäger mit Pfeil und Bogen, das ging gerade noch so.

Das Fest begann nachmittags mit einem Umzug. Vorweg ein paar Fahrräder - alte Drahtesel toll mit Kreppapier geschmückt -, dann wenn möglich ein Akkordeonspieler. Es folgte das Königspaar unter einem Blumenbogen, der rechts und links jeweils von einem Kind gehalten wurde. Dann ein paar Zofen, Diener, weiter das Prinzenpaar, ebenfalls blumenüberdacht, zum Schluss das Gefolge. Wir zogen durch die Straßen, vor allem da vorbei, wo etwas gespendet wurde und sangen:

> Wir feiern heute Schützenfest, Schützenfest, Schützenfehest.
> Der Erwin ist der König, König, Köhönig.
> Die Inge ist die Königin, Königin, Köhnigin.
> Der Norbert ist der Prinz usw. usw.

Dann folgte ein neues Lied:

> Mit dem Pfeil und Bogen durchs Gebirg und Tal
> Kommt der Schütz' gezogen mit dem Morgenstrahl
> Trallala, trallala, trallalala, tralalalala.

Nach dem Umzug gab es dann Kaffee (Muckefuck), Magermilch oder Kakao. Je nach Wetterlage gab es abends dann noch einen Fackelzug mit Papierlaternen und Kerzen.
Beim abschließenden Kartoffelsalatessen kamen dann die Eltern hinzu und feierten mit. Vater war mit seinem berühmt-berüchtigtem Doppel-Wacholder natürlich ein gern gesehener Gast.

Bald in jeder Straße wurden solche Fest abgehalten. Das stärkte das Zusammengehörigkeitsgefühl enorm. Der Grendgasse und seinen Kindern tat es gut.

Auch bei meinen Verwandten, der Familie Kaiser in der Bochumer Straße 31 a, wurden tolle Hoffeste veranstaltet. Zwischen den Häusern Nr. 31 (Tabak Traudt und Bäcker Bruhne) und Nr. 33 (Möbel Grobbink) gab es einen schmalen Durchgang zu Nr. 31 a. Da war ein wunderschöner Garten der Besitzerin Frau Funke, der auf der anderen Seite einen Ausgang zu den Häusern Dreiringstraße hatte und damit direkt zur Grendgasse führte, womit sich der Kreis wieder schloss.

Wir durften zwar nicht direkt im Garten feiern, aber der Vorhof war groß genug und auch abgeschirmt. Neben dem Festumzug und den diversen Speisen waren hier immer die Pfänderspiele interessant, vor allem das Einlösen der Pfänder.

> »Lieber Ofen, ich bete dich an
> Du brauchst Kohlen - ich einen Mann«

musste einmal Lisbeth Graf lange am Pranger beten, bis ein Junge sie endlich durch einen Kuss erlöste. Nicht etwa, weil sie hässlich war, musste sie lange warten - vielmehr waren die Jungs einfach noch zu schüchtern.

Die stinknormalen Alltagsspiele auf der Straße hießen damals: Versteckspiel, Hinkeln, Seilchenspringen, Jägerball, Wiederfangen, Völkerball, Murmeln, Schabbeln oder Krieg der Länder. Mit zunehmenden Alter änderten sich diese Kinderspiele. Sie dehnten sich räumlich aus, wurden rasanter und teilweise auch robuster.

Eine willkommene Abwechslung bot auch die Laienspielschar um die Familie Magdans herum. Auf dem Bauhof hinter der Sparkasse gab es schöne Märchenaufführungen. Ich glaube, diese Truppe würde heute noch viel Beifall ernten.
»Schnaps, das war sein letztes Wort, dann trugen ihn die Englein fort« - dieser Gassenhauer kam erst 1960 heraus, hätte aber verdammt gut in die Schwarzmarktzeit von 1945-48 gepasst. Mein Gott, war das immer ein Auftrieb bei uns zu Hause, wenn wieder neuer Schnaps vorrätig war!

Da kamen immer ein paar Damen aus der so genannten »eleganten Welt« und halfen für ein Schnäpschen oder Likörchen gern mit, Strümpfe zu stopfen. So viele durchlöcherte Strümpfe konnte Mutter überhaupt nicht aufbieten, um den Schnapsdurst leistungsgerecht zu entlohnen. Da waren zum Beispiel aus der Gastronomie die gesellige Änneken Hau von der Union-Schänke oder die liebe Tante Mizzi Germscheid vom Central-Café. Aus Altersgründen hatten die Germscheids das Tanzlokal aufgegeben. Es wurde dann von Erich Heiming (auch Großer Blumenhof in der Gruga) betrieben. Aber obwohl der Altersunterschied zwischen den Germscheids und meinen Eltern über 30 Jahre betrug, duzte man sich. Allerdings mit Etikette. Germscheids sagten Karl und Anni, aber Vater und Mutter mussten Onkel Hans und Tante Mizzi sagen.

Natürlich kam der Besuch nicht mit leeren Händen. Original Wein-, Bier- und Schnapsgläser aus der Gastronomie fanden auch privat ihren Einsatz. Viel ging ja auch zu Bruch. Vaters Musikerkollegen waren selbstverständlich auch regelmäßig präsent. Sie hatten immer einen stechenden Durst. Musik war Trumpf und es wäre unfair zu behaupten, nur der Schnaps sei Trumpf gewesen. Wenn dann zu nächtlicher Stunde Lieder angestimmt wurden, wussten wir als Kinder genau, wann Feierabend war. Nämlich dann, wenn es hieß:

> »Mamatschi, schenk mir ein Pferdchen, ein Pferdchen wär` mein
> Paradies«
> oder noch sentimentaler
> »Auf einem Seemannsgrab, da blühen keine Rosen«.

Bei all dem Negativtouch der Zechgelage, sollte man nicht unterschätzen, wie wichtig die ganzen Beziehungen waren. Die Schnapsbrennerei hatte ja den sittlichen Nährwert, Tauschware für Lebensmittel zu besitzen. Es war schon toll, wenn Vater mit seinem Kumpel Peter von Ostfriesland zurückkam und den Koffer oder den Rucksack auspackte. Wobei leider bei mir der Schwerpunkt mehr beim neugierigen Auspacken als beim Essen lag. Bargeld zur Neuanschaffung der Rohprodukte war auch dabei.

Nur einmal hatten die »Markenartikelreisenden« mit ihren Spirituosen Pech. Ein Bahnhofswirt zwischen Emden und Leer nahm regelmäßig den »echten« Doppelkorn ab und lieferte dafür gute Butter, Eier, Schinken und Speck. Vater und Peter fuhren jeder mit einem Koffer voller Schnaps - das waren jeweils 20 Flaschen - zuversichtlich durch die britische Zone gen Norden, was mit der heißen Ware nicht ganz einfach war. Am Zielort wurde ausgepackt. Oh Schreck, je 20 Flaschen »Scharlachberg Meisterbrand«. Sortier-, Verpackungsfehler oder einfach Unachtsamkeit, das war dem Wirt piepegal. Er bestand auf seinem »echten« Doppelkorn. Obwohl Vater ihn in sein Geheimnis einweihte, nämlich dass der Flascheninhalt die gleiche Chose sei und dass die braune Färbung lediglich von zwei Esslöffeln Muckefuck herrührte und dass das Etikett doch überhaupt keine Rolle spiele. Doch der Wirt blieb stur und nahm den Schnaps nicht ab.

Wenn die Hinfahrt schon schwierig war, so kam es auf der Rückfahrt noch dicker. Verschärfte Kontrollen! Aus Enttäuschung und um die Wut herunterzuspülen, öffneten sie eine Flasche für sich selbst. Und um bei der Kontrolle nicht aufzufallen verteilten sie den großen Rest an die übrigen Reisenden. Davor und danach ist mit Sicherheit kein Zug in Essen Hbf eingelaufen, aus dem so viele volltrunkene Fahrgäste herauspurzelten. Eine lustige Geschichte, wenn der große Verlust nicht gewesen wäre. Immerhin wurde eine Flasche Schnaps mit RM 180,-- gehandelt. Da flossen daheim bei den Frauen schon einige Tränen. Schließlich musste ja neuer teurer Zucker eingekauft werden. Und zu spachteln war auch nichts da.

Mit acht, neun Jahren durfte ich kurz vor der Währungsreform nicht nur Hefe einkaufen, sondern auch Schnaps ausliefern und dafür kassieren. Das galt aber nur für mich, nicht etwa für die ganze »Kindereinkaufsgenossenschaft«. Ich erinnere mich noch gut an die Gaststätte Franz Nolten am Steeler Berg/Augener Straße. Hier war das Vereinslokal des Pohlbürgervereins »Klevefötte«. Hier wurde Wacholder und Doppel-Wacholder bevorzugt. RM 170,-- bzw. 180,-- pro Flasche. Meistens bekam ich noch ein Stück Schokolade dazu.

Wir hatten kein großes, aber ein gängiges Sortiment mit den Markennamen

Korn oder Doppel-Korn,
Wacholder oder Doppel-Wacholder,
Scharlachberg Meisterbrand,
Eierlikör,
Pfefferminz-Likör.

Alle Abfüllungen hatten den gleichen Zuckerschnaps-Inhalt, waren mit Essenzen abgestimmt oder mit Kaffeeersatz getönt und hatten unterschiedlichen Alkoholgehalt. Der Eierlikör hatte die entsprechenden Zutaten. Alle Flaschen wurden mit neuen, frischen Korken versehen und mit löslichem Hartgummi verplombt. Außerdem erhielten sie ein Original-Etikett.

Alles wurde fast professionell gehandhabt. Gebracht hat`s trotzdem nicht viel. Im Gegenteil, nach der Währungsreform musste Vater noch für RM gekauften Zucker in DM bezahlen. Essen und Trinken gab es durch den Schwarzhandel ausreichend, und die durch den Eigenbedarf erzeugte ständige Hochstimmung kann man in diesen schlechten Zeiten auch positiv sehen.

Einkaufen, den Eltern mithelfen, Brennholz aus Trümmern holen, aufpassen dass beim Kohleneinbunkern niemand eimerweise Kohlen klaute, mit dafür zu sorgen, dass es wieder aufwärts geht haben wir nicht als Kinderarbeit angesehen. Es war kein Zwang - es war eine Ehre, auch wenn manche Dinge nicht ehrenwürdig waren. Kirschen in Nachbars Garten zu stibitzen, hatte ich wegen des eigenen Gartens nicht nötig. Im Allgemeinen wurden jedoch mehr Kohlen geklaut als Obst. Wenn wir eine Tonne Kohlen bestellt hatten, wurde diese vor das Kellerloch in der Bochumer Straße gekippt. Wegen der frequentierten Geschäfte »Schuh-Küper« und »Wäsche-Wilsenack« musste die Tonne Anthrazit schnellstmöglich in den Keller geschaufelt werden. Aus dem Großkeller - im Krieg unser Luftschutzkeller - mussten die Kohlen dann eimerweise quer durch den Keller in unseren entgegengesetzt liegenden Lagerraum getragen werden. Ob der Kohlenhändler auch ausreichend geliefert hatte, wurde dabei überprüft. Eine Tonne hat 20 Zentner, und ein Zentner setzt sich aus fünf normalen Putzeimern zusammen. Also hieß es jedes Mal: nicht nur Eimer zählen, sondern diese auch gestrichen voll zu machen.

Es kam immer wieder vor, dass einige Eimer fehlten. Das konnte durchaus im Toleranzbereich liegen, wenn die Eimer nicht genau das Einheitsmaß besaßen. Aber ein Zentner Schwund war für uns ein teurer Verlust und für den Händler in der Summierung mehrerer Haushalte unter Umständen ein Riesengewinn. Aber was tun, wenn die Kohle mal eingelagert war und man stellte eine Verlustquote fest? Beim Händler zu reklamieren hätte nicht viel genutzt. Da hätte man ja unter Umständen alles wieder eimerweise vorzählen müssen. Im Wiederholungsfall blieb also nur die Wahl des Händlerwechsels. Wir hatten das nicht nötig, denn unser Nachbar Paul Steinfels war ein sehr großzügiger Kohlenhändler - vor allem seine Frau Maria war alles andere als geizig.

Mit der Zeit gab es jedoch Anlieferungsschwierigkeiten in der Bochumer Straße. Einmal wegen des Straßenverkehrs und zum anderen wegen der Geschäfte. Erschwerend kam hinzu, dass der Großraumkeller zum Ablageplatz für leere Schuhkartons wurde. Für Kohlen als Zwischenlager nicht mehr geeignet. Von da an wurden die Kohlen vor die Haustür in der Grendgasse 10 geliefert. Haustür ist zu viel gesagt, denn die richtige Haustür befand sich ja direkt am Haus. Bis dahin war es von der Grendgasse noch ein langer Weg durch eine schmale Gasse. Die Kohlen konnte man hier nicht unbeaufsichtigt liegen lassen. Einer musste immer aufpasssen, während die anderen die Eimer schleppten. So schnell wie Fremde mit Eimern und anderen Gefäßen kamen und sich bereicherten, wenn keine Aufsicht da war, konnte man gar nicht denken.

Später wurden die Kohlen zentnerweise in Säcken vom Lieferanten bis vor Ort geschleppt. Ein toller, aber ein nicht direkt zu kontrollierender Service. Nur im Nachhinein konnte man aus der Länge der Heizperiode etwaige Schlüsse ziehen. Das war aber nichts Genaues.

Kohlenscheppen und -schleppen war unangenehm und sicher keine Kinderarbeit, aber es wurde akzeptiert und oft auch gut belohnt. Kinder mit in die Verantwortung zu nehmen, ist im Prinzip nichts Schlechtes, sie in krumme Geschäfte einzubeziehen, kann sich sehr negativ auswirken - und sei es später. Na klar, es waren miserable Zeiten, und jedem war jedes Mittel recht. Die Devise hieß »Anschaffen um jeden Preis«. Was Eltern nicht hätten tun dürfen, ist, ihre Kinder zum Stehlen zu zwingen. So geschehen, wenn die Güterzüge von Steele-West nach Steele-Nord fuhren. Sie mussten dort sehr langsam fahren, oft sogar anhalten und auf Einfahrerlaubnis warten. Besonders die offenen Waggons machten es den Räubern leicht. Auf dem nicht einsehbaren Schienenstück zwischen Steeler Berg und Neuholland, ungefähr auf der Höhe der Friedenskirche, hinter dem Pfarrhaus und gegenüber dem Felsen vom Villenweg wurden die Kinder leicht auf die Waggons gehievt und mussten die Ware hinunter zu ihren wartenden Eltern werfen. Das waren mitunter Briketts, meistens aber Rotkohl- oder Kappesköpfe. Leider wurden einige meiner Spielkameraden auch zu solchen Tätigkeiten gezwungen. Ich nicht.

Zu den freudigen Ereignissen jener Zeit zähle ich auch die Erlebnisse mit der Feuerwehr und auf dem Feuerwehrhof neben dem Union-Theater zwischen Bochumer Straße und dem Ruhrbruchshof. Hauptausfahrt mit automatisiertem Schiebetor auf der Bochumer und eine zweite Ausfahrt in Ruhrbruchsgasse zur Kaiser-Wilhelm-Straße hin. Auf dem Feuerwehrhof wurden gelegentlich auch Schützenfeste gefeiert. Aber viel interessanter war der samstägliche Waschtag. Waschtag für die Löschfahrzeuge, Waschtag für die Feuerwehrschläuche, Waschtag für die Kinder, vor allem im heißen Sommer. Am östlichen Rand des Geländes, also unmittelbar an der Hausmauer vor dem Kino, befand sich ein langes gemauertes Waschbecken. Das war etwa dreiviertel Meter breit, 40 cm hoch und so lang, dass die ausgerollten und gereinigten Wasserschläuche dort hineingelegt werden konnten. Bevor die Schläuche samstags endgültig gelagert wurden, füllten die Feuerwehrmänner das Becken mit Wasser und wir Kinder durften plantschen - meistens in der Unterhose. Manchmal traf uns auch ein dicker Wasserstrahl aus einem Feuerwehrschlauch. Bis auf denjenigen, der getroffen wurde, quietschten dann alle vor Vergnügen. Margot Hornschuh, die unmittelbar dort wohnte und die mir dort den Eintritt verschaffte, könnte sicher noch viel mehr darüber erzählen.

Ein viel größerer Badespaß entwickelt sich jedoch an der Ruhr. Nach der Minenentfernung in den Ruhrwiesen und der Bombensäuberung des Wassers - alle Bombentrichter konnten nicht beseitigt werden und waren durch Strudelbildung gefährlich - gab es allgemeine Badefreiheit.

Die ersten organisierten und bezahlten Gruppenreisen waren die Kreuzzüge im Mittelalter, was selbst Touristikexperten nicht unbedingt bekannt ist. Vielleicht wäre der Tourismus im 20. Jahrhundert durch die rasante Entwicklung des Schiff-, Bahn-, Bus- und Individualverkehrs ohne die zwei Weltkriege noch rascher vorwärts gekommen, als er es sowieso schon ist. Möglicherweise hat der starke Nachholbedarf nach den Kriegen auch eine Schubdynamik entwickelt.

Für mich steht jedoch fest, dass die größte Reisewelle die es je gab mit einem Nahverkehrsmittel, bei uns in Steele nach 1945 stattfand. Man stelle sich »Naherholung und Kurzurlaub auf Hinsel« vor. Hinsel heißt ein Ortsteil von Überruhr. Hinsel steht hier für Halbinsel, für Ruhrhalbinsel. Und zum Baden mussten die Gäste in Steele über die Ruhr auf die andere Seite, eben Richtung Überruhr.

In Steele macht die Ruhr einen großen Bogen. Am äußeren Bogenrand - da wo der Ruhrdamm ist - ist das Wasser tiefer und im Inneren des Bogens, bei den Ruhrwiesen, ist es seicht. Dort wird Sand und Kies angeschwemmt. Normalerweise wird dieser Strand von Zeit zu Zeit ausgebaggert und damit entfernt. Im Krieg ist da allerdings nichts gelaufen. An diesen Stellen konnten auch Ungeübte oder Nichtschwimmer ins Wasser. Außerdem lockte die große Ruhrwiese zum Sonnenbaden. Und die Sommer waren ganz schön heiß. In einem Jahr wurde sogar schon an Karfreitag in der Ruhr geschwommen.

Wenn man an einem Wochenende einen Bekannten unter den Badegästen treffen wollte, musste man sich was einfallen lassen. Ein Wimpel aufstellen oder ähnliches. Wo kam dieses nur spärlich bekleidete, sonnenhungrige und wasserlüsterne unüberschaubare Heer von Menschen her? Aus Steele, aus Kray, aus der näheren Umgebung, die kamen zu Fuß. Aber die ganz große Horde kam mit der Straßenbahn nach Steele. Von Wanne-Eickel, von Gelsenkirchen und von Rotthausen mit Linie 4 zur Endstation Bochumer Straße. Sie kamen mit Decken, Regen- statt nicht vorhandenen Sonnenschirmen, Zeltplanen zum Übernachten, mit geflickten Autoschläuchen als Schwimmgürtel und sogar mit leeren Benzinkanistern, um ein Floß zu bauen. Von der Liebesinsel Fluß aufwärts bis hinter die Eisenbahnbrücke konnte man kaum noch Gras sehen, Wasser auch nicht viel. Die stadtwärts gelegene

Ruhrseite war auch belagert, insbesondere zwischen Ruderverein und Schwimmverein und der daran angrenzenden Kosslers-Wiese. Von so einem prall gefüllten »Fleischmarkt« würde ich gern einmal ein Luftbild sehen. Das wird es vermutlich nicht geben.

Das mag alles ein wenig übertrieben klingen. Aber einem, der an der Endstation der Linie 4 wohnend abends aus dem offenen Fenster beobachten konnte, wie viele Menschen und vor allem in welcher Art sie dies taten, mag das nachgesehen werden. Es widerstrebt mir, von Mord und Totschlag zu sprechen, obwohl es sehr danach aussah. Die Straßenbahn fuhr im 20-Minuten-Takt, in den Stoßzeiten mit einem Anhänger mehr. Die Leute hingen wie die Kletten an der Bahn, standen auf den Trittbrettern und versuchten sogar auf dem Dach mitzufahren. Es dauerte Stunden, bis sich alles wieder normalisierte. Schlau ist - in Zeiten, da es darauf ankommt - fast jeder gewesen. Aber manche waren auch pfiffig. Sie gingen von der Ruhr kommend erst gar nicht zur Endstation Bochumer Straße, sondern täuschten vor, per pedes nach Hause zu gelangen. In Wirklichkeit gingen sie zielstrebig zur vorletzten Haltestelle Steele-West-Bahnhof und passten hier die von Wanne-Eikkel zurückkommende leere Bahn ab und konnten da gemütlich Platz nehmen. Das Getöse, dass dann an der Endstation stattfand, kann man sich bestimmt gut vorstellen.

Steele war wieder einmal Magnet für den halben Ruhrpott geworden. Die Ruhrwiese rund um das alte ehrenwerte »Licht + Luftbad« war in den ersten Nachkriegsjahren nicht nur Tummelplatz für Badegäste - die »Schwarzmarkt-Experten« gaben sich hier auch die Hand, oder besser gesagt: was in die Hand. Nein, auch sportliche Aktivitäten fanden hier auf hohem Niveau statt.

Ich denke da vor allem an den BC Steele, der seine Faustkämpfe hier austrug. Das zerstörte Gebäude vom »Licht + Luftbad« war zwar nur bedingt brauchbar, aber Zeltplanen schirmten ein ziemlich großes Areal zu einer Boxarena ab. Zwar nicht so pompös wie die Dubois-Arena in Borbeck, jedoch oft mit mehr Zuschauern. Wenn August Fox mit seiner Staffel antrat, war etwas geboten, da strömten die Massen hin.

Zwischen den Klärbecken und überwucherten Sandbergen gab es dort auch noch einen Fußballplatz. Hier hatte die Spielvereinigung Steele 11 ihre Glanzzeit, nicht nur in spielerischer Hinsicht - auch was die Zuschauerzahlen angeht. Als einziger Verein in Steele und Umgebung konnte man den Spielbetrieb trotz der vielen Fliegerangriffe bis kurz vor Kriegsende aufrecht erhalten. Der Verein musste insgesamt 48 Mitglieder betrauern, konnte aber 1945 den Spielbetrieb wieder aufnehmen. Ein Beweis, wie stark der Verein mal war. Die starke 1. Mannschaft wurde in die Bezirksklasse eingereiht und machte Furore. Aber durch widrige Umstände schaffte man 1948 den Aufstieg in die Amateurliga nicht. Ein Jahr später folgte der Abstieg in die Kreisklasse. Die Pokalwoche zum 40-jährigen Bestehen fand vom 1. bis 12. August 1951 bereits in der Ruhrau statt. Daran waren beteiligt: Rellinghausen 10, Wacker Steele, TuS Rott, Sportfreunde Steele 09, 1. FC Eiberg, SuS Kray-Leithe, VfL Kray, Teutonia Überruhr, BV Steele 03 und Preußen Steele. Die Spielvereinigung Steele 11 spielte aus organisatorischen Gründen die Pokalrunde nicht mit, trat aber am 4. August zu einem Jubiläumsspiel gegen TuS Frillendorf aus der Amateurliga an.

Zurück zur Ruhrwiese. Da schallte es bei den Meisterschaftsspielen immer laut zwischen den Hügeln »Mause vor, Mause vor!« Georg Mause war der tolle Torwart, der mit vielen Glanzparaden die Zuschauer begeisterte. Außer Mause sind aus jener Zeit noch die Namen Alfred Ebert, Günter Kemmerling, Willi Mäsch, Karlheinz Gatz, Heinz Böhme, Hermann Koopmann, Karlheinz Hirdes, Herbert Heun, Heinz Ebert, Heinz Liel und Friedhelm Wäscher in guter Erinnerung. Der Sportplatz selbst war wesentlich besser in Schuss als der zwischen den Eisenbahnbrücken am Bahndamm, wo später u.a. der BV 03 spielte.

Ein weiter Anziehungspunkt war der Spiek - der tote Arm der Ruhr. Der Spiek zog sich von der alten Schleuse bei Bauer Platte am Bahndamm entlang bis hin zur Flutbrücke, der Eisenbahnbrücke mitten in der Ruhrwiese. Das ruhige Wasser war für ungeübte Schwimmer angenehmer und ungefährlicher als die strömende Ruhr. Außerdem war das Wasser - ähnlich wie im Biotop - ein paar Grad wärmer, so dass man jahreszeitlich auch länger baden konnte. Im Winter war es umgekehrt. Weil es ein stilles, ruhendes Gewässer war, bildete sich auch schneller eine Eisschicht. Die Ruhr war auch einige Male zugefroren, aber der Spiek eigentlich immer. Ein kleines Paradies für Schlittschuhläufer. Am besten konnte man diese Kunst mit Hilfe eines Küchenstuhles erlernen. Man schob ihn vor sich her und fiel nicht hin. Auf dem Stuhl konnte sogar noch jemand Platz nehmen, wenn die Stuhlbeine nicht zu stumpf waren. Heute spielt der Spiek eine wichtige Rolle in der Trinkwassergewinnung. Es geht um 50 Millionen Kubikmeter pro Jahr.

Licht+Luft-Bad, Box-Club, Fußball - die Ruhr, der Spiek und dazwischen die große, große Wiese. Wenn mal nichts los war, unsere geliebte Prärie, die leider jedoch nicht mehr sehr lange zur Verfügung stand.

Blick auf die Ruhr. *Nach rechts der Flussverlauf Richtung Wasserwerk und Spilllenburg. Links der Abzweig zur Schleuse und zum Wehr, die Liebesinsel und der Spiek.*

Zunächst hatten die Alliierten das Fußballspielen verboten. Aber im Herbst fanden schon die ersten Freundschaftsspiele statt, und ab 1946 wurde wieder um Punkte gekämpft. Die legendäre Oberliga West startete mit der Saison 1947/48 und hielt bis 1963, als die Bundesliga kam. Die erste Abschlusstabelle sah so aus:

1. Borussia Dortmund
2. Sportfreunde Katernberg
3. TuS Horst-Emscher
4. Hamborn 07
5. RW Oberhausen
6. Schalke 04
7. Fortuna Düsseldorf
8. Spvgg. Erkenschwick
9. Alemannia Aachen
10. Vohwinkel 09
11. Preußen Dellbrück
12. VfR Köln
13. VfL Witten

Torschützenkönig wurde mit 22 Treffern August Lenz von Borussia Dortmund, gefolgt von Alfred Kelbassa mit 20 Toren, damals noch für Horst-Emscher spielend. RW Essen war beim Start noch nicht dabei, schaffte aber auf Anhieb den Aufstieg vor Tura 86. August Gottschalk tauchte sofort in der Torschützenliste auf. Mit 15 Treffern wurde er Vierter. Alfred Preissler von Bor. Dortmund hatte zehn Tore mehr und wurde König. Der Essener Mittelstürmer August Gottschalk hatte Verwandtschaft in Steele in der Dreiringstraße. Bei einer Kommunionfeier kickte er mit uns in der Grendgasse - mit bestem Anzug und Lackschuhen versteht sich.

Wenn man die Vereinsnamen der Oberliga West der ersten Nachkriegsjahre liest und den Auf- und Abstieg beobachtet, kann man sagen »Da wo es Kohle gab, floss auch die Kohle.«

B 15 - in unserem Haus hatte sich zwischen Kriegsende und Währungsreform auch etwas getan. Oma Mücher war gestorben und der Nachbar Uhrig kam leider nicht mehr aus dem Krieg zurück. In der vierten Etage war nach dem Auszug meiner Verwandtschaft, der Familie Kaiser, eine Familie Redeling eingezogen. Mit der Familie gab es außer mit der Tochter Brunhilde wenig Kontakte. Sie hatte wie die Vorgänger auch nur zwei Zimmer, das dritte war die Schlafstelle von Leonhard Schlösser junior. Jeden Morgen schallte die kreischende Stimme von Mutter Schlösser - Inhaberin des Wäschegeschäfts Geschwister Wilsenack - von unten nach oben durchs Treppenhaus: »Hardy, Hardy - Haarrdieee, aufstehen. Hardy hopp, hopp!« Das ganze Haus war wach, nur Hardy schlief weiter. Er hatte in der elterlichen Wohnung in der 1. Etage keinen Platz, denn hier gab es eine Schneiderei für maßgeschnittene Herren-Oberhemden. Bei uns gegenüber in der zweiten Etage hatte inzwischen die Familie Lierse Einzug gehalten, die ja die Wohnung schon vor dem Krieg gemietet hatte. Günther Lierse kehrte nach kurzer Kriegsgefangenschaft aus Italien zurück und konnte sich um die Familie kümmern. Sohn Wolfgang war schon im Februar 1942 geboren worden, und Christelchen folgte jetzt im Februar 1947. Günther Lierse machte anfangs einen etwas verstörten Eindruck. Das hing wohl mit den Kriegserlebnissen zusammen, über die er nicht gerne sprach. Er muss wohl in einem Einmann-Schützenloch gesteckt haben, als ein Panzer ihn nicht nur überrollte, sondern, wie es üblich war, versuchte, ihn zu zerquetschen. Sein Glück, dass der Boden hart war und nicht zusammensickerte. Das Loch wäre sonst sein Grab gewesen.

Alsdann bekam der gelernte Walzenführer eine Anstellung bei der Straßenbaufirma Dickmann. Gewalzt werden musste viel, und ab und zu durften wir Kinder in den Ferien in dem Gerätewagen, den die Walze ständig hinter sich herzog, mitfahren. Zuerst war die Freude groß. Aber im Schneckentempo zu reisen, nervt Kinder auf Sicht. Außerdem kam der Schreck am Ziel. Die Walze fuhr nicht zurück, sie blieb bis zur Fertigstellung der Baustelle am Einsatzort stehen. Zurück laufen hieß das für uns. Wenn das nur von Kray-Leithe aus war, ging es ja noch. Es gab aber auch entferntere Einsatzorte. In Zukunft waren wir so schlau, uns vorher zu erkundigen, wo die Reise denn überhaupt hinging.

Eine einschneidende Änderung für das ganze Haus war Anfang 1946 die Lieferung von Vaters Klavier. Es stand bis dahin noch in seiner elterlichen Wohnung Hellweg 29. Oma und Opa waren gestorben, und Tante Alwine lebte allein in der 3-Zimmer-Wohung bis die Zwangseinquartierung folgte. Alwine musste einen Raum an eine Familie Kerpen abtreten. Die Wohnzimmereinrichtung wurde auf das Schlafzimmer und die Wohnküche verteilt. Bis auf das Klavier. Mit Pferd und Wagen von Otto Hermany wurde das Instrument vom Hellweg in die Grendgasse gefahren und von mehreren Personen in unsere Wohnung getragen. Ein spektakulärer und nicht ganz ungefährlicher Transport.

Mit Schnaps und Musik kam also Stimmung in die Bude. Neben den Musikerkollegen und dem Socken stopfenden Damenkränzchen ist mir eine attraktive junge Dame in guter Erinnerung. Anita Küper-Fahrenberg wohnte im Hause der Bäckerei Teigeler in der Bochumer Straße und war von irgendjemanden bei uns zu einer Schnapsprobe eingeladen worden.

Es war 1948 kurz vor der Währungsreform. Aus der Schule kommend empfing mich zu Hause der neue Besuch Anita. Mitleidig begutachtete sie meine leicht unterernährte Figur mit den dünnen langen Beinen und blieb mit ihrem Blick bei den Schuhen hängen. »Das geht so aber nicht«, wandte sie sich an meine Mutter, »für die Schule muss der Junge doch vernünftiges, festes Schuhwerk haben«, schnappte mich bei der Hand und zog, ohne weitere Kommentare abzuwarten außer Haus. Ihr Ziel war das Schuhhaus Rüter, ein paar Häuser die Bochumer abwärts. Das ging alles blitzschnell. Ich habe kein Geld über die Theke fließen sehen und auch keinen Bezugsschein. Ein paar freundliche Worte - und ich hatte ein paar neue Schnürschuhe Marke »Elefant«. Klar, dass Anita für mich die sympathischste Erscheinung aller Besucher war. Klar auch, dass Anita durch diese Geste spontan in dem fröhlichen Kreis aufgenommen wurde. Fortan war sie immer dabei, wenn was los war. Und los war immer was.

Karlchen 1948 vor der Ruhrauschule.

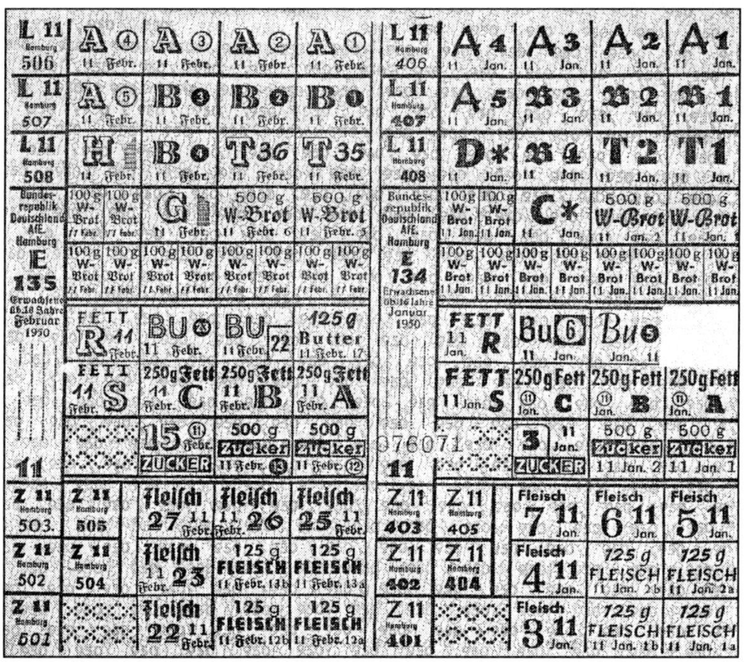

L 11 Hamburg 506 | A ④ 11 Febr. | A ③ 11 Febr. | A ② 11 Febr. | A ① 11 Febr. | L 11 Hamburg 406 | A 4 11 Jan. | A 3 11 Jan. | A 2 11 Jan. | A 1 11 Jan.
L 11 Hamburg 507 | A ⑤ 11 Febr. | B ❸ 11 Febr. | B ❷ 11 Febr. | B ❶ 11 Febr. | L 11 Hamburg 407 | A 5 11 Jan. | B 3 11 Jan. | B 2 11 Jan. | B 1 11 Jan.
L 11 Hamburg 508 | H 11 Febr. | B ❹ 11 Febr. | T 36 11 Febr. | T 35 11 Febr. | L 11 Hamburg 408 | D* 11 Jan. | B 4 11 Jan. | T 2 11 Jan. | T 1 11 Jan.
Bundesrepublik Deutschland AfE. Hamburg E 135 Erwachsene üb. 18 Jahre Februar 1950 | 100 g W-Brot 11 Febr. | 100 g W-Brot 11 Febr. | G 11 Febr. | 500 g W-Brot 11 Febr. 6 | 500 g W-Brot 11 Febr. 5 | Bundesrepublik Deutschland AfE. Hamburg E 134 Erwachsene üb. 18 Jahre Januar 1950 | 100 g W-Brot 11 Jan. | 100 g W-Brot 11 Jan. | C* 11 Jan. | 500 g W-Brot 11 Jan. 2 | 500 g W-Brot 11 Jan. 1
100 g W-Brot 11 Febr. (8×) | 100 g W-Brot 11 Jan. (8×)
FETT R 11 Febr. | BU ㉓ 11 Febr. | BU 22 11 Febr. | 125 g Butter 11 Febr. 17 | FETT 11 R Jan. | Bu 6 11 Jan. | Bu 5 Jan. 11
FETT 11 S Febr. | 250 g Fett 11 C Febr. | 250 g Fett 11 B Febr. | 250 g Fett 11 A Febr. | FETT 11 Jan. S | 250 g Fett ⑪ C Jan. | 250 g Fett ⑪ B Jan. | 250 g Fett ⑪ A Jan.
15 ⑪ Febr. ZUCKER | 500 g Zucker 11 Febr. ⑬ | 500 g Zucker 11 Febr. ⑫ | 076071 | 3 11 Jan. ZUCKER | 500 g Zucker 11 Jan. 2 | 500 g Zucker 11 Jan. 1
11 | 11
Z 11 Hamburg 503 | Z 11 Hamburg 505 | Fleisch 27 11 Febr. | Fleisch 11 26 Febr. | Fleisch 25 11 Febr. | Z 11 Hamburg 403 | Z 11 Hamburg 405 | Fleisch 7 11 Jan. | Fleisch 6 11 Jan. | Fleisch 5 11 Jan.
Z 11 Hamburg 502 | Z 11 Hamburg 504 | Fleisch 11 23 Febr. | 125 g FLEISCH 11 Febr. 13b | 125 g FLEISCH 11 Febr. 13a | Z 11 Hamburg 402 | Z 11 Hamburg 404 | Fleisch 4 11 Jan. | 125 g FLEISCH 11 Jan. 2b | 125 g FLEISCH 11 Jan. 2a
Z 11 Hamburg 501 | Fleisch 22 11 Febr. | 125 g FLEISCH 11 Febr. 12b | 125 g FLEISCH 11 Febr. 12a | Z 11 Hamburg 401 | Fleisch 3 11 Jan. | 125 g FLEISCH 11 Jan. 1b | 125 g FLEISCH 11 Jan. 1a

Muster von Lebensmittelmarken. Ein alter Bezugsschein, ausgestellt für Januar und Februar 1950.

Ruhrau-Schule 1948 - Lehrer Gerhard Hübert mit seiner dritten/vierten Kombi-Klasse:

1. Reihe knieend v.l.n.r.: Christel Breimeier, ??, ??, ??, ??, Gisela Eder, ??, ??, ??, ??, Hermann Steffen, Manfred Kossler.

2. Reihe v.l n.r.: ??, ??, ??, Renate Seelig, ??, ??, Ursula Bangert, ??, Ursula Baesch, ??, Heinz Klobes, Klaus-Dieter Nagorny, ??, Udo Lukas.

3. Reihe v.l.n.r.: Dieter Kleber, ??, Dieter Faust, Jürgen und Hartmut Dieckmann, Harald Dapprich, Rolf Geldmacher, Walter Sandler, ??, Hansi Schauerte, Dieter Kreidt, Lehrer Gerhard Hübert.

4. Reihe v.l.n.r.: Herbert Köster, ??, ??, ??, Karl Hansmann, Klaus Falk, Emil Menn, ??, ??, ??, ??

Dummerweise wurden keine Namen notiert. Die Fragezeichen zeigen Gedächtnislücken auf.

Die ersten zwei Schuljahre hatte ich mit ganz ordentlichen Zensuren hinter mich gebracht. 1948 - noch vor der Währungsreform - kam ich in die dritte Klasse zu

Lehrer Hübert. Das sollte ein ganz strenger sein, wurde ich vorgewarnt. Aber was sollte schon passieren? Mutter war jahrelang in seiner Obhut und Onkel Reinhard auch.

Wegen einer Schülerüberzahl wurde eine gemischte Klasse aus Dritt- und Viertklässlern gebildet. Das hatte Vor- und Nachteile auf beiden Seiten. Der Vorteil für mich stellte sich erst in der vierten Klasse raus. Vor allem beim Rechnen war doch einiges vom Vorjahr aus dem Lehrplan der höher angesiedelten Kameraden hängen geblieben.

Ansonsten lag ich mit dem Lehrer ewig im Clinch. Der wollte absolut nicht begreifen, dass ich nicht singen konnte. »Deine Mutter konnte sehr gut singen, also sing du gefälligst auch«, schrie er zornig, stimmte mit seiner Geige ein neues Lied an und schlug mir den Geigenbogen auf den Kopf. Die Klasse lachte, ich machte den Mund auch nicht ansatzweise zum Singen auf, und er wurde immer wütender und riss mir einen ganzen Büschel Haare aus. Am nächsten Tag wollte er etwas beschwichtigen, indem er sagte: »Siehst du, du kannst ja auch so schöne Aufsätze schreiben wie deine Mutter, dann musst du ja auch so gut singen können.« Doof - Mutter hatte ja den Aufsatz für mich geschrieben, aber sie war eben seine absolute Lieblingsschülerin und ich der missratene Sohn, der auch noch einen Vater hatte, der primitive Tanzmusik machte. Wer weiß, vielleicht hätte er auch nur einen Schnaps gebraucht, aber das geziemte sich für einen Lehrer und engagierten Kirchenmann sicher nicht.

Ich wurde zwar in die vierte Klasse mit dem Zeugnisvermerk »steigt« versetzt, wenn ich mir jedoch heute die Zensuren anschaue, dann verstecke ich das Blatt vor den Augen meiner Enkelkinder. Viermal »gut«, und zwar in Führung, Häusl. Fleiß, Beteiligung am Unterricht und Religion. Dann neunmal »Genügend« - praktisch in allen wichtigen Fächern. Dann kommt das Schärfste. Unter der Rubrik »Musik« steht »mangelhaft«. Das ärgert mich heute noch mehr als die anderen Zensuren. Wenn die Sparte »Singen« geheißen hätte, wäre nichts einzuwenden gewesen. Schließlich konnte ich schon paar Takte auf dem Klavier spielen, Noten lesen und einen Violinschlüssel zeichnen.

Schön dagegen war die Zeit im Kindergottesdienst sonntagmorgens nach dem Hauptgottesdienst in der Friedenskirche. Das Ganze wurde vom Pastor gelenkt - am Anfang war es noch Pfarrer Paul Bever und später Herr zur Nieden -; die Kinderschar war in mehrere kleine Gruppen aufgeteilt und von einem Abteilungsleiter oder einer -leiterin geführt. Ich hatte eine ganz liebe »Tante«: Ilse Greshake, die Tochter des strengen Presbyters und spätere Frau des Rechtsanwalts Walter Krämer. Schön waren die Ausflüge, an denen die ganze Familie teilnehmen durfte, und in guter Erinnerung bleiben auch die Weihnachtsfeiern, oder ehrlich gesagt die Weihnachtsgeschenke. Es gab Jahr für Jahr einen Porzellanteller mit Goldrand und Goldaufschrift »Kindergottesdienst Weihnachten 1948« und fortgesetzt. Es ist eigentlich schade, dass diese Teller in den täglichen Gebrauch gerieten und somit heute als Sammlung nicht mehr zur Verfügung stehen. Trotzdem muss man sich das einmal auf der Zunge zergehen lassen: Kinder freuten sich über einen leeren Suppenteller als Weihnachtsgeschenk und kamen ganz stolz damit nach Hause.

Dann rückte die Währungsreform immer näher. Die Reichsmark sollte durch die Deutsche Mark ersetzt werden. Stichtag war der 20. Juni 1948.

Am Vorabend wurden in der Familie noch einmal die alten Geldbestände geordnet. Ich hatte noch 120,-- RM aus Zugabegeldern, damit ich meinen Teller hübsch leer esse. Genau für diesen Betrag habe ich kurz vor Geschäftsschluss in der Kepa eine Kinderpost bekommen. Aus Gummibuchstaben konnte ich mit einer Pinzette Namensstempel anfertigen oder Schriftsätze bilden. Eine gute Vorbereitung für das grafische Gewerbe - da hatte ich schon immer Spaß dran. Am nächsten Morgen habe ich kontrolliert. Es gab diese Kinderpost noch. Der Preis betrug jetzt DM 12,--. Das konnte sich kaum jemand leisten.

Mit dem Tag der Währungsreform beginnt ein neuer Lebensabschnitt. Mit oder ohne den so genannten schwarzen Markt ?

Meine spätere Erkenntnis: Wer sich auf den schwarzen Markt begibt, macht eine Gratwanderung zwischen Kriminalität und Selbsterhaltungstrieb, zwischen Tauscherei und Betupperei, zwischen Wahrheit und Notlüge.

Die Währungsreform und das Hinterher

Nach dem 1. Weltkrieg gab es 1923 nach Zerrüttung durch Inflation eine Neuordnung des Währungssystems, und nach dem 2. Weltkrieg gab es 1948 eine neue Währung. Am 20. Juni 1948 wurde die RM durch die DM abgelöst. In der Hoffnung, dass es jetzt mit der Wirtschaft rasant aufwärts geht hatten sich diesen Stichtag viele herbeigesehnt.

Mutter war pünktlich um 10 Uhr bei der Stadtkasse im Sparkassengebäude Dreiringstraße, um das uns zustehende neue Geld in Empfang zu nehmen. Neugierig darauf wie die DM denn wohl aussehen würde, saßen wir zu Hause in Lauerstellung. Wie viel es pro Kopf gibt, wussten wir ja. Es waren DM 40,--. Alles in Scheinen; denn Münzen gab es erst später. Niedlich die Zehnpfennigscheine usw.

Nach dem Umstellungsgesetz erfolgte die Ausgabe von RM zu DM im Verhältnis 10:1 bei Bankguthaben, Schulden usw. und von 1:1 bei Löhnen, Gehältern, Mieten.

Die Umstellung in unserem privaten Haushalt bringt mich in Erklärungsnot. Bei zwei Punkten blicke ich nicht durch. Es war laut Gesetz klar ausgesagt, dass Schulden im Verhältnis 10:1 aufgerechnet werden. Vater hat aber seine nicht geringen Zuckerschulden 1:1 abdrücken müssen. Ich sehe noch deutlich die Lieferfamilie jeden Sonntagmorgen bei uns auf der Matte stehen, um Geld einzutreiben. Wieso und warum Vater sich darauf eingelassen hat, ist mir ein Rätsel. An dem Schwarzmarkt-Deal waren beide beteiligt, was sollte also passieren? Automatisch ergibt sich auch die Frage, warum die Ware nicht vorher in RM bezahlt wurde. Geld war doch da - ich habe ja auch noch Spielzeug am letzten Tag gekauft. Weitere Frage: Warum konnte dieses Geld nicht umgetauscht werden, war es zu gefährlich? Oder, oder...? Antworten werde ich nie mehr bekommen.

Für uns jedenfalls war es ein saumäßiger Start in die neue Zeit. Von den DM 160,-- für die Gesamtfamilie wurde rund ein Drittel von der Miete aufgefressen. Strom, Gas und Wasser kamen zu den laufenden Kosten. Dann die blöde, für mich unnötige Schuldensituation und Vater arbeitslos, wenn man von den Musikauftritten an den Wochenenden absieht. Das gab zwar DM 10,-- bis 20,--, war aber keine fest einplanbare Größe. Die Gesamteinnahme landete in den seltensten Fällen zu Hause bei Mutter, die die Haushaltskasse führte. Ein Teil ging an Ort und Stelle als Spesen verloren - im Klartext »versoffen«. Das mag abfällig klingen. Wenn man aber die Situation kennt, weiß man, dass das Schnapsgeschäft noch eine Zeit lang weiterlief und in der Gastronomie, sprich auf dem Tanzboden, angekurbelt werden musste.

Anfänglich lief der Schnapsverkauf noch recht ordentlich, flaute aber immer schneller ab. Irgendwann Ende 1949, Anfang 1950 war dann total Schluss damit. Urplötzlich gab es überall auf dem freien Markt alles zu kaufen. Letztlich war der schwarz gebrannte Schnaps teurer als der im Handel. Die bekannten Markenartikler warfen ihre Produkte sehr schnell auf den Markt.

Der Stichtag »Währungsreform« war für uns der Start in ein Zeitalter des »Anschreibens« des »Deckelmachens« und der »Kostgänger«. Ein wirklich miserabler Start. Und irgendwie hatte ich besonders bei Mutter den Verdacht, dass sie gedanklich immer noch in der Kummelzeit, in der Schwarzmarktzeit lebte. Es war wahrlich nicht leicht für sie.

Zeitgeist »Anschreiben«

Anschreiben oder Aufschreiben, das blieb sich gleich. Bei uns hieß es, beim Einkaufen nicht bezahlen zu können und damit neue Schulden zu machen. Beim Lebensmittelhändler anschreiben lassen, machten viele. Bei ihren Stammkunden gingen die Händler auch darauf ein, obwohl es ein großes Risiko für sie war. Mancher ist auf seinem Büchsken sitzen geblieben. Büchsken war das kleine Notizbuch in dem alle Positionen festgehalten wurden. Lebensmittel kauften wir hauptsächlich bei Schweinsberg. Anfänglich ging Mutter selbst, mit zunehmenden Alter musste ich dann gehen. Das Einkaufen war oft ein peinlicher Bittgang. Mit dem Zettel in der Hand stand ich dann auf Anschreibegenehmigung und Zuteilung der gewünschten Ware wartend vor allen Leuten da. Die Leute waren mir weniger peinlich, die meisten schrieben auch an. Peinlich war mehr, wenn die strikte Ablehnung für Bohnenkaffee, »gute« Butter oder Zigaretten kam. »Das ist nicht lebensnotwendig« hieß es dann. Wenn etwas Geld für Kleinigkeiten zur Verfügung stand, wurde auch mal der Lebensmittelhändler gewechselt. Aber bei Baukelmann oder bei Kugel konnten wir nicht anschreiben.

Beim Bäcker war das anders. Hier kamen auch nicht die ganz großen Summen zusammen. Turnusgemäß wurde deshalb gewechselt. Favoriten waren die Bäckereien Teigeler, Bruhne, Ruhrbruch und Bonsiepe.

Zeitgeist »Deckelmachen«

Das betraf die Gastronomie und bedeutete auch nichts anderes als Schulden machen. Wer seine Zeche nicht bezahlen konnte, ließ seinen Deckel wie einen Schuldschein bis zum Lohntag beim Wirt im Schubfach liegen. Meist ohne Unterschrift und auch nachträglich schwer kontrollierbar. Es gab Wirte, die hatten Stangenweise Schulddeckel im Schrank liegen. Wenn die Brauerei dann auf Rechnung lieferte, wurden die Außenstände sozusagen als Sicherheit vorgezeigt. Sicherheit? Die gab es nicht. Vertrauen war gut, aber Kontrolle war besser. Kontrolle hieß in vielen Fällen, am Lohntag am Zechen- oder Fabriktor persönlich zu erscheinen und direkt aus der Lohntüte zu kassieren. Bei den meisten Arbeitgebern war freitags Zahltag. Für viele Arbeiter meist der einzige Tag, an dem er freundlich mit Herr angeredet wurde, nämlich mit »Her mit dem Geld«. Bei Wechselschicht wurde es für die Gläubiger komplizierter. Auch bei der Glashütte. Hier wurde im 10-tätigen Rhythmus ausgezahlt. Mal war es der 9./19./29. eines Monats und mal waren es der 10./20./30. - dann noch die dreifache Schicht. Da hatten die Gläubiger manchmal das Nachsehen, zumal wenn die Ehefrauen mit Bescheinigung ihres Mannes das Geld schon vorher im Lohnbüro abgeholt hatten. Aber die meisten Schuldner wurden rückfällig, kamen wieder, zahlten einen Teil und erhöhten die Schulden. Ein Teufelskreis.

1950 zählte Steele einschließlich Königssteele, Freisenbruch, Horst und Eiberg, die ehemals selbständigen Gemeinden, 45.000 Einwohner und hatte rund 100 Gaststätten. Das heißt, auf 450 Einwohner fiel eine Gaststätte. Die Zahl der Dekkelkreditgeber bleibt eine Dunkelziffer. Zum Vergleich: Das Schwarzwalddorf Sasbachwalden hat rund 1600 Einwohner mit 32 Restaurants. Also für nur 50 Einwohner eine Gaststätte. Beispiele hinken bekanntlich. Aber mit Statistiken und Zahlen lässt sich viel beweisen bzw. kann man viel hinein interpretieren. Die Gastronomie im Schwarzwald lebt natürlich nicht von den Einheimischen, sie ist stark auf den Fremdenverkehr angewiesen. Aber hatte Steele keinen fremden Verkehr? Aber hallo!

Im Jahre 1810 gab es in Steele mindestens 20 Bierbrauereien mit einer Jahresleistung von 4.536 Maß, die einen Wert von 1.134 Talern hatten. Die Einwohnerzahl belief sich auf 1.456 Personen. Neben den kleineren Brauhäusern hatte Steele aber mit der Union-Brauerei an der Altendorfer Straße (heute Horster Straße) auch eine Großbrauerei. Sie wurde 1889 von den Kaufleuten Bodenheim aus Düsseldorf und Knösels aus Krefeld erbaut. Einige Jahre später war sie in Besitz von Heinrich

Tosse und Schulte-Bäuminghaus aus Steele. 1914 betrug der Umsatz rund 20.000 Hektoliter. Wegen des Rohstoffmangels während des Ersten Weltkrieges ging der Umsatz stark zurück, und die Besitzer verkauften an die Union-Brauerei Dortmund.

Nach dem Zweiten Weltkrieg gab es in Essen noch die Essener Aktien-Brauerei (Stern), die Privatbrauerei Jacob Stauder und die Essener Kronen-Brauerei. Da zu anfangs noch die Hausbrauerei »Bremer=Hafen«, Inhaber Frau Carl Bremer. Überlebt hat nur die Privatbrauerei Jacob Stauder. Annoncen mit Bierwerbung lassen den Wandel der Zeit erkennen, sie sind virtuelle Zeitzeugen.

Zeitgenössische Bierwerbung - Visuelle Zeitzeugen
Damals wie heute: Bier mach den Durst erst schön.

Ja-
das
mit
dem
Stern...
AUS DER STERN-BRAUEREI ESSEN

Das Ruhrrevier trinkt
Stauder-
Bier

Stimmung-
Frohsinn-Heiterkeit
Stauder Pils
durch
Stauder-Bier
zur Narrenzeit

Stauder Pils
Stauder-Pils
Stauder-Pils
schmeckt immer!
BRAUEREI STAUDER ESSEN TEL. 290051
Ausschank im Vereinslokal Theo Strüber

Das Ruhrrevier trinkt
Stauder-Bier

Die Braustätte
des edelbitteren
und bekömmlichen
Stauder-Pils
BRAUEREI STAUDER ESSEN

Verbraucher sind in der Regel markenbewußt. Ein Zigarettenraucher wechselt nur selten die Marke. Nicht ganz so extrem verhält sich der Biertrinker. Bei uns zu Hause hatte sich Stauder zur Hausmarke und auswärts in den Gasthäusern zur bevorzugten Marke entwickelt. Sicher beeinflußt durch die Wohnnähe zum Bierverlag Fahrenthorn und durch das Vereinslokal Strüber. Als Vater seine jahrelange, durch Angina Pectoris bedingte Abstinenz beendete und er das erste Mal wieder mit einer Bierfahne nach Hause kam, fragte Mutter ganz entsetzt und besorgt: »Hast Du etwa Bier getrunken?« »Ja, ich habe zwei Stauder getrunken. Aber keine Sorge, ich habe vorher mit dem Doktor gesprochen. Er hat mir gesagt, Stauder sei gut für Herzkranke.«, lautete seine Antwort.

Mir persönlich bereitete Stauder bei meinem Abschied aus Steele einen »schönverschmerzten« Abgang. Zum 100-jährigen Jubiläum hatte die Brauerei 1967 auf dem Kaiser-Wilhelm-Platz einen Bierbrunnen aufgebaut. Es gab Freibier so viel man wollte. Nur die Jubiläumsgläser mussten bezahlt werden. Ein Dutzend davon habe ich mit in die Fremde genommen. Das mit dem Freibier war schön - der Gedanke vorerst auf Stauder verzichten zu müssen, schmerzlich.

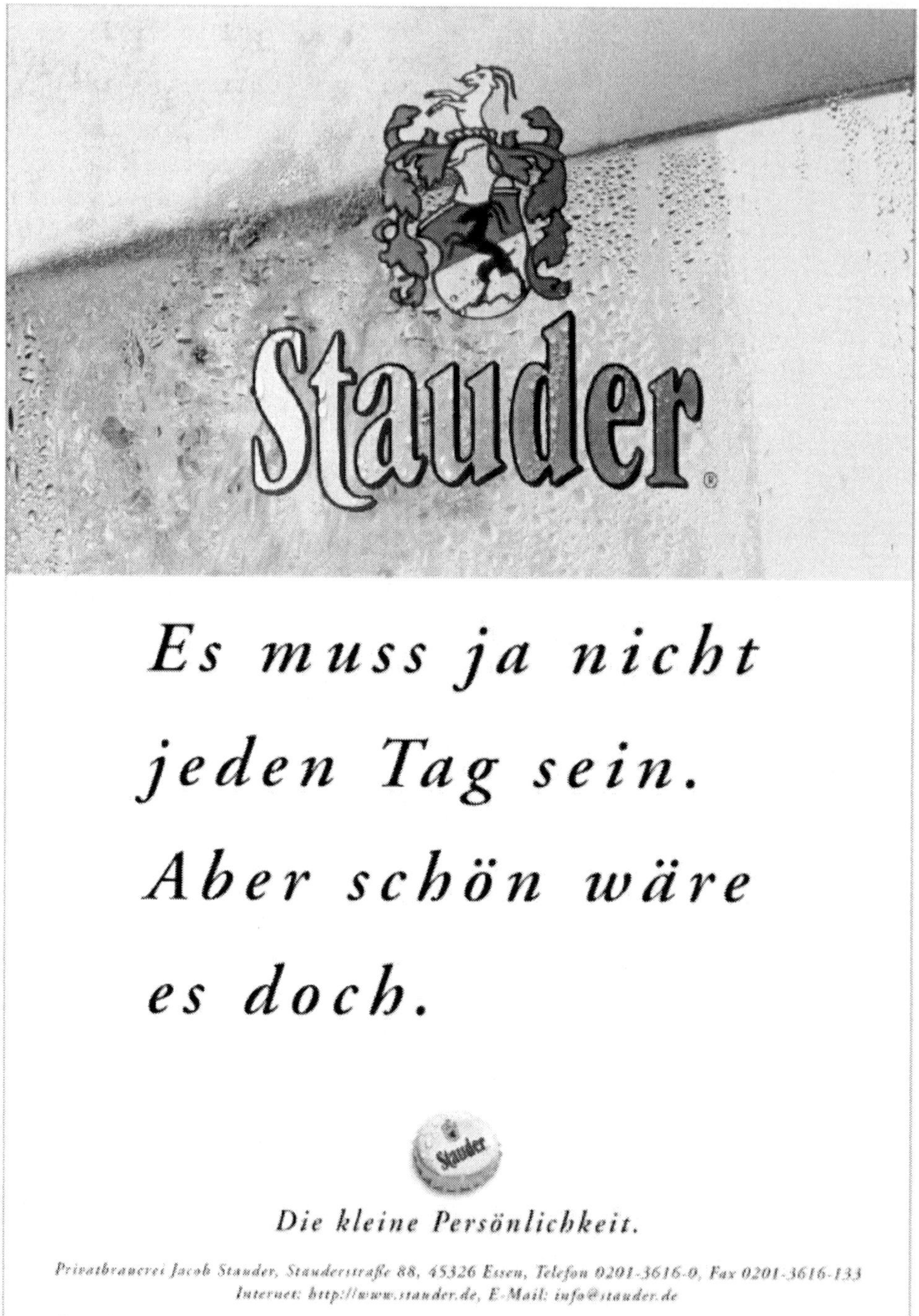
Stauder®
Es muss ja nicht jeden Tag sein. Aber schön wäre es doch.
Die kleine Persönlichkeit.
Privatbrauerei Jacob Stauder, Stauderstraße 88, 45326 Essen, Telefon 0201-3616-0, Fax 0201-3616-133
Internet: http://www.stauder.de, E-Mail: info@stauder.de

Die Restaurants in Steele hatten klangvolle und die Gaststätten teilweise sehr verheißungsvolle Namen. »Steeler Stadtgarten-Saalbau«, »Hotel zur Post«, »Mühlenhof«, »Lindenhof«, »Kaiserhof«, Zum alten Rathaus«, »Haus Ruhr-Eck«, »Zur Postkutsche«, »Jägerstube«, »Bürgerstube«, »Zur alten Grenze«, »Neuholland-Stuben«, »Stadtschänke«, »Marktschänke«, »Altdeutsche Bier- und Kümmelstube«, »Kümmelhaus«, »Wacholder-Häuschen«, »Schützenhof«, »Deutscher Hof«, »Deutsches Eck«, »Michelshöhe« »Central Café«, »Haus Funke«, »Pinte«, »Zum goldenen Stern«, »Zum kühlen Grunde«, »Zum grauen Esel«, »Maxim«, »Zur Wilhelmshöhe«, »Kolpinghaus«, »Funkenhütte«, »Kronenburg«, »Zum Stadthaus«, »Bahnhofsgaststätte 1. + 2. Klasse«, »Im Raueniepen«, »Sportzentrale«, »Zum Kamp«, »Zum letzten Heller«, »Haus Rest«, »Hubertusburg«, »Zum Deimelsberg«, »Ritterstube«, »Zur Knappenstube«, »Sängerklause«, »Zum Fäßchen«, »Zum stillen Winkel«, »Zum treuen Husar«, »Zur alten Horster«, »Zum Appel-Hannes«, »Auf der Krimm«, »Zur Börse« - das waren wohl die gängigen Namen über ein paar Jahrzehnte. Dazu kamen ein paar inoffizielle Titel wie »Zum schmutzigen Löffel«, »Zum Eisheiligen«, »Bei Irmchen«, »Drei-Mädel-Haus« oder »Beim Pferdemetzger«. Andere gute Gasthäuser liefen einfach nur unter dem Familiennamen. Hegemann, Hagemann, Overbeck, Sahrhage, Nolten, später Gaul, Giesen, Plückthun, Alfs-Lohren, Röcken, Kattenbracker, Wessling, Rest, Pfeil, Wolf, Pfeiffer, Scheidt, Springob und wie sie alle hießen. So auch die Gaststätte am Isinger Tor »Gebr. Helf, Inh. Heini und Tine Meyer«, das Vereinslokal des Fußballclubs Spvgg. Steele 11.

Zum 70-jährigen Bestehen erschienen in der Festschrift Gaststätten-Anzeigen früherer Werbung. Da tauchte »Gebr. Helf« mit diesem Inserat auf:

Gebr. Helf,
Isinger Straße Nr. 18

Dem hiesigen und auswärtigen Publikum
auch ihr amtl. Rollfuhrwerk und
Speditionsgeschäft offeriert.

»Ferner stehen auch Leichenwagen zur Verfügung.
Wo besonders auf mäßige Preise
aufmerksam gemacht wird.«

Und wenn die Steelenser mal auswärtigen Tapetenwechsel brauchten, spazierten sie »Zur zornigen Ameise«, »Zur schwarzen Lene«, »Zur heimlichen Liebe« oder »Zur Hermanns-Höhe« in Überruhr, »Zur schönen Aussicht« nach Altendorf-Ruhr oder zur »Michelsquelle« ins Wichteltal oder gingen über die »Fünf-Pfennigs-Brücke« über die Ruhr ins »Haus Großjung«.

Viele sind von den alten Begegnungsstätten nicht mehr übrig geblieben. Aber alle leben in der Erinnerung weiter.

Zeitgeist »Kostgänger«

Mit Kostgänger sind Untermieter mit Kost und Logis gemeint. Es gab auch »möblierte Herren« ohne Kost. Bei Kaisers war es ein Ehepaar namens Kettler, das einen schnittigen »Wanderer« fuhr - wir Kinder durften ab und zu mal mitfahren -, bei den Müchers war eine Frau Keese usw. usw. Bei vielen war das Geld zu knapp, und der Untermieter war gut für fast die halbe Gesamtmiete. Bei uns war es ein Fräulein Diederichs, eine Lehrerin, für die ich mein eigenes Zimmer hergeben musste. Eigentlich waren es zwei »Frolleins«, die sich wie Zwillinge ähnelten. Die erste Woche war die eine, die zweite Woche die andere präsent. Der Grund war deren kranke Mutter. Eine Woche hatte die eine Dame Pflegedienst, in der nächsten die andere, so dass eine sich immer eine Woche lang von der Doppelbelastung erholen konnte. Meine Eltern haben lange nichts von diesem »Bäumchen-Bäumchen-verwechsel-dich-Spiel« gemerkt. Aber im Schnaps liegt die Wahrheit. Vater hatte seine Destillation ins Badezimmer verlegt, in dem auch die Untermieterin ihre Waschgelegenheit hatte. Es war eine Frage der Zeit, wann die Schnapsbrenerei auffiel. Eines Tages tauchte die Lehrerin früher als erwartet auf und stieß auf die gerade in Funktion gesetzte Anlage. » Aber Herr Hansmann, was machen Sie denn da? Das sieht ja verführerisch nach Schnaps aus!« So nahm sie es humorvoll zur Kenntnis und ließ sich eine kräftige Kostprobe geben. »Prima, prima - nicht zu verachten« lautete ihr Kommentar. »Wenn das so ist, dann brauche ich von nun an kein Versteckspiel mehr zu betreiben. Das Ding ist aufgeflogen, und die Dame hat es akzeptiert« dachte Vater. Es kam, wie es kommen musste. Schwester A hatte Schwester B nichts von dem Vorfall erzählt, und Schwester B machte eine Woche später ihre eigene Entdeckung. »Pfui Teufel, Herr Hansmann - was fabrizieren Sie denn hier für ein Gift. Das sind ja unmögliche Zustände« erhob sie wild gestikulierend ihre Stimme. »Aber, aber« stammelte mein Vater vor sich hin »Sie waren doch vorige Woche so begeistert.«

So war der ganz Schwindel aufgeflogen. Hier die Schwarzbrennerei bei uns und da das Doppelleben der Lehrerinnen. Die beiden Schwestern zogen bald darauf auch wieder in ihre eigene Wohnung, während meine Mutter sich bereit erklärte, deren krebskranke Mutter stundenweise für ein gewisses Entgelt zu pflegen. Bis zum Ableben der Dame. Für einen gewissen Zeitraum hatte ich dann wieder mein Reich für mich. Bis Helmut Garthe auftauchte. Ein Vermessungsingenieur aus Eschwege, der im Deutschlandhaus Arbeit gefunden hatte und dankbar für Kost und Logis bei uns war. Während seine Frau und seine drei Kinder vorerst in Eschwege blieben.

Das war unser toller Auftakt für das sogenannte Wirtschaftswunder. Wahrlich ein Wunder, dass wir aus diesem Dilemma einigermaßen glücklich herausgekommen sind. Wir sagen »Zeitgeist« zu Dingen, die uns unangenehm erscheinen, obwohl man damit nicht alles entschuldigen kann. Doch soll man sich schämen für Dinge die einem peinlich sind, von vielen Menschen aber praktiziert werden? Ich meine nein. Man kann sich vielmehr stolz fühlen, wenn man dazu beigetragen hat, aus Notsituationen Auswege durch reelle Lösungen gefunden zu haben. Die Haupttriebkraft lag hauptsächlich bei den Eltern. Aber auch wir Kinder hatten unsere Möglichkeiten der Mithilfe, wenn auch nur bedingt.

Sofort nach dem Krieg versuchten die Karnevalisten - vor allem in Köln - wieder für fröhliche Stimmung zu sorgen. Bereits 1946 erschien der legendäre Trizionesien-Song »Wir sind die Eingeborenen von Trizionesien«. Eine Anspielung auf die amerikanische, britische und französische Zone.

1948 folgten »Der alte Dattelbaum«, »Bums valdera« und »Sagens Blotwoosch«, ehe es nach der Währungsreform so richtig losging. Ich denke immer gern an den »Elften im Elften« 1948. Da wurden abends im NWDR die neuen Karnevalschlager für die Kampagne 1949 vorgestellt. Unvergessen auch das Pausenzeichen des Nordwestdeutschen Rundfunks: »Daddadadda da da« - wir haben dazu unseren eigenen Text gesungen: »Ist der Rundfunk bezahlt?« Auch für die Erkennungsmelodie der Kino-Wochenschau hatten die Besucher ihren eigenen Text: »Schmeißet raus den Tommy, schmeißet raus den Ami, schmeißet raus den Franzmann.« Wer weiß - vielleicht inspiriert durch den Trizionesien-Song: »Mein lieber Freund, mein lieber Freund, die alten Zeiten sind vorbei, ob man da lacht, ob man da weint, die Welt geht weiter, eins, zwei, drei. Ein kleines Häuflein Diplomaten macht heut' die große Politik, sie schaffen Zonen, ändern Staaten. Und was ist hier mit uns im Augenblick? Wir sind die Eingeborenen von Trizionesien...«

Vater musste ins Maxim, Tanzmusik machen. Mutter und ich hörten im Bett über unser DeTeWe-Gerät begeistert die neuen Schlager, während meine kleine Schwester schlief. Die 49er Titel sind mir in der Vielzahl am besten in Erinnerung geblieben. Es waren zum Beispiel die Schlager

> Wer soll das bezahlen?
> Immer wieder neue Lieder
> Ich fahr mit meiner Lisa zum schiefen Turm nach Pisa
> Ist meine Frau nicht fabelhaft
> Heute blau und morgen blau
> Am Mississippi

Der Text von »Wer soll das bezahlen« liest sich ganz aktuell und nicht als sei er über 40 Jahre alt.

> Vieles bei uns, das war gründlich zerstört,
> wir hatten nicht mal `nen Staat.
> Jetzt hab`n wir zwei, die auch ganz separat
> ihre Regierungen tragen.
> Kosten die beiden uns auch schon genug,
> wir brauchen mehr als nur zwei.
> Wir hab`n im Hintergrund Frankfurt dabei.
> Und nur die Ängstlichen fragen:
>
> Wer soll das bezahlen, wer hat das bestellt,
> wer hat so viel Pinke, Pinke,
> wer hat so viel Geld?

Auch das Karussell der normalen Schlager drehte sich nach dem Krieg und nach der Währungsreform weiter.

Auszüge aus der Schlagerparade von 1946 - 49

1946	Gondeln am Lido	Tango
	Mayouba	Beguine
1947	C´est si bon	Foxtrot
	Cumana	Foxtrot

	Euch grüßt die Heimat	Lied
	Hallo, ist dort die Liebe	Foxtrot
	Hello my boy	Foxtrot
	Ich spiel mit Dir	Foxtrot
	In the Mood / Glenn Miller	Boogie
	La vie en rose	Slow-Fox
	Mariandl	Foxtrot
	Sag beim Abschied leise Servus	Langs. Walzer
	Tanz, Ballerina, tanz	Baiao
	Traum-Tango	Tango
1948	A - allerschönste Frau	Foxtrot
	Es-As-Polka	Polka
	Im Rolandsbogen	Lied
	Irgendwo, irgendwann	Langs. Walzer
	La Seine	Musette-Walzer
	Liebling, musst du denn schon nach Haus	Foxtrot
	Mademoiselle de Paris	Musette-Walzer
	Paula, Paula	Foxtrot
	Red Roses for a blue Lady	Foxtrot
	Tennessee-Waltz	Walzer
1949	April in Portugal	Foxtrot
	Die blauen Nächte von Santa Maria	Baiao
	Fuchsgraben-Polka	Polka
	Geisterreiter	Cowboy-Ballade
	Hallo kleines Fräulein	Slow-Fox
	Im Hafen von Adamo	Slow-Fox
	Liebst Du mich ?	Walzer
	Mein Kaugummi	Swing-Fox
	Melodie d`Amour	Foxtrot
	Zither-Ballade	Foxtrot
	Oh la la, erst kommt der rechte Fuß	Samba
	Zähl jeden Stern	Slow-Fox
	Zarina (Sarina)	Langs. Walzer

Bei den Operettenkompositionen lief es im gleichen Zeitraum spärlicher. Ich habe eigentlich nur Eduard Künneke archiviert.

Eduard Künneke 1949

Hochzeit mit Erika
Tausend rote Rosen blühn im Sonnenschein
Eine Zieh-Zah-Zieharmonika
Der arme Onkel Theo
In den Himmel kommen alle Mädchen
Das Herz braucht etwas Sonnenschein
Freunde füllt die Gläser
Kleines Fräulein, Sie sind mir so sympathisch
Liebst Du mich?
Mädel, so wie Du kann nur ein Engel sein
Junger Mann, nur nicht so schüchtern sein
O Kunibert ! O Kunibert !

Eduard Künneke, geb. 1885 in Emmerich am Rhein, war durch den Steeler Musikverlag Willi Webels stark mit Steele verbunden. Er verstarb 1953 in Berlin. Zuvor fand 1949 die Uraufführung seiner letzten Operette »Hochzeit mit Erika« in Düsseldorf statt. Die Liedertexte stammen aus der Feder von Willi Webels. Natürlich erschienen auch die Noten dazu im Steeler Musik-Verlag.

Die Uraufführung hatte eine lange Vorlaufzeit. Sie ging bis 1948 zurück und fiel auf jeden Fall noch in die Zeit der Schwarzbrennerei. Die Tochter des Komponisten, Evelyn - bekannt als Chansonette - wirkte beim Vorbereitungsteam auch mit, war in Steele und probierte Vaters Schnaps. Frei nach dem Motto des Liedes aus der Operette »Freunde, füllt die Gläser«. Genau zehn Jahre nach der Uraufführung von »Hochzeit mit Erika« hatte ich dann meine eigene Hochzeit mit meiner Erika.

Tausend rote Rosen
BLÜH'N IM SONNENSCHEIN
WALZERLIED
AUS DER OPERETTE
„Hochzeit mit Erika"
EDUARD KÜNNEKE
WILLI WEBELS · MUSIKVERLAG · ESSEN-STEELE (RUHR)

Eine Zieh-Zah-Ziehharmonika
„Hochzeit mit Erika"
WILLI WEBELS · MUSIKVERLAG · ESSEN-STEELE (RUHR)

Kleines Fräulein Sie sind mir so sympathisch
„Hochzeit mit Erika"
WILLI WEBELS · MUSIKVERLAG · ESSEN-STEELE (RUHR)

LIEBST DU MICH ?
„Hochzeit mit Erika"
WILLI WEBELS · MUSIKVERLAG · ESSEN-STEELE (RUHR)

Und was tat sich im Hause B 15 und in der Grendgasse? Nach dem Tode von Oma Mücher während des Krieges verstarb kurz vor der Währungsreform auch Frau Mücher. Sohn Hans-Willi tauchte nicht mehr auf. Aber Hermann Mücher stand nicht alleine da. Kurz nach dem Tod von Frau Mücher zog Frau Heinrich mit ihren Kindern Klaus und Ute bei ihm ein. Klaus war zehn Jahre alt und Ute zwei Jahre jünger. Diese beiden Kinder mit Nachnamen Heinrich nahmen schnell freundschaftlichen Kontakt mit uns Kindern auf. Sie hießen auch nicht lange Heinrich; denn Hermann Mücher heiratete seine »Bekannte« schnell, adoptierte die beiden Kinder, so dass diese dann ebenfalls Mücher hießen. Es stellte sich heraus, dass Klaus und Ute in der Tat auch die leiblichen Kinder von Hermann Mücher waren. Mit zunehmenden Alter war dies vor allem bei Klaus auch deutlich zu sehen.

Aus der Heinrich-Ehe hatte die zweite Frau Mücher noch drei ältere Töchter, also Halbschwestern von Klaus und Ute. Die Untermieterin Frau Keese musste ausziehen. Dafür traten nach und nach die Töchter mit ihren Familien auf und wohnten zeitweise dort. Da war zu einem die verheiratete Frau Anneliese Knedel mit ihrem Mann Albert und den Töchtern Karin und Annegret und zum anderen die geschiedene Frau Edith Dankert mit ihrer Tochter Ulla, die 1958 noch ein Brüderchen namens Klaus bekam. Vor ihrer Auswanderung nach Kanada war auch die dritte Tochter Marga mit ihrem Mann Karl Kuss und den Kindern Rolf-Bodo, Erika und Karlheinz da. Diese allerdings nur ganz kurz; denn sie bekamen eine Wohnung in der Nähe vom Bahnhof Steele-Nord. Kurzum, es wurde sehr lebendig in unserem Haus.

Hermann Mücher arbeitete als Chemiker in einem Labor, das vorübergehend im Ruderverein direkt an der Ruhrbrücke seine Notunterkunft hatte. Klaus und ich besuchten ihn gelengtlich dort und bekamen immer etwas Brausepulver. Das konnten wir vom Handrücken ablecken oder aber in Wasser auflösen. Hermann Mücher verstarb im Jahre 1950. Danach wurde der Kontakt zwischen unseren Familien noch enger. Frau Mücher spielte gelegentlich Mühle oder Dame gegen meine Mutter, wobei sie beim Dame-Spiel häufiger gewann und meine Mutter beim Mühle-Spiel. Aber Klaus und ich konnten auch schon ganz gut mithalten. Ebenso Ute.

Frau Mücher war eine quirlige Person, vor allem was die Arbeitsbeschaffung anging. Sie wusste immer sofort, wo etwas nebenbei zu verdienen war - für sich, für meine Mutter, aber auch für uns Heranwachsende.

Unsere Spielstraße, unsere Grendgasse, wandelte indes ihr Gesicht. Der Verkehr nahm zu, und die restlichen schönen Gärten verschwanden. Die Grendgasse entwickelte sich zu einem mittleren Handelsgebiet. Der Bombentrichter am Eingang der Gasse von der Dreiringstraße aus wurde nach dem Provisorium der ersten Nachkriegstage neu asphaltiert und damit zusammen die ganze Gasse. Zum Gewerbe: Am Eingang der Grendgasse gab es die Kammer-Lichtspiele und gegenüber das Zigarrenhaus Renneke. Grendgasse 5 dann die Mineralwasserfabrikation Fahrenthorn und gegenüber in Grendgasse 10 die Kohlenhandlung Steinfels. Zuvor befand sich die Kohlenhandlung in der Mitte der Grendgasse auf dem Hinterhof von Café-Fischer, Hansastraße. Hier wurde Eigenbedarf angemeldet durch Hans-Günther Willmann aus dem Hause Fischer. Der Kfz-Meister Willmann baute eine Werkstatt, eröffnete eine Rheinpreußen-Tankstelle und baute einige Garagen. Die Kohlenhandlung musste umziehen. Die nach Amerika ausgewanderten jüdischen Besitzer verkauften ihre Häuser. B 15 wurde von Edmund Scholten vom Schuhhaus Küper-Scholten übernommen und Grendgasse 10 von Paul Steinfels. Steinfels hatte zuvor in Alte Zeilen gewohnt. Mit dem Kohlenhof gab es so auch gleichzeitig die wohnliche Veränderung. Nur der wunderschöne Garten, den mein Großvater August Pollmann mit seiner Familie so gepflegt hatte, fiel dem Umbau zum Opfer.

Heinz-Erwin Steinfels, mein Spielkamerad, hatte vor dem Umzug von seinem Opa ein tolles, selbst gebasteltes Geschenk bekommen, um das ich ihn ehrlich gesagt ein bisschen beneidet habe. Es war eine maßstabgerechte Verkleinerung des alten Kohlenbetriebes mit allem Drum und Dran. Mit einem Spezial-Kohlen-Lkw, mit Kohlewägelchen, mit funktionierenden Kohlen-Waagen, Garagen, Transportbändern und was sonst noch dazu gehörte. Spielen durften wir aus verständlichen Gründen nur mit Sand, nicht mit Kohlen.

Der nächste Garten, der verschwunden war, grenzte bei Pollmanns/Steinfels an. Das war das Grundstück der Schreinerei Lohmann. Im Obergeschoß des Holzbetriebes hielt die Süßwarengroßhandlung »Schokoladen Zimmermann« Einzug. Daran angrenzend gab es noch mal einen ehemals schönen Garten. Elektro-Kreutzer baute sein Lager aus und brauchte Garagen. Der Garten hinter der ehemaligen Kohlenhandlung musste einem Garagenhof weichen. Und am Ende der Gasse waren da noch die Drogerie Symann auf der einen und das Lebensmittelgeschäft Sure auf der anderen Seite. Zum Verkehrsfluss kommen teilweise noch die Geschäfte der Bochumer Straße, die ihren Hintereingang in der Grendgasse hatten. Schuh-Küper, Wäsche-Wilsenack, Blumen-Schmitz, Schreibwaren-Heising, Elektro-Kreutzer.

Die ersten Garagenmieter bei Willmann waren Metzger-Schmidt aus der Hansastraße und Hermann Sondermann, Schwiegersohn von Gastronom Germscheid und Repräsentant von Haus Neuerburg für die Marke Overstolz. Immer wenn wir einen Mercedes mit einer Anhängerkupplung sahen, bei der die Kugel mit einem halben Tennisball verkleidet war, wussten wir, dass der Besitzer ein Metzger war. Unser Lieblingsauto war jedoch generell die Marke Borgward aus Bremen. Irgendwann hatte bei Fahrenthorn auch das Pferd ausgedient, und ein Kleintransporter wurde angeschafft. War die Grendgasse zunächst eine Durchgangsstraße und für manchen eine ideale Abkürzung, so wurde später zuerst die Einfahrt vom Grendplatz her gesperrt, danach auch die Ausfahrt. Sie wurde zur Sackgasse für Anlieger.

Die erste Verkehrsampel war für uns was ganz Neues. Sie hing über der Kreuzung Bochumer Straße / Dreiringstraße. Ein Modell, das man heute nicht mehr kennt. Ausgemustert, weil zu schwer einsichtbar. Die vierseitige Ampel hing an Seilen gespannt mitten über der Kreuzung, entsprechend hoch, damit auch hohe Fahrzeuge drunter durchkamen. Auf jeden Fall höher als die Oberleitung der Straßenbahn. Auf jeder Seite der Ampel gab es ein rot/grünes Zifferblatt - zwei gleichgroße Farbflächen jeweils gegenüberliegend. Wie bei einer Uhr dreht sich ein Zeiger immer rundherum. So konnte oder sollte man genau erkennen, wann man fahren durfte.
Das Durchstöbern der Trümmergrundstücke und die Suche nach Holz hatte auch aufgehört. Zuvor hatten wir gemeint, am Henglerplatz in der zerbombten Villa einen großartigen Fund getan zu haben. Während der NS-Zeit muss dort eine Art Parteibüro gewesen sein. Jedenfalls fanden wir Kartons mit Hakenkreuzabzeichen, Fähnchen, Orden u.ä. Stolz haben wir die Dinge zu Hause präsentiert, mit dem Ergebnis, alles von erbosten Eltern abgenommen zu bekommen. Vater hat fachgerecht alles entsorgt, damit bloß kein falscher Verdacht aufkommen konnte.

Im August 1949 fanden die ersten Bundestagswahlen statt. Mit Bundespräsident Theodor Heuss und Bundeskanzler Konrad Adenauer fing die neue Republik an zu leben. Ein äußeres Kennzeichen: Die rote Post wurde gelb. Alle Briefkästen wurden umgetauscht.

Die Aufräumungsarbeiten zu beobachten, hatte für uns Kinder einen ganz besonderen Reiz. Solche Kettenfahrzeuge wie die da eingesetzten Bagger und Bulldozer hatten wir noch nie zuvor gesehen. Dann die riesigen Lkw die den Schutt abtransportierten: jede freie Minute standen wir auf unseren Beobachtungsposten. Oft mussten wir auch ganz verschwinden: Explosionsgefahr durch nicht gezündete Bomben.

Auf das gesamte Revier fielen schätzungsweise 253.600 Sprengbomben und 5.400.000 Brandbomben. Auf Essen wurden 272 Luftangriffe mit 32.500 Sprengbomben und 1.402.000 Brandbomben geflogen. Bei diesen Zahlen kann man sich gut vorstellen, was in Schutt und Asche gefallen war und nun geräumt werden musste. Der Wiederaufbau begann.

Die ersten zwei Neubauten in Freisenbruch entstanden in der Bochumer Straße nebeneinander. In Nr. 263 zogen unsere Verwandten, die Familie Schäfer, ein. Mutter besuchte regelmäßig ihre Schwester Mimi, und ich konnte mit Günter und Jürgen spielen. Meistens im gegenüberliegenden Bergmanns-Busch. Ein paar Häuser davor in Nr. 222 wohnte der Akkordeonspieler Fritz Bedenbender mit seiner Familie. Auch da waren wir des Öfteren zu Besuch. Die Söhne Fritzchen und Kurtchen wurden beim Spielen mit einbezogen.

Fritz Bedenbender, Akkordeonist:
»Das Leben ist wie eine Hühnerleiter - von unten bis oben beschissen!«

Fritz wurde ganz jung zur Marine eingezogen. Hatte Glück und kam gesund aus dem Krieg zurück. Er war Autodidakt. Er hatte keinen Musikunterricht und konnte keine Noten lesen. Er hat sich das Spielen meisterlich selbst beigebracht. Schlager, die ihm für seine Tanzmusik am Radio gut gefielen, kaufte er als Schallplatte. Spielte die Lieder immer und immer wieder, bis er sie beherrschte.

»Kakakakarl«, sprach er meinen Vater immer leicht stotternd an, wenn ein neues

Engagement abgeschlossen wurde, »I,i,i,ich muss ein papapaar Mark mehr hahahaben als di,di,di,die anderen - i,i,i,ich singe ja, ja, ja auch.« Wenn die anderen Musiker dann darauf hinwiesen, dass sie ja Noten kaufen müssten, war die Antwort eigentlich klar, Fritz brauchte keine Noten.

Wenn man die Zielsetzung kennt und sie so erklärt bekommt, dass man sie versteht, hat man für manche Maßnahmen viel mehr Verständnis. Kindern muss man komplizierte Zusammenhänge nicht detailliert schildern, aber ihnen etwas vorzugaukeln, kann nicht gut sein. Kinder reagieren da sehr eigenwillig. So geschehen bei der Absperrung unseres liebsten Spielplatzes, den Ruhrwiesen, unserer Prärie. Hätte man uns im Vorfeld erklärt, dass das Trinkwasser unsauber ist und dass es eines Tages knapp werden könnte, wäre manchem Kind eine Enttäuschung und manchen Eltern eine Aufregung erspart geblieben. Dass es Ziel war, die Ruhr vom schmutzigen Industriefluss in den saubersten Trinkwasserfluss Deutschlands umzuwandeln und die Ruhrwiesen sozusagen als Naturschutzgebiet mit den modernsten Trinkwassergewinnungsanlagen auszuweisen, wurde uns erst viel, viel später bewusst. Aber ein totales Betretverbot wegen angeblicher Tellerminen aus dem Weltkrieg auszusprechen, reizt und macht neugierig. Und Gefahren ausloten, das tun Kinder nun mal zu gerne. Menschen sollten Sinnfragen stellen.

Dabei fing alles ganz harmlos an und machte sogar Freude beim Zusehen. Die gesamten Ruhrwiesen wurden, nachdem das Licht+Luftbad endgültig abgerissen worden war, für Schmalspurbahnen verschient. Offiziell heißen sie Feldbahnen. Kleine Loks - in unserem Fall waren sie dieselbetrieben - und eine lange Reihe einzelner Anhänger. Loren heißen die. »Lore« ist englisch und heißt »Kipper«. Feldbahnen also mit kippbaren Kästen. Im Volksmund wurden diese auch Teckel genannt, vielleicht erinnern sie im Bewegungsablauf tatsächlich ein bisschen an den Dackel.

Zuerst wurde die Ruhr ausgebaggert. Der in den Jahren angeschwemmte und angestaute Kies und Sand wurde in die Loren verladen und an anderer Stelle abgeladen. Dann kamen die gesamten Klärbecken dran. Alter Sand raus - gewaschener Sand rein. Ein wahnsinniger Umtrieb Fluss auf und Fluss ab.

Wenn die Arbeit Samstagnachmittags und sonntags ruhte, waren die Kinderbanden zur Stelle. Auch wir. Einzelne Loren wurden abgekoppelt und gemeinsam einen kleinen Sandberg hinaufgeschoben. Vier bis sechs Kinder sprangen in die Lore, und es ging mit mittelgroßem Tempo bergab. Weit rollten die Loren nicht. Bei ungeschicktem Verhalten oder in einer Kurve kippte der Lorenkasten gelegentlich, und wir Kinder purzelten heraus. Ernsthafte Verletzungen gab es nicht, obwohl sie sehr leicht möglich gewesen wären. Vor allem wenn ältere Jugendliche mitmischten und es tatsächlich schafften, die Dieselloks anzuschmeißen. Da wurden die Fahrten zwar länger, aber die Freude insgesamt kürzer. Es musste auffallen, wenn eine Lok oder sogar ein Kompletter Zug am Montag ganz woanders stand als am Samstag. Kontrolleure wurden eingesetzt, und der Spuk war vorbei.

So viel Vergnügen wir mit der Feldbahn hatten, so sehr sehnten wir uns jetzt das Ende der Arbeiten herbei, damit wir wieder hemmungslos in den Wiesen toben konnten. Das Ende kam - sogar ein dickes. Die Ruhrwiesen wurden eingezäunt. Der gesamte westliche Teil wurde abgetrennt. Wenn man von Steele kommend über die Ruhbrücke kam, konnte man zwar noch rechts hinuntergehen und unter die Brücke durch flussaufwärts laufen, abwärts nicht mehr. Der Zaun - hier kommt wieder der Prärie-Vergleich mit den Weidekriegen wegen der Zäune - zog sich unter die Flutbrücke durch bis zum Hilfsbahnhof Überruhr. Der größere Steinbogenteil der Brücke war gesperrt. Nur der kleinere Eisenträgerteil blieb durchgangsfrei. Hinter der Eisenbahnbrücke gab es dann auch auf der linken, östlichen Seite einen Zaun, so dass zwischen Flutbrücke und Überruhr nur ein eingezäunter Fußweg blieb. Auch über die Langenberger Staße hinweg wurden die Sandberge (wir nannten sie Löwenberg) bis zum Leinpfad an der Ruhr eingezäunt. Lediglich das Gelände vor dem Bahndamm zwischen der Ruhr-Eisenbahnbrücke und der Flutbrücke inklusive Sportplatz blieb frei.

Das war ein Schock. Kein Spiel und Spaß in den großen Wiesen, kein Baden oder Schlittschuhlaufen am Spiek und kein Lebendfutter mehr für unsere Warmwasserfische. Mit Mutters ausgebrauchten Nylonstrümpfen hatten wir immer Wasserflöhe in den Klärbecken gefangen. Trockenfutter für teures Geld aus der zoologischen Handlung war angesagt. Für einige Kameraden ein Grund, sich vom lieb gewonnnenen Aquarium zu trennen.

Auch ich musste mich von meinem Aquarium trennen. Nicht wegen der Wasserflöhe, sondern weil es einfach nicht dicht wurde. Dabei war es ein schönes Weihnachtsgeschenk, das mein Vater bei seinem Musikerkollegen Kurt Heine bestellt hatte. Kurt Heine war nur nebenberuflich Musiker. Sein fester Arbeitsplatz war in der Vogelwarte hinter dem Stadtwaldplatz in Richtung Baldeneysee. Die Vogelwarte war ein beliebtes Ausflugsziel für Familien und Schulklassen. Als ich mit der Schulklasse da war, war ich natürlich ganz stolz, dort einen Bekannten zu haben, der extra für uns einen Pfau Rad schlagen ließ. Dieser Kurt Heine sollte auch das Aquarium für mich besorgen. Am Heiligen Abend kam er ziemlich spät damit an. Die Scheiben mussten noch installiert werden. Ich schaute durchs Schlüsselloch und konnte erahnen, was da unterm Tannenbaum passierte. Die Kittqualität taugte nicht - das Aquarium wurde an diesem Abend nicht mehr dicht, und die Warmwasser-Fische mussten in Transportgläsern bleiben und ständig mit warmem Wasser versorgt werden. Nach Weihnachten hat das Ganze dann etwas besser funktioniert, aber ganz dicht wurde das Becken nie.

Als dann noch der Reinfall mit den Guppies kam, war das Thema beendet. Die kleinen Fische vermehren sich in großen Mengen und sind deswegen auch preiswert gewesen. Nur muss man aufpassen; denn die Weibchen fressen ihre eigenen Jungen sofort nach der Geburt. Man muss sie schnell herausfangen und in einem Extragefäß heranwachsen lassen. Das hatte ich auch alles beachtet. Damit das Wasser warm blieb, stellte ich das Glas vor dem Zubettgehen auf die Ablage der Herdrückwand, also nicht auf die Herdplatte. Vater kam später nach Hause, meinte es gut und stellte das Glas mit den jungen Fischen direkt auf die heiße Herdplatte. Das hat kein Fisch überlebt. Ich habe es dann noch mit Laubfröschen und Spatzen versucht. Aus dem undichten Aquarium sollte ein Terrarium werden. Dieses Thema möchte ich nicht vertiefen. Das Experiment ist nicht nachahmenswert. Mit Goldfischen im kalten Wasser hatte ich auch kein Glück.

»Löwenberg geschlossen« - das hieß Alternativen zu suchen. Die gab es bedingt. Da waren zunächst die nahe an der Ruhr gelegenen »Roten Berge«. Das waren die Felsen an der Bahnlinie nach Altendorf. Da konnte man klettern, sich sogar abseilen und gut, wenn auch gefährlich, spielen. Auf dem Gipfel gab es eine Burgruine, die uns vom Cowboy- und Indianergetue auf die Idee der Ritterspiele brachte. Man konnte den Park auch bequem von der Hermannshöhe in Überruhr erreichen oder auch über den schmalen Wanderweg von der Drehscheibe aus. Dieser steile Weg war mit roter Asche ausgelegt, deshalb »Rote Berge«.

Dann gab es noch die Schlackenberge. Den in Steele-Horst am Preußen-Platz und den in Freisenbruch an der Bochumer Straße hinter dem »Haus Witteler«. Der in Horst war fester in der Substanz, stärker erkaltet und beruhte auf Eisenerzbasis - der in Freisenbruch in noch warmer Verfassung auf Kohlebasis. Klar, dass wir den Aschenberg in Freisenbruch bevorzugten. Hier qualmte es noch, hier traten beim kleinsten Spatenstich Schwefelgase zu Tage. Für uns war das ein Vulkan und wir träumten davon, eines Tages mal ein Kaninchen zu fangen und es an Ort und

Stelle in der Natur zu braten. Der Zutritt zu beiden Bergen waren natürlich offiziell verboten und sollte laut Versprechen gegenüber unserer Eltern auch tabu bleiben.

Aber es zog uns immer wieder in die alte, jetzt eingezäunte Prärie zurück. Es war in den großen Ferien an einem heißen Sommertag. Zusammen mit Wolle, Wille, Frika, Pidder und Heinz-Erwin wagten wir den Einstieg in das streng verbotene Gebiet. Unsere Western-Utensilien hatten wir dabei. Wir suchten und aßen Sauerampfer, spielten unbekümmert in dem Bewusstsein, dass uns hier kein Polizeiauto - kein Peterwagen - verfolgen kann. Ein Mann zu Fuß hätte schon verdammt schnell sein müssen, wenn er uns hätte fassen wollen; denn wir waren sehr auf Tempo trainiert. Was wir nicht registriert hatten, war die Tatsache, dass es inzwischen einen Landsitz der Polizei gab. Die berittene Polizei war in den Gebäuden von Bauer Platte mitten in der Pampa untergebacht. Plötzlich waren wir von drei Polizisten zu Pferd umzingelt. Da gab es kein Entrinnen mehr. Wir mussten alle mit auf die Wache. Personalienerfassung und Androhung von mehreren Tagen Knast jagten uns Tränen in die Augen und Angstschweiß auf die Stirn. Zwei Tage vorher waren etwa 40 Messingschrauben von Deckeln unterirdischer Wassertanks gestohlen worden. Für Metall gab es damals viel Geld. Auch wir haben im Laufe der Zeit einiges zu Geld gemacht. Die Schrauben hatten wir aber mit Sicherheit nicht entwendet. Wir wussten das, aber die Polizei wollte uns das den ganzen Tag nicht glauben und hielt uns ziemlich lange »gefangen«. Erst gegen Abend durften wir mit der Maßgabe, die wirklichen Täter ausfindig zu machen, davonziehen. Das haben wir hoch und heilig versprochen. Wir hatten zwar einen Verdacht, haben uns aber lieber da raus gehalten. Durch den Zaun sind wir nie mehr geklettert.

Außerhalb der freien Natur hatten wir noch einen idealen Schlechtwetter-Spielplatz. Nicht nur wir von der Grendgasse nutzten ihn, sondern fast alle Cliquen aus Steele. Es ist die Rede vom alten Bunker am Pass. Die Eingänge waren zwar geschlossen bzw. existierten zum Teil gar nicht mehr, aber wir kannten die Einstiege durch die Luftschächte bei der Laurentiusschule und im Garten der Pfarrei. Über die Sprossenleiter ging das ganz gut. Bei Fackel- und Taschenlampenlicht wurde sogar Fußball gespielt. Zwischen den einzelnen Gruppen gab es Hierarchien. Wir, die jüngsten und schwächsten Teilnehmer mussten uns immer schnell verkrümeln, wenn die Experten kamen. Wenn der Ruf erschallte »Quinta und Quarta im Vormarsch« machten wir uns aus dem Staub. Gemeint waren die Schulklassen vom Humann- und Humboldt-Gymnasium. Das Essener Humboldt-Gymnasium war ausgebombt. Der Unterricht wurde vorübergehend im Humann-Gymnasium in Steele erteilt. Das bedeutete Wechselschicht. Immer wenn die Nachmittagsschüler

Schluss hatten, trieben sie ihr Wesen oder Unwesen im Bunker. So lange, bis alles dicht verriegelt war und im Bunker eine Pilzzucht betrieben wurde.

Schichtwechsel aus Schulraumnot gab es ebenso in der Realschule im Joseph-Boismard-Weg. Hier musste sich die Helene-Lange-Schule für Mädchen mit der Realschule für Jungen abwechseln.

Ruhrau-Schule 15. Nov. 1949
4. Klasse, Lehrerin Frau Amanda Böttcher

Es war für mich wohl die angenehmste Klasse von allen vier Schuljahren in der Ruhrau-Schule. Das mag an der für mich besten Lehrerin gelegen haben, an den reizenden Mitschülern - seltsamerweise sind keine Mädchen auf dem Foto, obwohl es normal gemischte Klassen gab - oder ganz einfach nur daran, dass ich etwas älter geworden war und das mit der Erinnerung besser klappte. Trotz guter Erinnerung fallen mir ein paar Namen trotzdem nicht mehr ein.

Knieend v.l.n.r.: Manfred Kossler, Klaus-Dieter Nagorny, Klaus Tommke, Hermann Steffen, Udo Lukas, Dieter Kleber, Dieter Kreidt, ??, Hansi Schauerte, Heinz Klobes.
2. Reihe: Frau Amanda Böttcher, Karl-Heinz Breimeier, Dieter Faust, Karl-Heinz Oster, Willi Westerwelle, ??, Henning ?, Dittmar Kramer, Walter Sandler, ??, ??.
3. Reihe: Torsten Natrup, Hartmut und Jürgen Dieckmann, Hermann Kossler, Ha-

rald Dapprich, Friedhelm Hensing, Rolf Geldmacher, Harry Hübner, Karl Krümel, Karl Hansmann, ??, Helmut Köster - Verwechselungen sind möglich.

Der erste Schultag mit der neuen Lehrerin fing schon gut an. Ich hatte mein Pausenbrot gegessen und das Verspackungsmaterial zu einem kleinen Papierball geformt, um ihn vom Sitzplatz in den Papierkorb neben der Zimmertür zu werfen. In diesem Moment betrat Frau Böttcher das Klassenzimmer. Mein Geschoss traf sie genau am Kopf. Obwohl sie genau gesehen haben muss, wer der Übeltäter war, stellte sie die nichts Gutes verheißende Frage: »Wer war das?« Instinktiv, oder aus der Vorahnung auf ein sich gut entwickelndes Verhältnis heraus, meldete ich mich sofort.

Und in der Tat. Es kam zu einem prima Schuljahr mit den besten Zeugnissen aller bisherigen Jahre. Es war ja auch das entscheidende Jahr für den Wechsel auf eine höhere Schule. Ein Teil der Schulkameraden blieb in der Volksschule, ein Teil ging zum Gymnasium und der Rest zur Realschule. Wer aufs Gymnasium und wer »nur« zur Realschule kam war nicht nur eine Frage des Könnens, sondern auch des Geldes. Das Gymnasium kostete DM 20,-- und die Realschule DM 10.-Schulgeld pro Monat. Dazu kam noch der Kauf der Schulbücher. Keine Rede von Lehrmittelfreiheit oder dergleichen. Für manche Eltern eine harte Nuss.

Dass ich aber überhaupt zur Realschule ging, habe ich hauptsächlich Frau Böttcher zu verdanken. Sie war überzeugt, dass ich das Zeug dazu hatte und überzeugte auch meine Eltern, entsprechendes »Zeug« zu besorgen. Für Frau Böttcher war es auch das letzte Jahr in der Ruhrau-Schule. Sie wechselte zur neuen Realschule nach Rellinghausen. Wie z. B. Walter Sandler wäre ich auch gern mit ihr nach Rellinghausen gegangen, aber meine Eltern entschieden sich wegen des Schulweges für Steele.

Meine Schwester war noch nicht schulpflichtig, so dass der Finanzierungsplan für die Ausbildung - es kam noch der Klavierunterricht mit monatlich DM 10,-- dazu - zunächst nur für mich erstellt werden musste. Aber selbst wenn das mehr schlecht als recht einigermaßen hinhaute, so musste ja zunächst erst einmal die Aufnahmeprüfung bestanden werden. Herrje, war das eine Aufregung - war das eine Angst vor dem Versagen. In drei Fächern wurde man geprüft. Rechnen, Diktat und Aufsatz.

Beim Rechnen gab es Aufgaben, die schon an Denksportaufgaben erinnerten - gar nicht so einfach zu lösen, aber irgendwie hat`s gefunkt. Das Diktat war auch nicht von schlechten Eltern, und beim Aufsatz konnte man zwischen drei verschiedenen Themen eines auswählen. »Der Sprung ins Ungewisse«, »Die zerfetzte Hose« und »Mein schönstes Erlebnis« lauteten die Themen. Ich hatte mich zwar bei meinem Cousin Norbert schlau gemacht, der die Prüfung ein Jahr früher schon bestanden hatte. Es kamen aber andere Themen, ein anderes Diktat und auch andere Rechenaufgaben. Man musste schon sehen, wie man selbst klarkam. Am einfachsten war für mich der Aufsatz. Ich entschied mich für »Der Sprung ins Ungewisse« und schnitt damit hervorragend ab. Die neue Schule war ja auch im gewissen Sinne ein Sprung ins Ungewisse. Beim Rechnen und beim Diktat lag ich auch nicht so daneben, so dass das Gesamtergebnis »Bestanden, aufgenommen, angenommen« hieß.

Inzwischen tauchte auch meine Patentante Anneliese wieder auf. In Danzig beim Anmarsch der Russen alles verloren, hatte sie in Magdeburg mit Onkel Kurt nach dem Kriegsende einen hervorragenden Start - einen besseren als wir im Westen. Die Ehe Vietense war kinderlos geblieben. Es hieß, Tante Anneliese könne keine Kinder bekommen, weshalb man einen kleinen Michael adoptierte. Mit den Paketen kamen auch Bilder nach Steele, so dass sich alle Verwandten von dem kleinen süßen Fratz überzeugen konnten. So kurz nach der Währungsreform bei uns im Westen muss im Osten irgendwas vorgefallen sein, was in Steele nicht gedeutet werden konnte. Jedenfalls hatte Onkel Kurt angeblich den Freitod in der Elbe gesucht. Es soll Differenzen mit den Russen gegeben haben. Eine schreckliche Nachricht für die Geschwister und die Anverwandten.

Wenn man heute von Powerfrauen spricht, so wären damals sicherlich alle Trümmerfrauen Powerfrauen gewesen. Tante Anneliese hatte aber anscheinend eine besondere Powertour drauf. Sie hat es geschafft, mit ihrem kleinen Michael aus Magdeburg rauszukommen, um wieder in Essen Fuß zu fassen. Als Textileinkäuferin fand sie schnell einen Job bei Loosen & Co, lernte dort den Textilverkäufer Hugo Peters kennen und heiratete ihn später. Die Hochzeitsfeier fand bei Kaisers in der Bochumer Straße statt, wo Tante Anneliese einquartiert war. Aus Platzgründen durften wir Kinder, alle Nichten und Neffen, nicht teilnehmen. Im Garten bekamen wir etwas Kleingeld für ein Eis. Später durften wir dann abwechselnd auf Michael aufpassen und bekamen dafür Taschengeld. In Essen-West in der Lenbachstraße bekamen die Peters dann eine Wohnung - und siehe da, Michael bekam ein Schwesterchen namens Sabine. Der Wandertrieb hielt an. Onkel Hugo wurde Filialleiter bei Müller-Wipperfürth zog mit seiner Familie zuerst nach Dorsten und dann zur Endstation nach Bocholt. Für uns damit fast aus den Augen.

Und bei uns zu Hause sollten ganz allmählich normale Zeiten anbrechen. Ende der Schnapsbrennerei - Schwarzmarkt ade! Die Anschreiberei ließ nach, und wir machten - wie alle anderen - vom Rabattmarken-System bei den Filialisten Albrecht (heute Aldi, Abkürzung für Albrecht-Discount), Westring, Kiel und Arning Gebrauch. Die traditionell in Nachbarschaft liegenden Geschäfte Kaiser`s Kaffee und Tengelmann liefen da noch ganz gut.

Das Haushaltsgeld war für Mutter äußerst knapp und wurde immer knapper. Keine Einnahmen mehr auf dem schwarzen Markt, und die Tanzveranstaltungen wurden weniger - praktisch gab es durch Musikmachen nur noch am Wochenende die Chance, etwas Geld zu verdienen. Vater sah sich gezwungen, Arbeit anzunehmen - egal welche. Er hätte liebend gern wieder bei Krupp im Fotolabor für die Werkstoffprüfung angefangen. Das gab es jedoch noch nicht, obwohl bei Krupp teilweise schon wieder gearbeitet wurde - aber nur am Hochofen in der Schwerindustrie. So landete Vater zunächst auf der Glashütte bei Wisthoff & Co als Lagerarbeiter. Möglich nur durch Protektion von Obermeister Franz Karten, mit dessen im Krieg gefallenem Sohn und seiner Frau Wilma Vater befreundet war. Die Kartens wohnten in unmittelbarer Nähe der Glashütte - Krahwinkelstraße/ Hünninghausenweg gegenüber der Schlanstein-Villa an der Allee, die zum hinteren Tor führte. Ich war einige Male dabei, als meine Eltern bei Kartens vorsprachen und lernte Enkeltochter Beate, die spätere Frau des erfolgreichen Fußballtrainers Otto Rehhagel kennen.

Vielen Kruppianern ging es ähnlich. Auch Onkel Jakob wollte wieder zurück. Er musste als Zwischenlösung bei der Maschinenfabrik Oellrich am Dreiringplatz anfangen. In diesem Falle hatten wir Kinder einen ungeplanten Vorteil. Es war Kirmes. Auf dem Dreiringplatz wurde die Zauberflöte aufgebaut. Eine Unterhaltungsbude mit einigen technischen Raffinessen, die Zuschauer zu Lachsalven zwang - drinnen sichtbar und draußen hörbar, um neugierig zu machen und zum Eintritt zu bewegen. Da gab es Schüttelrutschen, über die man sich vorsichtig bewegen musste, Fließbänder, Fallgruben und zum Schluss einen Windkanal, in dem den Damen die Röcke hochwehten.

Eines Tages fiel ein wichtiger Motor aus, und der Betrieb stand still. Onkel Jakob konnte den Motor reparieren und bekam dafür reichlich Freikarten. Davon haben wir profitiert. Ein Mordsspaß.

Kein Mordsspaß war dagegen für Vater die Arbeit auf der Hütte. Auch für mich nicht; denn ich musste im Wechsel mit Mutter mittags Punkt 12.30 Uhr das Mittagessen an das Fabriktor bringen, damit Vater nicht ganz vom Fleisch fiel. Wenn ich nachmittags Schulunterricht hatte, war ich die ganze Woche mit der Zustellung dran. Ohne einen Spezial-Henkelmann, nur mit einfachen Schüsseln und Töpfen ausgerüstet, musste ich schwer balancieren, damit nichts überschwappte - was übrigens häufig genug passierte. Vater freute sich jedes Mal riesig, wenn ich mit Geschirr pünktlich dastand. Wenn es freitags Fisch mit Senfsoße gab, war die Freude besonders groß, Gelegentlich verkohlte ich ihn und gab vor, dass es Mehlklöße gäbe. Die mochte er überhaupt nicht. Wie schon erwähnt, gab es bei Wisthoff im 10-Tage-Rhythmus die Lohngelderauszahlung. Die Summe war nicht berauschend - immerhin aber eine kalkulierbare, regelmäßige Einnahme. Das war sie bei der Musikmacherei eben nicht. Es mussten noch andere Einnahmequellen gefunden werden. Der »möblierte Herr« war eine, der Verkauf von gewissen Dingen eine andere. Der schwarze Markt war für uns tot. Es entwickelte sich durch Gelegenheitsgechäfte ein grauer Markt. Dazu zähle ich auch bis zu einem gewissen Grad die Kinderarbeit.

Auf Sicht gesehen war Vater bemüht, wieder Kruppianer zu werden. Eines Tages klappte dies auch. Aber nicht ohne den Umweg über die dreischichtige Hochofenarbeit. Dann war er glücklich wieder in seinem Labor. Aber es brachen durch Krankheit noch härtere Zeiten für Mutter und Vater an.

Bis auf die direkten Nachkriegsjahre mit der Selbstkündigung erkannte die Firma Krupp alle vorherigen Arbeitsjahre an. So konnte Vater später sogar sein 40-jähriges Dienstjubiläum feiern, auf das er sehr stolz war. Ein wenig später konnte auch Onkel Jakob wieder bei Krupp in der LoWa (Lokomotiv- u. Wagenfabrik) anfangen.

Das oberste Gebot der Werbung heißt »Bedarf wecken«. Das geschah um uns herum auch in zunehmendem Maße - obwohl ein natürlicher Nachholbedarf schon vorhanden war. Mit dem Rollerfahren fing es an. Aber wer konnte sich schon einen neuen Roller mit Vollballonreifen kaufen? Nicht viele. Deshalb gab es plötzlich Roller-Verleihstellen. Ich meine, das hat so DM 0,50 pro Stunde gekostet. In der Buschstraße, nahe der Marienkirche gab es so einen Stand und später auch in der Kaiser-Wilhelm-Straße auf Höhe der alten Berufsschule.

Danach kamen die Fahrräder dran. Dasselbe Spiel: erst leihen, dann kaufen. Es gab damals den Begriff »englisch einkaufen«, was nichts anderes als klauen bedeutete.

Es wurden keine ganzen Fahrräder geklaut - dafür gab es auch noch zu wenig -, sondern nur Teile. Hier mal einen Lenker, dort einen Sattel oder ein Pedal, hier ein Schutzblech, dort ein Vorderrad - bis man sich selbst ein Rad zusammensetzen konnte. Für manchen war das Stehlen leichter als das Zusammenbauen; denn meistens passten die Teile nicht zueinander. Die Norm war noch nicht so weit fortgeschritten. Es gab nicht nur 24er- ,26er- oder 28er-Räder - auch die Felgen waren unterschiedlich. Ebenso die Bereifung. Halbballon, Vollballon und später Schmalspur. Wenn man eine Gabel für das Vorderrad ergattert hatte, war noch lange nicht sicher, ob diese auch in den Rahmen passte. Gewisse Teile konnte man auch normal, also nicht »englisch« kaufen.

Ich habe nichts kaufen können. Weder so noch so. Wir hatten auch noch ein Fahrrad im Keller stehen. Als Vater es in jungen Jahren Mitte der 20er-Jahre bekommmen hatte, war es ein Stahlross, mit dem er immerhin von Steele nach Holzminden zu seinen Verwandten geradelt war und mit dem er mit mir 1940/41 noch spazieren gefahren war. Jetzt war es ein Drahtesel, der so vor sich hinrostete und nicht benutzt wurde. Rostig und vergammelt durch die mehrmaligen Überschwemmungen im Keller und danach nicht mehr gepflegt. Hinter dem Rücken meiner Eltern habe ich diesen Drahtesel aus dem Keller geholt und habe darauf noch fahren gelernt. Ein Bein unter die Stange des Rahmens hindurch in Damenrad-Manier.

Eines schönen Tages sprach mich ein Mann an und erkundigt sich nach dem Besitzer des alten Vaterland-Rades. Für DM 10,-- wollte er es abkaufen. Mit der Bittte um kurze Geduld fragte ich Mutter. Zunächst musste ich beichten, das Rad aus dem Keller geholt zu haben. Dann die Frage des Geldes. Na klar, das Geld konnte sie sehr gut gebrauchen. Und Zeit, um Vater zu fragen, gab es keine. Also einverstanden - Geld her, Rad weg. Ich hatte den Schein schon fast fest in der Hand, da fummelte der Mann noch mal ein den Speichen herum - mit dem Ergebnis, dass vier herausbrachen. Er zahlte nur noch DM 8,-- und verschwand blitzschnell mit dem Rad, wobei auch die Kette noch absprang. Mutter und ich waren der Meinung, ein gutes Geschäft gemacht zu haben, erzählten Vater aber vorsichtshalber nichts davon. Eines Tages würde er es sicher merken, dann war das Rad eben weg.

Ehrlich gesagt, es hat Spaß gemacht, Geld einzunehmen. Meine Gedanken drehten sich mehr und mehr um Beschaffungsmöglichkeiten. Mit den Straßenkameraden wurden einige Ideen entwickelt und verwirklicht.

Der Garten am Hellweg und dazu die schmucke Gartenlaube, das war der ganze

Stolz der Familie. Hier sitzt mein Vater mit seiner Mutter, »meiner Oma« zusammen vor der Laube. Und erst mal in der Laube, da gab es so manche Sachen, die man gut verhökern konnte. Für dieses »Geschäft« brauchte ich keine Kameraden, das musste ich ganz alleine durchziehen.

Die Laube war wie eine gute Wohnstube eingerichtet. In einem der Schränke gab es zwei mittelgroße Kochtöpfe voller alter Münzen aus reinem Kupfer. Das Geld war längst entwertet, aber der Metallwert, der war Gold wert. Für Kupfer gab es beim Schrotthändler zeitweise DM 4,50 pro Kilo. Es ist unschwer zu erraten, was passierte. Zuerst habe ich den einen, dann den anderen Topf günstig verkauft. Das waren schon ein paar ertragreiche Kilos. Die Oma hatte im Hinblick auf schlechte Zeiten gut gehandelt. Vater und seine Schwester Alwine durften zunächst von dem Verkauf nichts wissen - aber Mutter kam wieder etwas besser über die Runden.

Kupfer und Blei brachten das meiste Geld. Aber wie drankommen? Kupferpfennige waren versilbert, Vater hatte aber irgendwoher eine ganze Rolle Klingeldraht im Keller, der allerdings mit Textilfaser isoliert war. Über dem Küchenherd haben Mutter und ich auf offener Flamme die Isolierung weggeflammt. Das ergab einen Kupferballen in der Größe eines Handballs. Eine Fußballgröße hätte zwar mehr eingebracht, aber wir waren glücklich, dass wieder etwas Geld nebenbei hereinkam.

Eisen brachte auch Geld, zwar nicht so viel wie Blei, aber es lohnte sich allemal, die Augen stets aufzuhalten. Nicht umsonst sagt man schließlich, das Geld liege auf der Straße. Die Bautrupps bei den Trümmergrundstücken hatten da mehr Glück. Wessen Eigentum da verscherbelt wurde, war egal - wir kamen nicht zum Zug.

Klaus Mücher, über uns wohnend, war auch ein pfiffig Kerlchen. Er ging gerne in den vierten Stock auf den Speicher. Dort stand eine Leiter und durch eine Luke, die der Schornsteinfeger immer benutzte, konnte man auf das etwas abgeschrägte Flachdach gelangen. Klaus mutig als Erster, ich hinterher, während seine Schwester Ute Schmiere stand. Auf dem Dach sah es aus wie am Ruhrufer. Kies, Sand, Moos und Gras bedeckten es - und dann die herrliche Aussicht auf Steele. Auch nicht ganz ungefährlich, was wir da riskierten. Klaus musste schon früher da oben gewesen sein; denn er bewegte sich zielstrebig auf einen Schornstein zu. Dahinter verbarg sich ein altes eisernes Waschbecken, wie man es früher in Hausfluren hatte. Weiß der Schinder, wie das Ding da rauf kam und wem es gehörte. Wahrscheinlich war es als Beschwerer für lockere Dachpappe gedacht. Zu zweit versuchten wir das »Auslaufmodell« die Leiter hinunterzutragen. Wir hatten ungefähr die Hälfte der Sprossen hinter uns, da ertönte Frau Schlössers barsche Stimme mit der Aufforderung, das eiserne Becken wieder an Ort und Stelle zurückzulegen. Kalt erwischt kann man da nur sagen. Es versteht sich aber am Rande, dass der Wiederholungsversuch von Erfolg gekrönt war. Beim Altwarenhändler im Röpergraben haben wir sage und schreibe DM 0,40 dafür bekommen. Wir fühlten uns irgendwie betrogen.

Legierungen wie Messing waren schlecht zu verkaufen. Auch mit Gusseisen hatten wir kein Glück. Am Bahndamm in der Ruhrwiese zwischen den zwei Eisenbahnbrücken hatten wir einmal eine abgefallene Kupplung eines Waggons gefunden. Sauschwer war dieses kaputte Gussteil. Zu viert - Wolle, Wille, Frika und ich - schleppten wir uns damit ab. Eine verbotene Abkürzung benutzend, nämlich über die Eisenbahnbrücke in Richtung Steele Nord, versuchten wir unser Glück bei der Firma Meuser, einem Altwarenhändler direkt hinter dem Bogen von der Bochumer zur Dahlhauser Straße. Nein hieß die klare Entscheidung: »Von der Bahn kaufe ich nichts auf, das könnte ja gestohlen sein. Ich kann keinen Ärger gebrauchen und euch empfehle ich dringend, die Kupplung wieder dort hinzulegen, wo ihr sie gefunden habt.« Eingeschüchtert schleppten wir uns davon. Ein paar Meter weiter haben wir dann das schwere Gerät in das nächste Gebüsch geworfen.

Wer für was am besten zahlte, hatten wir schnell spitz. Der eine gab mehr für Lumpen und Papier, der nächste mehr für Schrott. Im engeren Einzugsbereich gab es für uns drei Rohstoffhändler - Schrotthändler, Lumpensammler, Klüngelspitt oder wie immer man sie auch nannte -, den im Röpergraben, den in der Dahlhauser Straße Ecke Ruhrau und einen in der Ruhrstraße hinter dem Eissalon Engel, später Gaststätte »Postkutsche«. Wir wechselten die Betriebe. Aber in Sachen Lumpen+Papier fühlten wir uns in Steele Nord am reellsten behandelt. Lumpen+Papier - ein Thema für sich.

Zeitweise gab es für Papier mehr Geld als für Lumpen. Beides hatten wir im Haus. Lumpen durch das Wäschegeschäft Wilsenack und Papier durch das Schuhhaus Küper-Scholten. Die Stoffreste waren im Keller stark unter Verschluss - die Familie Schlösser verkaufte sie verständlicherweise gern selbst. Für uns fast tabu. Dagegen lagen die leeren Schuhkartons wahllos im Großraumkeller herum und warteten darauf, aufgeräumt zu werden. Das taten wir auch immer am Wochenende, wenn die Geschäfte geschlossen hatten. Samstagabend und Sonntagmorgen wurden die Kartons in kleine Stücke gerissen und in Kartoffelsäcke verpackt. Damit nicht die ganze Welt Wind von unserem lukrativen Geschäft bekam, lagerten wir die Säcke von sonntags bis montags bei den Verwandten in Frau Funkes Garten. Deshalb waren außer mir auch nur meine Cousins Helmut und Norbert Kaiser sowie unser Freund Manfred Graf, der im gleichen Haus wie Kaisers wohnte, beteiligt. Wer am Montag Zeit hatte, brachte die Säcke weg. Das Geld wurde redlich geteilt. Anfangs hatten wir ein schlechtes Gewissen. War es einfacher Diebstahl, oder war es krimineller Raub? Später waren wir fest davon überzeugt, dass sich die Schuhverkäuferinnen montags über einen aufgeräumten Keller freuten. Bedauerlicherweise kam es auch vor, dass gelegentlich ein paar Säcke aus dem Zwischenlager mysteriös verschwanden.

Nichts ist so alt wie die Zeitung von gestern. Ausgelesene Zeitungen sind auch Altpapier; das brachten wir jedoch nicht zum Rohstoffhändler, sondern zum Fischhändler auf den Markt. Dafür gab es Fisch. Für 50 Zeitungen etwa zehn grüne Heringe oder Salzheringe. Nicht Zeitungen austragen, einsammeln war angesagt. Zumindest vorübergehend. Später war es wieder umgekehrt, und es entwickelte sich was.

Es soll nicht der Eindruck entstehen, als hätten Mutter und ich dem Vater seine Heiligtümer unter dem Hintern weg verkauft. Mutter musste sich auch von einigen für sie wichtige Stücke trennen. Da war z.B. das alte Grammophon mit den noch älteren Schellackplatten. Daran denke ich jedes Mal, wenn ich über einen Flohmarkt streife und so ein altes Gerät nebst Zubehör entdecke. Oft war ich nahe dran, den

Geldbeutel zu zücken und einfach zu kaufen - koste es, was es wolle. Aber Mutters original Apparat zu finden, das wäre schon ein verdammt komischer Zufall gewesen.

Mutter war eine ausgesprochene Leseratte, und sie hatte eine stolze Sammlung guter Bücher. Darunter auch einige mit persönlicher Widmung ihres Vaters aus dem 1. Weltkrieg aus Russland. Auf der Humannstraße, kurz vor der Bahnunterführung stand eine Bude - besser gesagt eine Baracke -, nicht die Seltersbude unmittelbar vor dem Bahndamm, da wurden derartige Bücher aufgekauft. Mehr oder weniger für ein paar Groschen habe ich Mutters Bücher dort verkauft. Leihbüchereien wurden eröffnet. Die städtische Bücherei unterhielt eine Zweigstelle im Obergeschoss der Sparkasse Dreiringstraße. Hier gab es preiswert gute Bücher auszuleihen. Aber mit den Formalitäten war man sehr streng. Unkonventionell ging es dagegen in den freien Leihbüchereien zu. Die Schmöker - Liebesromane und Wild-West-Geschichten - liefen wie geschmiert. Typisches Beispiel: In der Bochumer Straße, genau in der Lücke zwischen Bäcker-Bruhne und Möbel-Grobbink, dem Eingang zum Hinterhaus 31 a, wurde ein neuer Zeitungskiosk eröffnet. Schön aufgemacht, modern mit einer leuchtenden Weltkugel auf dem Dach. Betrieben wurde er von Walter Boegel und seiner Frau. Karl Boegel, der Bruder war Vertriebsleiter bei der Zeitung DIE WELT, hatte hier in Sachen Werbung eine glückliche Hand. Außer Zeitungen gab es vorne Rollmöpse und hinten Leihbücher.

»Wenn ich in Rente gehe, mache ich eine Bude auf« war der Wunsch vieler. Man versprach sich einen lohnenden Nebenverdienst. Bei einigen ging der Traum auch in Erfüllung. Kioske, Seltersbuden, Trinkhallen, Klümkesbuden - egal wie man sie nannte, es gab deren viele. Allein in der Dreiringstraße gab es drei Stück. Eine beim Bahnhof Steele-Süd, die nächste unmittelbar hinter dem Frisör Schwegmann (Der Puppendoktor) und die dritte hinter der Sparkasse vor der Schmiede. Auf dem Grendplatz gab es einen Kiosk, in der Westfalenstaße mehrere Buden. Man kann sagen, fast an jeder Ecke gab es was zu lutschen und zu trinken. Die Grenzen zwischen einem reinen Zeitungskiosk und einer Seltersbude wurden immer durchlässiger. Vor dem Aussterben wurden diese Kioske durch den Zeitschriften-Großisten Rudolf Richter Essen beliefert.

Zurück zu den Leihbüchern. Die meisten Eltern konnten gar nicht so viel bezahlen, wie wir lesen wollten. Die so genannten »guten Bücher« wurden von einem geliehen und von vielen gelesen. In der städt. Bücherei betrug die Laufzeit eine Woche und mehr, und in den privaten musste man nach drei Tagen die Bücher zurückgeben. Wildwestromane wie Tom Mix, Billy Jenkins, Tom Prox oder Conny Cöll mit seinem deutschen Schäferhund erwärmten unsere Herzen. Natürlich auch derartige Filme im Kino. Da gab es anfangs beim Kauf einer Kinokarte einen Roman dazu - den sogenannten Groschenroman. Dieses Kopplungsgeschäft war wettbewerbswidrig und wurde später untersagt. In der Beliebtheit abgelöst wurden diese Romane durch die Bildromane Tarzan, Prinz Eisenherz usw.

Der Bedarf war bei uns Kindern geweckt, nur das Geld war knapp. Die Not, die ja bekanntlich erfinderisch macht, brachte uns auf den Gedanken, eine eigene Kinder-Leihbücherei zu eröffnen. Alle Spielkameraden gaben ihren Privatbesitz als Fundus mit ein und mussten sich ständig um Neuerscheinungen kümmern. Die Leihgebühr war äußerst niedrig. Aber es entwickelte sich ein Spartopf, der nur für die Allgemeinheit geleert wurde. Ausflug, Kinobesuch, Kirmes, Zirkus usw. Untergebracht war diese Bücherstube in einem Geheimversteck auf dem kleinen Dachspeicher über dem Schweinestall bei Frika Weimer auf dem Hinterhof in der Grendgasse. Die Schlüsselgewalt lag bei Frika, die Federführung bei mir und die Kassenverwaltung bei Reinhold Bradenbrink, dessen Vater Polizist war.

Ich bin sicher, dass alle Beteiligten sich später gern an eine schöne Kindheit und vor allem erlebnisreiche Jugend erinnert haben - trotz der störenden Notsituationen. Aber der Mensch ist Gott sei Dank so strukturiert, dass er Unangenehmes verdrängt oder vergisst und dagegen Angenehmes lange in Erinnerung behält.

Vergessen wir mal die Kindergartenzeit, es war Krieg und für mich hat es keinen Kinderhort gegeben. Aber da wo viele Menschen auf engem Raum leben, spielen Kinder aller Rassen und Konfessionen harmonisch zusammen. Rassenkonflikte waren kurz nach der Währungsreform sowieso nicht möglich, weil es bei uns keine Unterschiede gab, und in der Glaubensfrage gab es nur katholisch oder evangelisch. Selbst die abtrünnigen »Heiden« aus der NS-Zeit traten der Kirche vielfach wieder bei. Nur katholisch, nur evangelisch? Das hört sich so unkompliziert an, ist es aber für noch nicht fanatische Kinder absolut nicht. Mit dem Beginn der Schulzeit fingen die Probleme an. Der evangelische Teil der Straßenfreunde musste in die Ruhrauschule der katholische Teil in die Marienschule. Waren in der Volksschule Jungen und Mädchen zusammen in einer Klasse, so gab es auf den höheren Schulen eine strenge Trennung nach Geschlechtern. Dafür waren aber Katholiken und Protestanten in einer Klasse und nur während des Religionsunterricht getrennt. Ein und derselbe Gott mit zwei Glaubensvarianten, will der was ausprobieren oder sind die Menschen nur zu dumm, ihn zu verstehen? Naive Kinderfragen auf die Erwachsene keine Antwort geben konnten.

Für mich als Protestanten waren die unterschiedlichen Bedeutungen der Feiertage interessant. Zum Beispiel Allerheiligen und Totensonntag. Der 1. November, Allerheiligen war ein zusätzlicher Feiertag, wenn er nicht auf einen Sonntag fiel. Totensonntag bei den Evangelischen war aber immer an einem Sonntag. An Allerheiligen wurden auf den katholischen Friedhöfen die Gräber mit schönen Grablichtern versehen. Das wirkte in der Dunkelheit ganz toll. Wir Evangelischen durften uns das auch ansehen, fielen aber sofort auf, weil wir kein Kreuzzeichen machten.

St. Martin war kein offizieller Feiertag, aber die Katholiken feierten diesen Tag bei Einbruch der Dunkelheit mit einem Fackelzug. Am alten Friedhof am Wasserturm Nähe Stadtgarten ging es los. Den ganzen Laurentiusweg hinunter bis zur Laurentiuskirche. Da stand der Pfarrer, begrüßte alle und schenkte den Kindern einen Stutenkerl mit Tonpfeife. »Mensch, Kalle komm doch mit. Wir machen mit beim Fackelzug, St. Martin reitet auf einem Gaul voraus«, überredeten mich meine katholischen Freunde Heinz-Erwin Steinfels und Peter Pung. Mit einer Papierlaterne ausgerüstet, schloss ich mich an. Peter und Erwin nahmen mich in die Mitte, und wir drückten alle dem Pfarrer zum Abschluss brav die Hand. Peter und Heinz-Erwin bekamen ihren Stutenkerl, ich wurde mit einer abweisenden Handbewegung mit den Worten »Evangelische kriegen nix« abgewiesen. Meine Freunde ließen mich zwar partizipieren, in dem sie mich Teile des Stutenkerls probieren ließen - aber die Tonpfeife, aus der man echt rauchen konnte, fehlte mir. Vielleicht bin ich deswegen Nichtraucher geblieben. Wer weiß, wer weiß.

Die Umstellung von der Volksschule in die Realschule war auch eine Umstellung der Methodik. Aber auch der Gewöhnungsprozess an all die neuen Gesichter bei Lehrern und Schülern machte mir anfänglich zu schaffen. Eine ganze Klasse netter Schulkameraden sollte ich einfach vergessen? Nur ein einziger wechselte mit mir in die andere Schule, nämlich Heinz Klobes aus der Bochumer 14, gegenüber von uns. Alle anderen gingen aufs Gymnasium, zur Realschule nach Rellinghausen oder blieben in der Ruhrau-Schule. Erst im Konfirmanden-Unterricht sollten wir die »Ehemaligen« wiedersehen.

Schneller als ich dachte, sah ich meine Ex-Lieblingslehrerin Frau Böttcher wieder. Wir turnten gerade an der Teppichstange in unserer Eingangsgasse vor der Haustür, da stand sie plötzlich vor mir und erkundigte sich nach meinen ersten Ergebnissen im neuen Umfeld. Die waren bis dahin ganz ordentlich, aber ich war wohl nicht der

Grund ihres Besuchs. Vielmehr wollte sie Frau Mücher überzeugen, dass Klaus bei seinen Fähigkeiten unbedingt zur höheren Schule wechseln müsse. Es blieb bei dem Versuch. Klaus blieb in der Volksschule, aus welchen Gründen auch immer. Er übersprang dann ein Schuljahr und konnte seine Lehre als Dekorateur ein Jahr früher beginnen. Das tat der Haushaltskasse der Witwe Mücher sicher gut.

Apropos Geld nebenbei verdienen - hier wusste Frau Mücher meist als Erste, wo das Leben pulsierte, und wir konnten uns oft anhängen. Ein Thema war Heimarbeit. Da gab es vorübergehend ein Unternehmen zwischen Tapeten-Söhnchen und den Kammer-Lichtspielen im Hinterhof (später siedelte sich hier die Druckerei Bürger an), das sich mit der Fabrikation von neuartigen Hausschuhen oder -pantinen verdient machte. Die Produktion der Halbfertigware wurde als Heimarbeit vergeben und nach Stückpreis bezahlt. Akkordarbeit! Die »Schlappen« sind schwer zu beschreiben. Es handelte sich um grellfarbene rote und blaue Filze, die flach ausgeschnitten geliefert wurden, als Schuh ähnliches Gebilde zusammengefaltet werden mussten und mit einer ebenfalls gelieferten Sohle beklebt wurden. Frau Mücher schaffte es mit ihrer Familie nicht allein, so dass meine Mutter mit uns als Sub-Unternehmerin auftrat. Wie lange die Dinger hielten, haben wir selbst nie ausprobiert. Man konnte auch nicht sagen, dass der Rubel rollte, aber es kam doch etwas dabei herum.

Um an weitere Gröschelchen heranzukommen, entwickelte ich mit meinem nachbarschaftlichen Freund Wolfgang Lierse einen speziellen Plan. Die Großeltern von Wolle hatten in der Steeler Straße eine Gärtnerei. Opa Schmitz war mit seinem Sohn Fritz für den Gartenbaubetrieb verantwortlich und Oma Schmitz betrieb mit ihrer Tochter Thea ein Blumengeschäft in der Bochumer Straße. Hier half gelegentlich auch die zweite Tochter Christine Lierse geb. Schmitz aus. Nicht nur arbeitsmäßig, manchmal auch finanziell, vermutete Walzenführer Günther Lierse, der durch Überstunden recht gut verdiente. Aus Selbsterhaltungsgründen züchtete Opa Schmitz nicht nur Blumen, sondern auch Schweine. Da setzte unsere Idee ein.

Um die Schweine satt zu füttern, mischte man gekochte Kartoffelschalen unter das Futter. Für einen Putzeimer Kartoffelschalen zahlte uns Oma Schmitz DM 0,20. Zunächst haben wir es mit dem hauseigenen Abfall probiert, dann entwickelten Wolle und ich einen richtigen Organisationsplan. Wir gingen von Haus zu Haus, von Tür zu Tür und fragten nach Kartoffelschalen. Die waren meist schon im normalen Müll in der Aschentonne verschwunden. Wenn wir aber versprachen, regelmäßig an bestimmten Tagen vorbeizukommen, wollte man die Schalen für uns verwahren. So hatten wir in kurzer Zeit eine gute Adressdatei und konnten die Schalen körbchenweise abholen. Bei Oma Schmitz wurden sie dann in einen Eimer gefüllt, um die Maßeinheit zu bestimmen.

So weit, so gut. Nur, dass Oma Schmitz sich jedes Mal mit ihrem gesamten Körpergewicht - und sie war nicht gerade schlank - in den Eimer stellte und die Ware auf ein Minimum presste um Geld zu sparen, fuchste uns. Wolle schämte sich sogar für seine Oma und rächte sich auf seine Weise. Er wusste, wo die Schalen bis zum Abtransport zwischengelagert wurden, und bediente sich dort durch den Hintereingang. So haben wir die Schalen oft zweimal verkauft.

Aber eines haben wir bei der Aktion gelernt, was vielleicht noch viel wichtiger als das Geld war: Wenn man etwas aufbaut, wenn man den Leuten verspricht dies und das zu tun, muss man es auch einhalten. Sonst ist man erfolglos. Wir haben unseren Abholplan strikt eingehalten. Zum Schluss bekamen wir von den Leuten noch ein kleines Trinkgeld zusätzlich.

Nicht nur wir Kinder waren für die Gärtnerei tätig. Wolles Vater trug Sonntag morgens Kränze zu Trauerfamilien oder zum Friedhof aus. Dann konnte er sich wieder die oder andere Zigarre seiner geliebten Marke »Stahl & Eisen« zusätzlich leisten. Gelegentlich half er auch Küster Quade auf dem Ev. Friedhof Gräber auszuheben. Das wurde damals alles von Hand gemacht. DM 8,-- soll es für ein 180 cm tiefes Grab gegeben haben. Für uns körperlich nicht möglich, sonst hätten wir uns um diese Arbeit womöglich auch noch beworben. Aber selbst einen Kranz wegzutragen, war zu schwer für uns.

So gab es immer Möglichkeiten, etwas zu verdienen. Mal allein, mal im Duett, mal mit der ganzen Gruppe aus der Grendgasse. So nacheinander aufgezählt, hört sich das alles nach wahnsinnig viel Arbeit an. Ganz so schlimm war es nicht - man muss das Ganze ja auch zeitversetzt über ein paar Jahre sehen. Aber wir waren schon ganz schön emsig - wir, die Straßenkinder aus der Grendgasse.

Handzettelwerbung - ein besonderes Thema. Die Baulücke zwischen Blumen-Schmitz und Schuh-Küper wurde geschlossen. Es entstand das Wohn- und Geschäftshaus Bochumer 13. Vater hatte bei uns im Badezimmer ein kleines Fenster in die Außenwand geschlagen, sozusagen als Abzug für Dämpfe, die beim Schnapsbrennen entfleuchten und unangenehm rochen. Dieses Loch von 50 x 50 cm wurde durch den Neubau einfach zugemauert. Es blieb ein dunkles Loch in unserer Wand, als Abstellplatz benutzbar. Ein unangenehmer, aber kein großer Verlust. Größer war der Verlust für Kohlenhändler Steinfels; der verlor etwa zwei Drittel seines Kohlenlagers. Praktisch die gesamte angemietete Fläche. Ihm blieb nur das erworbene kleine Grundstück vor seinem Haus in der Grendgasse.

Im Parterre des neuen Hauses eröffnete Greko - Ihr Kleiderberater. Greko war nur ein Kunstnahme, in Wirklichkeit hieß der Inhaber Grzsik oder so ähnlich. Der Geschäftsführer hieß Wendland. Der wohnte mit seiner Familie in der dritten Etage. Die Fenster lagen aber auf gleicher Höher mit unseren in der zweiten Etage, weil unsere Zimmer alle viel höher waren. Fenster an Fenster hätte man sich nachbarschaftlich gut unterhalten können. Die jüngere Wendland-Tochter Angelika, genannt »Gänschen«, schaute ebenso abends aus dem Fenster wie ich. Auch immer zu gleichen Zeit. Eine Unterhaltung fand nicht statt, vielleicht mal ein schüchterner Blickkontakt. Ansonsten schauten wir beide in eine andere Richtung. War es nur Scham? Oder Angst vor den Eltern? Auf der Straße hatten wir schon ein vertraulicheres Verhältnis.

Greko stieg massiv in die Werbung ein. Zur Eröffnung stand im Schaufenster eine Werbefigur. Still, stumm und steif, aber ganz in Gold. Mensch oder Maschine? Das musste das Publikum erraten, um tolle Preise zu gewinnen. Stündlich wurde das verhangene Schaufenster geöffnet, damit man die Gestalt für eine Viertelstunde beobachten konnte. Kein Lächeln, noch nicht einmal ein Wimpernzucken war festzustellen. Die Menschenmassen versammelten sich vor dem Fenster, alle tippten mit. Und die meisten tippten auf Roboter. Es war aber ein Mensch mit großem Namen in der Circus- und Varietee-Welt.

Von Geschäftsführer Wendland bekam ich den Zuschlag für den Aufbau einer jugendlichen Werbekolonne zur Verteilung von Handzetteln. Hierfür kam nur der Expertenkreis aus der Grendgasse in Frage. Wille, Wolle, Kalle, Frika und Pidder hieß das Quintett. Unser sechster Mann, Heinz-Erwin Steinfels, hatte als Kohlenhändlersohn Taschengeld genug, ging spaßeshalber trotzdem oft mit. DM 0,30 pro Stunde für alle, oder DM 0,30 pro 1000 Zettel, das konnten wir selbst entscheiden. Umgerechnet waren das sechs Pfennig pro Kopf oder DM 0,0003 pro Zettel. Über den Kopf der Gruppe hinweg entschied ich mich für den Stundenlohn und erklärte den Kameraden meinen Einsatzplan.

Wir wollten in den Ferien sowieso täglich einen Ausflug in die nähere Umgebung machen. Zu Fuß, weil noch nicht alle ein Rad hatten. Wenn wir dabei die Werbe-

Zettel mitnahmen, konnten wir sie so ganz nebenbei loswerden. In Wohngebieten alle Briefkästen zu bestücken, wäre aus meiner Sicht unterbezahlt gewesen. Vorgeschrieben, wo und wie wir verteilen sollten, war ja nichts. Es blieb uns überlasssen. Hauptsache die Zettel waren verteilt. So gingen wir an die Fabrik- und vor allem an die außerhalb gelegenen Zechentore. Mit dem Hinweis auf die sensationellen Angebote überzeugten wir die Pförtner davon, dass sie ein gutes Werk tun, wenn sie bei Schichtwechsel jedem Arbeiter einen Zettel in die Hand drückten, oder noch einen mehr für die Oma. Bei den meisten Pförtnerlogen konnten wir zwei Pakete mit je 500 Zetteln hinterlegen. So klapperten wir in regelmäßigen Abständen die Gebiete ab: Schacht Theodor in Altendorf, die Henrichshütte in Hattingen, Zeche Heinrich in Kupferdreh - das waren wirklich schöne Ausflugsziele. Aber auch Kray, Frillendorf, Schonnebeck mit den Zechen Katharina, Joachim, Hubert, Bonifacius gehörten bald zu unseren Verteilungsgebieten. Selbst Dahlbusch in Rotthausen war uns nicht zu weit.

Die langen Wege brauchten viel Zeit, brachten aber auch mehr Stundenlohn. Irgendwann war Herr Wendland mit diesem Verteiler-System nicht mehr einverstanden. Er stellte um auf Bezahlung nach Stückzahl. Wahrscheinlich hat er die Pförtnerlogen selbst mit dem Auto bedient. Nachweislich haben wir jedoch dazu beigetragen, dass Steele wieder Anziehungspunkt für ein erweitertes Gebiet wurde. Eigentlich hätten wir dafür noch eine Spezialprämie verdient gehabt. Stattdessen wollte man uns zwingen, das Briefkastenstecksystem im Nahbereich zu vollziehen. Dieses Spiel lief dann nur noch kurze Zeit. Genau gesagt, bis die ersten schwimmenden Pakete in der Ruhr entdeckt wurden. Die am Lagerfeuer auf dem Schlackenberg verbrannten Zettel konnten nicht mehr entdeckt werden. Merke: Handzettel sind nur ein bedingt gutes Werbeinstrument. Vor allem muss die Verteilung korrekt und zielgruppengerecht sein.

Lukrativer war überraschend eine ganze andere Tätigkeit: Sammeln für einen guten Zweck. Mit der Sammelbüchse am Totensonntag für Kriegsopfer auf dem Friedhof oder vor dem Muttertag für das Müttergenesungswerk ehrenamtlich rappeln, das hatten wir schon hinter uns. Aber mit Listen durch die Haushalte gehen und für die Elly-Heuss-Knapp-Stiftung sammeln, das war neu. Über die evangelische Kirchengemeinde hatte ich einen Bezirk bekommen. Der Erfolg war sensationell, und ich bekam 10 % Provision. Auf der einen Seite gab es eine große Opferbereitschaft in der Bevölkerung, dazu kam ein bisschen Mitleid mit dem Sammler, und vielleicht lag es auch ein wenig an dessen verkäuferischem Talent.

Älter, reifer vor allem kräftiger geworden, durfte ich bei Fahrenthorn auch mithelfen Getränke auszuliefern. Zuerst erteilte Heinrich Fahrenthorn persönlich Unterricht im Heben von Bier- und Wasserkisten. Die Beinstellung war wichtig, offene oder geschlossene Knie beim Bücken konnten entscheidend sein für einen Leisten- oder Hodenbruch. Einmal war das Bier knapp geworden. Normalerweise lieferte die Brauerei an. Aber aus irgendeinem zwingendem Grund fuhr Heinrich Fahrenthorn mit dem Pferdefuhrwerk nach Altenessen zur Brauerei Stauder, um das Bier selbst abzuholen. Fast eine Tagestour. Ich durfte mit und staunte bei der Brauerei nicht schlecht. Es gab viele interessante Dinge zu sehen.

Kohlen für Steinfels auszufahren war auch lohnend, aber man wurde sehr schmutzig dabei. Es gab spezielle Handkarren für ein oder zwei Zentner, die wir verhältnismäßig leicht zur Kundschaft fahren konnten. Ausgenommen im Winter, wenn hoch Schnee lag oder die Straßen eisglatt waren.

Gemessen an den Tätigkeiten waren die Gesamteinnahmen tatsächlich Peanuts, aber es machte uns allen Freude. Meine Schwester Ulla erzählt heute immer noch stolz von unserer kleinen Gemeinschaftskasse mit ein wenig Geld aus unserem Buchverleih, das wir ausnahmsweise nicht zu Hause abgeliefert haben und wofür wir das ausgegeben haben. Rosenmontag 1951 ging unsere kleine Grendgassen-Truppe zum Gänsereiten in den Bergmanns-Busch. Es war bitterkalt, und es hörte nicht auf zu schneien. Meine Schwester und Frikas Schwester Renate, beide noch nicht in der Schule, durften mit. Für sie war der Rückweg eine Strapaze. Am Bahnhof Steele-Nord eskalierte es. Nach kurzer Beratung opferten wir unsere wenigen Groschen und kauften für jedes Kind eine heiße Tasse Bouillon. Das tat allen gut, und wir konnten den Heimweg fortsetzen. Von dem Festumzug der Gänsereiter durch Steele haben wir in diesem Jahr allerdings nichts mehr gesehen.

Interessant waren auch die Kohletouren zur Zeche Heinrich nach Kupferdreh. Paul Steinfels hatte seinem Sohn Heinz-Erwin erlaubt, dass wir alle auf dem Lkw mitfahren durften um neue Kohlen von der Zeche zu holen. Im Führerhaus war kein Platz für uns. Da saß der Chef und sein Lagerarbeiter. Wir mussten auf die Ladefläche, die bei einem Kohle-Spezialfahrzeug für die verschiedenen Sorten unterteilt waren. Beim Kippen konnten die Trennklappen einzeln geöffnet werden. Auf dem Zechengelände gab es eine große Lkw-Waage. Zuerst wurde der leere Lkw gewogen, dann der mit Kohle beladene. Die Differenz war die zu bezahlende Kohle. Beim ersten Wiegen lagen wir Kinder flach auf der Ladefläche, als die Kohle eingefüllt wurde, mussten wir runter vom Fahrzeug. So konnten wir beim zweiten Wiegen nicht mehr ins Gewicht fallen. Logisch: Das fehlende Personengewicht wurde durch Kohle ersetzt, jedoch nicht berechnet. Ein kleiner Nebenverdienst für den Händler, den wir ihm gerne gönnten, zumal er uns den Eintritt für ein Heißwasser-Schwimmbad bezahlte. So ein Bad gab es neben der Zeche bei der »Gewerkschaft Christine«. Das Bad hatten wir auch nötig. Am Körper wurden wir auch wieder sauber. Aber die Kleider - das musste Ärger zu Hause geben. Dem war auch so. Zum besonderen Vergnügen durften wir dann auch noch von Kupferdreh nach Steele zurücklaufen; denn der Lkw war ja voll beladen. Es versteht sich am Rande, dass diese Tour nicht häufig stattfand.

Sachen sind aber auch passiert, da denkt man schnell an Seemannsgarn oder Jägerlatein. Aber es ist alles »in echt passiert«, wie man so schön sagt.

Jeder von uns hatte seine speziellen Verbindungen, um an etwas Geld zu kommen, um sich Vorteile zu verschaffen. Friedrich-Karl »Frika« Weimer hatte einen guten Draht zu Frau Pfeiffer; das war die von dem Besitzer Herrn Koplek eingesetzte Chefin für das Kino an unserer Ecke »Kammer-Lichtspiele«. Zu dem Koplek-Betrieb gehörte auch das »Union-Theater« gegenüber der Glashütte und später auch das »Evita« im ehemailigen Hermannsaal in der Westfalenstraße, das bei der Übernahme in »Luna« umbenannt wurde. Frika wurde bevorzugt herangezogen, wenn es darum ging, zwei Tonnen Koks in den Heizungskeller des Kinos zu schaufeln. Dafür gab es Freikarten.

Bei uns galt die Devise in Anlehnung an die Losung der »Drei Musketiere«: Immmer alles für alle - nichts für den Einzelnen. Klar, dass Frika, wenn er nur eine Karte hatte, diese auch für sich allein benutzte. Aber wir waren schon darauf bedacht, dass unsere Bande gemeinsam ins Kino ging. Wille, Wolle, Kalle, Frika, Pidder und Heinz-Erwin, das waren die sechs aus der Stammbesetzung. Später kam dann noch Dieter Meinert durch Zuzug dazu, und oft war auch Reinhold Bradenbrink dabei. Parkett II - das waren die beiden vorderen Reihen im Kino - auch Rasier-Loge genannt, weil man den Kopf sehr in den Nacken legen musste, um etwas auf der Leinwand sehen zu können, kostete DM -,60 und Parkett I dann DM 0,80. Je weiter hinten, desto teurer wurde es. Sperrsitz oder gar Loge konnten wir uns nicht leisten. Ein Haarschnitt kostete genausoviel. Halblang DM 0,60 und Fassonschnitt DM 0,80. Mancher von uns hat manchmal den Kinobesuch dem Frisörbesuch vorgezogen. Aber wie gesagt, meistens haben wir durch Zusammenlegen unserer Pfennige es immer geschafft, gemeinsam ins Kino zu kommen. Notfalls hat Heinz-Erwin den fehlenden Rest dazugelegt. Seine Mutter, Maria Steinfels von der Kohlenhandlung, war oft sehr großzügig.

Dafür, dass wir im Kino auch was zu naschen hatten, sorgte Wolfgang »Wolle« Lierse. Er hatte die Verbindung zu Schokoladen-Zimmermann. Hier half er gelegentlich beim Ausfahren der Ware mit. Neben etwas Taschengeld waren reichlich Süßigkeiten die Belohnung.

Kino war für uns das Größte. Unvergessen die Spannungsmomente im Vorfeld, wenn die Spezial-Plakat-Maler über dem Haupteingang des Kinos die Farbgemälde mit den Hauptdarstellern von Hand anfertigten. Kein Mensch konnte uns einreden, dass der Film nichts taugte. Egal wie - wir mussten da hin, außer der Film war nicht jugendfrei.

Wir hatten auch den Dreh raus, umsonst ins Kino zu kommen. Das ging aber nur im »Kammer«. In der Mitte des Eingangs war die Kasse, rechts und links davon die Eingangstüren. Die linke war meist nicht besetzt, und an der rechten stand Frau Pfeiffer und riss die Karten ab, und eine Platzanweiserin brachte die Besucher zu ihrem Sitz - notfalls mit Taschenlampen-Unterstützung wenn es wegen der Vorwerbung schon dunkel im Theater war. Katzengewandt konnte man sich mit etwas Geschick durch die linke Pendeltür mogeln, durfte aber nur auf dem Fußboden Platz nehmen und hoffen, dass die Platzanweiserin nicht mal andersherum lief. Diesen Trick versuchten viele Ortsunkundige, die meisten fielen auf. Wir dagegen kannten jede Ecke und jeden Winkel des Kinos, vom Dach über den Heizungskelller bis zur Toilette. Die Eingangsgasse unseres Hauses grenzte unmittelbar an den Hof des Kinos. Dort waren die Toilettenfenster - außen rechts die Herren-Toilette.

Das Fenstergitter war wohl etwas locker, und wir haben es ganz abschraubbar gemacht. So hatten wir einen verhältnismäßig leichten Einstieg. Gewartet haben wir, bis der Film angefangen hatte. Das konnte man am Seitenausgang in der Grendgasse gut feststellen, denn es kam kaum noch jemand durch den normalen Eingang. Zuvor musste einer immer mit fadenscheinigen Fragen an der Kasse den Spion spielen. Hier lag nämlich eine Sitzordnung aus. Die Kassiererin kreuzte bei jeder verkauften Karte ein Feld an und konnte jedem sagen, wo noch Plätze frei waren und vermied dadurch auch Überbuchungen. Bei »nicht ausverkauft« konnten wir zuschlagen. Ein bisschen Herzklopfen war schon dabei, wenn wir harmlos wirkend aus der Toilettentür schlichen und einen Platz suchten. Einer von uns muss dieses Spielchen an die große Glocke gehängt haben, oder jemand hat uns beobachtet. Auf jeden Fall ist es passiert, dass einmal das Kino ganz schnell besetzt war, obwohl nur ein paar Karten verkauft worden waren. Da wurde das Fenster neu und sicher vergittert. Einen besonderen Gag leisteten wir uns als die Breitwandfilme »Cinema-Scope« eingeführt wurden. Die Leinwand im »Kammer« war nicht zu verbreitern, so dass der rechte und linke Rand des Films auf den Toilettentüren erschien. Einer von uns setzte sich einen Sombrero auf und kam während des Zorro-Films Peitsche knallend von der Toilette. Er spielte so live mit. Die Leute lachten schallend.

Trotz aller Kinosucht und Gierde auf Nebenverdienste haben wir auch wie andere Kinder halbwegs normal gespielt. Gelegentlich auch harmlose Streiche gespielt. Zum Beispiel gab es in der ganzen Grendgasse nur eine einzige Laterne. Die stand an der Mauer zu Schokoladen-Zimmermann gegenüber dem Haus Nr. 1 - der Familie Terbrack. Diese Laterne wurde durch Gas gespeist. Je nach Anbruch des Tages bzw. Einbruch der Dunkelheit kam ein männlicher Radfahrer und schaltete die Laterne mittels einer langen Stange ein und aus. »Strumpfbandzieher« nannte man diese Herren. Wann die Laterne morgens leuchtete, war uns im Prinzip egal, abends hat uns das Licht des öfteren gestört, wenn es zu früh an war. Das Ausschalten war für uns Kinder kein Problem. Der Laternenpfahl war leicht zu erklimmen.

In der Dunkelheit konnten wir dann unsere Taschenlampen ausprobieren und feststellen, wer den tollsten Lichtstrahl in den Nebelhimmel schicken konnte. Das war modern. Oft war das Fabrikat der Taschenlampe gar nicht entscheidend, sondern die Batterie. Wir waren von der Marke »Pertrix« überzeugt. Da muss auch der Witz aufgekommen sein: »Kannze am Strahl von meine Taschenlampe raufklettern?«, fragte Antek seinen Freund Frantek. »Jau, datt kann ich, tue ich abba nich. Ich bin doch nich bekloppt, hinnerher machse die Funzel aus, wenn ich grade oben am Turnen bin!«, war die Antwort. Ein Witz, der lange seine Runde machte.

Mit dem Streiche-Spielen war es nicht so weit her. Abgesehen davon, dass wir der »Ata« Kretz, die obenauf in Grendgasse 8 bei Wilfried »Wille« Selbach wohnte, mal einen Schneeball durchs offene Fenster geworfen haben, war da nichts Wesentliches. »Schellemännchen« spielen, also irgendwo die Hausklingeln zu betätigen und wegzurennen, war uns zu blöd.

Eine Ausnahme war das gefährliche Hantieren mit selbst gebastelten Karbidbomben. Das Abfallprodukt Karbid konnten wir uns leicht bei der Schmiede neben der Sparkasse besorgen. In eine Flasche gestopft und mit etwas Wasser angereichert, fängt es an zu brodeln und zu stinken und zu qualmen. Wenn die Flasche fest genug verschlossen war, kam es zwangsläufig nach einer gewissen Zeit zur Explosion. Dabei kann das größte Unglück passieren. Wir hatten mehr Glück als Verstand. Normalerweise dürfte niemand an solche Materialien herankommen, Kinder schon gar nicht.

Na ja, in der Schule lief es auch ganz gut. Aus der vierten Klasse Volksschule war ich nicht in die fünfte auf der Realschule gekommen, sondern in die sechste. Man zählte hier abwärts und nannte die Klassen noch wie auf dem Gymnasium Sexta, Quinta, Quarta, Untertertia, Obertertia und Untersekunda. Dann hatte man seine so genannte mittlere Reife, wenn man die Prüfung bestanden hatte. Auf dem Gymnasium (auf der Penne, da waren die Pennäler) ging es dann weiter mit den Klassen Obersekunda, Unterprima und Oberprima, und man hatte nach bestandener Abi-Prüfung sein Abitur. Sexta also null Probleme für mich. Ab Quinta ging es dann fortschreitend schwieriger vorwärts.

In der frühen Nachkriegszeit, sozusagen im allgemeinen Aufschwung gab es ein paar Begebenheiten, die uns als Kinder auch sehr berührten. Nicht etwa das zweite Hochwasser, als der Damm der nur unzulänglich reparierten Möhnetalsperre brach und halb Steele erneut überflutet wurde - das war für uns noch irgendwie spannend. Es gab tragische Todes- und Unglücksfälle, die uns ganz kleinlaut werden ließen. Da war einmal der brutale Mord an dem Nachtwächter in der Kepa. Natürlich standen wir mit in der Menschenmenge in der Hansastraße und wollten neugierig mehr erfahren. Natürlich standen wir auch im Rott vor der Metzgerei Formes, als der Metzgermeister seine Frau und seine Kinder grauenvoll ermordete, flüchtete und sich später selbst umbrachte. Und natürlich waren wir 1950 alle in Rotthausen, als das Grubenunglück 67 Todesopfer forderte. Ich persönlich hatte keine Verwandten, die dort arbeiteten. Aber Wolfgangs Onkel Otto war dort beschäftigt. Er hatte an diesem Tag keine Schicht. Jeder hatte eine gewisse Beziehung zum Bergbau. 1955 gab es auf Dahlbusch ein weiteres Unglück mit 41 Toten. Tödlich endete auch die Fahrt eines Mädchens im Kettenkarussell auf dem Kaiser-Otto-Platz. Eine Kette riss bei voller Fahrt, und das Mädchen wurde vor die Hauswand geschleudert. Danach bin ich nie mehr in einem Kettenkarussell gesessen. Beide Beine verloren hatte ein Mädchen durch einen Straßenbahnunfall in der Dreiringstraße. Es war auf die fahrende Bahn aufgesprungen, was bei den damaligen Türen mit Trittbrettern leicht möglich war, abgerutscht und unglücklich unter den Anhänger geraten. Die »Holt-mich-raus-Schreie« wird man wohl kaum vergessen können. Unzählige neugierige Menschen drängten sich von der Bochumer Straße bis zum Marktplatz durch die Dreiringstraße. Grendgasse und Alte Zeilen waren verstopft, so dass es die Rettungsmanschaften sehr schwer hatten, zu helfen. Wenn man nicht helfen kann, soll man wegbleiben. Neugierde ist in solchen Fälllen eine Unsitte, die aber leider heute noch sehr verbreitet ist.

Vergessen kann ich auch nicht den Todesprung eines uns bekannten Jungendlichen von der Eisenbahnbrücke in die Ruhr. Mutig riskierte er einen »Köpper« aus großer Höhe und verfehlte die tiefste Stelle im Wasser. Er traf auf einen Stein und verlor sein Leben.

Abgesehen von der Angst vor dem Kettenkarussell war ich ein »Kirmeshengst«. Als Kleinkind war ich ja schon von zu Hause ausgerissen und später war ich schon zur Stelle, wenn die ersten Kirmeswagen anrollten. 1951 wurde zur Herbstkirmes an Steele-Süd zwischen der alten Ruhrauschule und der Tankstelle mit der städtischen Waage ein Auto-Scooter aufgebaut. Mutter hatte noch gewarnt: »Tobt nicht in den Baustellen der Kirmes herum, das ist gefährlich.« Wir aber hatten nichts besseres zu tun, als Fangen zu spielen. Dabei muss man bekanntlich schnell rennnen können. Beim entstehenden Scooter passierte es dann. Ich stolperte und fiel saublöd mit dem linken Knie auf ein Bauelement mit hervorstehendem Eisenkeil. Eine stark blutende, klaffende Wunde war das Ergebnis. Allein wäre ich gar nicht nach Hause gekommen. Mein Cousin Guido stützte mich, und so kam ich humpelnd an. Mutter wurde wütend: »Wer nicht hören will, muss fühlen.« - und schikkte mich allein mit Guido zum Kinderarzt in die Ruhrstraße. Die Wunde wurde geklammert und ist heute noch als Narbe zu sehen. Ein bisschen war ich schon enttäuscht, dass Mutter nicht mitkam. Heute weiß ich, dass sie da schon anfing zu kränkeln und an dem Tag gar nicht richtig konnte. Der Zusammenbruch kam dann auch ein paar Tage später auf der dann offiziell eröffneten Kirmes. Sie bekam eine

Gallenkolik, und wir mussten sie nach Hause bringen. Gut, dass Vater dabei war.

Über mindestens zwei Jahre hinweg war der Donnerstag für uns ein sportlicher Tag. Herbert Sprenger hatte freundschaftliche Beziehungen zu Horst Scholten. Dessen Vater betrieb das Schuhgeschäft in der Hansastraße, während sein Onkel Edmund Scholten das Geschäft Küper-Scholten in unserem Haus führte. Jeden Donnerstag spielten die Senioren mit ihren Freunden Tischtennis im Verkaufsraum an einer richtigen Profiplatte. Die Herren waren verflixt gut. Besonders Edmund Scholten, der kriegsversehrt eine Handprothese trug. Horst hatte den Auftrag, nach Geschäftsschluss den Laden umzuräumen und die Tischtennisplatte aufzubauen. Nicht alleine. Mit uns, und wir durften von etwa 18.30 bis 20.30 Uhr spielen, bevor die Senioren antraten. Das war eine großzügige Geste. Horst Scholten war der Beste. Aber Herbert Sprenger und Peter Pung konnten auch ganz gut mithalten, gefolgt von Heinz-Erwin Steinfels und meiner Wenigkeit. Als Mannschaft hätten wir vereinsmäßig auftreten können.

Aber alles hat einmal ein Ende. So auch mein Tischtennis im Schuhgeschäft. Ich musste mich allmählich auf die Konfirmation vorbereiten. Das dauerte früher zwei Jahre. Ein Jahr Katechumenen- und ein Jahr Konfirmandenunterricht. Meine katholischen Straßenfreunde hatten ihre Kommunion schon mit neun Jahren. Sie hatten alle schöne Feiern (ohne mich) und schwärmten von ihren tollen Geschenken. So gesehen kam bei mir auch ein bisschen Vorfreude auf, obwohl man als Evangelischer erst 14 Jahre werden musste.

Das Zeitalter des Kindergottesdienstes war vorbei, und als angehender Konfirmand durfte ich der Jungschar beitreten. Das ist so eine Art Vorbereitung auf den CVJM. Die Jungschar der ev. Gemeinde Steele traf sich immer Samstag nachmittags in den Räumen des Kindergartens im Gemeindehaus am Villenweg. Gesellschaftsspiele, Vorlesungen und eine kurze Bibelstunde standen auf dem Programm. Ich bin dort sehr gerne hingegangen. Leider ist der Leiter Herwig Boeing von Steele weggezogen und es war schwierig, einen Nachfolger zu finden. Mal sprang Pastor Börner ein, mal Ernst Quade, Sohn des Küsters Karl Quade und später selbst Küster. Dann war mal nichts, und die Gruppe zerfiel. Unter Herwig Boeing und dem Architekten Werner Bannas hatten wir im Eickenscheidter Busch einen Trapperfilm gedreht. Ich hatte die Rolle eines Indianerspähers. Eine aufregende und gelungene Sache. Nach Fertigstellung des Films folgte die Uraufführung im Gemeindehaus im Beisein der Eltern. Für uns Darsteller ein erhebendes Gefühl. Leider habe ich den Film nur einmal gesehen. Jahre später bin ich im ev. Gesellenverein durch meinen Vater, der dort Mitglied war und den mein Opa Pollmann 1926 wiederbelebt hat, wieder auf Werner Bannas gestoßen. Wir haben oft über den alten Kinderfilm gesprochen, aber mit einer neuen Aufführung hat es leider nie geklappt. Schade.

Im Konfirmandenunterricht, der von Pfarrer Zurnieden geleitet wurde, traf ich einige ehemalige Schulkameraden aus der Ruhrauschule wieder. Der Kontakt war zwangsläufig nicht mehr der alte, er verbesserte sich jedoch teilweise mit der Zeit wieder. Jedenfalls gab es eine Menge zu erzählen.

Zu Hause wurde es traurig langweilig - vor allem sonntags, da hatten wohl alle Familien mit ihren Kindern ihr eigenes Programm. Spazieren gehen, Neubauten anschauen. Die Straße war leergefegt. Mutter kränkelte, und bei Vater gab es einen gewaltigen Schlag. Karneval 1952 war sein letzter musikalischer Auftritt. Er hatte mit seiner Kapelle, mit Fritz Bedenbender und Peter Dittgen, Samstag, Sonntag, Rosenmontag und Dienstag zum Tanz aufgespielt. Im Maxim bei Ferdinand Grothoff. Wenig geschlafen, ein bisschen zu viel Alkohol getrunken und zum Wachhhalten anschließend Cola getrunken und Hallo-Wach-Tabletten geschluckt. Das hält der stärkste Körper nicht aus. Aschermittwoch Morgen kam der Zusammenbruch: Herzattacke!

Da war Holland in Not. Große Aufregung bei Mutter und uns Kindern. Ich sollte schnell einen Arzt holen. Das war jedoch gar nicht so ganz einfach. Die Wartezimmer bei den Ärzten waren proppenvoll. »Wer war der Letzte?«, musste man immer fragen und aufpassen wann man dran war, wenn es hieß: »Der Nächste bitte!« Woher ich den Mut genommen habe, das Wartezimmer zu übergehen und einfach in die Praxis zu stürmen, um den Arzt nach Hause zu bitten, weiß ich bis heute nicht. In solchen Situationen kommt einem jede Warteminute länger als eine Ewigkeit vor. Zuerst war ich bei Dr. Jörissen in der Dreiringstraße, Vaters eigentlichem Hausarzt. Als dies zu lange dauerte, wandte ich mich aufgeregt an den Arzt, den ich schon mal benötigt hatte. Dr. Martin um die Grendgasen-Ecke herum war auch voll beschäftigt, sagte aber sein Kommen schnellstmöglich zu. Die Aufregung und der Notzustand bei Vater verstärkte sich. Ich musste wieder losrennen. Dr. Fellrath in der Kaiser-Wilhelm-Str., Mutters Hausarzt, war die nächste Station. Drei Ärzte waren geordert, aber die Wartezeit kam uns immer länger vor. Da erinnnerte jemand von den Nachbarn an Dr. Dotter vom Kaiser-Otto-Platz, einen Herzspezialisten. In Ermangelung eines Telefons stürmte ich erneut los, gehetzt von dem Gedanken, der Vater stirbt.

Dr. Dotter war der Erste, der dann an Vaters Bett stand, obwohl niemand aus unserer Familie je zuvor bei ihm in Behandlung war. Es folgten kurz hintereinander Dr. Martin und Dr. Fellrath. Dr. Jörissen habe ich dann später abgesagt. Dr. Dotter entschied sich für eine Strophanthin-Spritze in die Schläfe und diagnostizierte eine Herzkranzgefäßverengung, eine Angina pectoris und Herzmuskelschwäche - keinen Herzinfarkt. Eine Furcht und Besorgnis einflößende Aktion, bei der Treffsicherheit des Arztes gefragt war. Strophantin ist ein Herzmittel gegen Herzmuskelschwäche - auch als Pfeilgift der Eingeborenen bekannt. Es ging alles gut. Vater sagte später immer: »Der Dr. Dotter hat mir das Leben gerettet« - und blieb bis zu dessen Tod sein Patient.

Es brachen schlechte Zeiten an. Mit der Tanzmusik war es bei Vater ein für allemal vorbei. Er war lange im Elisabethkrankenhaus und später auch zur Kur fort. Seiner Arbeit bei Krupp konnte er allerdings bald wieder nachgehen. Über sieben Jahre war er total solide und lebte streng für die Gesundheit. Das hieß, keinen Tropfen Alkohol mehr. Diesem Zustand war es dann wesentlich zu verdanken, den Traum seiner Eltern, nämlich ein eigenes Haus auf dem Grundstück am Hellweg, zu verwirklichen. Mit einer immensen Ausdauer setzte er sich ständig nur noch für dieses Ziel ein. Er hatte fast nichts anderes mehr im Kopf als seine Krankheit und die Bauerei, die ihn allerdings auch von der Krankheit ablenkte.

Tante Alwine, Vaters Schwester - selbst angeschlagen - unterstütze uns in jener Zeit gewaltig. Als Herrenschneiderin kümmerte sie sich um unsere gesamte Garderobe, außer für Mutter. Das klappte wohl nicht. Mäntel, Jacken, Hosen und fertige Anzüge für Vater und mich kamen von ihr. Auch die Kleidchen für meine Schwester.

Tante Alwine musste auch samstags bei Schneidermeister Staden - Neuholland/Kaiser-Wilhelm-Straße - antreten und hatte gegen 12.30 Uhr Feierabend. Sie kam dann regelmäßig zu uns zum Essen, brachte aber immer einen ganzen Bienenstich mit, der bis zum heutigen Tage zu meinem Lieblingskuchen avancierte. Nach dem Essen verschwand sie wieder, um zu Hause bei sich weiter zu schneidern. Schwarzarbeit durch Flickarbeiten für Bekannte. Was es am Samstag jeweils zu essen gab, wussten wir alle für Wochen im Voraus. Samstag war Suppentag. Erbsensuppe, Bohnensuppe, Graupensuppe und Linsensuppe wechselten sich genau in der Reihenfolge ab. Fleischwurst, Mettwurst, Fleischklopse und Bockwurst wechselten als Inhalt ab. Alle aßen das gerne - man freute sich sogar darauf. Bis heute liebe ich diese Suppen, esse sie aber wegen der sich stark bildenden Blähungen nur ganz selten. An anderen Tagen gab es auch andere Suppen.

Hühnersuppe, Frühlingssuppe, Tomatensuppe - aber nicht samstags. Und nur am Sonntag Rindfleischsuppe. Samstags war ja auch Putz- und Badetag, da musste alles sehr flott gehen.

Durch die Krankheit der Eltern wurden wir Kinder zwangsläufig mehr in die Pflicht genommen. Meine Schwester war noch zu klein, um groß mit anpacken zu können. Ulla trocknete aber brav das Geschirr mit ab, wenn ich gespült hatte. Oder sie setzte sich als erschwerendes Element auf den Bohnerbesen, wenn ich die Stube bohnerte. Das machte sogar gaudimäßig Spaß. Was aber an mir alleine hängen blieb, war Kohle und Holz zu besorgen. Solange der Vorrat reichte, musste ich jeden Tag mindestens einen Eimer Kohlen aus dem Keller in die zweite Etage tragen und dazu noch Holz hacken. Wenn die Lagerkohle verbraucht war, hieß es Anschleppen von Steinfels aus. Statt in den Keller ging es dann durch die lange Eingangsgasse zum Kohlenhof. Ein Eimer Eierkohle kostete DM 0,80 und ein Bündchen Holz DM 0,20. Ich höre Mutter mir noch nachrufen: »Pass bloß auf, dass der Eimer gestrichen voll wird!« Wenn der Chef, Paul Steinfels, auf Tour war und Frau Steinfels allein an der Kasse, durfte ich meist den Eimer selbst füllen. Der war dann mehr als gestrichen voll, aber auch schwerer zu tragen. Und der Stärkste war ich zu jener Zeit beileibe nicht.

Außer dem Arbeitsplan änderte sich auch der Finanzplan. Vater konnte keine Musik mehr machen und hatte somit keinen Nebenverdienst wie früher. Überstunden konnte er aus gesundheitlichen Gründen auch nicht absolvieren. Und die Schnapsbrennerei war lange abgehakt. Es begann eine neue Umschau nach lukrativen Einkünften. Ein schönes Geld kam dann auch durch die Zeitung zusammen - aber davon mehr im entsprechenden Kapitel. Mutter bemühte sich redlich, auch etwas anzuschaffen, was durch Krankheit nur bedingt möglich war. Dabei wussten wir überhaupt nicht, was das für eine Krankheit war. Einfach ein Unwohlsein, Schwindelgefühle, Gallenkoliken und kaputte Füße. Ihre Schwester Mimi Schäfer war inzwischen mit ihrer Familie von Freisenbruch in die Mettenstraße gezogen. Denn Onkel Reinhard hatte hier das elterliche Wohnhaus wieder hochgezogen. Tante Mimi hatte zeitweise Probleme mit den Beinen und war froh, wenn Mutter für guten Lohn mithalf das Haus zu putzen. Das geschah immer Freitag nachmittags und Ulla und ich durften mit. Wenn es früher schon schön bei Schäfers in Freisenbruch war, so war es jetzt noch viel interessanter. Ulla konnte mit dem kleinen Werner spielen, während Günther und Jürgen mit mir und den anderen Kindern der Mettenstraße auf dem noch nicht bebauten gegenüberliegenden Grundstück Fußball spielten. Oder wir gingen Richtung Döppelhahn auf die Müllkippe, um nach irgendwelchen vermeintlichen »Schätzen« zu suchen. Dann kam der absolute Höhepunkt. Nach getaner Arbeit bereiteten die Damen eine Schlemmer-Mahlzeit vor - Tante Guste kam oft auch dazu -, es gab frisch belegte Brötchen. Leberwurst und Käse - das ging runter wie....ich träume heute noch davon, obwohl ich sonst ein schlechter Esser war.

Beim Anmarsch auf die Mettenstraße kam es einmal zu einem kleinen Malheur. Für gewöhnlich gingen wir den Laurentiusweg hinauf, bogen in die Stadtgartenstraße rechts ein, um über die Steeler Straße in die Mettenstraße zu gelangen. Ich hatte eine Abkürzung ausgemacht, die vor der Stadtgartenstraße schräg über einen Acker zur Steeler Straße führte. Hier standen einige teilweise bewohnte Baracken und Wellblechhütten. Mutter hatte vor diesem Weg gewarnt. Zu Recht, wie sich herausstellte. Ulla und ich gehorchten nicht und nahmen die Abkürzung. Mitten im Gelände stürzte ein Foxterrier auf uns zu. Ich merkte instinktiv, dass der Hund es auf meine Schwester abgesehen hatte. Die war kleiner, und er wollte ihr mitten ins Gesicht springen. Ich war schneller und stellte mich schützend vor Ulla. Ergebnis: Bei mir erreichte der Köter nur Brusthöhe und riss mir mit seinen fletschenden Zähnen einen Winkelhaken in mein neues rot-weiß kariertes Flanellhemd von Tante Alwine. Eine Fleischwunde gab es nicht. Wahrscheinlich hat sich der Terrier auch erschreckt und ließ von uns ab. Dann die Beichte und die Bergpredigt: »Wer nicht hören will, muss fühlen.«

Einmal kamen wir abends spät von Schäfers zurück, und ich musste noch einen Aufsatz für den nächsten Tag schreiben. Da war nicht das Problem allein. Das Deutschheft war voll und ich hatte versäumt, ein neues zu besorgen. Ich hatte mich auch durch eine leere Hefttüte täuschen lassen. Genau auf diese Tüte schrieb ich dann den Aufsatz. Prompt musste ich am nächsten Morgen vorlesen. Etwas verschämt versteckte ich die Tüte hinter dem Rücken und marschierte nach vorn zum Pult in der Hoffnung, dass der Lehrer nichts merkt. Aber die Schulkameraden lachten so herzhaft, dass dieser neugierig wurde. Ich bekam einen Tadel ins Klassenbuch geschrieben - den einzigen während der gesamten Schulzeit. »Hansmann schreibt Hausaufgaben auf Brötchentüte« stand da eingetragen. Dabei war es wirklich keine Brötchentüte.

In der Schule tat ich mich schwer und immer schwerer. Die Sexta war ja zum Start hervorragend gelaufen. Die Quinta ging so in etwa, und in der Quarta ging das Theater los. Körperlich bekam ich einen gewaltigen Schuss in die Höhe, so dass meine Eltern Angst vor einem Zwei-Meter-Mann bekamen - es blieb aber bei 192 cm.

Und geistig ging der Schuss in die Tiefe. Als längster Schüler durfte ich in der letzten Reihe sitzen. Plötzlich konnte ich das Geschriebene an der Tafel nicht mehr lesen. Zuerst wollte ich dies verschweigen, der Lehrer merkte es aber dann doch und setzte mich in die erste Reihe. Ich bekam eine Brille wegen Kurzsichtigkeit. Das rechte Auge war ganz schlecht. Laut Augenarzt Dr. Orth ist dies angeboren. »Da muss der Junge sich eben mit einem Auge begnügen«, war die lakonische Antwort auf die Fragen meiner Mutter. Es war schon eigenartig, dass die Kurzsichtigkeit erst in der Pubertätszeit auffiel. Zu der Augenschwäche gesellte sich die allgemeine körperliche Schwäche. Eine Folge des schlechten Essens in der Nachkriegszeit? Das führte soweit, dass ich einmal bei einem Vortrag in der Aula ohnmächtig zusammenbrach und vom Lehrer auf den Schulhof getragen werden musste. Kein Wunder, dass die schulischen Leistungen nachließen, was keineswegs über die allgemeine Faulheit hinwegtäuschen soll. Nach dem Vorfall wurden für die Aula Stühle angeschafft.

Zu den Anstrengungen der Schule kam noch der Klavierunterricht dazu und der Konfirmandenunterricht. Das heißt, zuerst begann es ja mit dem einjährigen Katechumenen-Unterricht. Da passierte noch nichts Sensationelles, bis auf die Freude, die alten Kameraden der Ruhrau-Schule wieder zu treffen. Später, im Konfirmanden-Unterricht, besonders zum Ende des Kalenderjahres 52 änderte sich einiges grundlegend.

Die Steeler Jungschar der ev. Gemeinde war aus Mangel an Leitpersonen zerfallen. Schade. Aber es bemühte sich um die Konfirmanden aus Steele eine andere Institution. Das war das Weigle-Haus in Essen, Hohenburgstraße. Benannt nach dem Pfarrer Paul Weigle und fortgeführt von Pfarrer Wilhelm Busch. Mit einer sensationellen Jugendarbeit bemühte man sich um die Jugend ab dem Konfirmandenalter. Gerade der Evangelist Wilhelm Busch hatte die Wichtigkeit der Jugendbetreuung erkannt. Im Krieg hatte er Juden im Keller versteckt und war kein unbeschriebenes Blatt. Was Pater Leppich im Kollektesammeln für die Katholiken war, war Wilhelm Busch für die Protestanten. Er konnte begeistern und mitreißen. Kurzum, er war keiner der nur protestierte, wenn die Jugend am Sonntag Morgen lieber Fußball spielte anstatt zur Kirche zu gehen - er bot Alternativen, er fing die Jugend sprichwörtlich mit dem Lasso ein.

Sonntag für Sonntag trafen sich etwa 600 Jugendliche von 13.30 bis 19 Uhr im Weigle-Haus. Mitglied dieser Jungschar- und CVJM ähnlichen Vereinigung konnte (musste nicht) jeder werden, der konfirmiert war. Ein halbes Jahr vorher durften die Kandidaten schnuppern. So auch ich vor Weihnachten 1952, denn im März 1953 hatte ich Konfirmation. Das ganze Haus war in Abteilungsgruppen nach Stadtbezirken eingeteilt. Dementsprechend gab es Abteilungsleiter mit Helfern und Junghelfern, die die große Schar von Jungen lenkten und leiteten. Das sah locker aus, war aber straff organisiert. Während sich alle Abteilungen sonntags trafen, kamen die einzelnen Abteilungen in ihren Bezirken samstags zusammen. Für den Bezirk Steele gab es 1952 noch keine eigene Abteilung. Am nächsten dran lag die Abteilung 24 Huttrop »Schwanenbusch«. Man traf sich am Samstag im Teerstegen-Haus. Abteilungsleiter war Rolf Richter, Sohn des Parkfriedhof-Gärtners. Dort wurde ich durch meinen Kumpel aus dem Haus, Klaus Mücher, als Gast eingeführt. Klaus hatte vor mir Konfirmation und hatte dadurch, und dass er in Essen bereits eine Lehrstelle angetreten hatte, bessere Kontakte dorthin als ich. Zusammen waren wir jedoch höchstens drei Mal da, dann hatte er es aus beruflichen Gründen aufgesteckt. Ich jedoch fühlte mich wohl und betrieb später Mitgliederwerbung. Von den »eingeschleusten« Verwandten sind allerdings nur Helmut und Norbert Kaiser bei der Stange geblieben.

Die Abteilung 24 war ungefähr 30 bis 40 Mann stark. Nicht immer waren alle da. Aber der Kern von 30 Jugendlichen war samstags immer präsent. Treffpunkt 15 Uhr. Eine Stunde Sport und Spiel, je nach Wetter drin oder draußen. Dann eine Stunde allgemeine Unterhaltung. Ein spannendes Buch wurde vorgelesen, zwischendurch schmissige Fahrtenlieder mit Gitarrenbegleitung gesungen. Dann wurde die Bibelstunde mit kirchlichen Liedern eingeleitet, nicht im Stil der Kirche, die ich kannte - mehr im Rhythmus der Heilsarmee. Bibelstunde hört sich immer so nach Frömmigkeit an. Den Eindruck hatte ich nicht. Es ging immer sehr locker und offen zu. Natürlich gab es immer einen Tagesleitsatz aus der Bibel. Auf den hatte sich wechselweise ein Helfer vorzubereiten. Nach den Eingangsworten des Abteilungsleiters musste der jeweilige Helfer über das Bibelthema 10-15 Minuten referieren. Dann wurde darüber diskutiert. Zum Schluss wurde gebetet. Kein vorgegebener Gebetstext oder das Vaterunser - nein, persönliche Tagesprobleme wurden an- und ausgesprochen. Zur Vorbereitung auf das Leben, auf den Beruf brachte einem das eine ganze Menge. Das betraf nicht nur den Glauben oder die Konfession. Das Ablegen von Hemmungen, das freie Sprechen vor Publikum, das befreiende Bekenntnis, das Teilen von Sorgen z. B.

Aber wie gesagt, ich war bis zu meiner Konfirmation nur »Speckläufer«, bevor ich echt aktiv wurde. Die damaligen »Macher« der Abteilung 24 waren Rolf »Bobte« Richter (Hornist), Peter Groß, Peter Roos, Ernst Beysiegel (Gitarrist), Dieter

Korinth (Gitarrist), Gerd Damm und Wolfgang Bartscherer.

Aber dazwischen lag noch ein Weihnachtsfest. So ab Mitte Oktober war zwischen den Erwachsenen der Familien Lierse und Hansmann immer Funkstille. Das hatte schon fast Tradition. Warum weiß wohl niemand. Heiligabend wurde dann wieder alles mit dem Mantel der Liebe zugedeckt, indem die große Versöhnung stattfand. Die sah so aus, dass Günther Lierse nach der Bescherung durch das ganze Haus lief und alle Nachbarn zusammentrommelte. »Wir treffen uns alle bei Hansmanns«, klingelte er an jeder Tür und tat kund: »Herr Hansmann spielt Weihnachtslieder am Klavier, und wir müssen alle singen.« Nicht alle, aber viele folgten der Einladung, die hinter dem Rücken meiner Eltern stattfand.

Wir Kinder hatten natürlich alle unseren Spaß an diesem Zusammentreffen und tauschten kleine Geschenke aus. Keine gekauften Dinge. Sammelutensilien aus der Werbung waren sehr begehrt. Zum Beispiel Sanella-Bilder. Wer denkt nicht noch gern an die tollen Alben der fünf Erdteile zurück, in die man farbige Bilder in Postkartengröße einkleben konnte? Die wirklich interessanten Bilder gab es als Zugabe, wenn man Sanella kaufte. Der Bruder meines Schulkameraden Rudi Schmidt war Repräsentant der Margarine-Union, Hamburg, und versorgte uns schon immer bevor die Bilder zum Händler kamen mit einem kleinen Kontingent. (Rudi ist übrigens nach Beendigung der Schule nach Amerika ausgewandert.) Nach dem sensationellen Sanella-Erfolg brachte der Konzern eine neue Margarine raus. EiFein hieß die - und hier gab es kleine Figuren aus Plastik. Rote Indianer und weiße Cowboys. Vom Kulturgut sicher nicht so wertvoll wie die Bilder mit lehrreichen Alben, aber wir spielten und tauschten trotzdem gern damit. Auch die etwas kleineren Bilder von Kölln-Flocken waren ganz nett. Wichtig auch die Bilder mit den Fußballstars der Oberliga West mit dem Sammel-Album für die ganze Liga von der Toto GmbH. Aber nicht nur wir Kinder hatten Sammelartikel aus Werbezugaben auf dem Weihnachtsteller. Auch die erwachsenen Männer freuten sich über einen Satz neuer Herren-Taschentücher. Die kamen aus dem Tchibo-Versandhandel. Ein Pfund Bohnenkaffee war in einem großen Herrentuch verpackt. Dazu noch ein Tchibo-Buch mit Griechischen Sagen. Damals eine zugkräftige Werbemasche.

Wenn alle bei uns im Wohnzimmer versammelt waren - unser möblierter Herr Garthe war zu seiner Familie nach Eschwege gereist und ich durfte mein Zimmer für kurze Zeit wieder selbst nutzen -, paffte, ja lutschte zum Schluss Günther Lierse gierig an seiner Zigarre und gönnte sich in Windeseile eine Flasche »Danziger Goldwasser«. Ganz allein!

Bevor die erste Strophe von »O Tannenbaum« verklungen war, lag er schon schlafend im Bett. Sein Versprechen, Tante Alwine nachts nach Hause zum Hellweg zu begleiten, konnte er nicht einhalten.

Aber das sind nicht die Dinge, die mir dieses Weihnachtsfest vor der Konfirmation so lange in Erinnerung halten. Der Grund ist ein ganz anderer. Tante Alwine hatte mir zu Weihnachten zwei neue Nachthemden genäht. Ein blaues und ein rotes, beide lang bis über die Knie und am Hals zum Zuknöpfen. »Welcher Junge hat schon so schöne Nachthemden?«, fragte Tante Alwine als sie mein verzogenes Gesicht sah, und meine Eltern unterstützten ihre Aussage. Nun gut, mir blieb nichts anderes übrig, als eines der Hemden noch am selben Abend anzuziehen. Gerade in dem Augenblick stolperte der überraschende Besuch herein. Blitzschnell sprang ich in das noch nicht abgedeckte Bett, um mich zu verstecken. Wie viele Personen da im Türrahmen standen, habe ich nicht registriert. Ich sah nur die etwas jüngere Ute Mücher aus der oberen Etage - Ute war gerade ein paar Tage vorher von Schlößers Spitz, einem richtigen Kläffer, gebissen worden. Der musste wohl gerochen haben, dass Ute gern mit Katzen spielte. Ich nun in einem Mädchen-Nachthemd, und sie sah mich. Ute fand das Hemd ganz toll, worauf ich ihr anbot, mein zweites Hemd vom Weihnachtsteller selbst anzuziehen. Sie wollte schon, aber jemand muss wohl dagegen gewesen sein. Für mich war der Abend gelaufen. Kein Lied von mir am Klavier. Einfach Ende. Amen.

Meine Begeisterung zum WH (Kurzform für Weigle-Haus) hielt auch nach Weihnachten an. Sehr zum Leidwesen meines Konfirmations-Pfarrers zur Nieden, der mich lieber in Steele untergebracht gesehen hätte. Aber Jugendarbeit fiel nicht in sein Ressort. Dafür war Pfarrer Börner aus einem anderen Pfarrbezirk zuständig. Und zu Hause setzte sich der Anschaffungsprozess fort wie unter dem Druck »Zur Konfirmation muss man ja was vorweisen können - was Modernes. Nicht nur bei uns, überall wurde angeschafft. Im Haus kam das fast einem Wettrüsten gleich. Das Wirtschaftswunder machte sich bemerkbar - sprich: die Leute machten Schulden, Schulden und nochmals Schulden. Das Pumpgeschäft beim Lebensmittelhändler und beim Metzger und Bäcker in Form von »Anschreiben« war vorbei. Die Pumperei wurde jetzt als Teilzahlungsgeschäft sozusagen offiziell. Für Mutter, die nicht mehr viel rauskam, ein gefundenes Fressen, wenn die hausierenden Direktverkäufer bei ihr an der Tür klopften.

Gegenüber dem Stammhaus von Möbel-Kröger mündet der Pläumerskamp in den Eickelkamp. Dort an der Ecke gab es die Grundig-Niederlassung Egon Echt - später in Essen bekannt als Egon-Echt-Etage mit den Autoschildern für die Familie E - EE - genau gegenüber von Peter und Leni Altmeier, den Freunden meiner Eltern. Sehr oft haben alle davon geträumt, ein Grundig-Radio zu besitzen. Aber in Steele wurde Radio-Jasper aktiv, später auch Radio-Arnold und Radio-Niggenaber. Jasper hatte für das Teilzahlungsgeschäft gut geschulte Außenverkäufer. Jedenfalls hatten wir plötzlich ein Loewe-Opta-Radio mit UKW-Empfang und dazu noch einen Zehnplattenspieler als Luxus-Gerät mit Barfach als Unterstand für das Radio. Drei Platten bekamen wir noch dazu geschenkt. »Heideröslein« »Jim, Jonny und Joans« und »Rund um Suppe« hießen die Titel. Das Radio und die Platten befinden sich noch heute in meiner Antiquitätensammlung, werden oft bestaunt und zum »Gelsenkirchener Barock« gezählt.

Vater war geschockt, als er von der Arbeit nach Hause kam - stand doch die teure Konfirmation vor der Tür. Aber meine Schwester und ich haben uns über die Neuanschaffung sehr gefreut. Pausenlos liefen immer dieselben Schallplatten. Natürlich bei geöffneter Tür, damit die Nachbarn auch in den Genuss kamen. Es dauerte keine drei Wochen, da hatten Lierses auch einen Schallplattenschrank, den jedoch mit integriertem Radio. Auch drei Schallplatten umsonst. Bis auf »Franz von Suppe« die gleichen Titel wie wir. Tante Else ging es durch den Tod ihres Mannes und die dann geführte sogenannte Onkel-Ehe, auch wenn es noch so makaber klingt, finanziell etwas besser. Hier konnten wir schon zwei Jahre früher zu Weihnachten auf modernstem Gerät »Eine Muh, eine Mäh, eine Täterätätä« hören. Ihr neuer Lebensgefährte Hans Rzepka hatte als Tonträger sogar schon ein Tefifon, den Vorläufer des Tonbands.

Etwas Musik für die Konfirmation hatten wir also. Es fehlte »nur« noch der Konfirmations-Anzug und das Zubehör wie Schuhe, Socken, Hemd, Krawatte und Manschettenknöpfe. Schließlich ist man als Konfirmand ja aus dem Kindesalter herausgewachsen und entwickelt sich zum Mann. Deshalb erhielt ich schon mal vorweg eine Aufklärungsbroschüre mit dem wundervollen Titel »Das Wunder der Menschengeburt«. Der Inhalt hat verflixt neugierig auf das andere Geschlecht gemacht.

Im Vorfeld kristallisierte sich dann so allmählich heraus, wer was für mich an den wirklich notwendigen Teilen bezahlte. Familie Lierse besorgte ein Gesangbuch mit Goldschnitt und Namensprägung. Das war schon mal toll. Tante Alwine hatte sich bereit erklärt, mir einen Konfirmations-Anzug nach Maß zu schneidern. Die Farben Schwarz und Dunkelblau waren von der Kirche erlaubt. Nur den Stoff, den konnte sie nicht auch noch bezahlen. Dann klopfte das Wunder, bestehend aus einem Franzosen mit englischen Stoffen, an die Tür. Mutter war Feuer und Flamme. »Lauf doch mal schnell zur Schneiderei Staden rüber«, bat sie mich: »Tante Alwine möchte doch dringend kommen und den Stoff begutachten.« Alwine kam auch. Der Franzose sah sich einer ausgesprochenen Expertin gegenüber und ließ im Preis gewaltig nach. Das wiederum muss der Tante mächtig imponiert haben. Sie nahm sofort Maß und kaufte und bezahlte den dunkelblauen Stoff. Mit Sicherheit war ich der einzige Konfirmand mit einem Maßanzug. Dabei hatte ich mir so gewünscht, endlich mal etwas von der Stange zu bekommen. Heute bin ich stolz, so etwas gehabt zu haben, was andere nicht hatten, aber als Jugendlicher sah man das anders.

Die noch fehlenden Teile wurden dann im Krupp`schen Basar am Limbecker Platz gekauft - natürlich auf Teilzahlung mit Kreditvertrag. Eine nicht ungeschickte Form von Mitarbeiter-Bindung der Firma Krupp. Die Raten wurden direkt vom Lohn abgehalten. Vater ging mit zum Unterschreiben und Tante Else zum Aussuchen der Ware, weil Mutter nicht konnte. Den Anzug hätten wir hier auch bekommmen können. Aber die Schneiderlösung war für Mutter und Vater weitaus günstiger.

Der Tag des Herrn konnte kommen, wie man sich auszudrücken pflegte. Am 15. März 1953 war es dann soweit. Der Konfirmationsspruch war wunschgemäß der gleiche, den meine Mutter hatte. »Fürchte dich nicht, ich habe dich erlöst, ich habe dich bei deinem Namen gerufen, du bist mein.« Jes. 43,1. Einen Sonntag vorher fand in der Kirche vor der gesamten Gemeinde eine mündliche Prüfung statt, vor der ich einen großen Bammel hatte. Ich hatte zwar noch nie gehört, dass einer durchgefallen war, aber ich wusste um meine Schwäche des Auswendiglernens und des Lampenfiebers. Pfarrer zur Nieden muss das auch gewusst haben; denn ich wurde nur einmal für einen ganz kurzen Spruch aufgerufen. Einen Sonntag nach der Konfirmation gab es dann noch das Abendmahl, und dann war der ganze offizielle Teil beendet. Mutter konnte an allen drei Sonntagen aus gesundheitlichen Gründen nicht mit in die Kirche kommen, so dass Tante Else meinen Vater begleitete.

Die Konfirmationsfeier zu Hause lief sehr harmonisch ab. Die gesamte Verwandtschaft war zur Gratulation am Sonntag erschienen. Montags kamen dann die Nachbarn. Die Aufregung hatte sich gelegt, und ich konnte mich den Geschenken widmen. Eigentlich eine Nebensache, wie der Pastor sagte. Von Tante Else bekam ich eine tolle Armbanduhr, meine erste. Ihr gefallener Mann, Onkel Willi, war ja mein

Patenonkel gewesen. Alle Geschenke habe ich nicht mehr im Kopf. Ich erinnere mich nur noch an das Buch von Untermieter Garthe »Quo vadis« und neben dem gerahmten Konfirmationsspruch an die Holztafel vom Pastor mit der abgebildeten Wartburg und dem Spruch »Ein feste Burg ist unser Gott«. Anzug und Gesangbuch waren klar, alles andere waren wohl Geldgeschenke, über deren Höhe ich absolut nichts mehr weiß. Dass es am Montag einen freien Schultag gab, versteht sich am Rande.

Konfirmation ade. Nun konnte ich mich voll und ganz den neu gewonnenen Freunden des Weigle-Hauses widmen, die Straßenkameraden möglichst nicht vernachlässigen und mit Volldampf auf die Volljährigkeit zusteuern. Wenn da nur das »bisschen Schule« nicht noch dazwischen gelegen hätte.

Willmanns Garagen-Hof in der Grendgasse 1953. Ein Teil des harten Kerns der »Grendies« scheint irgendwas Tolles ausgeheckt zu haben. Von links: Karlchen Hansmann, Reinhold Bradenbrink, Heinz-Erwin Steinfels. Fotografiert hat Peter Pung.

Aber der Schein trügt. Es war lange nicht mehr die verschworene Gemeinschaft von Ende der 40er- und Anfang der 50er-Jahre. Ein ganzer normaler Ausscheidungs- bzw. Sortierungsprozess hatte sich durchgesetzt, ohne dass jemand weggezogen wäre. Der Interessenkonflikt entstand einmal durch die unterschiedlichen Konfessionen (katholisch kontra evangelisch), dann durch die verschiedenen Arten der Schulbildung und schließlich durch den Beruf. Die Volksschüler mussten ja mit 14 Jahren schon in die Lehre und hatten einen ganz anderen Tagesablauf. Ich denke noch an ein offizielles Fußballspiel in der Ruhrau. Marienschule gegen Ruhrauschule. Ich weiß zwar das Ergebnis nicht mehr, aber ich hatte Probleme bei den Anfeuerungsrufen und Beifallskundgebungen. Zu welcher Mannschaft sollte ich halten, mit der katholischen in der mein Freund Peter Pung im Tor stand und gut hielt, oder zu der evangelischen, weil ich mal in der Ruhrauschule war?

Das letzte ganz große gemeinsame Ereignis, bei dem wirklich alle Grendgassen-Anlieger beteiligt waren, fand im Sommer 1952 statt. In Helsinki waren die ersten olympischen Spiele nach dem Krieg mit deutscher Beteiligung zu Ende gegangen. Wir waren stolz auf die Olympioniken aus Steele vom Box-Club und vom Turnverein. Aber die Reportagen für diese Sportarten im Rundfunk waren für uns nicht so spektakulär wie die Leichtathletik. »Maria Sander-Domagalla - Maria, Maria - sie schafft es«, dröhnte es aus dem Äther. Das war die Bronze-Medaille für Maria Sander über 100 m Hürden in 11.1 sec. Außerdem holte die Frauen-Staffel über 4x 100 m eine Silberne, und Marianne Werner gewann im Kugelstoßen ebenfalls Silber. Bei den Männern waren es Werner Lueg mit Bronze über 1500 m, Herbert Schade mit Bronze über 5000 m, die 4x100 m Staffel mit Bronze und Karl Storch mit Silber im Hammerwerfen, die für die Medaillen sorgten. Diesen neuen Stars wollten wir nacheifern. Aber was waren die alle gegen Emil Zatopek, genannt die Lokomotive? Goldmedaillengewinner über 5.000 m, 10.000 m und Sieger beim Marathonlauf. Das war der absolute Top-Star.

Die großen Sommerferien waren zu Ende. Wir mussten jedoch nicht zur Schule. Zwei Wochen Zwangsverlängerung. Erfreulich für uns Kinder, alarmierend für die Eltern. Es war eine bedrohliche Gefahr im Anzug: Kinderlähmung!

Körperliche Anstrengungen sollten unterlassen werden. Sportliche Aktivitäten tabu. Doch was taten wir? Vor den Augen unserer Eltern veranstalteten wir unsere Straßen-Olympiade. Zumindest die Jungen. Die Mädchen wollten nicht so recht. Vereinzelt betätigten sie sich als Zeitnehmer, Schiedsrichter, Linien- oder Punktrichter.

Im Vordergrund stand wie gesagt die Leichtathletik. Die Kurzstrecken lagen direkt in der Grendgasse. Start für die 100 m war in der Mitte. Einmal bis zur Mündung in die Hansastraße und zurück. Bei 200 m lag der Startplatz am Eingang des Kinos. Auf diesen Kurzstrecken war ich kaum zu schlagen. Bei den Mittelstrecken dominierten Frika, Wille und Wolle. Das war die Distanz einmal um den Block Grendgasse-Bochumer Straße - Dreiringstraße. Vater beobachtete uns vom Fenster aus und sah, dass es einige von uns ganz gemächlich angingen. Sprich, sie benutzten eine Abkürzung durch ein Ladengeschäft in der Bochumer hindurch direkt in die Grendgasse und sparten sich die Dreiringstraße. Das war für Wolle durch den Blumenladen seiner Oma überhaupt kein Problem, und ich konnte mich anschließen. Die Langstrecke führte aus der Grendgasse hinaus, die ganze Bochumer Straße entlang bis zur Löwen-Apotheke vor der Eisenbahnunterführung Steele Nord und über die Kaiser-Wilhelm-Straße und Hansastraße zurück in die Grendgasse. In Badenbergs Apotheke gab es in der Regel ein Erfrischungsbonbon. Die Strecke war die Domäne von Rudi Schmidt und Reinhold Bradenbrink. Diese beiden hatten es auch fertig gebracht, zwei paar Boxhandschuhe zu organisieren, so dass wir eine Art Boxturnier durchführen konnten. Ich wurde gleich in der ersten Runde wegen Rundschlags disqualifiziert. Von einem echten »upper coat« hatte ich noch nichts gehört. Angeregt durch die Wochenschauberichte im Kino über die Harlem Globetrotters haben wir uns auch im Basketball versucht. Aber Fußball lag uns einfach besser.

Auch Radrennen waren angesagt, hatten doch mein Cousin Guido und Heinz-Erwin Steinfels nagelneue Rabeneik-Räder mit 3-Gang-Schaltung. Eines mit Kettenschaltung und das andere mit Nabenschaltung. Wegen eines aufziehenden Gewitters musste der Startermin für unser Straßenrennen verschoben werden. Guido ging solange mit zu uns in die Wohnung. Auf dem Korridor saß Nachbars Kind Christelchen, im Vorschulalter, auf dem Fußboden und spielte. Christel gehörte zu den bedauerlichen Personen, die in Angstsituationen harn- und stuhlinkontinent werden. (Man sagt ja nicht von ungefähr »der oder die macht sich vor Angst in die Hose«.) Und vor Gewittern hatte Christel eine wahnsinnige Angst. Von dem konnte Guido auch nichts ahnen, als er Christel liebevoll hoch über seine Schultern stemmte und langsam an sich runterrutschen ließ. Wegen des schwülen Wetters hatte er kein Hemd an, so dass das Bekleckern mit der braunen Masse sich auf seinen nackten Oberkörper beschränkte. Nach der gründlichen Reinigung hat er dann das Radrennen gewonnen, zog sich aber beim Zieleinlauf an einer Mauer am rechten Oberarm und Oberschenkel leichte Schürfwunden zu.

So plätscherte der gefährliche Sommer so dahin. Viele wurden gegen Kinderlähmung geimpft, was teilweise wegen der Nebenwirkungen umstritten war. Cousin Norbert wurde geimpft und hatte große Schwierigkeiten mit seinem Oberschenkel, in den injiziert wurde. Insgesamt blieb unsere gesamte Gruppe jedoch von der bösartigen Krankheit, der Kinderlähmung, verschont.

In dieser geballten Formation traten die »Grendies« nie mehr in Erscheinung. Es gab hin wieder noch Fußballspiele auf der Straße, und es gab noch viele, viele Einzeltreffs in diversen Konstellationen untereinander. Aber im Prinzip begann das Sich-auseinander-leben ohne Streit. Die einen begannen - wie schon erwähnt - mit ihrer Lehre, die anderen hatten unterschiedliche schulische Ambitionen. Mein Hauptinteresse galt zunächst einmal dem Weigle-Haus. Mit Herz und Seele wurde ich WH-ler. Nach der Konfirmation wurde ich eingeschriebenes Mitglied und trug fortan die Silberne Nadel, ein Kreuz mit einem Kreis darunter. Daran und an einem Spezial-Pfiff erkannten sich WH-ler untereinander. Geflötet wurden die Melodie des Liedes »Steil und dornig ist der Pfad«.

Meine Schwester wurde eingeschult und sie hatte eine furchtbare Angst vor der Schule, ging später trotz guter Leistungen und trotz guter Ratschläge ihrer Freundin Hildegard »Hilein« Meinert nicht zur höheren Schule, vermutlich eingeschüchtert durch das Dilemma mit meinen Leistungen. Wie oft musste sie mit anhören »wennze nich lernz, geesse ap auffen Pütt«, wenn meine Mutter versuchte mir meine Faulheit auszutreiben. Dabei beinhaltet diese Aussage gewisse Vorurteile. Um nämlich den Lehrberuf Hauer zu praktizieren, durfte man wahrlich nicht doof sein. Als Hauer unter Tage musste man von mehreren handwerklichen Berufen etwas verstehen. Elektriker, Schreiner, Zimmermann, Schlosser, Klempner, Installateur - von jedem etwas, das macht den Hauer aus. Die Drohung sollte wohl mehr auf die Gefährlichkeit unter Tage hinzielen. Aber war es bei mir tatsächlich nur Faulheit? Jedenfalls setzten meine Eltern große Hoffnung in den neuen Umgang mit den Kameraden aus dem Weigle-Haus. Auf das sich der positive Einfluss der Jungen - Mädchen waren damals noch nicht dabei - spürbar auf meine schulischen Leistungen bemerkbar machte.

Eine Sonntagsrückfahrkarte kostete von Steele-West nach Essen Hbf DM 0,60. Bei schlechtem Wetter blieb mir nichts anderes übrig, als das Geld zu opfern. Dann blieben gerade noch DM 0,40 für ein Getränk übrig. Vom Südausgang ging es die Hohenburgstraße entlang. Vor dem Tunnel schon das erste Richtungsschild »Weigle-Haus«.

Das Weigle-Haus vor dem Krieg.

Das im Krieg zerstörte WH im Wiederaufbau.

Das renovierte WH Anfang der 50. Jahre.

Das Weigle-Haus ist nicht nur einfach ein Ort, wo man gerne hingeht, es ist auch eine Gemeinde.

Blick auf den Gildehof-Tunnel

Fortsetzung Hohenburgstraße Richtung WH

Nach einer positiven Leistungsveränderung in der Schule sah es im Konfirmationsjahr 53 jedoch überhaupt nicht aus. Man konnte durch die Inanspruchnahme der vielen abwechslungsreichen Veranstaltungstermine des WHs sogar das Gegenteil vermuten. Trotzdem oder gerade deswegen betrachte ich heute dieses Jahr für mich persönlich als ein Weichen stellendes Durchbruchsjahr. Sowohl physisch als auch psychisch.

Ostern '53 durfte ich die erste Abteilungsfahrt mitmachen. Die Fahrt ging von Karsamstag bis Ostermontag in die Nähe von Hagen ins Bergische Land zum Bauer Benscheid. Am Karfreitag gab es zuvor im Weigle-Haus noch eine Gottesdienstveranstaltung (für die Evangelischen der höchste Feiertag, für die Katholischen seit dem Konzil 1965/68 überhaupt erst Feiertag). Meinen Eltern das Jawort für meine Teilnahme zu entlocken, war für die Abteilungsleiter und Helfer nicht leicht und bedurfte mehrerer Rücksprachtermine. Vater war ängstlich besorgt und Mutter wusste nicht, wie sie die Tour bezahlen sollte. Das wurde alles irgendwie geregelt und nachdem die Verantwortlichen dann auch noch ehrenwörtlich versprochen hatten, dafür zu sorgen, dass ich auch richtig durchesse, dufte ich mit. Die Kämpfer für die Erlaubnis für den WH-Ausflug waren wechselweise Rolf Richter, Peter Groß und Ernst Beysiegel.

Ein Teil der Gruppe fuhr mit der Eisenbahn, ein anderer mit dem Rad. Die Schüler fuhren bereits am Samstagfrüh und die Berufstätigen mussten bis Samstagmittag noch arbeiten und kamen erst abends an. Bei der Einteilung der Schlafstellen im Heuschober hatten sie dann das Nachsehen. Geschlafen wurde in der Scheune, dort wo das Heu und Stroh, das Winterfutter für das Vieh lag, und gegessen und getrunken wurde im anderen Teil der Scheune, der mit Bänken und Tischen ausgestattet war. Wir waren so in etwa 40 Jugendliche. Für alle ein tolles Erlebnis. Vor dem Frühstück wurde in der so genannten Morgenstunde ein Lied gesungen und die biblische Tageslosung verkündet.

»Heute will dich Jesus fragen, bist du ganz für mich bereit?
Du verlierst dich sonst im Jagen nach den Gütern dieser Zeit.
Wag es mit Jesus, was deine Not auch sei.
Wag es mit Jesus, er macht dich frei!«

Das war eines der Lieder, bei dem man sich tatsächlich direkt und persönlich angesprochen fühlte. Vor dem Nachtessen gab es eine ganz kurze Bibelstunde, und vor dem Schlafengehen wurde eine Fortsetzungsgeschichte erzählt. Während sonntags im WH der angehende Lehrer Dieter Korinth die unendlich lange, aber immer spannende Story von Sam & Doctor erzählte, warteten wir in der Scheune auf eine ähnliche Abhandlung. Es kam eine ganze andere fantasievolle Geschichte von Jürgen Fischer. Er zählte uns sehr glaubhaft von den grünen Marsmenschen.

Diese hätten zum Beispiel ihre Sinnesorgane alle an den Händen. Am Kopf seien nur Antennen. Aus dieser Vorstellung heraus konnte man schlussfolgern, dass sich die Marsmenschen selbst was ins Ohr flüstern konnten oder dass sie beim Händewaschen Seife in die Augen bekamen oder dass sie die Hände nicht in die Tasche stecken konnten, denn dann konnten sie nichts mehr sehen.

Nach 1953 war ich in den beiden nachfolgenden Jahren nochmals dabei. Meistens hatten wir schlechtes Wetter, teilweise sogar mit Schneegestöber. Das Ausflugsprogramm, sprich Wanderungen, kam dennoch nicht zu kurz. In einem Jahr war es nachts in der Scheune so kalt, dass sich eine kleine Gruppe mit mir in den gegenüberliegenden Kuhstall schlich, um dort zu schlafen, wo es wärmer war. Unter 20 Wiederkäuern in den Schlaf zu kommen, ist wohl eine Kunst besonderer Art. Die eigenartigen Kaugeräusche und die Gerüche machten es mir unmöglich. Ich bin wieder zurück in die Scheune und habe mich in meine Wolldecke gewickelt und mit Stroh zugedeckt.

Wir waren Selbstversorger. Aber gelegentlich, wenn das Wetter gar zu schlecht war, hatte Bauer Benscheid Erbarmen und lud uns zu einer deftigen heißen Suppe ein oder überraschte uns morgens mit frisch gekochten Eiern. Wegen des Essens hätte meine Mutter keine Bedenken haben müssen. Ich habe keine Mahlzeit ausgelassen und durfte das nächste Mal wieder mit.

Während die WH-Abteilungen über Ostern getrennt irgendwo hinreisten, folgte zu Pfingsten ein Gesamtausflug. Über 400 Jungen fuhren ins Ennepetal nach Gevelsberg, Schwelm, Milspe usw. Die Unterbringung erfolgte in Jugendherbergen, Zeltlagern, Scheunen und Gemeindehäusern. Der Tagesablauf war im Prinzip so wie an Ostern, denn die einzelnen Abteilungen waren nach Möglichkeit zusammenhängend untergebracht. Was den Rahmen erweiterte, war die Evangelisations-Predigt von Pfarrer Wilhelm Busch im Wald vor Tausenden von Leuten und ein wahnsinniges Geländespiel am Vortag mit allen Abteilungen. Sozusagen um die einheimische Bevölkerung auf uns einzustimmen. Da wurden Straßensperren aufgestellt, Dinge bewegt, wie man es sich nicht vorstellen kann. Eine erfolgreiche Kampagne, was die Kollekte betraf. Aber auch ein lehrreiches und gleichzeitig erlebnisreiches Pfingstwochenende, von dem ich noch lange bei meinen Straßenfreunden aus der Grendgasse angeberisch zehren konnte.

Was die Fahrten anbetrifft sollte der Höhepunkt des Jahres noch folgen. In den großen Ferien ging es für zwei Wochen in die Gegend von Valbert und Meinerzhagen.

Für mich war die Reise aus finanziellen Gründen und wegen der immer schlechter werdenden schulischen Leistungen mehr als gefährdet. Letztendlich hat es dann doch noch geklappt. Mit dem Eilzug ging es von Essen über Hagen nach Meinerzhagen, immer dem Lauf der Vollme, einem Nebenfluß der Ruhr, folgend. Die Unterbringung erfolgte nach dem Gevelsberger Prinzip. Unsere neue Steeler Abteilung 7 hatte Glück und wurde in der Jugendherberge in Meinerzagen untergebracht. Hier war auch gleichzeitig die Kommandozentrale des ganzen Vereins.

Das Foto beweist, dass ich in puncto Essen einigen Nachholbedarf hatte. Die WAZ berichtete übrigens über unsere Organisation. Zusammen mit meinen Cousins Guido und Norbert war ich erstmals groß in der Zeitung abgebildet. »Täglich werden hier über 4000 Butterbrote geschmiert« hieß es in der Überschrift. Eine Beruhigung für die Eltern zu Hause. Meinerzhagen hat eine schöne Kirche, die wir bewundern durften. Wir durften sogar die Orgel betätigen und den Glockenturm besteigen. Das war eine Angelegenheit für starke Nerven. Gut, dass ich da noch schmal gebaut war, sonst hätte mich vielleicht eine Glocke zerschmettert. Im oberen Glockenturm gab es nämlich keine Treppe mehr, sondern nur noch eine steile Leiter. Ich war gerade in Glockenhöhe, als diese zu schwingen anfingen. Sie holten aus zum 12-Uhr-Glockenschlag. Fest an die Leiter geklammert verharrte ich verängstigt bis das Getöse vorbei war. Der Glockenrand kam verflixt nahe an meinen Körper heran. Dick sein durfte man da wirklich nicht. Es ist natürlich nicht auszuschließen, dass das Besteigen der oberen Leiter für uns nicht erlaubt war.

Wenn ich die schönen Fahrten in den Vordergrund stelle, so hat dies seinen besonderen Grund. Erstens, weil sie wirklich schön waren, und zweitens, weil sie mir und einigen anderen Schülern der Realschule Steele eine gewisse Genugtuung bzw. einen Ausgleich für dort entgangene Fahrten bedeuteten. Dort gab es den katholischen Religionslehrer Pastor Seinsche, bekannt auch als Autor einiger interessanter Jugendbücher. »Zwölf Verstoßene auf Wallfahrt« ist zum Beispiel vom ihm. Dieser Geistliche organisierte jedes Jahr in den großen Ferien für 40-50 Schüler für sechs Wochen »Urlaub auf dem Bauernhof«. Ziel war immer das Murgtal im Schwarzwald. Das Auswahlprinzip ist mir nie ganz klar geworden. Jedenfalls waren Evangelische nur vereinzelt vertreten. Mein katholischer Straßenkamerad Heinz-Erwin Steinfels war einmal dabei, und ich war ehrlich gesagt neidisch. Dieser Neid wurde dann nicht nur bei mir, sondern bei fast allen, die nicht dabei waren, im Nachhinein noch geschürt, indem ein längerer selbst produzierter Farbfilm vorgeführt wurde. Das Gute war der Ausfall einer Unterrichtsstunde. Selbst die Mädchenklassen aus der Parallelschule durften sich mal einen Film ansehen und Beifall zollen. In dieser Situation kam mir das Weigle-Haus-Programm sehr entgegen.

Nach unserem Sommerlager in Meinerzhagen fand in Steele eine Evangelisationswoche statt. Auf dem Dreiring-Platz war ein großes Zelt aufgebaut, das immer bis auf den letzten Platz gefüllt war, wenn Pastor Wilhelm Busch predigte. Er war bekannt und seine schwungvollen emotionsgeladenen Reden wollte sich niemand entgehen lassen. Meine Eltern waren auf mein Drängen hin auch da. Da passierte es: »Erzählen Sie doch keinen Quatsch. Der Mensch stammt vom Affen ab. Erzählen uns nichts von Gott!«, rief ein Teilnehmer aus dem Publikum. Busch ließ sich zunächst nicht beirren und redete weiter. Der Widersacher ließ jedoch nicht nach und versuchte erneut die Veranstaltung zu stören. Andernorts wäre der Störenfried wahrscheinlich von Saalordnern hinausgewiesen worden, nicht aber bei Busch. Der unterbrach seine Rede und fragte übers Mikrofon: »Entschuldigen Sie, mein Herr, was haben Sie soeben gesagt? Ich habe das hier oben auf der Bühne nicht richtig verstanden.« Der Mann bildete mit seinen beiden Händen einen Trichter vor seinem Mund und brüllte: »Der Mensch stammt vom Affen ab.« Pastor Wilhelm Busch legte seine Hände hinter die Ohren, um besser hören zu können und beteuerte erneut, nichts verstanden zu haben. »Ach, wissen Sie was, kommen Sie doch einfach auf die Bühne und sprechen über das Mikrofon, dass ich und alle hier im Zelt Sie gut verstehen können«, forderte er den Kontrahenten auf. Der kam auch treu angetrabt. Busch begrüßte ihn herzlich mit Handschlag und gab ihm das Mikro. »Es ist eine erwiesene Tatsache, dass der Mensch vom Affen abstammt«, tat er kund. Der geduldige Referent, der ja eigentlich ein ganz anderes Thema zur

Evangelisationswoche auf dem Programm hatte, sprang in diesem Moment zwei Meter zur Seite und musterte den Mann still von oben bis unten und kam kopfschüttelnd wieder zurück. Dann nahm er ihm das Mikro ab und erklärte: »Sie haben hundertprozentig Recht, Sie selbst sind die beste Bestätigung für Ihre Behauptung. So deutlich wie bei Ihnen sieht man die Affenähnlichkeit selten. Ich danke Ihnen für die Demonstration« - und verabschiedete den Verdutzten per Handschlag von der Bühne. Das Publikum tobte und bog sich vor Lachen. Der Mann verließ das Zelt auf schnellstem Wege, und die Veranstaltung konnte reibungslos beendet werden.

So war er halt, unser Wilhelm Busch - offensichtlich einen ähnlichen Schalk im Nacken wie der namensgleiche Max & Moritz-Dichter. Was nicht bedeutet, dass er in den »normalen« Gottesdiensten ernst und seriös predigte. Auf jeden Fall immer glaubwürdig. Seine unverblümte Aussage, seine direkte Ansprache kam auf den Evangelisationen auch bei unseren Fahrten immer gut an und machte sich in klingender Münze bezahlt.

So neigte sich das ereignisreiche Jahr 1953 dem Ende zu. Meine Konfirmation, die Einschulung meiner Schwester, meine totale Integration in das Weigle-Haus-Geschehen sehe ich dabei als positiv an und den weiter anhaltenden Abwärtstrend in der Schule zunächst mal negativ. Nicht zu vergessen, was außerhalb des lokalen Bereichs passierte: »Sowjetpanzer und Vopo schlagen Arbeiteraufstand in Ost-Berlin nieder« titelte die WAZ umrahmt von schrecklichen Bildern einen Tag nach dem 17. Juni.

Innerhalb kürzester Zeit hatte sich die Steeler Gruppe im WH so stark etabliert, dass eine eigene Abteilung gegründet wurde. Die Abteilung 7 - sie tagte jeden Samstag Nachmittag, man lese und staune, in der katholischen Laurentiusschule. Im hinteren Teil des Schulhofes hatte man wegen der Schulraumnot (wie auch bei der Realschule) eine Baracke mit zwei weiteren Klassenzimmern errichtet. Die wurden uns zur Verfügung gestellt. Baracke ist so leichtfertig dahingeworfen. In Wirklichkeit waren die Räume schon topp, teilweise waren die Einrichtungen sogar komfortabler als die im Stammhaus. Durch das Einschleusen einiger Freunde und meiner Cousins, die wiederum durch das Mitbringen ihrer Bekannten, haben wir - vor allem Norbert und ich - wesentlich dazu beigetragen, dass die »Steeler Sieben« so rasch so stark wurde.

Wie schon geschildert, gab es im WH eine straff gegliederte Ordnung. Probekandidat, einfaches Mitglied, Junghelfer, Helfer und Leiter waren die Durchlaufstationen. Wenn man wollte. Jede Stufe hatte neben dem Hauptprogramm separate Treffs und Events. Das Gesamtkonzept sah grob zusammengefasst so aus:

Sonntag

08.30 - 09.15 Uhr
Gemeinsamer Gottesdienst mit der Gemeinde im Weigle-Haus

09.15 - 09.30 Uhr
Offene Gebets-Viertelstunde für Abteilungsleiter, Helfer und Junghelfer

10.00 - 12.00 Uhr
Hausbesuche der Verantwortlichen bei neuen Konfirmanden und »wackligen« älteren Kandidaten in den Bezirken
Aufklärung der Eltern

13.30 Uhr - 19.00 Uhr
Volles WH-Programm
Spielzeit bis 15.00 Uhr. Alle Brett- und Blattspielen in allen Räumen. Tischtennis an acht Platten im Keller. Handball und Fußball im Freien - teilweise bis in die Trümmergrundstücke zwischen Hohenburg- und Wiesenstraße hinein. Basketball auf einem spielgerechten Platz hinter dem Haus. (Der CVJM hatte immer schon gute Basketball-Teams in der Liga.)

Vorlesung bis 16.00 Uhr oder bis 16.30 Uhr bei Filmvorführung einmal im Monat.

Bibelstunde bis 17.00 Uhr
Fantasieerzählungen mit wechselnden Kandidaten bis 18.00 Uhr.
Gesangstunde bis 19.00. Fahrtenlieder mit Gitarrenbegleitung.

Montag

19.00 - 21.00 Uhr
Abend der Junghelfer im Jugendheim an der Ruhrauschule (vormals HJ) im Beisein der Leiter und Helfer.

Berichterstattung über die sonntäglichen Hausbesuche.
Referate der Junghelfer über ein vorher aufgetragenes Bibelthema
Singen, Diskussion.

Donnerstag **19.00 - 21.00 Uhr**
Helferabend in der Wohnung eines Helfers mit Gästebewirtung durch die Eltern des jeweiligen Helfers.
Singen und diskutieren. Vorbereitungen für die nächste Abteilungsversammlung.

Samstag **16.00 - 19.00 Uhr**
Treffen der gesamten Abteilung in der Laurentius-Schule.
Spiel & Sport im Freien, Fahrtenlieder zur Gitarre im Schulraum
Erzähl- und Vorlesestunde, Referat eines Helfers zu einem Bibel-Zitat.

Hinzu kam noch das offizielle Angebot des Musikunterrichts für Gitarre und einige Blasinstrumente und der inoffizielle Nachhilfeunterricht für lernschwache Schüler durch den IC - den so genannten Intelligenz-Club. Ein riesiges, wenn auch zeitaufwendiges Programm. Meine schon sprichwörtliche sonntägliche Langeweile, mit der ich meine Eltern immer genervt hatte, war nicht mehr vorhanden.

Meine jüngeren evangelischen Nachbarn und Straßenfreunde Wolfgang Lierse, Friedrich-Karl Weimer und Dieter Meinert wurden erst konfirmiert, als meine Zeit beim WH schon fast rum war. Sie mussten danach auch alle in den Beruf. Grundsätzlich konnte man zudem beobachten, dass sich berufstätige Volksschulabsolventen nicht lange im WH hielten. Ohne eine Gewichtung zu kennen, glaube ich sagen zu können, dass der Hauptbestandteil der Mitglieder aus Gymnasiasten bestand, durchsetzt von Realschülern und ganz wenig Volksschülern.

Von dem Angebot des Nachhilfeunterrichts machte ich Gebrauch. Aber so sehr sich die Freunde auch bemühten, die Lücken in Englisch, Französisch, Chemie, Physik und Mathematik waren zu groß. Das heißt, ich musste Ostern 1954 ein Zeugnis mit dem Vermerk »Nicht versetzt« entgegennehmen. Das Wort »leider« stand nicht dabei. Das achte Schuljahr war vorbei, und ich hätte die Realschule verlassen können, ohne zurück in die Volksschule zu müssen, was ja noch peinlicher gewesen wäre. Für solche Fälle gab es jedoch keine adäquaten Ausbildungsplätze. Meine Eltern ließen mich die Untertertia wiederholen in der Hoffnung, dass ich es doch noch zur mittleren Reife bringe. Was letztlich dann auch gelang.

Heute werden wir aufgefordert, in allen beschissenen Situationen positiv zu denken. Das hätte ich damals auch tun sollen anstatt mich zu grämen. Denn ohne die zwangsläufige Schulverlängerung hätte ich nie im Leben die Chance gehabt, meine Frau Erika überhaupt kennen zu lernen. Sie besuchte nämlich die Mädchen-Realschule und hatte sozusagen Wechselschicht mit unserer Klasse. Unser Klassensprecher Karl-Heinz Wegener hat es geschafft, nach der Verteilung der Abschlusszeugnisse eine Kommersfeier mit der Mädchenklasse zu arrangieren. Wäre ich ein Jahr früher aus der Schule entlassen worden, hätte ich Erika nie und nimmer kennen gelernt. Ein Glücksfall, über den ich mich nachträglich nur freuen kann. So spielt das Schicksal, oder sollte ich besser sagen, das war Gottes Fügung?

Mehr denn je musste ich durch die Schulverlängerung aber versuchen, etwas nebenbei zu verdienen. Das gelang zum großen Teil durch das Austragen von Zeitungen. Da verdiente ich nicht nur Geld, sondern bekam auch noch ein Fahrrad zur Verfügung gestellt, das ich auch privat nutzen durfte. Das war für die WH-Ausflüge ein großer Vorteil, wenn die Strecken nicht allzu groß waren. Zum Beispiel Wochenendtouren nach Hünxe oder Götterswickerhamm am Niederrhein. In Hünxe hatten wir mal ein Zeltlager. Auf der im Bau befindlichen Autobahn hatten wir uns in der Nähe eines Sees auf der Sandbahn niedergelassen. Auf Sand soll der Boden nicht so kalt sein, sagte man. Trotzdem haben wir in der Nachbarschaft noch Gras gesichelt, um mit dem Heu den Zeltboden noch bequemer auszustatten. Das war ein Trugschluss; denn durch das Trocknen des feuchten Grases entstanden Dämpfe und ein fürchterlicher Gestank. Wir hätten das Gras erst im Freien trocknen lassen müssen. Wir hatten größere und kleinere Zelte dabei. Ich bekam ein 2-Mann-Zelt mit einem Kameraden zugeteilt. Geschlafen habe ich allerdings am offenen Lagerfeuer. Und prompt wurde in dieser Nacht unser Abteilungswimpel geklaut. Nach Pfadfinderart mussten wir diesen am nächsten Tag der anderen Abteilung abjagen.

Schön war auch die Fahrt in die Jugendherberge nach Alpen bei Rheinberg/Vluyn am linken Niederrhein. Später waren wir dort noch einmal mit der Schulklasse. Stolz konnte ich die Klasse samt Lehrer vom Bahnhof auf direktem Weg zur Herberge führen, weil ich schon mal da war.

Solange man keine Verantwortung in irgendeinem Bereich hat, kann die Welt durchaus in Ordnung sein. Das kann sie auch noch, wenn man Aufgaben übernimmt. Es kann aber auch anders kommen. Mit zunehmender Zugehörigkeit zum WH wuchs automatisch der Aufgabenbereich und damit die Verantwortung. In einem Jungscharlager nahe der holländischen Grenzstadt Elten hatten mein Cousin Norbert und ich eine etwa 20-köpfige Gruppe zu betreuen. Bei einer Wanderung kamen wir an die Grenze nach Holland. Damals brauchte man noch eine Genehmigung zur Grenzüberschreitung. Wir hatten noch nicht einmal einen Personalausweis dabei. Elten gehörte noch zu Holland, aber wir wussten schon, dass man drüben viele Sachen zum halben Preis kaufen konnte. Wir riskierten es, illegal über die Grenze zu gehen. Mitten durch den Wald und mitten durch ein Kloster, das genau auf der Grenze stand. Was mögen die betenden Mönche bloß gedacht haben, als die junge Schar durch das Kloster marschierte. In Deutschland rein - in Holland raus. Die Begeisterung bei den Jungscharlern war groß. Aber nicht sehr lange. Nach einer Wanderung durch Feld, Wald und Wiesen kamen wir bei sehr trockener Hitze an eine kleine Ansiedlung von acht bis zehn Häusern. Wir waren so ungefähr zehn Kilometer gelaufen und hatten alle einen stechenden Durst. Wir pochten ängstlich an die Tür eines kleinen Wohnhauses. Ob man uns im Ausland überhaupt verstehen würde? Ob man uns was zu trinken geben würde? Man hat uns verstanden und stellte uns einen Eimer Leitungs- oder Brunnenwasser mit einer Schöpfkelle zur Verfügung. Ratzeputz war der Eimer leer getrunken. Wir bedankten uns brav, obwohl wir lieber andere Getränke gehabt hätten. Was uns die Leute auf holländisch erzählt haben, konnten wir nur zum Teil verstehen. Ein paar Häuser weiter entdeckten wir dann einen ganz kleinen Krämerladen. Die Idee kam auf, jeder versuche etwas als Mitbringsel für zu Hause zu ergattern. Vor allem die Artikel, die nur die Hälfte kosteten. Gulden hatten wir keine, aber man nahm auch DM entgegen. Ein Päckchen Tabak, eine Schachtel Zigaretten und ein Döschen Zündhölzer für die Eltern. Tee, Kaffe, Kakao und Schokolade waren tatsächlich preiswerter. Auch Butter. Wie sollte die aber transportiert werden? Manche kauften sogar Marmelade. Ein Preisbeispiel: Eine Schachtel Zündhölzer kostete in Deutschland seinerzeit DM 0,10. Die gleiche Schachtel mit stückzahlmüßig dem gleichen Inhalt kostete in Holland nur DM 0,05. Einige von uns haben wohl nicht geglaubt, dass diese auch richtig brennen und probierten sie aus. Die Erklärung klingt wie ein Witz, aber es hat sich so abgespielt. Plötzlich stand das Unterholz am Waldesrand lichterloh in Flammen. Zunächst haben wir versucht, die Sache selbst in den Griff zu bekommen, was misslang. Die Bewohner des kleinen Dorfes hatten aber schon die Rauchwolken entdeckt und kamen gerannt. Eine Feuerwehr gab es dort in der Nähe wohl nicht. Da das Ganze an einem samstagnachmittag passierte, waren genügend Männer dabei und nicht auf der Arbeit. Aber auch Frauen und Kinder löschten mit. Man riss Ginstersträucher raus und schlug damit die Flammen nieder.

Wasser stand so schnell nicht zur Verfügung. Mit Sand und lockerem Boden versuchte man das Feuer zu ersticken. Die Holländer schafften dies. Aber nicht auszudenken, was hätte passieren können. Man beschimpfte uns lautstark, ließ uns aber im Prinzip ungeschoren davon kommen. Erleichtert zogen wir in Richtung Wald, in Richtung Zeltlager auf deutschem Boden und freuten uns wieder über die günstig erstandenen Andenken.

Aus Holland kamen wir zwar gut raus, aber in Deutschland nicht wieder gut rein. Die hohen Rauchwolken hatten den Bundesgrenzschutz aufmerksam gemacht. Zwei Beamte stellten uns im Wald. Norbert und ich mussten als Verantwortliche unsere Personalien angeben, und man drohte mit einer Anzeige. Alle mussten die eingekauften Artikel abgeben. Die Grenzer breiteten ihre Mäntel auf dem Boden aus, und wir mussten alles darauf legen. Soweit möglich haben wir die Artikel noch mit unseren Namen gekennzeichnet, immer in der Hoffnung, die Waren vor unserer Abreise zurückzubekommen. Aber davon konnten wir lange träumen. Unser karges Taschengeld war futsch und die als Mitbringsel gedachte Ware ebenfalls. Norbert und ich waren froh, dass das Ganze kein weiteres Nachspiel hatte. Und die betreuten Jungs stellten die berechtigte Frage nach der Gerechtigkeit. Wurde die Ware dem Kloster zur Verfügung gestellt, oder wurde sie zur Bereicherung eines Kameradschaftsabend der Grenzpolizei eingesetzt, oder fand gar eine persönliche Bereicherung statt? Die Sache mit dem Kloster hätte man zähneknirschend ja noch akzeptiert, aber die anderen Möglichkeiten wohl nicht so ganz. Etwas einzuklagen traute sich keiner, schließlich fühlte sich jeder ein bisschen als Sünder. Ist eben dumm gelaufen.

Die Hauptattraktionen waren trotz anderer spektakulärer Erlebnisse die Sommerlager in den großen Ferien. Nach Meinerzhagen 1953 stand Waldbröl 1954 und 1955 auf dem Programm. Beide Touren habe ich erlebt. Unsere Abteilung »Steele sieben« war in der Nähe von Waldbröl in einem Dorf namens Bladersbach im Gemeindehaus untergebracht. Im Parterre - dem Betsaal - war unser Aufenthaltsraum und auf der Empore neben dem Harmonium unser Strohlager für die Nacht. Beim Betreten des Hauses fiel zuerst ein groß aufgemalter Spruch auf der gegenüberliegenden Wand auf. Ich sehe ihn noch heute deutlich vor Augen: »Auf drei Dinge mache dich bereit - auf Tod, Gericht und Ewigkeit.« Ein Spruch, über den oft und lange diskutiert wurde.

In Bladersbach gab es eine ganz kleine Dorfkneipe mit einen Kicker - einem Tischfußballgerät. Fußball war im WH fast ein Tabu-Thema, obwohl Deutschland 1954

Weltmeister geworden war und obwohl der deutsche Meister von 1955 Rot-Weiß Essen hieß. Aber in Steele gab es bei den »Frischlingen« eine ganze Schar von Fußballbegeisterten, die nur schwer aus der Kneipe fernzuhalten waren. So blieb es nicht aus, dass wir gelegentlich auf dem Feld außer Handball auch Fußball spielten. Überraschenderweise war es nach dem DDR-Aufstand noch möglich, Jugendliche aus Leipzig als Gäste zu empfangen. Sie waren mit dem Fahrrad angereist und wurden in kleinen Gruppen auf die Abteilungen verteilt. Bei uns waren es vier. Einer von ihnen mit Kosenamen »Kuli« ist nicht mehr zurückgereist und blieb zeitlebens in Steele. Durch diesen DDR-Besuch kamen natürlich ganz neue Themen zur Sprache, und ich schäme mich heute noch, dass wir den Besuchern teilweise sehr großkotzig gegenübergetreten sind. Wir protzten mit unseren besseren Artikeln und lachten über deren alte Fahrräder und primitive Fotoapparate aus Igelit - was so ähnlich war wie bei uns Bakelit (Kunstharz, Kunststoff). Aber die neuen Freunde waren in Ordnung und spielten besser Handball als wir. Wir vereinbarten ein Spiel. Erste Halbzeit Handball - zweite Halbzeit Fußball. Die Leipziger zogen ihre Mannen aus dem Gesamtlager zusammen und traten mit einem tollen Team an. Das Ergebnis ist unwichtig. Im ersten Teil gingen wir sang- und klanglos unter, aber wir schafften es beim Fußball, mit einem Handballergebnis zu gewinnen. Es war das erste Mal, einen Wilhelm Busch sprachlos zu erleben. Und wir stimmten an: »Dass Jesus siegt, bleibt ewig ausgemacht...«

Ansonsten brillierte unser Pastor bei den Evangelisationspredigten im Wald wie eh und je und schraubte den Kollektenerlös für einen guten Zweck sensationell in die Höhe. Und wenn sie nicht gestorben sind, sprechen noch heute viele, viele Bürger aus Waldbröl und Umgebung von diesen Veranstaltungen.

Bei allem Spaß an der Freude, darf man nicht vergessen, dass das Fahrtenprogramm im Prinzip nur ein Begleitinstrumentarium zur Zielerreichung des Evangelisationsgedankens war. Wenn auch ein schönes. Ich kann jedoch nicht behaupten, dass alles andere nicht gut oder gar schlecht gewesen wäre. Im Gegenteil. Es hat mir alles Freude bereitet und vor allem für das spätere Leben viel Gutes mit auf den Weg gegeben.

Ich denke dabei an die schöne Sitte, bei den Fahrten vor dem Frühstück im Freien ein Lied zu singen. »Morgenglanz der Ewigkeit...« zum Beispiel und danach die Tageslosung bekannt zu geben. Man latschte nicht einfach schlaftrunken an den Frühstückstisch. Man war fröhlich wach und für den Tag gerüstet - zusätzlich natürlich mit einem guten Frühstück.

Ich denke an die Bibelstunden bei den Fahrten, im WH, bei den Abteilungsversammlungen und an den Helferabenden. Da gab es nicht nur Monologe, da durfte hinterfragt werden, da wurde diskutiert. Das bedeutete nicht nur Stärkung des christlichen Glaubens. Das formte auch im freien Reden. Das ganze soziale Verhalten veränderte sich positiv.

Ich denke an die offene Gebetsviertelstunde nach dem sonntäglichen Gottesdienst vor den Hausbesuchen. Vorher hatte ich noch niemals erlebt, wie sich Gläubige von den Sitzen erheben, sich umdrehen und vor dem Stuhl niederknien, um sich in ein gemeinsames Gebet zu vertiefen. Der eine betete leise für sich, der andere vielleicht gar nicht und hörte nur zu, während andere laut beteten, ihre Sorgen offenbarten, oder sich einfach nur beim Herrn bedankten. In so einer Situation laut zu beten, das bedeutet schon was. Ich habe es nicht geschafft, aber trotzdem viel gelernt und nachgedacht. Wer sich so etwas nicht vorstellen kann, sollte es mal in irgendeinem Kreis versuchen.

Ich denke an die Hausbesuche am Sonntag Vormittag. Die Vielfalt der Haushalt-Szenarien gab mir neue Erkenntnisse und neue Zielvorgaben für meine eigene Zukunft. Es begann das Streben, sozial Stärkeren nachzueifern ohne den Blick nach unten zu verlieren und zu versuchen, Schwächeren zu helfen. Es begann damals mit unserer Tätigkeit die Einführung der Institution eines heutigen »Streetworkers«. In Alt-Steele gab es schon manchen Winkel, den man zwar nicht gerade als Slum bezeichnen wollte, wohl aber als »heißes Pflaster«. Nicht jeder von uns hat es geschafft, dort Türen zu öffnen. Mir hat diese Tätigkeit viel gebracht. Ich hoffe aber auch, dass ich einiges zurückgeben konnte an Jüngere. Das Schicksal eines Jungen schleicht mir besonders nach - das von Wolfgang Böhm aus der »Alte Zeile«. Wir wurden gleichzeitig konfirmiert, und ich brachte Wolfgang mit ins WH. Er machte auch einige Fahrten mit und fühlte sich ganz wohl. Beruflich war er im Tiefbau jedoch so stark am Malochen, dass er bald keine Zeit mehr für uns hatte. Als Kind hatte er das Pech, als er einen Feuerwerkskörper durch ein Oberlichtfenster warf, dass dort das Schlafzimmer abbrannte. Wolfgang wanderte für eine ganze Zeit in ein Erziehungsheim. Am Arbeitsplatz ereilte ihn ein tragisches Schicksal. Als er im Baugraben einem verschütteten Kollegen zu Hilfe eilte und ihn auch tatsächlich rettete, wurde er selbst von den Erdmassen erdrückt und verstarb. Gott habe ihn selig.

Und ich denke gern an die Helferabende in privater Atmosphäre zurück, weil sie so ganz anders geartet waren als die Heimabende. Hier konnte ich die Unterschiede in der Familienharmonie kennen lernen. Manche Eltern waren gar nicht zu Hause, weil sie nicht stören wollten, andere begrüßten uns und ließen uns dann gewähren. Bei einigen wurde etwas angeboten. Erfrischungsgetränke, ein kleiner Imbiss - je nach dem. Der tollste Abend war für mich im Hause von Rechtsanwalt Schiefer im Hünninghausenweg. Sohn Martin gehörte zu unserem Helferkreis. Die Eltern begrüßten uns freundlich und ließen uns dann für unser Programm allein. Als wir gehen wollten, verwöhnte uns Frau Schiefer mit einigen Köstlichkeiten, und der Senior-Chef setzte sich ans Klavier, spielte und sang uns etwas vor. Toll, so eine vornehme Gastfreundschaft - aber sie riefen auch Minderwertigkeitskomplexe in mir hervor. Denn irgendwann war ich ja auch mal dran, den Kreis bei uns zu empfangen. Meine Eltern waren nicht so begeistert; denn sie wussten nach meinen Erzählungen nicht, was sie bieten sollten oder konnten. Der Termin kam zustande. Meine Mutter begrüßte die Schar und bot Platz in der Küche an. Mein Zimmer war ja zeitweilig untervermietet. Vater war noch im Garten. Während unserer »Konferenz« wusste ich noch nicht, ob zum Abschluss überhaupt etwas angeboten würde. Dann tauchte mein Vater mit zwei Eimern Äpfel (Fallobst) auf. Begrüßte alle kameradschaftlich per Handschlag und setzte sich zu uns. Keiner bekam einen Apfel hingelegt, und keiner durfte sich selbst bedienen. Vater zückte ein Messer, schälte Apfel für Apfel und servierte uns mundgerechte Stücke. Dabei erzählte er Anekdoten aus seiner Jugendzeit. Überraschenderweise kam das super an, und mein Frust war verflogen.

Jede schöne Zeit hat aber mal ein Ende. So auch meine WH-Zeit. Nach dem Sommerlager 1955 bröckelte es und schließlich zerbrach das Verhältnis. Nicht dass ich keine Lust mehr verspürte - es gab zwei triftige Gründe. Noch nicht einmal das schulische, mehr eigentlich das berufliche Fortkommen war der Hauptgrund. Und ein persönlicher Knatsch mit einem Abteilungsleiter der zweite. Der Letztere wäre sicher noch zu kitten gewesen, an der beruflichen Weichenstellung ließ sich jedoch unwiderruflich nichts mehr ändern. Was war passiert?

An einem Ausnahmesamstag spielten wir auf dem Sportplatz in der Ruhrwiese auf dem Platz vom BV 03 Fußball vor der Abteilungsversammlung, weil dies auf dem Schulhof der Laurentiusschule schlecht möglich und auch verboten war. Bei einem Zweikampf foulte ich einen Abteilungsleiter - der Name soll ungenannt bleiben, aber der Mann war nicht aus Steele - ziemlich grob. Er stürzte und zog sich unangenehme Schürfwunden an Armen und Beinen zu. Bei jedem Vereinsspiel mit Schiedsrichter hätte das die rote Karte, den Platzverweis bedeutet. Ganz klar. Es tat mir schrecklich Leid, ich konnte es aber nicht ungeschehen machen. Der Gefoulte beschimpfte mich verständlicherweise arg und nahm keine Entschuldigung an. Er unterstellte mir Absicht. Aber wie soll man ein unabsichtliches Foul erklären. Ein falscher Reflex und es ist passiert. Mich hat es auch des Öfteren getroffen. Kurz und gut, der Missklang zwischen uns ließ sich trotz Intervention anderer nicht wieder einrenken. Von der Empfehlung in seinen Referaten, bei einer erhaltenen Ohrfeige die andere Wange auch noch hinzu halten, war nichts zu spüren. Muss ich wohl falsch verstanden haben dachte ich. Oder es gibt doch schwarze Engel? Das Oberste Gericht hätte hier vielleicht entscheiden müssen, wer das schwarze Schaf war, ich der Übeltäter oder er der Gefoulte. Schwamm drüber, wenn die Chemie nicht mehr stimmt, sucht man sich was anderes.

Das Andere kam durch den Umschwung in Verbindung mit der Vorbereitung auf den Beruf. In der neuen Klasse unter Leitung von Herrn Kastrop war ich gut aufgenommen worden. Bis auf ein paar weitere Sitzenbleiber waren die neuen Kameraden alle jünger, aber toffte. Das Lernen machte plötzlich mehr Spaß, vor allem die Hausaufgaben in Arbeitsgemeinschaft mit Heinzchen Klobes, Franz Schütte und Jürgen Toll. Mal bei dem, mal bei uns. Neue Fächer kamen hinzu. Ich war angetan von Steno und Maschinenschreiben. Ohne eigene Schreibmaschine zu üben, geht nicht. Das Betteln bei anderen, die eine Maschine hatten, war ich auch satt. Die Eltern konnte ich überreden, eine Reiseschreibmaschine bei Nöthel & Co in Göttingen auf Teilzahlung zu bestellen. Ebenso einen Fotoapparat bei Photo-Porst in Nürnberg. Neue Schulden - das war das Wirtschaftswunder. Um die Raten pünktlich bezahlen zu können, habe ich mich verpflichtet, neben der Schule bei der Zeitung zu arbeiten. Auch am Sonntag in der Sportredaktion. Damit war das Weigle-Haus für mich gestorben. Einige Leiter und Helfer bemühten sich noch lange um mich und wollten mich wieder »auf den rechten Weg bringen« - einer besuchte uns sogar noch, als ich schon verheiratet war und einen Sohn hatte. Das war Gerd Damm aus Hattingen. Ein liebenswerter Zeitgenosse.

Trotz des unglücklichen Ausstiegs bleibe ich dabei: Das Weigle-Haus hat mir gut getan und mein Leben in eine andere Richtung gebracht. Unabhängig vom christlichen Glauben bewunderte ich außerdem das perfekte Kirchen-Marketing. Ein Punkt, der beim Klerus nach wie vor umstritten ist. Braucht die Kirche Marketing oder nicht? Viele Geistliche vertreten den Standpunk: Wir sind offen nach allen Seiten, die Schäflein müssen nur kommen. Wilhelm Busch und seine Mannen trieben die Schäflein und begeisterten sie. Überspitzt formuliert, gingen sie auf Seelenfang.

Die Wehen und vor allem die Nachwehen der Währungsreform dauerten bei uns privat länger als bei anderen, sie wirkten bis in diese Zeit, endeten aus meiner Sicht aber auch damit. Bis auf eine Episode, die noch an die Schwarzmarktzeit erinnert und nicht verschwiegen werden soll. Es geht um unsere Zeche »Eimerweise« in unserem Garten am Hellweg. Eine fast filmreife Krimi-Story.

Bedingt durch seine Krankheit, ging Vater nur noch seiner regulären Arbeit nach. Der Tanzboden war für ihn als Musiker tabu. Außerdem hatte der Arzt ihm Bewegung an der frischen Luft verordnet. Dazu zählte auch leichte Gartenarbeit. Beseelt von dem Erbgut seines Vaters, auf dem erworbenen Grundstück ein Haus zu bauen, machte er sich besessen daran, den Garten umzukrempeln. Das Vorderste wurde nach hinten gekehrt. Schön blieb nur noch die Gartenhälfte seiner Schwester mit der Gartenlaube. Er hatte gehört, dass es im Programm des Sozialen Wohnungsbaus Möglichkeiten gibt, bei vorhandenem Grundstück ohne Eigenkapital bauen zu können. Das Eigenkapital sollte durch Eigenleistung erbracht werden. Ohne Pläne oder Anträge usw. wollte er für alle Fälle mit dem Ausschachten beginnen.

Bei diesen Erdarbeiten stieß er unvermutet auf einen Kohleflöz, der sich wie ein Sattel in unserem Grundstück erhob. Durch den Tagebau an anderen Stellen war bekannt, dass es so etwas gibt. Zunächst brachte Vater einen Eimer voll von dieser Kohle für einen Brenntest mit nach Hause. Das Ergebnis war nicht berauschend. Mit anderen Kohlen vermischt brannte der Staub einigermaßen, oder man musste ihn anfeuchten. Das lag zum Teil an dem nicht fachmännischen Abschlagen. Ein Experte musste her. Sein Kollege Otto Hermanny kannte sich da besser aus. Er organisierte einen besseren Abbau. Der Graben wurde tiefer und tiefer. Wagen für Wagen wurde nachts abgefahren. Kohlenhändler Ermisch war der Abnehmer. Aus gesundheitlichen Gründen war Vater beim »professionellen« Abbau nicht dabei. Das war sein Glück; denn eines Tages kam die Polizei, und es erfolgte Strafanzeige mit anschließender Gerichtsverhandlung. Angeklagt waren die auf frischer Tat Ertappten und mein Vater als Grundstücksbesitzer. Durch einen weiteren Glücksfall wurde er freigesprochen. Er war zuvor bei mehreren Behörden und hatte den Antrag auf Kohleförderung gestellt, die Sache also ordnungsgemäß anmelden wollen. Für den Eigenbedarf sei dies jedoch bis zu einer bestimmten Tiefe nicht nötig, hatte man ihm gesagt. Er konnte vor Gericht glaubhaft versichern, dass er kein Geld mit einem etwaigen Kohleverkauf verdient hatte und dass der Abbau nur dem Eigenbedarf zugedacht war. Die Kohleschürfer, die Dealer und der Abnehmer wurden zu Geldstrafen in unterschiedlichen Höhen verurteilt.

Beim Kohlehändler gerieten übrigens Vater und Sohn Ermisch später in die Schlagzeilen. Ein Fahrer war erschossen worden und beide schworen, der Täter gewesen zu sein. Ob Mord oder Totschlag, zwei Täter konnten es bei einer Kugel nicht gewesen sein. Deshalb Freispruch für beide. Diese Geschichte war später das Thema für einen Film.

Ich glaube, wenn Vater einen Investor für eine Kleinzeche gefunden hätte, hätte er sogar seine Baupläne an dieser Stelle begraben. So aber buddelte er fleißig weiter. Völlig überflüssig; denn Ende der 50er Jahre fand er in Benno Lockenvitz einen Architekten, der seine Pläne in die Tat umsetzte. Trotzdem bewundernswert, wie zielstrebig und unabdingbar Vater seine Vision verwirklichte.

Damit war das Kapitel Schwarzmarkt und Währungsreform wohl auch bei uns geistig endgültig vom Tisch - wenn auch spät. Dafür gab es dann anders gelagerte Sorgen und Probleme.

Wirtschaftswunder-Hits der 50 er Jahre
Ein Querschnitt der Erinnerung

Jahr	Titel	Tanz
1950	Die Fischerin vom Bodensee	Polka
	Guter alter Postillon	Slow-Fox
	La-Le-Lu	Slow-Fox
	Jim, Jonny und Jonas	Langs. Walzer
	Guatemala	Rumba
	Eine weiße Hochzeitskutsche	Foxtrot
	Amorada	Foxtrot
	Holdriho kleines Echo	Walzer
	Mucho, Mucho	Beguine
	Du glaubst mir nicht, dass ich dich liebe	Foxtrot
1951	Ein kleines Haus im Grünen	Foxtrot
	Zauber von Paris	Musette-Walzer
	Wenn Mademoiselle dich küsst	Musette-Walzer
	Das Herz von Paris	Musette-Walzer
	Anette	Musette-Walzer
	Noah	Gospel-Fox
	Tango-Max	Tango

	Übers Jahr wenn die Kornblumen blühen	Foxtrot
	Pack die Badehose ein	Masch-Fox
	Das machen nur die Beine von Dolores	Tango
	Blue-Tango	Tango
1952	Egon	Tango
	Rote Rosen, rote Lippen, roter Wein	Tango
	Schütt die Sorgen in ein Gläschen Wein	Lied
	Anna Baiao	Baiao
	Am Strande von Havanna	Tango
	Petite Fleur	Slow-Fox
	Sie will nicht Blumen, sie will nicht Schokolade	Foxtrot
	Das ist ja prima	Walzer
	Was ist denn nun kaputt ?	Walzer
	Schau nicht auf die Uhr	Walzer
	Wer wird denn weinen	Foxtrot
	Rosmarie-Polka	Polka
	In der Taverne von San Remo	Foxtrot
	Mäckie-Boogie	Boogie
	Herz-Schmerz-Polka	Polka
	Jambalaya	Baiao
	Wild-Cat-Blues	Blues
1953	Pechschwarze Augen	Walzer
	Wir, wir, wir haben ein Klavier	Foxtrot
	Auf Jamaica schenken abends die Matrosen	Baiao
	Lieber Franz	Polka
	Hörst du das Lied meiner Geigen	Langs. Walzer
	Eine Melodie geht um die Welt	Langs. Walzer
	Der lachende Vagabund	Foxtrot
	Der kleine Dompfaff	Walzer
	Du wirkst auf mich wie Alkohol	Foxtrot
	Wir sind vergnügt und habens gar nicht nötig	Foxtrot
	Heimat du bist der Stern	Slow-Fox
	Kleine Jodlerin vom Tegernsee	Polka
	So viel Wind und keine Segel	Foxtrot
	Bella, bella, bella Donna	Foxtrot
	Wenn die Liebe will	Slow-Fox
	Habanero	Habanero

Anneliese..Polka
Adio Amigo ....Beguine
Just I`m walking in the rain ....Blues
Geben Sie dem Mann am Klavier.......................................Walzer

1954 Der arme Gondolier ....Beguine
Tausend Mandolinen ....Foxtrot
Liebeswalzer ....Langs. Walzer
A-B-C Boogie...Boogie
Jitterburg und Boogie ....Boogie
Shake, Rattle and Roll ....Bounce
Kriminal-Tango ....Tango
Der Liebestraum von Notre Dame ....Slow-Fox
Nicolo, Nicolo, Nicolino ....Foxtrot
Ich soll dich grüßen...Foxtrot
Chi-Hu-A-Hu...Mambo
Igen..Foxtrot
So ein Tag...Foxtrot
Reiter-Ballade ....Cowboy-Lied
Heut singen die Gitarren..Rumba
Blumen-Konrad...Tango
Baiao-Bongo ....Baiao
Kein Land kann schöner sein ....Calypso
Hab mich lieb..Walzer
Das alte Haus von Rocky Docky.......................................Foxtrot
Tinterella di Luna ....Foxtrot
Kornblumenblau ....Walzer
Teddy mach Tanzmusik ....Rumba
Sambesi ....Foxtrot
Die Mädchen mit dem traurigen Blick ....Foxtrot
Es war in Napoli..Foxtrot
Gilli, Gilli, Ochsenpfeffer ....Foxtrot
Das alte Lied von Alabama ....Slow-Fox
Freu dich Mädel ....Polka
Der erste Kuss ....Foxtrot
Capitano ....Foxtrot
Sonne über der Adria..Tango
Sündige nicht im Verkehr...Foxtrot

Die Paula muß beim Tango immer weinen ....Tango
Only you ....Slow-Fox
Wenn es Nacht wird in Paris ....Slow-Fox
Das Märchen unsrer Liebe ....Tango
Deinen Namen, den hab ich vergessen ....Tango
Der Südwind der weht...Tango
Kannst du vergessen, wie schön es einst war...........Langs. Walzer
In Yucatan ....Baiao
La Strada ....Walzer
Als ich ein kleiner Junge war ....Foxtrot
Souvenirs..Foxtrot
Banjo Boy...Foxtrot
Glaube mir...Langs. Walzer
Arividerci Roma ....Beguine
Tschau, Tschau Bambina...Slow-Rock

1955 Die Bar von Jonny Miller ....Ragtime
In der Schweiz, in der Schweiz ....Foxtrot
Zwei Spuren im Schnee..Foxtrot
Der neue Frühjahrshut..Foxtrot
Que sera ....Walzer
See you later Alligator ....Rock`n Roll
Tutti frutti ....Rock`n Roll
The Saints Rock..Rock`n Roll
Casanova ....Walzer
Damit hab`n Sie kein Glück..Tango
Die Bimbam-Bimbam-Bina...Baiao
Sing Baby sing ....Foxtrot
Eventuell, eventuell ....Foxtrot
Komm ein bißchen mit nach Italien ....Foxtrot
Mambo-Rock ....Bounce
Ach man braucht ja so wenig ....Langs. Walzer
Wenn mein Herz Heimweh hat ....Slow-Fox
In Florenz ....Tango
Ich kauf mir ein Grundstück in Berlin ....Slow-Fox
Mississippi-Melodie ....Slow-Fox
Chanson d`Amour ....Langs. Walzer
Am weißen Strand von Sorabaya ....Langs. Walzer

Heimweh ....Foxtrot
Bei Jeppy Rosen ....Foxtrot
Hallo Joe...Foxtrot
Zeig mir bei Nacht die Sterne ....Slow-Rock
Dorothee-Boogie ....Boogie
Was haben die Matrosen in Singapur gemacht ....Foxtrot
Anton...Tango
Tschip-Tschiu-Tschi ....Foxtrot
Lolita ....Langs. Walzer
Eine Kutsche voller Mädels ....Foxtrot
Auf der Piazza von Milano..Foxtrot
Thomas Rock aus Alabama ....Slow-Fox
Rock around the clock ....Rock`n Roll
Spanish Eyes ....Tango
Semann ....Foxtrot
In Hamburg sind die Nächte lang ....Blues
True Love ....Langs. Walzer
Pianoforte-Rag...Ragtime

1956

Mauerblümchen...Rock`n Roll / Blues
Hotel der Einsamkeit......................................Rock`n Roll / Blues
Honkey-Tonkey...Rock-Fox
Steig in das Traumboot der Liebe ....Langs. Walzer
Wie wär's, wie wär's ....Foxtrot
Es geht besser, besser, besser immer besser.......................Foxtrot
Eine Frau in Paris ....Foxtrot
Gaucho ....Foxtrot
Cha-Chacha-Cha..Mambo
Das Lied von der roten Rose ....Hawaian-Tango
Tiritomba..Tango
Sieben Berge, sieben Täler....................................Langs. Walzer
Around the world ....Langs. Walzer
Rosa-Rosa-Nina ....Foxtrot
Tammy...Langs. Walzer
Auf Cuba sind die Mädchen braun ....Baiao
Smoky..Foxtrot
Peppino..Foxtrot
Rot ist dein Mund...Tango

	Titel	Tanz
	In Peru	Baiao
	Ein Mister aus Manhattan	Foxtrot
	Das Alphorn	Walzer
	Rosalie	Foxtrot
	So geht das jede Nacht	Foxtrot
	Wasser ist zum Waschen da	Foxtrot
	Das gewisse Oh-la-la	Bounce
	Tulpen aus Amsterdam	Walzer
	Die alte Mühle im Park von Sanssouci	Walzer
	Laß dir Zeit für die Liebe	Langs. Walzer
	Don`t you rock me Daddy-o	Skiffle-Fox
	Ich weiß was dir fehlt	Baiao
	Schon wieder mal, schon wieder mal verliebt	Slow-Fox
	Das mach ich mit Musik	Foxtrot
	Tschi-Bam	Calypso
	Das hab icb in Paris gelernt	Foxtrot
	Flamenco-Boogie	Boogie
	So viel Glück	Foxtrot
	Oklahoma-Tom	Foxtrot
	Schönes Wochenende	Foxtrot
	Weißer Holunder	Langs. Walzer
	Wo meine Sonne scheint	Calypso
	Trompeten-Echo	Polka
	Love me tender	Slow-Fox
1957	Einmal in Tampico	Foxtrot
	Ein armer Mulero	Calypso
	Tipittipitipso	Calypso
	Dich wer ich nie vergessen	Walzer
	Frag mich nie was Heimweh ist	Foxtrot
	Wenn in zwei Herzen die Liebe fällt	Foxtrot
	Zurück in die Heimat zurück	Foxtrot
	Das ist alles längst vorbei	Langs. Walzer
	Tschikolo, Tschikolo, Tschikolino	Foxgtrot
	Wunderbares Mädchen	Foxtrot
	Der Mond hält sein Wacht	Walzer
	Ein bisschen mehr	Fostrot
	Raunchy	Medium-Rock

Come Prima .... Slow-Rock
I love you baby .... Rock-Fox
Die Farbe der Liebe .... Foxtrot
Jamaica, Jamaica .... Calypso
Wach auf little Susi .... Foxtrot
Die Geigen sind Bote der Liebe .... Bolero
Am Tag als der Regen kam .... Slow-Rock
Singing in the rain .... Sing-Fox
Mitternachts-Blues .... Blues
Diana .... Rock-Fox
Wir kaufen uns ein Häuschen, ein Cassette .... Mambo

1958

Mandolinen und Mondschein .... Calypso
Mondscheinpartie .... Foxtrot
Du bist mir lieber als die andern .... Polka
Capitano .... Langs. Walzer
Zwei in einem weißen Boot .... Slow-Fox
Du gehörst mir .... Foxtrot
Jede Frau hat ein .... Slow-Fox
Java-Musikant .... Foxtrot
Das hab ich in Paris gelernt .... Foxtrot
Mademoiselle de Paris .... Musette-Walzer
Hätt ich einen Hammer .... Foxtrot
Patricia .... Cha-Cha
Mit Siebzehn .... Shuffle-Rock
Wenn .... Rock
Hula-Hoop .... Medium-Rock
Manuela .... Beguine
Baby, ich schieß dir einen Teddy-Bär .... Rock
Marina .... Cha-Cha
Ich steh an der Bar und ich habe kein Geld .... Walzer
Ein Kanu auf dem Starnberger See .... Foxtrot
Im Tagebuch der Liebe .... Tango
Summertime-Blues .... Blues
Bambina .... Foxtrot
Mit verbundnen Augen .... Soft-Beat
Volare .... Foxtrot
Suco-Suco .... Mambo

	Es gibt kein Bier auf Hawaii	Walzer
1959	Lovely-Boy - Ich bin ja so allein	Slow-Rock
	Morgen	Slow-Fox
	Souvenirs	Foxtrot
	Wunderbar wie du	Slow-Fox
	Gitarren klingen leise durch die Nacht	Slow-Fox
	Zwei Täler weiter	Walzer
	Cowboy-Billy	Foxtrot
	Sieben Wochen nach Bombay	Foxtrot
	La Luna	Rumba-Rock
	Tiger	Medium-Rock
	Chi-Chi	Foxtrot
	Mr. Blue	Blues
	Ich möchte dich so gern verwöhnen	Foxtrot
	Wunderland bei Nacht	Blues
	Dreaming the Blues	Blues
	Milord	Foxtrot
	Alle Mädchen wollen küssen	Foxtrot
	Ich bin bei dir	Langs. Walzer
	Freunde fürs Leben	Foxtrot
	Unter fremden Sternen	Sow-Fox
	Red River-Rock	Rock
	Ich zähle täglich meine Sorgen	Foxtrot
	Du musst alles vergessen	Beguine
	Ich will keine Schokolade	Rock-Fox
	Honey-Moon	Foxtrot
	Sleep walk	Slow-Rock
	Denk an mich in der Ferne	Slow-Rock
	Nur ein Küsschen	Foxtrot
	Memphis-Tennessee	Skiffle-Fox
	Die Gitarre und das Meer	Foxtrot

Manche Titel sind aus dem Gedächtnis verschwunden, manche wurden zu Evergreens - sogar zum Volkslied. Die Schallplattenbranche boomte jedenfalls in den 50er-Jahren. Da war die Anbieter-Gruppe Telefunken-Decca, Teldec - da waren die bekannten Ariola-, Polydor- und Philips-Platten. Und auch die von Mercato, Eurodisc-Meldodie und Mercury-Phonogram. Die Singles waren damals verhältnismäßig teuer, aber trotz des scharfen Wettbewerbs, waren die Preise gleich. Die alte Schellack (72 U/min) kostete DM 4,--. Die Nachfolgerin, die viel kleinere Single (33 U/pro min) kostete zunächst genausoviel. Nur in der Kepa kosteten die Schallplatten eine Mark weniger. Die dort vertriebene Marke hieß Tempo. Angeblich nicht mit den Original-Interpreten. Wir haben sie aus Kostengründen dennoch gekauft. So schlecht waren die gar nicht.

So wie bei den Verträgen von Puma oder adidas mit den Sportlern, war es auch in der Schallplattenbranche. Wenn Bert Kaempfert bei Decca war und Freddy bei Polydor, konnte es zu keiner gemeinsamen Aufzeichnung kommen. Dass Kaempferts »Spanish Eyes« mit Al Martino groß herauskam und nicht mit Freddy, hatte schon seinen Grund.

Aus den Gaststätten wurde das Klavier verbannt, und die Juke-Box hielt Einzug. Sie brauchte im Anfangsstadium fast genausoviel Platz. Live-Musik wurde rar. In Alt-Steele gab es noch Unterhaltung, bei Leunissen, beim Pferdemetzger, bei Spies am Kamp. Getanzt wurde auch noch bei Grothoff und bei Heckers. Länger gehalten hat sich der Tanzboden bei Vesper in Kray. Hier hatten meine flügge werdenden Cousinen Anneliese Kaiser und Wilma Becker ihre ersten Rendezvous. Wilma lernte hier auch ihren ersten Mann Karl-Heinz Schmitt kennen. Ein Ur-Kölner der in der Krayer Kaserne beim Fernmeldebataillon diente und der wie die anderen Soldaten samstags bei Vesper anzutreffen war. Meine noch jüngere Schwester war zwangsläufig noch später tanzfähig. Da lebten die Veranstaltungen im Haus Großjung an der Schwimmbrücke in Horst wieder auf. Hier spielten lange Zeit die Teddy`s. Ihre Freundin Ulla Lahr hat sich den Schlagzeuger Heinz Sieglar als Ehemann geangelt.

Steeler Zeitungen + Zeitungsmacher aus Steele

Nach dem Krieg war es den deutschen Altverlegern zunächst verboten, wieder eine Zeitung herauszugeben. Lizenzen wurden vergeben. Unter englischer Lizenz erschien als Erste Die Welt. Dann gab es für Branchenfremde Genehmigungen für Zeitungen, die den neuen Parteien nahe standen. Die NRZ der SPD und die Ruhr-Nachrichten (Essener Tageblatt) der CDU. Später durften auch die Altverleger mit ihren Blättern wieder erscheinen.

Für den Großraum Essen gab es die NRZ, das ETB (Ruhr-Nachrichten) die EAZ (Essener Allgemeine Zeitung) und die WAZ (Westdeutsche Allgemeine Zeitung) als Tageszeitungen. In Werden gab es die Werdener Nachrichten und in Borbeck die Borbecker Nachrichten, die beide lange selbstständig blieben. In Steele gab es »Die Heimat am Mittag« (Steeler Tageblatt) aus dem Verlag Hundt sel. Wwe. Hattingen und dann als Wochenzeitung die STEELER ZEITUNG.

Meine Eltern hatten sieh für die Essener Allgemeine aus dem Hause Giradet entschieden. Aber Giradet entschied sich gegen uns und verkaufte seine Zeitung 1954 an die WAZ, die erst 1953 zur Friedrichstraße kam und vorher in Bochum gedruckt wurde, weil die Kapazität im Druckhaus an der Sachsenstraße (WELT und NRZ) nicht ausreichte. Vor der Übernahme hatte Giradet durch die Herausgabe einer zusätzlichen Sonntagsausgabe noch versucht, der WAZ eins auszuwischen, aber die WAZ zog gleich und gewann den Wettbewerbskampf. Giradet hatte für die Zukunft wohl mehr im Tiefdruckbereich erwartet. Micky Maus oder Reader's Digest waren lukrative Druckaufträge. Allen Mitarbeitern wurde die Einstellung der EAZ bis zum letzten Moment verheimlicht. Erst kurz vor Druckbeginn, als alle Seiten fertig waren und die Druckzylinder bereits gegossen waren, hieß es: Stopp! Ab morgen erhalten unsere Leser die WAZ. Es wurde nicht mehr angedruckt. Als ich Essen 1967 verließ war die NRZ noch selbstständig. Später ging sie dann auch in die WAZ-Gruppe auf. Allerdings mit getrennter Redaktion. Aber mit einer Anzeigen-Zwangskombination. Die Ruhr-Nachrichten schrumpfte. Zuerst wurden die Mülheimer und die Essener Ausgaben noch beim Essener Indurtriedruck produziert. Später beschränkte sich die Zeitung auf ihr Stammgebiet Dortmund.

Zurück zur eigentlichen Steeler Pressevielfalt. 1939 gab es »Die Feldpost der Heimat«, Mitteilungen für alle Angehörigen der Wehrmacht aus Essen-Steele. Herausgegeben vom Ortsausschuss Steele des Verkehrsvereins Essen e.V. in Zusammenarbeit mit dem Verlag der »Heimat am Mittag«, Steele. Als verantwortlicher Schriftleiter taucht hier ein gewisser Fritz W. Deger auf. Während des ganzen Krieges gab es Verbindung der »Feldpost« mit den etwa 5000 Einberufenen aus Steele.

Im Mai 1948 erschien vom Verkehrsverein dann das erste Steeler Bürgerblatt, »Steeler Bürgerschafts-Mitteilungen«. Wieder unter Beteiligung von diesem Fritz W. Deger. Wer war dieser Mensch?

Der gebürtige Badener Fritz W. Deger kam auf dem Umweg über Schlesien nach Steele und wurde ein so genannter Wahl-Steelenser. Obwohl er nach beruflichen Erfolgen nicht lange in Steele wohnen blieb und in den Goldammerweg nach Stadtwald zog und später auf dem Isenbügel bei Kettwig selbst baute, blieb er Steele treu. Dem Turnverein, dem Bürgerverein und seiner Wochenzeitung, der »Steeler Zeitung«. Man kann sagen, Deger hat sich aus dem Nichts ein kleines Zeitungs-Imperium geschaffen. Für mich war er mein berufliches Vorbild und auch Lehrmeister. Welch wahnsinniger Zufall, Deger wurde als Badener »Wahl-Steelenser« und ich als echter Steelenser »Wahl-Badener«. Berufliche Gründe waren in beiden Fällen der Ursprung dieser Duplizität der Ereignissse, wenn auch zeitversetzt.

Die Heimat am Mittag
Steeler Tageblatt

In den Memoiren von Fritz W. Deger heißt es, dass er sein erstes Zeitungshonorar mit 17 Jahren kassiert hatte. Auch das trifft auf mich zu. Gern habe ich Kurzberichte beim STELLER TAGEBLATT eingereicht - vornehmlich Vereinsberichte - und ein paar Mark dafür erhalten. Selbst für die Bekanntgabe eines neuen Vereinsvorstandes zahlte die »Heimat am Mittag« ein kleines Honorar. Bei den großen Tageszeitungen musste man froh sein, wenn überhaupt darüber berichtet wurde. Das STEELER TAGEBLATT, die HaM, war eine richtig nette Zeitung, konnte sich auf Dauer jedoch nicht halten, obwohl man noch sehr lange eine Geschäftstelle und eine Redaktion im neuen »Ärztehaus« am Kaiser-Otto-Platz unterhielt. Als Exklusiv-Zeitung zu dürftig und als Zweitzeitung neben WAZ , NRZ oder ETB zu teuer.

Mit dieser aus Hattingen kommenden Lokalzeitung (früher Heising-Steele) hatte Fritz W. Deger nichts zu tun. Ein Teil seines Lebenswerkes war die wöchentlich erscheinende STEELER ZEITUNG.

Steeler Zeitung

Bezirksausgabe des Essener Stadt-Anzeiger

Mit dieser Zeitung begann meine Zeitungslaufbahn oder mein persönliches Zeitungsschicksal. Die erste Anlaufstelle war im Verkehrsbüro in der Humannstraße, das von Werner Gwiasda geleitet wurde. An Hauptkampftagen mit Fahrkartenausgabe und Botenabrechnungen unterstützt von Margot Hornschuh, die ansonsten im Verlag in Essen in der Kibbelstraße tätig war.

An der Front vor Ort war es jedoch Erika Winter aus der Bochumer Straße, ihres Zeichens »Oberbotin«. Durch sie ist meine Mutter an den ersten Trägerbezirk gekommen, den sie gesundheitshalber sehr schnell auf mich übertrug. Hier fing meine Geschichte als Zeitungsmann eigentlich an. Hier trifft es zu, wenn man sagt: »Von der Pieke auf gelernt«.

Es wäre jedoch falsch, zu diesem Zeitpunkt von einem gezielten Berufswunsch zu sprechen. Ausschlaggebendend für die diversen Tätigkeiten war der chronische Geldmangel. Und Geld kann durchaus eine Triebfeder zu höheren Leistungen sein.

Was zu viel ist, ist aber zu viel. Mit dem ständigen Zuwachs neuer Leser, neuer Bezirke wurde allmählich die ganze Familie eingespannt, das heißt Mutter konnte nicht mehr. Meine Cousinen Anneliese und Wilma sprangen samstags mit ein und schwärmen noch heute von der anschließenden Graupensuppe, die es zur Belohung gab. Ein wenig später musste auch meine Schwester Ulla mit ran. Nur Vater war für so eine Tätigkeit anfänglich nicht zu begeistern. Als ich eines Tages wegen Grippe ausfiel und ein Bezirk brach lag, sprang sogar unserer »möblierter Herr« Helmut Garthe ein. Im guten Anzug und mit Fliege erledigte er die Arbeit im Bezirk. Das konnte Vater sich nicht bieten lassen. Fortan trug er auch Zeitungen aus.

Zuerst wollte er angelernt werden. Zwei, drei Probeläufe in Begleitung wünschte er sich. Das habe ich erledigt. Unglücklicherweise fiel der erste Termin auf einen nicht schulfreien Samstag. In der Woche mit Unterricht am Morgen war auch samstags Schule. Bei »Mittagsschicht« war schulfrei. Das bedeutete, ich war erst gegen 12.30 Uhr zu Hause. Und das bedeutete, dass wir uns im Stadtbezirk sputen mussten, damit die Geschäftsleute noch vor Ladenschluss ihre Zeitung bekamen. Ansonsten gab es am Montag großen Ärger, was ich auf die große Beliebtheit der

Zeitung zurückführte. Letztendlich hatten die Leute ja dafür bezahlt.

Die monatliche Bezugsgebühr betrug anfangs DM 0,75. Kassiert wurde einmal im Monat. Die meisten gaben eine Mark und sagten »Stimmt so!« Manchmal gab es auch noch etwas mehr dazu - das war je nach Bezirk unterschiedlich. Beim Probelauf mit meinem Vater wurde nicht kassiert. Hier ging es nur um Tempo. Vater war mit dem Botenbuch bewaffnet und ich trug die Zeitungstasche. In dem Botenbuch standen nicht nur die Adressen, es war auch vermerkt, wer bezahlt hatte und wer nicht. Außerdem gab es Randnotizen über die Einsteckwünsche verschiedener Abonnenten. Das wusste ich natürlich alles auswendig. Auch war mir klar, dass es noch ein par Außenstände gab. Kassieren wollte ich aber ein anderes Mal. Nicht nur wegen des Trinkgeldes, hauptsächlich wegen der knappen Zeit.

In der Grendgasse fingen wir an. Haus-Nr. 5 Fahrenthorn, Nr. 3 Nichtleser, Nr. 1 Lindner. Die zwei Exemplare waren unter die Tür geschoben. Nr. 10 Steinfels hatte ich schon von unserer Eingangsgasse aus durch das offene Fenster auf den Küchentisch gelegt. Nr. 8 Frau Berg wurde durch das offene Oberlicht im Vorbeigehen beliefert, und Frau Selbach bekam ihr Exemplar unter die Haustüre geschoben. Wenn mein Vater eine Arbeit ausführte, dann ordentlich und korrekt. Dafür war er bekannt. So stand er da in der Grendgasse mit seinem Botenbuch und verstand offensichtlich die Welt nicht mehr. Es ging ihm alles zu schnell, aber es war korrekt.

Für die Hansastraße einigten wir uns auf Arbeitsteilung. Er sollte die Geschäfte beliefern und ich die Privatwohnungen. Für die Geschäfte benötigte er kein Buch, allle Einzelhändler waren Bezieher der STEELER ZEITUNG bis auf die damals wenigen Filialisten wie Tengelmann, Kepa und Krupp-Konsum. Stückzahlenmäßig lag ich mit den Privathaushalten etwas höher und musste teilweise bis in die obersten Stockwerke steigen. Die Leute wollten die Zeitung nicht im Hausflur liegen haben. Am Kaiser-Otto-Platz wollten wir uns treffen. Durch meine Routine war ich natürlich früher dort als er. Dann sah ich ihn endlich kommen und bei der Lotterie Schasiepen einschwenken. Das dauerte und dauerte bis er wieder rauskam. Anscheinend hat er sich überall vorgestellt »Ich bin der Neue, ich komm jetzt öfter« oder so ähnlich. Ergebnis: Bei Keuthen war das Rollgitter schon heruntergelassen. Geschlossen! Nun war guter Rat teuer - was tun? Lange herumlamentieren brachte uns auch nicht weiter. Und die Zeit drängte, denn der Bezirk war noch lange nicht fertig. Kurzerhand habe ich das Zeitungsexemplar zu einer Rolle geformt, dann durch das Gitter gesteckt - aber nicht einfach fallen lassen, denn sonst hätte die Zeitung vorne in der Passage gelegen und hätte vielleicht nach nass werden können. Also rollte ich die Zeitung hinter dem Gitter wieder auseinander, nahm den Falz nach unten und beförderte sie mit einem eleganten Schwung über die Fliesen direkt unter die Eingangstür durch. So etwas hatte mein Vater noch nie gesehen. Ehrlich gesagt, ich auch nicht. Aber das habe ich vorläufig nicht verraten. Es kam zu keiner Reklamation, weil die Zeitung tatsächlich im Ladenlokal lag. Hätte sie am Montagmorgen in der Passage vor der Eingangstür gelegen, wette ich - hätte es einen Anruf gegeben. Derweil machte sich Mutter Gedanken über unser langes Ausbleiben.

Am nächsten Samstag war schulfrei, und ich erledigte die Arbeit im Stadtbezirk wieder alleine. Anschließend führte ich Vater in einen anderen Bezirk ein. Der Laurentiusweg, das Stadtgarten-Viertel - eine reine Wohngegend. Hier konnten wir auch ruhig ein wenig später kommen. Aber dass es abends bereits dunkel wurde, als wir endlich fertig waren, hätte ich wohl nicht gedacht. Egal - einen dritten Probelauf wollte Vater nicht. Er fühlte sich stark genug, einen Bezirk allein zu übernehmen. Aus mehreren Gründen habe ich ihm das Wohnviertel am Stadtgarten überlassen. Nicht zuletzt weil es in der Altstadt mit den vielen Geschäften und Gaststätten erfahrungsgemäß wesentlich mehr Trinkgeld gab.

Mutter machte daheim die Abrechnungen, und der Rest der Familie spielte die Verteilerkolonne. Da alles so wunderbar klappte, ließ sich Mutter von Frau Winter, der zuständigen Vertriebsinspektorin, immer noch mehr Bezirke aufschwatzen. Ehe ich mich versah, durfte ich auch noch den Sport-Beobachter austeilen. Montags die Ergebnisausgabe vom Wochenende und donnerstags die Vorschau. Und das in einem Bezirk, der sich über den ganzen Steeler Osten erstreckte. Steele Stadt, Freisenbruch, Eiberg und Horst. Dafür bekam ich aber vom Verlag ein Fahrrad gestellt.

Stolz wie Oskar fuhr ich nach Essen, um im Verlag das Fahrrad entgegenzunehmen. Das war gleichzeitig der erste Kontakt mit dem Innenleben eines Verlages und einer Druckerei. Bei der Industriedruck AG in der Kibbelstraße (heute Sparkasse) wurde nicht nur gedruckt. Hier waren auch einige Verlage mit ihren Büros zur Miete untergebracht. Zum Beispiel »Fredebeul & Koenen«, »Christliche Familie«, »Tellus-Verlag«, »Ruhr-Nachrichten« und eben der »Sport-Beobachter + Essener Stadt-Anzeiger« mit »Steeler Zeitung«. Nach einer kurzen Besprechung im Vertriebsbüro wurde mir das Rad von einer attraktiven Dame namens Ulla Schmülling ausgehändigt. Von deren Auftritt muss ich wohl so geblendet gewesen sein, dass ich einige Mängel am Rad nicht bemerkte. Bevor ich meckerte und reklamierte und ich eventuell Gefahr lief, des Rad wieder abgeben zu müssen, habe ich den Schaden zu Hause selbst behoben.

Das waren die Titel der Heimatzeitungen des Verlages »Neue Westdeutsche Verlagsges. mbH« von Fritz W. Deger: An der Spitze das Zugpferd, die auflagenstärkste Ausgabe - die »Steeler Zeitung«. Die Nr. 1 des Verlages war aber der »Sport-Beobachter«. Meine leichte Tätigkeit als Schüler begann jedoch bei der STEELER ZEITUNG.

Beim ersten Direktkontakt zum Verlag war es, als ob jemand eine Lunte für mein späteres Berufsleben gelegt hätte. Das Fahrrad war nur äußeres Symbol. Generell nutzte ich das Rad mehr für private Zwecke als für die Zeitung. Die Fahrten zum Weigle-Haus und mit dem Weigle-Haus - alles wurde viel angenehmer.

Während das Weigle-Haus mir schon mächtig Auftrieb gegeben hatte, setzte beim Einsatz für die Zeitung ein richtiger Elan ein, der sich auch auf die Schule übertrug. Ich zählte bis zum Schluss nie zum ersten Drittel der Klassenbesten und wo ich im zweiten Drittel platziert war, da möchte ich mich nicht so genau festlegen. Aber ich habe es geschafft, zum Abschluss zu kommen. Und wie bereits geschildert, fühlte ich mich in der neuen Klasse sehr wohl.

Dort nannte man mich übrigens nicht mehr bei meinem richtigen Vornamen. Ich wurde von den Schulkameraden nur noch Paul gerufen. Nicht etwa weil ich durch das Weigle-Haus von einem Saulus zu einem Paulus geworden war und ich dieses biblische Gleichnis bei jeder passenden und unpassenden Gelegenheit im Religionsunterricht zitierte. Nein, weil ich vor dem Musikunterricht, bevor der Lehrer kam, gelegentlich ein paar einfache Schlager auf dem Konzertflügel - wie konnte ich das Instrument nur so entweihen, aber was Besseres konnte ich nicht gut - spielte. Auch Lieder von Paul Kuhn, zwar nicht so wie er, aber es reichte für den Spitznamen »Paulchen am Klavier«. Ich glaube, meine Abschlusszensur im Zeugnis hat dieses Tamtam negativ beeinflusst, es gab nämlich nur eine Drei. Aber vielleicht gibt es bei der Zensurenvergabe so etwas wie im Fußball bei einen Konzessions-Elfmeter und ich habe in einem anderen Fach eine bessere Zensur als verdient bekommen. Dann war das eine ausgeglichene Sache.

Einmal als »Paulchen am Klavier« abgestempelt, hat man so seine Probleme. Da kann man sich bis auf die Knochen blamieren. Genau das ist mir bei einer Schulfreizeit in der Jugendherberge »Freusburg« im Siegerland passiert. Außer uns Jungen aus der Realschule Steele weilte dort gleichzeitig eine gleichaltrige Mädchenklasse eines Düsseldorfer Gymnasiums. Da hat der eine oder andere von uns schon mal einen Blick riskiert. Kontaktaufnahme wurde von beiden Seiten des Lehrkörpers strikt verboten. Getrennte Zimmer war ja noch zu verstehen. Getrennte Tische, getrennte Ausflüge, das musste unserer Ansicht nach nicht sein.

So ganz konnte der Kontakt nicht unterbunden werden. Mittels Zettelpost entstand der Plan zu einem gemeinsamen Geländespiel mit abschließendem bunten Abend am Tag vor der Abreise. Die Mädels hatten die Genehmigung von ihrer Lehrerin schnell und das Raffinierte an unserem Plan war, dass nicht wir, sondern die verantwortliche Dame der Gegenpartei unseren Lehrer für diese Idee begeistern sollte. Um sich vor seiner Kollegin nicht zu blamieren, konnte unser Herr Kastrop eigentlich nur ja sagen. Das tat er dann auch zähneknirschend unter der Bedingung, dass er das Geländespiel ausarbeiten darf. Damit wollte er uns austricksen. Er entwickelte eine Schnitzeljagd besonderer Güte. Wir, die Jungen, sollten die Gejagten sein, Spuren legen, dass die Mädchen uns irgendwann aufstöbern würden. Wir bekamen sage und schreibe eine halbe Stunde Vorsprung. Das Ergebnis: Die Mädchen waren eine Viertelstunde früher am Ziel als wir. Da muss es wohl einige undichte Stellen in unseren Reihen gegeben haben. Dann folgte der bunte Abend mit Sketchen, Vorträgen, Liedern usw. - alles prima. Dummerweise gab es in dieser Jugendherberge ein Klavier, was unüblich war. Und dummerweise gab es in den Reihen der Mädchen eine talentierte Nachwuchssängerin. Desiree Cloppenburg - Tochter von Peek & Cloppenburg - war eine adrette Erscheinung und wollte gern einen Schlager vortragen. Na klar, Paulchen war gefragt. Ich kannte das Lied auch, konnte es aber nur in einer Dur-Art spielen. Die Interpretin sang es aber anders. Der Abbruch des Vortrages war die Folge. Ich war mehr blamiert als sie, das war klar.

Dafür spielte ich dann den Langsamen Walzer »Lolita«, und beide Klassen forderten ihre Lehrer lautstark auf, zu tanzen. Damit war der Abend ein bisschen gerettet. Meinte unser Lehrer am nächsten Tag mit unterschwelligem Ton: »Karl, ich habe gar nicht gewusst, dass du so große Chancen bei so schönen Frauen hast. Halt dir die von gestern nur warm. Bei einer späteren Heirat bist du alle Sorgen los.« Was sollte die Bemerkung? Wohl ein Scherz oder so was. Heute würde ich ihm antworten: »Man muss immer nach den Sternen greifen!«

CHRONIK

Karl Hansmann

Paulchen Hansmann hat doch schon
lange bei der Redaktion
einer großen Steeler Zeitung
in den Händen deren Leitung.
Also fängt er an zu dichten
und schreibt häufig Kurzgeschichten.

Auszug aus der Schulchronik von 1957. Es gab ein monatlich erscheinendes Schulmagazin unter dem Namen »Der Tintenklecks«. Quasi auch ein Steeler Presseorgan, an dem jeder mitarbeiten durfte. Von Pressefreiheit konnte hier bei aller Liebe aber nicht die Rede sein. Zensur durch die Lehrer!

Das Schreiben für die beiden Steeler Lokalzeitungen und den drei Essener Tageszeitungen machte als Schüler viel Spaß. Ehrlich gestanden brachte aber das Austragen der Zeitungen wesentlich mehr Geld ein. Noch lukrativer war das Werben von neuen Abonnenten. Wenn es hier nicht bei gelegentlichen Gefälligkeitsaufträgen bleiben sollte, bedurfte es schon eines wohl vorbereiteten gezielteren Einsatzes, zu dem es später auch kommen sollte.
Haupteinnahmequelle blieb also zunächst das Austragen bzw. Ausfahren von Zeitungen mit dem Fahrrad. Das Fahrrad musste ich nach jeder Ausfahrt in den zweiten Stock mit in die Wohnung schleppen. Ein Abstellen im Hausflur wurde sofort von dem Geschäftspersonal, das dann beim Toilettengang behindert wurde, rekla-

miert. Selbst mit Genehmigung wäre die Diebstahlgefahr zu groß gewesen. Im Übrigen, wie hätte es gehen sollen, wenn alle Hausbewohner ihr Fahrrad im Hausflur abgestellt hätten? Aber soweit ich mich erinnere, war ich der Einzige, der ein Fahrrad hatte.

Montags und donnerstags vor oder nach der Schule, je nach Früh- oder Spätschicht den »Sport-Beobachter« ausfahren, samstags die STEELER ZEITUNG austragen, einmal in der Woche Klavierunterricht, Weigle-Haus-Aktivitäten, einkaufen, Kohlen holen - wahrlich eine abwechslungsreiche Woche. Da war doch noch was. Ach ja, da war ja auch noch der Schulbesuch und die Hausaufgaben und das Üben am Klavier.

Unabhängig von dem allgemeinen Motivationsschub, machten die Schularbeiten allmählich auch mehr Freude. Zwar fand ich noch Unterstützung bei unserem Untermieter, dem Landvermesser Helmut Garthe, vor allem in Algebra, und bei Onkel Reinhard bei den technischen Zeichnungen. Maschinenschreiben durfte ich gelegentlich bei den Gebrüdern Friedhelm und Helmut Wenzel aus der Mettenstraße - Kollegen aus dem Weigle-Haus. Dies war aber alles nur vorübergehend. Herr Garthe zog aus. Seine Familie aus Eschwege hatte endlich den Weg nach Essen gefunden, und sein Sohn Knuth wurde ein guter Pressefotograf bei der NRZ. Eine eigene Schreibmaschine Marke »Olympia« bekam ich auch. Aber dafür mussste ich arbeiten.

Was die Erledigung der Hausaufgaben betrifft, so brachte mich die Arbeitsgemeinschaft auf Trab. Abwechselnd trafen wir uns bei uns - mein Zimmer wurde ja wieder frei - oder bei Franz Schütte. Dabei waren noch Jürgen Toll und Heinz Klobes, der leider die Schule etwas früher verließ. Wir haben viel und hart gearbeitet. Gemeinsam ließen sich schwierige Aufgaben leichter lösen. Schön waren die schöpferischen Pausen. Bei mir war es das Klavier, das reizte. Für Heinz Klobes musste ich immer den Schlager »Eine Kutsche voller Mädels« spielen, und bei Franz Schütte wurde immer eine Platte aufgelegt. Von Chris Howland empfohlene Musik aus Studio B. Am meisten lief »Only you«.

So wie sich das schulische Leben immer interessanter gestaltete, stellten sich die Weichen für die berufliche Laufbahn. 1954 wurde Deutschland in der Schweiz Fußball-Weltmeister. Der Empfang von Boss Rahn am Essener Hbf war phänomenal. Als dann RW Essen 1955 deutscher Meister wurde, war mein Interesse an dieser Sportart vollends geweckt. Ich blieb aktiv zwar ein bescheidener Straßenfußballer, aber passiv zunächst ein starker Beobachter. Urplötzlich hatte ich einen Sonntags-Job bei der Sport-Redaktion. Bisher kannte ich die reine Sport-Zeitung nur vom Austragen - nun tat sich für mich eine ganz neue Welt auf.

Sport
BEOBACHTER
WESTDEUTSCHLANDS GROSSE SPORTZEITUNG

Sportfreunde erinnern sich bestimmt gern daran, wenn am Sonntagabend eine halbe Stunde nach Spielschluß die Straßenverkäufer auftauchten und die Zeitung lautstark anpriesen »Sport Beobachter - 30 Pfennig, Sport-Beobachter - Sport-Beobachter gelesen, dabei gewesen« oder »Sensation: Schwarz-Weiß schlägt Rot-Weiß Essen. Der Sport Beobachter war dabei.«

An allen Brennpunkten gab es ihn zu kaufen. Auch diejenigen, die auf dem Platz waren, kauften sich ein Exemplar. Innerhalb kürzester Zeit wurden im Ruhrgebiet bis zu 140.000 Exemplare verkauft.

Im Herbst 1955 sprach mich Erika Winter, das Mädchen für alles von der STEELER ZEITUNG, an. Der Verleger sei darauf aufmerksam geworden, was für ein eifriges Kerlchen ich war. Guter Austräger, noch besserer Werber für neue Leser und Nachrichtenschreiber für das Steeler Vereinsleben. Natürlich steckte sie hinter solchen Aussagen. In der Sportredaktion war ein Laufbursche ausgefallen, und man suchte für sonntagnachmittags eine Vertretung und war auf mich gestoßen. Ausgerechnet ein Sonntag, das war doch mein Weigle-Haus-Tag. Mal reinzuschnuppern in das innere Zeitungsgeschehen, konnte nicht schaden - dachten auch meine Eltern und ich sagte zu.

Für den Probesonntag hatte ich mich fein gemacht. Schlips und Kragen, den guten Konfirmationsanzug von 1953 rausgeholt, und pünktlich um 14.30 Uhr stand ich in der Redaktion. Die Redakteure grinsten etwas verschmitzt; denn so einen Laufburschen hatten sie noch nicht gesehen. Tante Alwine war eine gute Herrenschneiderin, das stellte sich hierbei heraus. Die Ärmellänge des Anzugs stimmte nicht mehr so ganz, und bei der Hose hatte sie nachträglich den Saum rausgelassen und so zwei, drei Zentimeter an Länge gewonnen. In weiser Voraussicht hatte sie bei der Anfertigung einige Reserven eingebaut. Innerhalb von zwei Jahren war ich auch rasant in die Höhe geschossen. Meine Eltern befürchteten immer noch, dass ich die Zwei-Meter-Grenze überschreiten würde und machten sich deswegen echte Sorgen. Mit 17 hatte ich aber das endgültige Maß von 192 cm erreicht und wog 70 kg. (Lang und dünn wie eine Bohnenstange, munkelte man hinter meinem Rücken.)

Normal arbeiteten sonntags zwei Laufburschen für die Redaktion. Einer von 13.30 bis 17.30 Uhr und der zweite von 15.30 bis 19.30 Uhr, so dass in den Stoßzeiten - Halbzeit und Spielende beim Fußball - immer zwei zur Stelle waren. Um mich anzulernen, war der Kollege extra früher gekommen. Nach den Vorstellungszeremonien ging es zur Sache. Jacke aus, Ärmel hochgekrempelt und die Manschettenknöpfe vorsichtshalber in die Tasche gesteckt - und es konnte losgehen. Was war zu tun?

Fritz W. Deger hatte den Verlag von einem Herrn Weissenburger übernommen, der wegen seiner jüdischen Abstammung schon früh die Lizenz erhalten hatte, aber wirtschaftlich nicht klar kam. Deger war nicht nur Journalist, er war ein ausgezeichneter Werbekaufmann und ein ausgebuffter Organisator. Der »Sport-Beobachter« hatte bedeutend mehr freie Mitarbeiter als Angestellte.

Lassen wir mal die Angestellten aus Vertrieb, Anzeigenabteilung und Buchhaltung außen vor und richten unseren Blick auf das journalistische und redaktionelle Geschehen. In der Zentralredaktion gab es zwei gleichgestellte Chefredakteure. Heinz Symann und Harald Landefeld waren fest angestellt und hatten Willi Reinke als ständigen Redakteur. Später gab es noch Volontäre wie Jürgen Coburger, Helmut Dirla, Franz Degen oder Rolf Hicking. Sonntags kamen dann noch drei Studenten als freie Journalisten in den Innendienst: Fritz Wirth, Manfred Rohde und Alois Behler.

Eine eigene Technik hatte der Verlag nicht. Man war im Lohndruck bei der Industriedruck AG. Es gab auch nicht genügend zusammenhängende Büroräume, so dass man bei »Fredebeul & Koenen« nur für sonntags anmieten musste. Da war ja nicht nur das beschriebene Redaktionsteam - es kamen noch sechs bis acht Pressestenografen für die Aufnahme und eine Telefonistin dazu. Erste Aufgabe der Laufburschen war es, die Arbeitsplätze für den Sonntagsdienst zu richten. Schreibmaschinen aus anderen Büros ranschleppen, ausreichend Schreibmaschinenpapier und Kohlepapier für die Durchschläge besorgen usw.

So viel unterschiedliche Modelle - zum Teil alte Schlitten - hatte ich zuvor noch nie gesehen; denn in der Schule gab es nur ein Fabrikat. Underwood, Continental, Mercedes, Olympia, Adler, Triumph und Olivetti waren wohl die gängigsten Marken. Alles schwere Metallkästen mit teilweise breiten Walzen-Wagen, die schwer zu tragen waren. Das Stenografenteam bestand aus sieben oder acht Personen - vier Herren und drei Damen waren Standard. Die Damen beherrschten das Zehnfinger-Blind-System, und die Herren steckten noch im »Zweifinger-Such-System«, wie die Damen es nannten.

Steno und Maschinenschreiben gehörte zu meinen Lieblingsfächern in der Schule. Ich bildete mir ein, darin auch ganz gut gewesen zu sein. Im Vergleich zu den Schulkollegen und den Zensuren nach, war ich auch nicht schlecht - aber gemesssen an den Profis war ich eine Null. Ich staunte Bauklötze.

Die Oberliga West und die zweite Liga begannen um 15 Uhr. Beide Ligen hatten jeweils 16 Vereine. Das bedeutete jeden Sonntag jeweils acht Paarungen. In jedem Stadion saß eine freier Mitarbeiter des »Sport-Beobachter« auf der Tribüne mit dem schriftlichen Auftrag des Verlages, 20 Zeilen von der ersten Halbzeit und 10 Zeilen von der zweiten telefonisch durchzugeben. Unmittelbar nach Abpfiff.

Ulla Schmülling, besagte Dame, die mir das Fahrrad ausgehändigt hatte, saß in der Telefonzentrale unmittelbar neben dem Stenoraum, jedoch ohne Blickkontakt. Bei der modernen T+N-Anlage (Telefonbau+Normalzeit) konnten unter ein und derselben Rufnummer (2 10 11) gleichzeitig acht Gespräche eingehen. Und die Reporter meldeten sich auch alle kurz hintereinander. Wartezeiten mussten vermieden werden. Die Reporter wurden auf die einzelnen Stenografen verteilt, und die mussten sich sputen, denn das nächste Gespräch lag schon in der Leitung.

Die telefonisch durchgegebene Reportage wurde auf den Steno-Block notiert und dann auf das Schreibmaschinenmanuskript übertragen. Das Aufnehmen wurde dann kompliziert, wenn zwei oder drei Kollegen schon auf der Schreibmaschine herumhämmerten. Die Geräuschkulisse war sehr unangenehm für die Stenografen, die noch aufnehmen mussten, und alle saßen in einem Raum. Man konnte nicht warten oder in einen anderen Raum gehen. Das nächste Gespräch war eventuell schon im Anmarsch, und warten durfte man auf keinen Fall. Der Ticker lief unaufhaltsam.

Das Manuskript mussten die Laufburschen eiligst in die Redaktion bringen, die lag eine Etage tiefer. Hier wurde der Text bearbeitet (redigiert) und musste dann schleunigst in die Setzerei gebracht werden, die im vierten Obergeschoss im anderen Gebäude untergebracht war. Hier standen mindestens zehn Setzmaschinen in Bereitschaft. Rennen hieß es da, bloß unterwegs nicht klüngeln. In kurzer Zeit war der Spuk vorbei, es gab eine kleine Verschnaufpause.

Ich habe den Stenografen über die Schulter geschaut oder nachträglich ihren Block bewundert. Ich war baff. Es war Eilschrift, die ich noch nicht lesen, geschweige denn schreiben konnte. Dabei war ich vorher schon so stolz auf meine locker erreichten 120 Silben pro Minute. Dann die Geschwindigkeitswunder auf der Schreibmaschine, da bekam ich Angst vor der Zukunft. Grundsätzlich waren die Männer sowohl im Steno als auch auf der Schreibmaschine schneller mit zwei Fingern als die Damen mit zehn. Aber deren Leistung war auch nicht von Pappe. Das Damenteam mit Lilli Landefeld (Gattin des Chefredakteurs) Evi Quambusch und Helmy Auf der Heide waren schon flott. Hauptberufliche Pressestenografen, Gerichtsstenografen oder Bundestagsstenografen waren ursprünglich reine Männerberufe. Unsere Herren Lutz (Chef), Brodesser, Schmitt und Wesemann waren schon echte Profis. Evi Quambusch und Helmut Wesemann kamen übrigens aus Steele.

Es gab zwei Asse mit gleichem Namen in einem anderen Redaktionsbereich. Der Karikaturist Curd Mueller und der Fotograf Kurt Müller. Die sensationellen Karikaturen von den wichtigsten Begegnungen wurden schon vorher produziert und bei Engelmann in Kray klischiert (Strichätzung). Die Redakteure hatten schon drei Unterschriften zur Auswahl vorgefertigt. Je eine für Sieg, Niederlage oder Unentschieden. So etwas spritzig erst nach Spielende zu texten, dafür reichte die Zeit nicht. Der Fotograf kam für die aktuelle Abendausgabe nicht zum Zug. Er musste sich trotzdem beeilen, die Bilder für die Montagausgabe zu entwickeln, denn die mussten auch noch in die Klischee-Anstalt (Autotypie).

Ähnlich ging es mit den Schlagzeilen. Die wurden teilweise sogar schon in mehreren Varianten in der Handsetzerei abgesetzt und je nach Spielausgang eingesetzt. Das hört sich umständlich an, war aber in Wahrheit raffiniert ausgetüftelt. Anders hätte man es sonst nie geschafft, eine halbe Stunde nach Spielschluss eine Zeitung auf die Straße zu bringen.

Auf dem Druckereihof wurde es ab 16.30 Uhr lebendig. Etwa 30 Fahrzeuge kreuzten auf. Alles private Pkw. Die Fahrer warteten mit Spannung auf die ersten Zeitungspakete, um sie zu den Agenturen und Verkaufsstellen ins ganze Ruhrgebiet zu transportieren.

Ich möchte nicht ins Schwafeln geraten, sondern versuchen mit dem Situationsbericht einmal mehr zu verdeutlichen, welch enorme Leistung in der kurzen Produktionszeit dahintersteckte. Man bedenke, alles noch im Bleisatz nach altem Gutenberg-System. Andere Zeitungen haben heute noch Schwierigkeiten, im Fotosatz mit modernstem Computereinsatz so schnell zu sein. Es war die sagenhafte Organisation und das stark motivierte Team.

Tabellen mussten noch von Hand gemacht werden. Damals galt bei Punktgleichheit noch das Divisionsverfahren, um das bessere Torverhältnis zu ermitteln, bevor später auf Subtraktion umgestellt wurde. Der Redakteur musste schon auf Zack sein. Nicht dass die Rechnerei ein Hexenwerk gewesen wäre, aber Schnelligkeit war auch hier gefragt. Eine Ausgabe ohne neue Tabelle war nichts.

Nicht jeder Verlag machte sich die Mühe, Tabellen selbst zu führen. Manche kupferten gerne ab oder versuchten in der Druckerei schon vorher eine undichte Stelle zu finden. Es fiel auf, dass sonntags immer ein Motorradfahrer auf dem Hof erschien. Bevor die ersten Zeitungen kamen, war der aber schon wieder weg. Ein Hilfsarbeiter aus der Setzerei, der harmlos wirkend beim Pförtner ein Bier holte, hatte dem Fahrer unauffällig einen Korrekturabzug mit der neuesten Tabelle zugeschanzt - er soll dafür immer DM 50,-- kassiert haben. Als der Verdacht aufkam, stellten unsere Redakteure eine Falle, indem sie bei einem Verein absichtlich das Torverhältnis fälschten. Es handelte sich nur um einziges Tor, was nicht sofort auffiel. Als der Fahrer fort war, wurde unsere Tabelle korrigiert. In der anderen Zeitung stand am nächsten Tag das falsche Torverhältnis. Der Beweis war da.

Den Probetag für DM 12,50 Entlohn hatte ich überstanden, und ich kam auf die Warteliste. Natürlich hatte ich Lust, das Zeitungsfieber war bei mir ausgebrochen. Wer Spätdienst hatte, musste zum Schluss natürlich wieder aufräumen. Das musste total ordentlich sein, denn sonst gab es deftige Beschwerden des Vermieters. Also alle Schreibmaschinen zurück ins Kontor! Die Aufschrift fiel mir auf. »Kontor« kommt aus dem Lateinischen und heißt schlicht »Büro«. Warum stand da nicht »Büro«? In diesem Zusammenhang kam mir die Schreinerei Krings aus der Kaiser-Wilhelm-Straße in Erinnerung. Beim Austragen der STEELER ZEITUNG ist mir dort immer die Aufschrift »Bureau« an einer Tür aufgefallen.

So ganz hatte das NS-Regime den französischen Einfluss aus der Zeit zwischen dem Ersten und Zweiten Weltkrieg wohl doch nicht ausmerzen können. Nicht bei Beschriftungen und schon gar nicht im Sprachgebrauch. Wörter wie Adieu (Auf Wiedersehen) Klient (Kunde), Chaiselongue (Liegestuhl), Trottoir (Bürgersteig), Parapluie (Regenschirm), Portemonnaie (Geldbörse), Paletot (Überzieher), Toilettte (Abort), Mannequin (Schneiderpuppe), Facon (Form), Chapeau (Hut) waren gang und gäbe und sind es teilweise heute noch. Ganz zu schweigen von Eau de Cologne, dem Kölnisch Wasser.

Dass es aber bei der Zeitung, im grafischen Gewerbe so viele französische Fachbegriffe gab, überraschte mich noch mehr. Journaille, Passepartout, Kolumne, Klischee. Porträt, Metteur, Etat, Budget, Akquisiteur zum Beispiel. (Ein Metteur hieß dazu auch noch Jean Mouson. Metteur bedeutet so viel wie Regisseur, in unserem Fall ist er zuständig für den Umbruch, für die Gestaltung der Zeitungsseite.) Dazu die technischen Bezeichungen wie Cicero, Colonel, Petite, Nonpareille, Garamond. Mit Cicero maß man die Breite einer Zeitungsspalte - ähnlich wie andere Handwerker mit Zoll und Elle umgingen. Eine Textspalte bei der STEELER ZEITUNG und beim »Sport-Beobachter« war 12 cicero breit, die Anzeigenspalte dagegen nur 10 cicero, das waren 46 mm.

»Na, das kann ja heiter werden, dachte ich. Hätte ich doch bloß bessere Zensuren in Französisch.« Dumm gelaufen: Das schlechte Ergebnis blieb bis zum Schluss. Die Fachsprache hat sich durch das Computerwesen zwar zum Englischen gewandelt, aber trotzdem ist das schlechte Französisch einer der wenigen Punkte, die ich echt bereue. Aber wer konnte denn auch ahnen, dass es mich beruflich mal an die französische Grenze verschlägt. Im Vertrauen, mit den Speisekarten komme ich auch dort klar.

Ich war happy, als die Nachricht kam, dass ich sonntags weiter arbeiten konnte. Zuerst im 14-tätigen Abstand - da konnte ich zwischendurch noch immer mal ins Weigle-Haus - dann regelmäßig jeden Sonntag. Ein anderer hatte gekündigt.

Beim nächsten Arbeitsauftritt kam es zu einer neuen Zerreißprobe. Die Redakteure schickten mich in eine Wettbüro am Limbecker Platz, um Pferdewetten für sie abzuschließen. »Warum gab es dort nur keine Fußballwetten«, schoss es mir durch den Kopf, »da hätte ich wenigstens einen kleinen Durchblick gehabt, aber Pferderennen?« In der Redaktion gab es keine Vordrucke oder Ähnliches. Die Herren knallten mir das Geld auf den Tisch, und ich musste ihre Wettwünsche selbst notieren. Da stand ich da im Wettbüro inmitten einer Männerschar in einer schwer zu beschreibenden knisternden Atmosphäre. Fünf Redakteure - fünf Geldhäufchen. Die legte ich am Schalter auf die Theke. Der Mann war mir sehr behilflich. »Sport-Beobachter, ach ja, ich weiß schon - ihr müsst nur die richtigen Ergebnisse abdrucken, dann habt ihr auch gewonnen«, frotzelte er. Er händigte mir die Quittungen für die einzelnen Wettkandidaten aus, in sich fein sortiert nach Einlauf, Sieg und Platz. Das war `ne Nummer, bei der ich mehr als nervös wurde. Aber es war alles okay - nur gewonnen hat keiner. Leider, leider...

Im Frühjahr 1956 war es dann mit dem Weigle-Haus endgültig vorbei. Ich durfte jetzt jeden Sonntag in der Sportredaktion arbeiten und das Engagement für die Heimatzeitungen - speziell für die STEELER ZEITUNG - wurde auch werktags stärker.

Wenn ich sonntags Schlussdienst hatte, wurde ich gelegentlich getestet, ob ich für die telefonische Aufnahme fit war. Man wusste ja, dass ich in der Schule Steno- und Schreibmaschinenunterricht hatte. Für den Ergebnisdienst hat es gereicht, sobald aber etwas Text dazu kam, geriet ich in Panik. Also meldete ich mich im Stenoverein in der Ruhrauschule an, um die Kurzschrift zu verbessern bzw. die Eilschrift zu erlernen. Das brachte schon was, aber von Meisterschaftsteilnahmen war ich noch weit entfernt.

1956 brach das letzte Schuljahr in der Realschule an, und 1956 war das Jahr der olympischen Spiele in Melbourne/Australien. In der Sportredaktion spekulierte man offen und teilweise hinter verhohlener Hand darüber, ob jemand nach Australien beordert werden würde - und wenn ja, wer denn dann wohl. Ins Kalkul gezogen wurde auch die Verlegertochter Hanne-Lore, die gerade dabei war, im journalistischen Metier Fuß zu fassen. Keiner konnte sie so richtig einschätzen. Man wusste über die reizvolle Karnevalsprinzessin zu berichten, und man wusste, dass sie ihre Schulausbildung in einem Internat in Offenburg genoss. Genau gesagt, bei den Nonnen im Kloster »Unserer lieben Frau«. (Zwischendurch bemerkt: Hanne-Lore Schwartz geb. Deger hat mich inzwischen zwei Mal in Offenburg besucht und wir suchten gemeinsam die Klosterschule auf. Erinnerungen an alte gemeinsame Zeitungszeiten wurden ausgetauscht.) Die Redaktionsmitglieder waren skeptisch. Normal wäre gewesen, dass einer der beiden Chefredakteure gefahren wäre.

Es kam aber alles ganz anders. Zur Überraschung aller wurde der freie Journalist und Germanistikstudent Fredy Wirth nominiert. Wie sagt man so schön, er hatte mit der Verlegertochter - oder sie mit ihm - ein »Krösken« mit »spätere Heirat nicht ausgeschlossen« angefangen. Hanne-Lore begleitete den Bäckersohn aus Stoppenberg bis Rom, von wo dieser den großen Trip nach Australien ansetzte.

Nie werde ich einen gewissen Olympiasonntag vergessen. Das eigentliche Sportprogramm war durch, die Telefonistin ging nach Hause, und ich sollte bis zum Schluss die Zentrale bedienen. Das tat ich unbekümmert sehr gern. Plötzlich stand Verleger Fritz W. Deger hinter mir. »Um 18.10 Uhr erhalten wir einen Anruf von Herrn Wirth aus Melbourne. Aufpassen, keine Verzögerungen, es muss aus Kostengründen alles sehr schnell gehen. Zwei Stenografen stehen noch zur Verfügung«, teilte er mir mit. Ich weiß nicht, ob man heute noch nachvollziehen kann, was dies 1956 bedeutete. Mir wurde auf jeden Fall ganz flau. Der Verleger sah mir die Blässe an und beruhigte mich. Dann kam der Anruf. Aufgeregt fingerte ich an der Tastatur herum, besorgt die Leitung nicht zusammenbrechen zu lassen. »Hier spricht Fredy Wirth aus Melbourne. Bevor Sie jetzt zu den Stenografen durchstelllen, sagen Sie mir doch bitte schnell, wie mein Verein, der BV Stoppenberg gespielt hat.« Ich war von den Socken. So eine Frage in Australien zu stellen, das durfte doch wohl nicht wahr sein. Stoppenberg spielte damals in der Ruhrbezirksklasse, und solche unteren Klassen erschienen nicht im »Sport-Beobachter«. Woher also das Ergebnis nehmen. Der Verleger bemerkte mein Zögern und signalisierte mit dem Zeigefinger auf die Armbanduhr pochend: »Tempo, Tempo«. »BV Stoppenberg hat beim BV Steele 03 mit 3:1 gewonnen, ich stelle jetzt um«, gab ich zu verstehen.

Der Verleger stutze und wollte wissen, wo das Ergebnis denn stehe. »Nirgendwo, das war ein Blitztelegramm aus dem Himmel«, lautete meine Antwort. Er lachte daraufhin schallend und gratulierte mir zu dieser spontanen Antwort. Wer wollte in Australien schon kontrollieren, wo Stoppenberg an diesem Sonntag überhaupt gespielt hat.

Im Anschluss daran fragte mich Verleger Deger nach meinem Berufsziel. Ich betonte, dass ich in der Abschlussklasse der Realschule bin, dass ich Ostern 1957 die mittlere Reife habe und dass ich dann gern in seinem Verlag den Beruf eines Verlagskaufmann erlernen möchte. »Grundsätzlich ja«, meinte er, »aber die Realschule hat zu wenig Kaufmännisches geboten, ich schlage vor, Sie besuchen danach noch die Höhere Handelsschule, das hat meine Tochter auch so gemacht.« »Oh je, noch zwei weitere Schuljahre«, dachte ich; denn so lange dauerte dies bei der Städtischen Höheren Handelsschule und brachte meine Bedenken zum Ausdruck.

»Nein, nein«, sprach er väterlich auf mich ein, »das machen wir in einem Jahr und zwar bei der Privatschule Dr. Wessel im Allianzhaus. Das kostet allerdings DM 100,-- im Monat.« Ich winkte ab, das konnten meine Eltern unmöglich bezahlen. Aber auch in diesem Punkt beruhigte er mich »da müssen Sie eben noch was dazuverdienen.« Kurze Zeit später war ich vom Redaktionslaufburschen zum Telefonisten avanciert. Dass gab jeden Sonntag das doppelte an Geld - also DM 25,--.

Ich musste mich aber um einen Nachfolger für meinen alten Job bemühen. Das war kein Problem. Meinen Cousin Norbert hatte ich sowie unlängst schon eingeschleust, und dann folgte noch unser gemeinsamer Freund Manfred Graf.

Nach den olympischen Spielen bescherte uns Fredy Wirth hochkarätigen Besuch, den er in Australien näher kennen gelernt hatte. Kein Geringerer als der Star-Reporter Heinz Maegerlein - berühmt sein Ausspruch bei einer Ski-Reportrage »Die Zuschauer standen an den Hängen und Pisten« - gab uns die Ehre. Von der Erscheinung war ich, ehrlich gesagt, ein bisschen enttäuscht. So klein hatte ich mir die Persönlichkeit nicht vorgestellt. Und dann störte mich noch der feuchte Händedruck. Aber egal, Fredy Wirth war durch seine Olympia-Reise in die richtigen Kreise vorgestoßen. Er promovierte kurze Zeit später, und Dr. Fritz Wirth ging nach Hamburg zur Tageszeitung »Die Welt«. Nach kurzer Zeit wurde er Auslandkorrespondent für diese Zeitung in London, und ein weiteres Mitglied unsere Redaktion wurde Sportchef in Hamburg: der Steelenser Alois Behler. Aus einer Hochzeit Wirth-Deger wurde nichts.

Um bei den Abwanderungen der Sportredakteure zu bleiben: Manfred Rohde ging nach Beendigung seines Studiums zum ZDF und hat sich dort durch unzählige Reportagen aus aller Welt, vor allem aber aus Südamerika, einen Namen gemacht. Andere Redakteure wie Helmut Dirla habe ich später beim »Süd Kurier« in Konstanz wieder getroffen und Franz Degen in Offenburg bei der »Bunten« aus dem Hause Burda. Roman Köster, der Sohn des Anzeigenleiters Walter Köster, wurde Chefreporter bei »Hör Zu«. Kleine Qualitätsbeweise der Deger-Schule mit seinen ausgezeichneten Chefredakteuren, von denen Harald Landefeld noch gelegentlich für den »Kicker« schreibt. Letztlich den Nachruf von Helmut Rahn und Lothar Emmerich.

»Wenn Sie Herrn Deger mal wieder treffen, dann richten Sie ihm doch bitte Grüße aus und bemerken, aus mir sei doch noch was geworden« waren die stolzen Worte von Rudolf A. Reiff, dem allgewaltigen Verlagsdirektor bei Burda, einer meiner

Nachfolger beim »Essener Stadt-Anzeiger« . Er hatte wohl, so habe ich ihn verstanden, dort die Probezeit nicht überstanden, aber ich lernte ihn erst in Offenburg kennen.

Mein Berufsweg war somit vorgezeichnet. Die Eltern waren mit Degers Vorschlag einverstanden, und mir konnte eigentlich nichts mehr passieren. Ein Berufsberater, der ein halbes Jahr vor der Entlassung in die Schule kam, wollte mich unbedingt im Lebensmitteleinzelhandel unterbringen; das würde meinen Fähigkeiten eher entsprechen. Ich ließ mich jedoch nicht beirren.

Das feste Sonntagseinkommen und damit das künftige Schulgeld war also gesichert. Das variable Einkommen durch Berichterstattung, Abonnentenwerbung und Zeitungsaustragen hatte ich zum Teil selbst in der Hand. In Steele lief das sehr gut. Für jeden neuen Abonnenten der STEELER ZEITUNG gab es zwischen drei und fünf Mark. Nicht schlecht. Zum Vergleich: Die großen Tageszeitungen zahlten DM 20,-- als Prämie. Wenn man für die Wochenzeitung den Divisor vier ansetzt, kommt das hin. Die Vorgehensweise war vom Verlag gut ausgedacht. Der alte Deger war ein Werbefuchs.

Die Stärke der wöchentlich erscheinenden Heimatzeitungen gegenüber den Tageszeitungen war die ausführliche Vereinsberichterstattung. Wir Werber kamen vordergründig nicht von der Zeitung, sondern auf Empfehlung eines Vereins. Das war die Schulung. »Sie waren doch Samstag auch beim Boxkampf des BC auf dem Hof der Realschule, welcher Kampf hat Ihnen denn am besten zugesagt?«, fing der Dialog an. »Ja, ich glaube, der Gerd Puzicha wird mal ein ganz Großer und sicher zu Meisterehren kommen«, kam im Glücksfall gleich die Antwort. »Na ja, der August Fox hatte die Truppe ja auch toll im Griff«, wurde nachgehakt. »August Fox ist übrigens einer der ersten Leser der STEELER ZEITUNG und empfiehlt allen BC-Mitgliedern und Freunden, diese Zeitung zu abonnieren, weil sie so gut über den Club berichtet. Das bringt mehr Zuschauer.« So ähnlich lief das überall ab. Im nächsten Haushalt berief man sich auf den Turnverein von 1863. »Sind Sie nicht ein Schulkollege von Max Brüner und waren Sie nicht früher auch im Turnverein?« usw. usw. Selten, dass bei solchen Dialogen ein Auftrag nicht geschrieben wurde.

Die Auflage der STEELER ZEITUNG wuchs ständig und kam an nahezu 5000 Exemplaren heran. Sie war fast in jedem dritten Haushalt und wurde Spitzenreiter in der Verlagsgruppe der Heimatzeitung. Die Steeler Tageszeitung »Heimat am

Mittag - Steeler Tageblatt« entwickelte sich rückläufig. Sie war dem Druck der WAZ und NRZ nicht gewachsen.

Schneller als bei der STEELER ZEITUNG entwickelte sich die Auflage bei der WAZ. Im Jubiläumsband von 1998 steht zu lesen: »Die Bevölkerung wuchs, und die WAZ wuchs mit«. In einer Eigenanzeige aus dem Jahre 1949, ein Jahr nach der Gründung, verkündet sie stolz eine Auflage von fast 327.000 Exemplaren. »Die junge Zeitung ist damit noch stärker gewachsen als die Bevölkerung.« Das bezog sich natürlich nicht nur auf Essen, sondern auf das ganze Ruhrgebiet. Essen zählte vor Ausbruch des Krieges 665.000 Einwohner. Im Mai 1945 waren es nur noch 310.000.

Steeler Zeitung

Bezirksausgabe des Essener Stadt-Anzeiger

Dann wurden die erfolgreichen Werber von Steele abgezogen und in Kray eingesetzt. Die neue »Krayer Zeitung« sollte ebenso erfolgreich werden wie die STEELER ZEITUNG. Was Erika Winter für Steele bedeutete, sollte Heinz Luxen, ein VdK-Mann in Kray werden. Die Verkaufsschulungen fanden im Café Martini, das von den Eltern meines Schulkollegen Horst Martini betrieben und von mir deshalb empfohlen wurde, in Kray-Nord statt. Unter Leitung des Verlegers persönlich.

Mutter traute dem Braten mit Kray nicht so ganz. Sie sah finanzielle Verluste auf sich zukommen und wollte die Stammbezirke in Steele nicht abgeben. Die beiden Cousinen Anneliese und Wilma erklärten sich bereit, weiterhin mitzuhelfen. Mindestens so lange, bis meine Schwester Ulla soweit war, alleine zu arbeiten. Mitgeholfen hatte sie schon immer. Vater bekam jetzt ganz offiziell den nochmals erweiterten Bezirk Stadtgarten zugeschustert und Ulla war bald soweit, Alt-Steele allein zu übernehmen. Den »Sport-Beobachter« musste ich montags und donnerstags weiterhin in Groß-Steele ausfahren, aber für die Heimatzeitung galt jetzt nur noch Kray.

Unser Bezirk Alt-Steele umfasste in etwa die Straßen Grendgasse, Hansastraße, Im Kirchspiel, Kaiser-Otto-Platz, obere Dreiringstraße, Kaiser-Wilhelm-Str. bis zur Kirche, Ahestraße, Steeler Berg. Isinger Tor, Humannstraße, Bhf West, Scheidtmannsstor. Röpergraben, Brinkerplatz, unterer Graffweg. Ein Bezirk, ich möchte das Wort Slums im Hinblick auf die Sanierung vermeiden, weil es nicht passt zum Liebhaben - ich habe ihn nicht gern abgegeben. Eine kleine Kostprobe der Erinnnerung: Samstags war bei vielen Familien Badetag. So auch in einem Haus in der Ahestraße. »Herein«, rief eine Mädchenstimme nach meinem Anklopfen, und ich trat ein. Mitten in der Stube stand eine Volksbadewanne, darin ein bildhübsches, gut entwickeltes junges Mädchen, das freundlich grüßte. »Entschuldigung«, stammelte ich, legte die Zeitung ab, »ich kassiere nächste Woche«, und verschwand rückwärts zur Tür. (Na klar, wenn ich mich umgedreht hätte, hätte ich ja nichts mehr gesehen.)

Durch meine vielseitigen Tätigkeiten wie Kartoffelschalen sammeln, Handzettel verteilen, Zeitungen austragen, karitative Sammlungen und Hausbesuche im Auftrag des Weigle-Hauses kannte ich dieses Steeler Kerngebiet aus dem Effeff. Fast jedes Haus vom Keller bis zum Speicher. Immer wenn heute die Weißt-du-noch-Geschichten aufkommen, zählen meine Schwester und ich noch auf, wer wo gewohnt hat. Ulla hat genauso gute Erinnerungen an diesen Trägerbezirk wie ich. Nicht zuletzt auch wegen des oft üppigen Trinkgeldes. Stolz erzählt sie heute noch, dass sie sich von dem ersten Weihnachtstrinkgeld ganz allein ihre erste Armbanduhr bei Ascherfeld in der Bochumer Straße 5 kaufen durfte. Das war noch lange vor ihrer Konfirmation, und ich staune nachträglich noch, wie sie das bei ihrer sprichwörtlichen Schüchternheit bloß hingekriegt hat.

Und für mich begann eine neue Zeitungsära in Kray. Ein Kapitel für sich. Die Einführung einer bezahlten neuen Wochenzeitung - eine Erfolgstory, die sich heute in dieser Form nicht wiederholen ließe.

Krayer Zeitung

Heimatzeitung für die Krayer Bevölkerung

»Wir bringen die »Krayer Zeitung« auf ganz besonderen Wunsch der »Krayer Krähen« heraus«, ließ der Verleger verlauten, und sein Vertriebsleiter Fritz Worm nikkte bestätigend dazu. »Die »Krayer Krähen« - ein Trommel- und Piepencorps - ein ungewöhnlicher Spielmannszug, ein Sympathieträger für Kray. Lassen Sie das bei Ihren Verkaufsgesprächen immer durchblicken. Wenn das nicht zieht, berufen Sie sich auf den VdK mit dem Vorsitzenden Heinz Luxen, den ich Ihnen hiermit vorstelle.«

Bei Kaffee und Kuchen satt ließen wir die Predigt über uns ergehen. Die Hälfte der Truppe sprang nach dem ersten Gespräch ab. Ich blieb bei der Stange und war begeistert von dem lukrativen Vorstufenprogramm, das vor dem eigentlichen Verkauf lag. Meinen Cousin Norbert zog ich noch teilweise mit ins Boot; er war ja schon in Gelsenkirchen in der Lehre und hatte nicht so viel Zeit. Und dann schlugen wir laut krähend zu.

Zum Auftakt hieß es, flächendeckend zu streuen. Das hieß, in jeden Haushalt sollte ein kostenloses Exemplar der neuen »Krayer Zeitung« gelangen. Jedes Exemplar hatte zwar den Stückpreis von DM 0,20 ausgewiesen, aber gleichzeitig auch einen Aufdruck »Unverkäufliches Werbeexemplar«. Die Verteilung vor allem in Mehrfamilienhäusern war dann einfach, wenn entsprechend Briefkästen für die einzelnen Familien vorhanden waren. Das war aber oft nicht der Fall. Dann mussten wir durch das ganze Haus laufen und vor jede Wohnungstür eine Zeitung platzieren. Die Honorierung erfolgte pauschal je nach Größe und Schwierigkeit des Bezirks. Neubauten mit Briefkästen waren leicht zu bedienen, Altbauten ohne dagegen schwieriger.

Die Verteilerbezirke sollten nicht größer als 500 Haushalte sein. Dafür gab es dann zwischen DM 20,- und DM 30,-. Ich machte mich für 1000 Exemplare stark und hatte dafür auch mehrere Tage Zeit. Dieses Verteiler-System wurde dreimal durchgezogen, wobei der Zusteller anonym blieb. Danach gab es wieder eine neue Vertriebsschulung.

Nun mussten sich die Zusteller persönlich bei den Lesern vorstellen und versuchen, die Zeitung für DM 0,20 pro Exemplar zu verkaufen. »Guten Tag, ich bin derjenige, der Ihnen drei Wochen die neue »Krayer Zeitung« geliefert hat. Haben Sie die interessanten Geschichten über die Krayer Krähen gelesen?«, lautete unsere einstudierte Frage. »Ja, toll, haben wir alles verfolgt« oder so ähnlich lautete meist die Antwort. »Eine weitere kostenlose Lieferung ist uns leider nicht möglich, würden Sie mir denn eine Zeitung für DM 0,20 abkaufen?« »Na klar, das können wir mal riskieren« - und schon wechselten zwei Groschen den Besitzer. Und dann kam der absolute Vertriebshammer: Wir durften das gesamte eingenommene Geld behalten und mussten dem Verlag lediglich die verkaufte Auflage mitteilen. Verleger und Vertriebsleiter wollten es nicht glauben, aber ich hatte tatsächlich in einer Woche nahezu 600 Exemplare verkauft. Ein toller Reibach für mich. So konnte es weitergehen.

Ganz so ging es aber nicht weiter. Die Zusteller konnten das Geld in der zweiten Verkaufswelle zwar auch wieder für sich behalten, waren aber verpflichtet, die Adressen aufzuschreiben. Dafür gab es spezielle Botenbücher, die ich ja schon von der STEELER ZEITUNG kannte. Was wir Zusteller nicht ahnten, war den Verlagsexperten von vorn herein klar: nämlich dass das Verkaufsergebnis in der zweiten Welle abflauen würde. So war es auch. Aber auf satte 400 Anschriften brachte ich es dennoch. Diese Aufschreibtaktik wurde insgesamt noch drei Mal praktiziert. Ein paar Erstabnehmer sprangen ab. Dafür gab es aber neue Abnehmer bei der zweiten und dritten Anfrage, so dass sich meine Liste auf 500 Abnehmer einpendelte.

Zwischendurch bekam ich etwas Unterstützung von meinem Cousin Norbert, der Betriebsferien hatte und sich auch etwas dazuverdienen wollte. Zunächst sind wir getrennt marschiert. Das klappte bei ihm anfänglich nicht ganz so gut wie bei mir. Also entschlossen wir uns dazu, gemeinsam aufzutreten. Dabei haben wir sehr positive Erfahrungen gemacht, aus denen die Vertriebsexperten des Verlages neue Verkaufstheorien entwickeln konnten.

Vom Verlag hatten wir schon den Tipp erhalten, in Mehrfamilienhäusern immer von oben nach unten zu arbeiten. Das war in der Tat erfolgreicher. Wenn man unten anfängt zu verkaufen und ist nicht erfolgreich, bekommen die oberen Stockwerke das meistens mit und kaufen auch nicht. Andersherum passiert das seltsamerweise nicht. Und wenn tatsächlich unten mal neugierig jemand gelauscht hat, was oben wohl passiert, konnte man immer noch ganz laut Danke für einen nicht erteilten Auftrag sagen. Bis das Manöver auffiel, konnte man unten schnell verschwinden. Nach oben gab es keinen Fluchtweg.

In Häusern, in denen zwei Parteien auf einer Etage nebeneinander wohnten, entwickelten sich unsere Verkaufsgespräche zu einem kleinen Lustspiel - zu einem sehr erfolgreichen. In der Hoffnung, dass beide Wohnungsinhaber möglichst gleichzeitig öffnen würden, drückten wir gleichzeitig die Etagen-Klingeln. Öffnete sich eine Türe etwas früher, setzte unsere Verzögerungstaktik ein. »Sind Sie Frau Soundso«, begann das Gespräch. »Ja natürlich, steht doch dran« ,kam die Antwort. »Das ist ja toll, genau zu Ihnen wollte ich auch. Einen Moment bitte, ich muss mal eben in meine Liste schauen«, ging es weiter. Bis dahin war dann die andere Tür auch auf, und Norbert und ich leierten unsere Werbesprüche gleichzeitig charmant herunter. Es entwickelte sich ein Über-Kreuz-Gespräch. Die Dame an meiner Tür interessierte sich mehr für Norberts Angebot, und umgekehrt schaute Norberts Kundin zu mir. Eigentlich wollten beide von uns gar nichts wissen, sondern waren nur darauf erpicht, das Verhalten der Nachbarin mitzubekommen. Keine wollte sich vor der andren eine Blöße geben und zückte das Portmonee.

Der Einzelverkauf sollte nicht zu lange dauern, und die Abnehmer sollten möglichst schnell in Abonnenten umgewandelt werden. Diese Verkaufsgespräche waren jedoch wesentlich schwieriger. Deshalb gab es auch Spezialprämien.

So haben wir die »Krayer Zeitung« sozusagen in den Markt geschossen. Die Auflage entwickelte sich gut, erreichte aber nie die Höhe der STEELER ZEITUNG. Für den Steeler Einzelhandel war der neue Werbeträger in Kombination mit der STEELER ZEITUNG interessant; denn Kray konnte man aus Steeler Sicht durchaus als Einzugsgebiet sehen. Umgekehrt weniger.

Wie in Steele, so entwickelten sich auch in Kray rasch Botenbezirke. Es kam wie es kommen musste. Ich durfte nach der Einführungskampagne nicht zurück nach Steele, sondern musste einen Bezirk in Kray übernehmen. Ich hatte ja das Fahrrad.

Aber auch an Kray habe ich einige nette Erinnerungen - vor allem an die Bergmannssiedlungen mit den außergewöhnlich hohen Trinkgeldern. Aber auch so. Da hatte ich im Botenbuch drei Beziehernamen in einem Haus stehen, die mir das Lachen ins Gesicht trieben. Semski, Demski, Homski. Das waren drei Bergleute, die auf einer Etage wohnten. In verschiedenen Häusern oder Straßen untergebracht, hätte ich mir gar nichts dabei gedacht; denn polnisch klingende Namen gab es ja im Ruhrpott zu Genüge. Ein Aufzählung in dieser Reihenfolge hatte ich noch nie gehört.

Aber die heißeste Adresse war in Kray Nord auf der Krayer Straße. Hier hatte ich nicht geworben und kannte mich noch nicht aus. Wehmöller-Bourbon stand als Name im Botenbuch. In der Nähe der Metzgerei Raub und dem Café-Martini ging es durch eine große Toreinfahrt in einen Hinterhof. In einem kleinen Anbau sollte Frau Wehmöller-Bourbon wohnen. Ich wollte mich die schmale Treppe hinauf bemühen, musste aber umkehren, als mir jemand entgegenkam. Zu eng. Dann stand ich vor der Wohnungstür und studierte zunächst mal ein kleines Werbeschild. Da stand geschrieben: Wehmöller-Bourbon. Tanz und Ballettschule mit Modenschau. Las sich toll.

Angeklopft. Nach dem Hereinruf hinein marschiert. O Schreck. Träumte ich, war in einem von Grimms Märchen gelandet, oder was denn hier los? Dieses dunkle Loch sollte eine Ballettschule sein? Eine Katze mit verbundenem Schwanz sprang mir entgegen und entwischte durch die Tür. Mitten in der Stube ein Abfallhaufen, auf dem ein fluchender Papagei saß. In der Ecke ein Bettgestell. Darin eine krächzende »Dame« mit Kopfhäubchen und einem Pelzkragen um den Hals. »Nur nicht so schüchtern junger Mann. Die Zeitung bitte immer direkt ans Bett. Geld gibt es heute nicht, ich bin krank. Tschüss bis nächste Woche«.

Das Spielchen wiederholte sich von Woche zu Woche. Als der Monat rum war, hatte ich immer noch kein Geld gesehen. »Kinder bekommen von mir kein Geld«, hieß es auf einmal, »schick Deine Mutter vorbei.« Auch Mutter fiel auf den Quatsch herein. Mit der Straßenbahn fuhr sie nach Kray, bekam von der Tanzschule jedoch auch kein Geld. So einfach die Lieferung einstellen wollte ich auch nicht, ich war lange hinter dem Geld her. Und einmal bekam ich eine ganz neue Story aufgetischt. Sie stehe kurz vor einer großen Erbschaft, beteuerte mir Frau Wehmöller-Bourbon. Ob ich mir denn bei dem Namen Bourbon keine Gedanken gemacht hätte, war die Frage. Sie stamme direkt von dem französischen Sonnenkönig Ludwig XIV. ab und streite mit dem luxemburgischen Königshaus - ein anderer Familienzweig des Hauses Bourbon - um das große Erbe. Alle Papiere, Pläne, Dokumente habe sie hinter der Tapete versteckt. Streng geheim. Danach habe ich die Lieferung eingestellt und der Verlag buchte die Außenstände aus.

Einige Zeit später - ich war schon längst aus der Schule - durfte ich mit Vater samstags abends bei Leo Leunissen ein Bier trinken. Hier spielte sein Freund Fritz Bedenbender immer noch Akkordeon und wurde von Kaspar Heidbügel auf der Gitarre begleitet. Wie immer war die Kneipe proppenvoll. Alle Tische waren besetzt. An der Theke standen die Schluckspechte in Viererreihen, darunter auch wir. Plötzlich ein Tusch. Ein mit Ledermantel bekleideter Typ schob sich durch den Lodenvorhang an der Eingangstür und ging auf den runden Stammtisch zu. Dort wusste man anscheinend schon Bescheid. Ruck, zuck wurden die Gläser entfernt, der Tisch frei gemacht. Eine Dame, in Pelzmantel gehüllt, mit feuerrotem Haarschopf (Perücke) trat ein und sprang auf den Tisch. Die Musik setzte wieder ein, und der Tanz begann. Der Pelzmantel flog beiseite. Nur im Slip und BH folgte eine Darbietung der Extraklasse - sogar mit Spagat. Der Begleiter wachte an der Tür, damit man nicht unverhofft von der Polizei überrascht wurde. Der Beifall tobte, Madame ging mit einem Hut herum und sammelte Trinkgelder ein. Scheine!

Durfte ich meinen Augen trauen? Das war doch die Wehmöller-Bourbon aus Kray! Ich war überzeugt und stellte mich ihr mutig in den Weg, als sie das Lokal verlasssen wollte. »Nur nicht so schüchtern...«, hatte sie ja bei unserem Kennenlernen selbst gesagt. »Schönet Frollein«, sprach ich die alte Dame freundlich an, »sie sind mir noch dat Zeitungsgeld schuldig«. Sie blinzelte erschrocken, fasste in den Hut und reichte mir einen Zwanzigmarkschein. »Stimmt, so - aber jetzt auch wieder die Zeitung liefern«. Sprachs und verschwand. Für Vater und mich war der Abend gerettet. Die Adresse zwecks Lieferung habe ich dem Verlag nicht mehr mitgeteilt.

Es gibt auch eine etwas peinliche Erinnerung. Vor Weihnachten neben der Abo-Lieferung auch wieder Einzelexemplare an den Türen verkaufen. In der Marienstraße hatte ich einen hartnäckigen Fall. Eine Frau wollte absolut keine Weihnachtsausgabe kaufen. Ihr Mann kam ihr zu Hilfe. »Wir kennen kein Weihnachten, wir sind Zeugen Jehovas«, beteuerte er. Na und, deswegen konnte er doch eine Zeitung kaufen. Nix. Es kam zu einer längeren Glaubensdiskussion. Ich will nicht behaupten bibelfest gewesen zu sein. Aber durch die Schulung im Weigle-Haus konnte ich ganz schön mithalten. Nach etwa 45 Minuten war ich es dann leid. »Meine lieben Freunde, es war nett mit Ihnen zu plaudern, aber ist Ihnen eigentlich bewusst, dass Sie mich von der Arbeit abgehalten haben und mir damit einen finanziellen Verlust zugefügt haben?« Ohne weiteren Kommentar bekam ich einen Zehnmarkschein. Hocherfreut bedankte ich mich und wünschte ein frohes Weihnachtsfest. Nicht mehr daran denkend, dass die ja gar kein Weihnachten haben wollten. Die Tür wurde dann ziemlich barsch zugeschlagen. Was soll man machen?

Kray hin - Kray her, in Steele lief das Leben in allen Bereichen auch weiter. Und wie! Im Haus hatte es eine Veränderung gegeben. Familie Mücher hatte ihre Wohnung in der Bochumer Straße mit der Familie Gößling aus der Dreiringstraße getauscht. Die Witwe Waltraud Gößling, eine Schulfreundin meiner Mutter, kam mit Ihrer Tochter, die ebenfalls Wally gerufen wurde, und den Söhnen Helmut und »Atz« Günther. Da Leonhard Schlösser inzwischen geheiratet hatte und mit seiner Frau weggezogen war, wurde die von ihm lange bewohnte Mansarde frei. Das Zimmer bezog Tochter Wally Gößling.

Bei Familie Lierse, unseren Etagen-Nachbarn ging es ab und zu turbulent zu. Frau Lierse verteilte gerne Kopfnüsse und verdrehte die Ohren ihrer Kinder, wenn es mit den Schularbeiten nicht so richtig fluppte. Im Klartext, Wolfgang und Christel hatten Schulprobleme und bekamen Nachhilfeunterricht von einer Schulfreundin von Frau Lierse. Ilse Tegelbeckers geb. Maus war die Tochter von Rektor Maus aus der Ruhrauschule. So streng wie der Vater, so die Tochter. Ich habe Wolfgang nicht beneidet und ich glaube, er selbst war auch froh, als die Schulzeit vorbei war. Er machte eine Lehre als Schmied bei Kreilmann am Nottebaumskamp. Ich erinnere mich noch genau, wie stolz er nach Hause kam, als er freigesprochen wurde. Das bedeutete, er hatte die Prüfung bestanden und wurde in der Schmiede von den

Kollegen entsprechend als Geselle »getauft«. Er musste sich bücken, ein Kollege hielt ihm eine große Pannschüppe vor das Hinterteil und ein anderer schlug mit einem Vorschlaghammer kräftig zu. Mit dem Ergebnis, dass »Wolle« Wolfgang wie von einer Kanone abgeschossen durch die Werkstatt sauste. Nun war er Schmied, aber es gab keine Pferde mehr zu beschlagen. Das sollte irgendwann eine Erweiterung des Berufsziels zum Kunstschmied bedeuten.

Die STEELER ZEITUNG erfreute sich immer größer werdender Beliebtheit und war gut im Gespräch. Nicht nur die ausgefallene lokale Vereinsberichterstattung oder die kommunale Politik waren die Hauptaugenmerkmale - es waren auch die originellen Ideen. Zum Beispiel die sehr glaubhaft wirkenden Fotomontagen. Da war zum Beispiel die Sache mit den Kirchenglocken. Frisör Schwegmann aus der Dreiringstraße, auch als Puppendoktor bekannt, hatte bei einem sommerlichen Spaziergang über den Ruhrdamm bei absolutem Tiefwassersand drei Glocken in der Ruhr gesichtet. In der NS-Zeit hatten Kirchenväter diese dort vor der Beschlagname zwecks Einschmelzen retten wollen. Die waren in Vergessenheit geraten. Die Presse berichtete groß über Schwegmanns Entdeckung, und die Glocken wurden geborgen. Ein halbes Jahr später erschien in der STEELER ZEITUNG ein Bild des Frisörsalons. Über der Eingangstür und dem Schaufenster hingen drei Kirchenglocken. Das wollte jeder gesehen haben. Es gab einen Menschenauflauf. April, April!

Ein anderes Bild zeigte die Alte Schmiede am Scheidtmannstor. Hier war ein ausgewachsener Elefant vom Zirkus Krone angekettet, der sollte angeblich am Samstagmorgen um Punkt 10 Uhr nach dem Frühstück beschlagen werden. Es dürfe fotografiert werden, hieß es. Auch hier gab es eine Menge neugieriger Zuschauer. Oft mussten auch die Deutschen Doggen von Metzger Walter Münch für solche Geschichten herhalten. Obwohl - hier gab es auch sehr ernsthafte und traurige Geschichten. Von einer Lebensrettung und von Giftanschlägen ist da zu berichten.

Es war das letzte Schuljahr angebrochen. Unsere Klasse war wohl die letzte, die als geduldeter Untermieter des Mädchen-Lyzeums ihren Unterricht dort absolvieren musste. Auf der Grenze zwischen Kray und Steele entstand an der Schönscheidtstraße eine neue Realschule, die den schönen Namen »Franz-Dinnendahl-Schule« tragen sollte. Den Spatenstich durften wir noch mitmachen, den Umzug haben wir nicht mehr erlebt.

In den letzten Schuljahren änderten sich auch die Standorte der Kameraden-Treffpunkte. Zusammenhängend mit dem Stenoverein in der Ruhrauschule - da gab es viele schöne Mädchen - war ein abendlicher Treffpunkt an der Kreuzung Krawinkelstraße/Hünninghausenweg, so in dem Dreieck Ruhrauschule, Villa Schlanstein und Glashütte.

Die Kleidung hatte sich kolossal geändert. Die Mädchen bevorzugten den Petticoat, was dem männlichen Geschlecht sehr gefiel. Wir Jungen hatten die traditionelle Weigle-Haus-Baskenmütze, die eigentlich sehr praktisch war, weil man sie in Mantel- oder Jackentasche stecken konnte, abgelegt und trugen eine so genannte Schlägermütze aus schwarzem Cord. Schwarze Manchesterhose, schwarzer Pulli, schwarze Lumberjack, schwarze Socken und schwarze Schuhe vervollständigten das Bild. Im Absatz der Schuhe durfte ein eingebautes Messingplättchen nicht fehlen und die Schuhspitze war ebenfalls beschlagen, so dass es beim Gehen möglichst viel Lärm gab. Spätestens seit dem Film »Die Saat der Gewalt« bzw. spätestens seit Bill Haleys »Rock around the clock« bezeichnete man die heranwachsende Jugend als halbstark. Es gab ja auch den Film »Die Halbstarken«. Unsere Gruppe sah aus wie Halbstarke. Aber wir waren harmlos. Es wurde Gitarre und Mundharmonika gespielt, gesungen, ein bisschen Blödsinn gequatscht. Die Poussiererei fing an. Der ging mit der, die ging mit dem. Bei mir spielte sich in dieser Richtung noch nichts ein. Einen kleinen Ausrutscher gab es nur ein einziges Mal, als Jürgen Raulin dem Hausmeister der Schule einen Kinnhaken verpasste, weil dieser uns immer mit seinem Schäferhund vertreiben wollte. Die Sache hatte kein Nachspiel - wir hatten unseren Standort behauptet.

Apropos Mädchen: Am 6. März 1957 wurde mein Cousin Guido Becker 18 Jahre alt. Ein wichtiges Datum, obwohl man damals erst mit 21 volljährig wurde. Tante Else war damit einverstanden, dass zu der Geburtstagsparty auch Mädchen eingeladen werden durften. Meine Mutter hatte kurz davor, als wir vom Stenoverein ein paar Mädchen mit zu mir ins Zimmer gebracht hatten, die Mädchen hinauskomplimentiert mit der Bemerkung »Damenbesuch nicht erwünscht«. Dabei wollten wir doch nur musizieren. Norbert und Manfred hatten gerade ihre Gitarren ausgepackt, um sie nach meinen Klaviertönen zu stimmen. Im Prinzip war Tante Else schlauer mit ihrer Einladung. Sie wollte rauskriegen, wer mit wem ging. Guido brachte Hannelore Schröder mit, Norbert kam mit Inge Ewald. Manfred und ich kamen solo. Rosemarie Sonntag und Marlies Großböhmer kamen ohne Freund. Nach dem Essen wurde ein recht lustiges Pfänderspiel veranstaltet. Um mein Pfand einzulösen, sollte ich Marlies Großböhmer küssen. Die Chance des ersten richtigen Kusses habe ich vertan. Stattdessen habe ich mich vor lauter Angst auf der Toilette eingeschlossen bis die Gefahr vorbei war. Schließlich wurde ich ja auch erst im Mai 18 Jahre alt.

Was in einem so kurzen Zeitraum von Anfang März bis Ende Mai alles passieren kann, hätte ich kaum für möglich gehalten. Aber es ist einiges passiert. Und ob!

Die Abschlussprüfungen in der Realschule standen an. Schriftliche Prüfungen in den Hauptfächern Deutsch, Englisch, Geschichte und Mathematik. Bei einer umstrittenen Zensur wurde mündlich nachgeprüft. Für ein Nebenfach freier Wahl musste man eine Dokumentation erarbeiten und hatte dafür ein paar Monate Zeit. Ich entschied mich für Biologie und habe aus »Brehms Tierleben« viel abgekupfert. Bei den anderen Fächern zählte die Jahresdurchschnittsleistung. Angst kam auf. Schaffst du die Prüfung, bekommst du die mittlere Reife zugesprochen? Ungern erinnere ich mich an die Geschichtsprüfung - aus einem bestimmten Grund. Ich hatte kein Geld dabei, um ein Getränk zu kaufen. Die Zeit schien stehen zu bleiben, während sie sonst wie im Fluge verrann. Der Durst wurde unerträglich, vor allem bei dem Blick auf die Getränke der Schulkameraden. Unser Lehrer Alfred »Amigo« Drefke rief plötzlich: »Stopp, ich verlasse jetzt die Klasse für fünf Minuten. Letzte Gelegenheit für euch, um zu pfuschen. Danach gebe ich euch noch eine halbe Stunde, dann ist endgültig Schluss.« Sprach es aus und verschwand aus der Klasse. Wir schauten uns alle perplex an und wussten nicht so recht, woran wir waren. In fünf Minuten war nicht viel zu pfuschen, zumal niemand Unterlagen dabei hatte. Als »Amigo« Drefke wieder das Klassenzimmer betrat, hatte er eine geöffnete Colaflasche mit Inhalt bei sich. Diese stellte er mir auf den Tisch und sagte nur »prost«. Die Arbeit lief dann zwar nicht wie geschmiert, aber doch wesentlich besser und wurde auch pünktlich fertig. Noch heute möchte ich unserem Englischlehrer ein lautes Bravo zurufen. Der war schon nicht umsonst Vertrauenslehrer.

Am Rosenmontag war alles vorbei. Wir kannten zwar noch keine Zensuren, aber wenn man durchgefallen gewesen wäre, hätte man vermutlich nicht mehr zur Schule kommen müssen. So dachten wir alle und hatten plötzlich wieder Freiraum für andere Gedanken. Von Doris Strüber, der Wirtstochter von Theo Strüber; auch Theo »Stauder« genannt, weil der nach Meinung der Gesellenfreunde das beste Stauder-Pils weit und breit zapfte - Vereinswirtschaft Ev. Gesellenverein, Bochumer Straße -, hatte ich erfahren, dass sie abends im Gesellschaftszimmer mit einigen netten Mädchen etwas Karneval feiern wollte. Doris war in der Klasse, die sich mit uns in Wechselschicht das Klassenzimmer teilen musste. Viele Kontakte hatten wir mit dieser Klasse nicht. Ab und zu lag hier und da mal ein lustiger Gruß, mehr auch nicht. Vom Zeitungstragen kannte ich aus dieser Klasse außer Doris Strüber noch Ernie Pfeiffer aus der Kaiser-Wilhelm-Straße und Ulla Lubda vom Scheidtmannstor. Erika Krämer natürlich von der Grendgasse und Helga Kobus, die Zwillingsschwester meines Schulkollegen Heinz. Weil mein Vater im Gesellenverein bei jeder Feier Musik machte, wusste ich, dass bei Strüber ein Klavier stand. Mein Freund Manfred Graf hatte bei Dinnendahl arbeitsfrei und ich motivierte ihn, mich nebst seiner Gitarre ins Vereinslokal zu begleiten. Es war nicht die gesamte Mädchenklasse anwesend, aber eine sehr hübsche Auswahl. Wir spielten ein paar Schlager - ich auf dem Klavier und Manfred mit der Gitarre und sang dazu. »Sieben Tage lang« war unser Erfolgstitel. Wir mussten ihn mehrmals wiederholen, und die Mädels tanzten dazu. Ein schöner Abend, jedoch ohne weitere Anbahnungen.

Bevor es zur Zeugnisverteilung kam, wurde noch eine mehrtätige Abschlussfahrt nach Willingen im Hochsauerland zum Skilaufen anberaumt. Diese Fahrt wurde von der Stadt Essen insofern bezuschusst, dass wir die Ski-Ausrüstung kostenlos geliehen bekamen. Gut, dass die Bretter schon vor Ort waren und uns erst dort ausgehändigt wurden, sonst hätten wir eine schöne Schlepperei gehabt. Untergebracht wurden wir in der Wuppertaler Skihütte. Zusammen mit einem Fußball-Club aus Bremen. Die Begleiter waren unser Deutschlehrer Karl-Heinz Damm und Herr Hagenberg als Skilehrer, der uns ansonsten nicht unterrichtete. Es herrschte Frühlingswetter, und es lag kaum Schnee. Hoch oben in einer Schneise gab es noch Restschnee - ausreichend für den ersten Grundkursus. Die Skier von der Hütte bis zur Abfahrt zu tragen, war kein Vergnügen. Ansonsten war die Stimmung sehr gut bis ausgelassen.

Statt Skier in eine weit entfernte schneelose Gegend zu schleppen, hatten es einige von uns vorgezogen, in einem Café ein Bier zu trinken und Skat zu spielen. Herr Damm war stocksauer und brummte uns eine saftige Strafarbeit auf. Damit wäre unsere ganze Freizeit verdorben gewesen. Groß protestieren wollten wir lieber nicht; denn noch hatten wir unsere Zeugnisse nicht. Wieder kam dieses komische Angstgefühl auf. Unser Klassensprecher Volkmar Wegener hatte es dann tatsächlich noch fertig gebracht, unseren Lehrer Herrn Damm etwas milder zu stimmen, in dem er einen Kompromiss aushandelte. Wir sollten ein Fußballspiel gegen den Bremer Verein austragen. Wenn wir mit zehn Toren Unterschied gewinnen würden, sei die Strafe erlassen. Wir hatten zwar auch einige gute Fußballer in unseren Reihen, aber so einen Kantersieg traute sich keiner zu. Wir hatten Bedenken, das zu schaffen, und der Lehrer war sich absolut sicher, dass das unmöglich war. Wir haben mit elf Toren Differenz zu unseren Gunsten gewonnen. Das hat allerdings zwei Kisten Bier gekostet. Mit dem Skilaufen war es also nicht weit her. Wenigstens war ich mit ein paar Kameraden auf der großen Sprungschanze. Das war eine Sache, die wir total unterschätzt hatten. Das Raufkommen war nicht so schlimm. Der Ausblick von oben war auch herrlich. Die steile Treppe wollten wir nicht runter, also rutschten wir vorsichtig auf dem Hosenboden hinab bis an den Schanzentisch. Überzeugt, da gut abspringen zu können. Dass die Absprungkante so hoch war, konnten wir von oben nicht erkennen. Mit viel Mut und mit hohem Risiko haben wir es dann geschafft. Einmal und nicht wieder.

Der Großteil unserer Abschlussklasse vor der Skihütte in Willingen.

Der Tag der Zeugnisausgabe und Verabschiedung von der Realschule rückte immer näher. Das Abschlusszeugnis trägt den 21. März 1957 als Datum. Ob dies auch der Tag der Verteilung war, vermag ich heute nicht mehr zu sagen. Mit Sicherheit war der Ausgabetag ein Donnerstag.

Beim Start waren es 65 Jungen. Davon schafften es nur 30 bis zum Schluss - ein Beweis, dass es gar nicht so leicht war. Diese 30 standen um 10 Uhr in der Aula, um endlich ihr begehrtes Reifezeugnis in Empfang zu nehmen: Volkmar Wegener, Hermann Winkler, Michael Günster, Karl Hansmann, Franz Schütte, Wolfgang

Wandt, Theo Kamann, Norbert Ellermann, Klaus Schönenberger, Gerd-Otto Feldhans, Karl-Wilhelm Woop, Jürgen Horst, Jürgen Meinecke, Peter Bäcker, Werner Michalik, Wilfried Dellmann, Günter Kurowski, Rudi Schmidt, Lothar Schmidt, Franz-Josef Schlenkhoff, Heinz Schütz, Horst Martini, Gerd Kramme, Heinz Kobus, Jürgen Toll, Helmut Beine, Lothar Hemmer, Jürgen Schulte, Manfred Mlotek, Fritz Ruhlandt.

Das Lehrerkollegium um Klassenlehrer Willi Kastrop (Mathe, Chemie und Physik) herum war fast eine reine Herren-Mannschaft. Bis auf eine Ausnahme, das war unsere charmante evangelische Religionslehrerin »G« Busch. Im Übrigen waren es die Herren Cloeren (Erdkunde, Kunstgeschichte), Stratmann (Steno, Maschinenschreiben), Koppel (Musik), Damm (Deutsch, Schwimmen), Drefke (Geschichte), Bein (Englisch), Klockmann (Französisch, Bio), Seinsche (kath. Relegion), Hagenberg (Begleiter Ski-Tour).

Es war mit Bestimmtheit ein Donnerstag; denn an diesem Tag musste ich immer den »Sport-Beobachter« ausfahren. Bis zum Termin um 10 Uhr in der Aula hätte ich das bequem schaffen können. Aber ich hatte keine Lust. Hinterher war noch Zeit genug. Es war auch nichts weiter angesagt. Die offizielle Kommersfeier war für Freitag im Clubhaus des Steeler Rudervereins, bei dem unser Klassensprecher Volkmar Wegener Mitglied war, angesetzt. »Was sollte also passieren? Zeugnis her, und ab geht die Post mit der Zeitung«, dachte ich. Plötzlich hieß es: »Wir treffen uns alle in der »Postkutsche« zu einem kleinen Umtrunk. Die Mädchen der anderen 6 b kommen auch alle.« Kamerad Norbert Ellermann, der den Wirt Heinz Küpper aus Freisenbruch gut kannte, hatte das arrangiert, das war klar. Dass die Mädchen auch kommen wollten, das war die ganz große Überraschung - und ich Trottel musste die Zeitungen noch ausfahren. Nach Freisenbruch, Eiberg und Horst - alles mit dem Rad. So schnell und so flüchtig hatte ich die Tour noch nie erledigt. Klatschnass geschwitzt musste ich mich zu Hause erst mal frisch machen und umziehen. Außerdem brauchte ich noch etwas Taschengeld. Mit Mühe und Not machte ich bei der Mutter einen Heiermann (fünf Mark) locker. Ein Bier kostete DM 0,35 und ein Pils DM 0,40. Das Geld würde also für 12 Pils ausreichen, aber so trinkfest war man noch nicht, es musste reichen.

Völlig genervt tauchte ich abgehetzt in der »Postkutsche« in der Ruhrstraße auf. Hier schlugen die Stimmungswellen bereits hoch. Bunte Reihe - Mädchen und Jungen quer gemischt. Einige rauchten auch. Meine Brille beschlug - kein Durchblick mehr. Magnetisch zog es mich dann in den letzten Winkel ans hintere Fenster. Neben einem hübschen Mädchen, das ich schon flüchtig von Karneval bei Strüber her kannte, war tatsächlich noch Platz für mich frei. Das Schicksal nahm seinen Lauf. Zuerst verglichen wir belanglos unsere Zeugniszensuren, was ich hätte besser vermeiden sollen; denn ich schnitt dabei schlecht ab. Zum Schluss brachte ich Erika Stimpfl, so hieß sie, noch an die Haltestelle der Linie 4 nach Kray. Wir wollten uns wiedersehen. Spätestens bei einer neuen Feier Samstag in acht Tagen im »Deutschen Hof«, schräg gegenüber von Strüber. Das hatten die Mädels eingefädelt.

Die offizielle Abschlussfeier unserer Klasse im Clubraum des Steeler Rudervereins direkt an der Ruhrbrücke, war eine starke Veranstaltung. Die Lehrer waren komplett angetreten. Die Schüler sowieso. Es wurde erzählt und erzählt. Manches Geheimnis wurde von uns Schülern jetzt gelüftet und die Lehrer in Erstaunen versetzt. In lockerer Atmosphäre ging es bis tief in die Nacht hinein. Es gab auch Alkohol, der noch mehr enthemmte. Auch ich fühlte mich nach der Zeugnisausgabe von einem unheimlichen Druck befreit und wurde leichtsinnig. Mutig setzte ich mich ans Klavier und spielte ein paar leichte Schlager. Immer wieder wurde ich aufgefordert, noch einmal den Langsamen Walzer »Lolita« in Erinnerung an die Freusburg-Freizeit zu wiederholen. Jeder Lehrer tanzte, und fast jeder Schüler wollte mit der einzigen Dame des Abends tanzen. Mit »G« Busch, unserer Religionslehrerin. Das »G« hatten wir abgeleitet von Gundi Busch, der Eiskunstläuferin. Nach jedem Tanz bekam ich von irgendwoher einen Schnaps auf das Klavier gestellt. Dummerweise habe ich auch ein paar davon getrunken. Nicht alle, aber es hat gereicht. Jürgen Toll hat mich vorsichtshalber nach Hause begleitet. Nur bis zur Haustür. Treppe rauf, Korridortüre aufschließen, die Zimmertüre öffnen - das alles klappte noch ganz gut. Beim Ausziehen habe ich dann einen entscheidenden Fehler gemacht. Anstatt mich auf den Stuhl zu setzten und dann die Schuhe zu öffnen, habe ich versucht, das im Stehen zu erledigen. Es wurde etwas wacklig und ich habe versucht, mich mit einer Hand an der Stuhllehne festzuhalten. Der Stuhl fiel mit lauten Krach um, und ich konnte mich nicht mehr auf einem Bein halten. O herrje, das war vielleicht ein Doppelknall. Aber blitzschnell sprang ich mit einem Satz, noch völlig angezogen in das bereits gemachte Bett und zog die Bettdecke bis an die Nasenspitze hoch. Und prompt öffnete sich auch die große Schiebetür, die mein Bett vom elterlichen Schlafzimmer trennte. Vater steckte den Kopf durch und tastete mit den Händen ab, um zu kontrollieren, dass ich auch tatsächlich im Bett lag. » Es ist alles in Ordnung. Ich wollte nur schauen, wie spät es ist, dabei ist leider der Stuhl umgefallen. Tut mir leid«, winselte ich. Die Tür schob sich wieder zu, und nach einer Wartezeit habe ich mich dann ganz langsam und ruhig ausgezogen.

Der nächste Morgen war schlimm. Ich brauchte viel frische Luft. Die bekam ich am besten an der Ruhr. Zwischen Ruderverein und Schwimmverein bin ich immer auf und ab gelaufen. Ich weiß nicht wie oft. Dabei gingen mir die Warnungen von Pastor Wilhelm Busch aus dem Weigle-Haus - nicht verwandt mit unserer Religionslehrerin - durch den Kopf, der vor dem Missbrauch des Alkohols immer gewarnt hatte: »Ein Leben ohne Inhalt kann durch Alkohol nicht gefüllt werden.« Natürlich hätte ich in diesem Moment 1000 Eide geschworen, nie mehr einen über den Durst zu trinken. Von meinem Zeitungsverleger Deger habe ich dann später noch dazugelernt, niemals Alkohol aus Kummer, aus Frust, Ärger oder Enttäuschung zu trinken. Das mache krank. Wenn man sich schon mal zuprostet, dann immer nur aus einem freudigen Anlass. Gewisse Spielregeln sind für das Leben eben doch wichtig.

Eine Woche später dann die Abschlussfeier mit der Mädchenklasse im »Deutschen Hof«.

Warum nicht gegenüber bei »Strüber«, bleibt ungeklärt. Vielleicht wollte Doris nicht von ihrem strengen Vater beobachtet werden. Hier ging das Theater mit der »Lolita« wieder los. Da habe ich jedoch keinen Schnaps mehr angerührt und den Klavierdeckel habe ich sehr schnell zugeklappt. Vor allem als ich merkte, dass unser Klassensprecher Volkmar mit der Erika anbandelte, die ich im Visier hatte. Sollte doch spielen wer wollte.

Auf dem Nachhauseweg - ich brachte Erika an die Haltestelle Bochumer Straße vor der Gaststätte Monschau - wurden wir ab dem Union-Theater verfolgt. Vorsichtig legte ich einen Arm um Erikas Schultern und drehte mich ein bisschen um. Ich erkannte meine Cousins und Kumpel Norbert, Guido und Manfred und gab ihnen Handzeichen, zu verschwinden. »Jetzt werden die wohl bei ihren Müttern, meinen Tanten was zu erzählen haben«, dachte ich so und dann wird es wohl auch nicht lange dauern, bis meine Mutter Bescheid wusste. Auf diese späteren Meldungen brauchte meine Mutter allerdings gar nicht erst zu warten. Ich war überrascht, als sie mich fragte: »War das nicht das selbe Mädchen wie vorige Woche, das du zur Straßenbahn gebracht hast?« Ich stellte mich dumm: »Das hätte ich doch wohl gemerkt.« Aber meine Schwester Ulla bestätigte: »Doch, doch, das war die von voriger Woche. Ich habe sie genau wiedererkannt.« Daran hatte ich nicht gedacht, dass man von unserem Fenster gegenüber der Haltestelle alles wunderbar beobachten konnte. Von da an wurde meine Schwester in diesem speziellen Fall immer neugieriger. Die Dinge nahmen ihren Lauf.

Die Euphorie war noch nicht raus. Zwei Wochen später wurde schon wieder ein Treffen mit den Mädchen vereinbart. Das »Haus Ruhreck« mit den Schmuseecken war reserviert. Es kamen nicht alle, nur die frisch Verliebten. Das waren nicht wenige. Erika und mir wurde das zu albern und wir zogen es vor, allein die Ruhr entlang zu spazieren. Fast bis Burgaltendorf. Dabei vereinbarten wir, uns regelmüßig allein zu treffen.

Am Himmelfahrtstag, manche benutzen ihn auch als so genannten Vatertag, legte unsere entlassene Jungenklasse einen Wandertag ein. Das Ziel war Kupferdreh und von da aus zum Langenberger Sender. Obwohl ich für Nachmittag mit Erika an der Kaserne verabredet war, fuhr ich mit dem Bus nach Kupferdreh zum Treffpunkt. Durch die Wälder durch die Auen - an und für sich toll - verging die Zeit wie im Fluge, und der Mittag war rum. Plötzlich mit Blick auf die Uhr, der Gedanke an meine Verabredung in Kray. Mit »Tschüss Freunde, ich habe noch einen wichtigen Termin« entfernte ich mich von der Truppe. Aber wie so schnell dahin kommen? Wir hatten uns in Richtung Niederwenigern bewegt und ich wusste, dass von dort ein direkter Bus bis zur Krayer Kaserne fuhr. Den habe ich dann auch erwischt, kam aber fast eine Stunde zu spät zum Date. Erika stand noch da. Sie sagte zwar, dass sie nicht mehr sicher war, welche Uhrzeit wir vereinbart hatten, für mich war es mehr oder weniger ein Beweis einer besonderen Verbundenheit.

Für mich fand das nächste Klassentreffen dann erst wieder nach 25 Jahren statt. Im Ruderverein und ohne Frauen. Das Steeler Anzeigenblatt, WAZ und NRZ berichteten in Wort und Bild darüber. Danach ist mir kein Treffen mehr bekannt, während die Mädchenklasse jedes Jahr zu einer Veranstaltung einlädt.

Nach der Realschule ging für mich die Höhere Handelsschule weiter. Ein Jahr und dann konnte ich in den Beruf. Meinem Beispiel folgte Jürgen Toll. Wir gingen gemeinsam zu Dr. Wessel ins Allianz-Haus hinter dem Handelshof in Essen. Auch das Beispiel von Jürgen ist ein kleiner Beweis der Schwierigkeiten, eine Lehrstelle zu bekommen. Ob das mit der Unterbringung der Handelsschule im Allianz-Gebäude zusammenhängt oder nicht, Jürgen fing auf jeden Fall nach der Schule bei der Allianz-Versicherung an.

Das Schulgebäude der Realschule im Josef-Boismard-Weg habe ich zeitlebens nicht mehr betreten, wohl aber regelmäßig den Schulhof. Hier fanden samstags immer die Boxkämpfe des BC Steele statt, und ich verdiente mir durch Berichterstattung bei den Zeitungen ein kleines Honorar. Für persönliche Interviews bin ich nach den Kämpfen immer gerne mit ins Vereinslokal »Truschel«, Bochumer Straße, gegangen. Pächter waren damals Karl und Anni Monschau. Er war ein guter Sänger und hatte das Bierzapfen bei Leunissen im »Kümmelstübchen« gelernt. Mein Vater kannte ihn persönlich gut. Später übernahm Sohn Herbert mit seiner Frau das Lokal, während der jüngere Bruder Peter Monschau WAZ-Reporter wurde.

Honorare erhielt ich von der NRZ, von meiner STEELER ZEITUNG und von der HaM, dem »Steeler Tageblatt«. Anfänglich hatte ich den Bericht für das »Steeler Tageblatt« immer bei dessen Mitarbeiter Raspe in der Passstraße in den Briefkas ten gesteckt. Da bekam ich nichts. Erst nach der persönlichen Abgabe in der neuen Geschäftstelle am Kaiser-Otto-Platz klappte es mit der Honorierung. Im Glau-

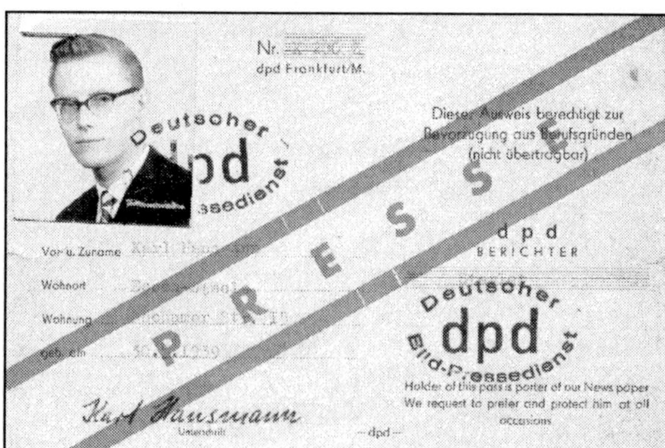

ben mit Fotos mehr Geld verdienen zu können, schaffte ich mir von Photo-Porst in Nürnberg eine Kamera an. Die war gar nicht so billig. War auch gut, aber für Pressefotos braucht man doch besseres Handwerkzeug. Trotzdem hatte ich mich beim dpd (Deutscher Bild-Pressedienst) angemeldet und erhielt auch einen Presse-Ausweis, der mir das Entree bei Veranstaltungen sehr erleichterte. Geld mit Bildern habe ich nur ganz wenig verdient.

ESSENER TURNERBUND SCHWARZ-WEISS eV.
1964/1965

PRESSE-AUSWEIS

FÜR Sportbeobachter Essen

DIESER AUSWEIS BERECHTIGT ZUM FREIEN EINTRITT UND BENUTZUNG FÜR

BLOCK C

SITZPLATZ-NR. XX 1

DER VORSTAND

Allgemeine Presseausweise reichten später bei den Sportvereinen nicht mehr aus. Hier wurden Spezialausweise für jede Saison ausgestellt. Wie hier beim ETB Schwarz-weiß-Essen.

Für den Box-Club speziell war die Berichterstattung schon bedeutend. Genauso wichtig wie die Fand-Statt-Berichte war jedoch eine gute Vorschau; denn sie sorgte für genügend Zuschauer. Die STEELER ZEITUNG zog hier hervorragend mit. Während der abendliche Treffpunkt verschiedener Freunde während des letzten Realschuljahres und des folgenden Handelsschuljahres bei der Ruhrauschule blieb, traf sich nachmittags eine andere Gruppe - die wie Jürgen Toll und ich viel Zeit hatten - am Henglerplatz. Hier gab es einen Bolzplatz. Die Abmessungen entsprachen denen vom Hallenfußball. Manches Kleinfeldturnier wurde hier ausgetragen. Jürgen Toll stand oft im Tor, ich meist dahinter; denn so gut wie die Halbprofis, die dort auftraten, war ich nicht. Viele BV 03er und andere gaben sich ein Stelldichein. Manni Kossler, Klaus Falk, Flocki Ferber und vor allem die Gebrüder Schürholz, die Sprösslinge von der Adler-Apotheke - Werner, Günther, »Ekki« Eckhard und »Schwabbel« Hubert, Peter Kaufmann, Heribert Mehlkopf, Rainer Mitschke, Alois Thiel, Willi Wasson, Werner Vierke und die Gebrüder Hanischmacher.

1957 - ein Jahr der Höhepunkte. Abschluss Realschule, Einschulung Höhere Handelsschule, ein Mädchen kennen gelernt. Und am 30. Mai als Highlight die Party zu meinem 18. Geburtstag. Was Tante Else im März dem Guido erlaubt hatte, wollte meine Mutter mir nicht verbieten. Ich durfte zu Hause feiern, und dieses Mal war Damenbesuch zwar nicht gerade gewünscht, aber erlaubt. Norbert, Guido und Manfred waren dabei. Sie brachten Inge, Hanne-Lore und Kiki mit. Das erste Mal kam Erika zu uns. Als Geschenk brachte sie mir eine Schallplatte von Earl Bostic mit. Die lief den ganzen Abend. Eltern und die Nachbarn Lierse sprachen von Hottentotten-Musik. Aber für mich war die Musik absolute Spitze. Diese Scheibe hielt bis zu meinem 60. Geburtstag und ist dort bei der Präsentation vor meinen Gästen dummerweise zerbrochen. Gegessen und getrunken wurde in meinem Zimmer - Mutter hatte das nett vorbereitet -, getanzt wurde auf dem großen Korridor. Das bedeutete, dass der Plattenspieler im Zimmer sehr laut eingestellt werden musste, damit wir draußen auf dem Flur auch was hörten. Es war noch keine 22 Uhr, da beschwerte sich Nachbar Günther Lierse lautstark mit dem Hinweis, er müsse am nächsten Morgen früh arbeiten. Dabei war doch Samstag. »Ach lieber Onkel Lierse«, wollte sich Guido einschmeicheln, »noch einen leisen Schmuse-Tanz und wir hören auf.« »Ich verbiete diesen Tanz. Ende, Schluss, aus, sonst gibt es Ärger«, keifte er. Ich meine, mit etwas neidischem Blick. So ein abruptes Ende hatten wir alle kommen sehen und wollten eigentlich viel lieber in unserer Gartenlaube am Hellweg feiern. Meine Eltern wollten offensichtlich die Kontrolle behalten und beriefen sich auf den Kupplungsparagraphen, den es damals noch gab. Nach der Begrüßung ließen sie sich zwar nicht mehr blicken, aber in meiner Schwester Ulla hatten sie einen guten Spion. Ulla passte auf wie ein Luchs. Sicher nicht um zu petzen, sondern mehr aus Neugierde. Das war nicht strafbar.

Besagte Gartenlaube bauten wir trotzdem immer mehr zur Party-Bude um. Sie gehörte zwar Tante Alwine, die aber beide Augen zudrückte, wenn sie ein paar Gläschen Bowle abbekam. Dann ging sie auch früh nach Hause. Vater genügte es zu wissen, dass eine Aufsichtsperson dabei war. So kam es, dass unser Garten - speziell die Laube - immer mehr zu unserem Domizil wurde. Es gab weder Strom noch Wasser. Das Plumpsklosett hinter der Laube existierte noch, war aber nicht mehr funktionell. Alles egal, wir wussten uns zu helfen.

Während andere von Primitivität sprachen, lebten und erlebten wir Romantik pur. Der Innenraum der Laube wurde ausgeräumt und diente als Tanzfläche, und vor der Laube die Sitzgarnituren usw. In der Regel gab es Bowle mit Früchten der Jahreszeit. Das war am preiswertesten. Wer samstags nicht arbeiten musste, ging mit auf den Markt und in die Stadt zum Einkaufen. Frühzeitig wurde die Bowle angesetzt. Fachmännisch, das heißt mit Probierprobe. Candlelight-Party mit Gitarrenbegleitung. Das war super. Wer dabei war, kann es nachfühlen.

Schule für den einen, Beruf für den anderen. Das blieb natürlich auch wichtig. Der erste Unterschied der Höheren Handelsschule zur Realschule war der, dass wir mit »Sie« angeredet wurden. Zweitens war der Unterrichtsstoff total anders ausgerichtet. Und drittens waren die Mitschüler teilweise wesentlich älter als Jürgen Toll und ich.

Neu waren die Fächer Volkswirtschaft, Handelsbetriebslehre, Schriftverkehr, Buchführung, kaufmännisches Rechnen, Wirtschaftsgeografie und Staatskunde. Der Deutschunterricht hatte Ähnlichkeit mit dem der Realschule, das Handelsenglisch mit dem vorher Erlernten jedoch kaum. Identisch waren die Kurzschrift und das Maschinenscheiben. Die neuen Fächer waren als Vorbereitung für kaufmännische Berufe sehr interessant, und das Lernen machte sogar Spaß. Das eine Jahr ging schnell herum. Besonders erinnere ich mich an die Abschlussarbeit in Wirtschaftsgeografie zum Wirtschaftsfaktor Kohle. Da habe ich groß und breit über die Zeche »Katharina« in Kray geschrieben. Über den hervorragenden Standort und vor allem über die Tatsache, dass wir hier die modernste Förderanlage Europas stehen hatten. Zukunftsorientiert! Die Arbeit wurde gut zensiert. Das war streng genommen falsch, denn da war nichts zukunftsorientiert. Kurze Zeit später wurde auch dieser Pütt dicht gemacht und alles spektakulär gesprengt.

Am 1. April 1958 begann mein Volontariat als Verlagskaufmann bei der »Neuen Westdeutschen Verlagsgesellschaft mbH« in der Kibbelstraße in Essen. Innerhalb eines Jahres sollte ich alle Abteilungen des Verlages durchlaufen haben, ordnete Verleger Fritz W. Deger an, danach würde sich schon zeigen, wo ich hängen bleiben würde. Durch das Zeitungstragen und durch die Sonntagsarbeit glaubte ich, den Verlag in- und auswendig zu kennen. Natürlich, die Büros waren mir nicht fremd und die meisten Mitarbeiter auch nicht. Trotzdem war es ein riesiger Unterschied, fest angestellt oder freier Mitarbeiter zu sein. Allein die ungewohnte Arbeitszeit an einem Stück. Täglich von 8 bis 12.30 Uhr - eine halbe Stunde Pause - und von 13 bis 17 Uhr, das sind 8,5 Stunden pro Tag und 42,5 in der Woche. In der Geschäftsstelle verlagerte sich die Arbeitszeit ein wenig, so dass alle zwei Wochen samstags von 8 bis 12.30 Uhr gearbeitet werden musste.

Ein Zeitungsverlag besteht aus drei tragenden Säulen: Redaktion, Anzeigenabteilung und Vertrieb. Die Buchhaltung ist wichtig, arbeitet anteilmäßig für alle drei Abteilungen. Natürlich muss eine Zeitung auch gedruckt werden. Aber Verlag ist Verlag, und Technik ist Technik. Es gibt Verlage mit eigener Technik und andere, die im Lohndruck produzieren. Unser Verlag bediente sich der Technik der Industriedruck AG und hatte dort auch angemietete Büros.

Abo-Zeitungen finanzieren sich aus dem Werbemarkt und dem Lesermarkt. Eine Faustregel besagt, dass das Anzeigenaufkommen zwei Drittel und die Abonnementsgebühren ein Drittel des Umsatzes ausmachen. Betrachtet man das Text-Anzeigen-Verhältnis, ist die Sache genau umgekehrt. Der Redaktionsteil macht etwa zwei Drittel des Umfangs aus und der Anzeigenteil den Rest.

Für den »Sport-Beobachter« galten diese Gesetze nicht. Hier war der Anzeigenplatz immer ausverkauft. Nicht weil die Kunden Schlange standen, sondern weil nicht genügend Platz vorhanden war. Wegen der Kürze der Zeit konnten am Sonntag für die aktuelle Ausgabe nur acht Seiten gedruckt werden. Technisch wären größere Umfänge möglich gewesen. Das hätte aber längere Druckzeiten erfordert. Der Schwerpunkt einer Straßenverkaufs-Zeitung liegt in der schnellen Aktualität, liegt im Lesermarkt.

Meine erste Durchlaufstation war die Buchhaltung. Eine Abteilung, die ich mir absolut nicht gewünscht hatte. Im Nachhinein betrachtet war es besser, dass dies nicht die letzte Station war, sonst wäre ich unter Umständen da noch hängen geblieben.

Es war eine reine Mädchenabteilung, die aushilfsweise durch den Rentner Fritz Bierwirth, der morgens die Kasse machte, unterstützt wurde. Else Conze aus Gelsenkirchen hatte die Mädels Hannelore Carls aus Werden, Margot Hornschuh aus Steele, Edith Schmidt aus Essen-West, Nanne Schelhas aus Kupferdreh und Hannelore Ommerborn, Wirtstochter der »Hermannshöhe«, Überuhr, unter ihren Fittichen. Unterteilt nach Hauptbuchhaltung, Anzeigenbuchhaltung und Vertriebsbuchhaltung. Dieses Damenteam hat mich allerliebst aufgenommen. Kann man nicht anders sagen.

Nach der Heirat von Hannelore Carls und dem

Wechsel von Nanne Schelhas stieß Christa »Itsy-Bitsy« Jansen aus dem Steeler Rott dazu. Einmal ist es mir gelungen, das Damen-Sextett im Bild festzuhalten. V.l.n.r.: Christa Jansen, Edith Schmidt, Jutta Dirla, Margot Hornschuh, Else Conze und Hannelore Ommerborn.

Die Arbeiten waren nicht problematisch, bedurften aber einer vollen Konzentration. Ein kleiner Flüchtigkeitsfehler und man suchte sich stundenlang tot. Neu waren für mich die Saldier- und Additionsmaschinen. Die elektrische Additionsmaschine machte Spaß, da konnte man mit der linken Hand die Belege bewegen und mit der rechten tippen, wobei der kleine rechte Finger die Additionstaste berührte. Diese moderne Maschine blieb aber der Chefin vorbehalten. Ich, der »Stift«, musste eine mit Handkurbel bedienen. Das bedeutete Zahlen eintippen, Tastatur loslassen und mit der rechten Handel eine Kurbel nach unten drücken, dann wieder weitertippen. Eine stupide Sache. Wenn Listen zu addieren waren, hatte ich eine eigene Technik entwickelt, um schneller zu werden. Ich bediente statt mit der rechten Hand die Tasten mit der linken - was mir vom Klavierspielen her nicht schwer fiel - und drückte blitzschnell mit der rechten die Kurbel. Ich brauchte die Finger nicht von den Zahlentasten zu nehmen und sparte somit etwas Zeit. Ehrlich gesagt eine Lachnummer, die nur den Sinn hatte, den Mädels eine vergnügliche Abwechslung zu bieten.

Bereits in den ersten Tagen meiner neuen Arbeitsstelle, erwartete mich eine freudige Überraschung. Auf dem Weg zu Pforte, um Getränke zu holen, traf ich auf dem Hof Edith Meinert aus der Grendgassen-Clique (wohnhaft »Alte Zeilen«). Sie lernte beim Tellus-Verlag, der ebenfalls beim Industriedruck untergebracht war. Sie war ebenso überrascht wie ich.

Die Vertriebsabteilung war die nächste Ausbildungsstation, nur kurz beim »Essener Stadt-Anzeiger« mit STEELER ZEITUNG unter Leitung von Fritz Worm. Längere Zeit beim »Sport-Beobachter«. Hier war die Arbeit auch etwas komplizierter. Während bei der Heimatzeitung das Hauptproblem in der Botensuche bestand, lag die Schwierigkeit beim »Sport-Beobachter« in der wöchentlich neuen Auflagengestaltung der Sonntagabend-Ausgabe für den Einzelverkauf. Dazu gehörten viel Fingerspitzengefühl und vor allem ausreichende Kenntnisse der Sportszenerie. Ausverkauft zu sein, bedeutete einfach, dass zu wenig Zeitungen geliefert worden waren. Kamen zu viel Exemplare zurück (Remittenden), waren zu viele Zeitungen geliefert worden. Das bedeutete unnötige Produktionskosten. Statistiken halfen da wenig. Wenn die Bahnhofsbuchhandlung Freudenstett in Freudenberg montags 50 % Remission meldete, konnte man die Auflage für die nächste Woche nicht einfach um die Hälfte kürzen, dann war garantiert ausverkauft. Es kam immer auf das jeweilige aktuelle sportliche Umfeld der einzelnen Verkaufstellen an. Ganz NRW individuell jede Woche neu einzustufen, meisterte Vertriebsinspektor Heinz Neumann für meine Begriffe hervorragend. Er war auch ständig im Gespräch mit der Sportredaktion.

Die Vertriebs-Chefin war jedoch Wilhelmine Funke aus dem »Haus Funke«, Steele Nord. Als Vertraute war sie die rechte Hand des Verlegers. Beide kannten sich lange aus Steeler Zeiten in Sachen Bürgerverein und Bürgerblatt. Sie musste jeden Montag dem Verleger berichten, wie die Verkaufszahlen aussahen. Eine Art Controlling.

Eng verbunden mit dem Vertrieb war der Versand. Die verschiedenen Versandarten erforderten unterschiedliche Versandpapiere. Das fing beim einfachen Packzettel für Austräger an, ging über das Streifband für den Post-Einzelversand, über das Postzeitungsgut für Postpakete bis hin zu den Express-Papieren für den Paketversand per Bahn. Für die Adressenaufdrucke bedienten wir uns einer Adrema. Hier konnten Druckplatten aus Metall mit Anschriften gestanzt werden. Die Platten liefen vom Stapel durch die Maschine und bedruckten die Versandpapiere nach dem Stempelsystem. Bei den adressierten Versandpapieren mussten spekulativ die Auflagenzahlen von Hand eingetragen werden. Dann folgte die Sortierung nach einem Ablaufplan, der garantierte, dass die Abfahrzeiten bei Bahn, Post und Fuhrpark definitiv eingehalten werden konnten. Ein verpasster Zug ins Sauerland konnte praktisch den Ausfall bedeuten. Die Abstimmung mit der Auflage geschah kurzfristig, das heißt immer erst am Freitag. Das war nicht einfache Arbeit, das war eine spannende Geschichte.

Lehrjahre sind bekanntlich keine Herrenjahre. Da ist auch nichts dagegen einzuwenden. Nur mit dem morgendlichen Teeservieren für des Verlegers Tochter Hanne-Lore tat ich mich etwas schwer. Gedanklich und auch vom Handling. Hanne-Lore arbeitete zu jener Zeit in der Redaktion Stadtanzeiger. Vor 10 Uhr tauchte sie nicht auf. Klar, da gab es ja Abend- und Nachttermine. Als Erstes erfolgte ein Anruf bei Fräulein Funke: »Der Stift soll bitte meinen Tee bringen.« Wilhelmine Funke bat mich höflich »Fräulein Deger hätte gern etwas zu trinken, würden Sie ihr bitte ein Tässchen bringen?« Warum nicht? Das war ja nur um die Ecke herum durch die nächste Bürotür. Heinz Neumann, gerade nicht im Büro, hatte eine Thermosflasche mit seinem Kaffee auf dem Schreibtisch stehen. »Wird nicht so schlimm sein, wenn ich da eine Tasse von abzweige«, dachte ich. Ich servierte eine Tasse Kaffee. »Ich hatte doch Tee bestellt«, kam die enttäuschte Reklamation. »Bei mir nicht. Fräulein Funke hat von einem warmen Getränk gesprochen.« Damit war der Fall noch nicht erledigt. Am nächsten Morgen kam wieder der Anruf. Meine Chefin hatte jetzt schon vorgesorgt und Tee gekocht. Ich sollte nur noch servieren. Ich weiß auch nicht, ich muss an dem Morgen so nervös und zittrig gewesen sein, dass ich der Dame die halbe Tasse über den Rock goss. Abtrocknen durfte ich sie nicht. Aber vom Teeservice war ich ein für allemal befreit.

Fritz W. Deger war nicht nur ein hervorragender Journalist und ausgezeichneter Werbekaufmann. Er verstand es auch vorzüglich, die Mitarbeiter zu motivieren und ohne große Gehaltserhöhungen zu halten. Einmal, es war der 5. April, kam er ins Geschäft, ordnete eine Besprechungspause an mit den Worten: »Alles stehen und liegen lassen, wir treffen uns um 11 Uhr zu einer außerordentlichen Sitzung gegenüber in der »Funkenhütte«. Bitte pünktlich.« Was war los? Gar nichts, außer dass der Chef Geburtstag hatte und einen ausgab. Ein zweites Frühstück verbunden mit einem kleinen Umtrunk, da kam Freude auf. Oder er tauchte am Nikolaustag auf und legte jedem Mitarbeiter persönlich eine Orange auf Tisch und wünschte mit einem Händedruck einen schönen Nikolaustag. Nicht der Wert, die Geste war entscheidend.

Wenn es so etwas wie ein Betriebsklima gibt, so haben die jährlichen Ausflüge und die Weihnachtsfeiern im Parkhaus-Hügel mit Sicherheit dazu beigetragen, dass es bei uns ein gutes war. Der Verleger war dabei immer darauf bedacht, dass kein Eierkuchen und keine Verfilzung stattfand, was er aber nicht immer steuern konnte. Er legte großen Wert darauf, dass sich niemand im Betrieb duzte. »Wenn Sie im Beruf weiterkommen wollen, bleiben Sie beim »Sie« - man kann besser »Du Arschloch als Sie Arschloch sagen« hatte er mir schon beim Einstellungsgespräch gesagt.

Mein erster Ausflug als fester Mitarbeiter ging mit dem Bus nach Amsterdam zu einer Grachtenrundfahrt. Da schnupperte ich zum ersten Mal den Duft der großen weiten Welt. Erstens wegen der Weltstadt Amsterdam und zweitens wegen der gebotenen kulinarischen Genüsse, die ich teilweise bis dato noch nicht gekannt hatte.

Solche Incentive-Reisen gaben großen Ansporn. Man zehrte noch Wochen am Arbeitsplatz davon.

Drei Steelenser in einem Boot. In Amsterdam dabei: Ulrike Bregartner, Tochter der gleichnamigen Druckerei, Karl Hansmann und Sportredakteur Alois Behler. Rechts daneben Frau Ruland im Gespräch mit Theo Manterfeld, dem Anzeigenvertreter aus Köln.

Der Ausflug war schön, das Essen vorzüglich, die Stimmung gut - man sieht es den Gesichtern an. Das fast komplette Verlags-Team beim Verlassen des Speiselokals am holländischen Grenzübergang in Elten. Der Verleger mitten im Bild mit hellem Anzug und Weste. Rechts neben ihm mit Brille Werner Gwiasda vom Verkehrsbüro Steele. Aus Steele außerdem dabei: (unten links) Ulrika Bregartner und Christa Jansen. Die fünfte Dame links von unten ist Margot Hornschuh, über ihr Fritz Borgböhmer vom TV 1863 und neben mir Wilhelmine Funke mit Hut. Ganz oben verdeckt August Lindemann, ebenfalls vom Turnverein Steele. Der Dritte von oben rechts ist Alois Behler aus der Krayer Straße. Vorne unten steht Nanne

Schelhas aus Kupferdreh und dahinter Helmut Dirla, den ich später beim Südkurier in Konstanz wieder traf. Am Eingang vor dem Fenster ganz groß im Bild Hans-Joachim Funke, Chefredakteur beim Stadt-Anzeiger - nicht zusammenhängend mit dem Haus-Funke Steele. Chefredakteur Harald Landefeld vom »Sport-Beobachter« leider nur verdeckt hinter dem Fenster zu erkennen.

Es folgten noch viele schöne Feste und Ausflüge. Unvergessen die Fahrt nach Willingen im Hochsauerland mit einer Pferdeschlitten-Fahrt durch den Winterwald. Hier hatte Hanne-Lore Deger versucht, mich mit einem Cognac wieder zu beleben. Ich hatte auf dem Schlitten den Eingefrorenen gemimt.

Es können nicht alle Feten beschrieben werden. Sie waren alle schön. Aber ein Fest ragte besonders heraus. Das war die große Feier im Spitzenrestaurant Imhof »Parkhaus Hügel«. Auch die Freiberuflichen waren eingeladen worden, so dass ich mit Vetter Norbert zusammen hingehen konnte. Tante Guste und meine Mutter gaben uns noch einige Tipps mit auf den Weg. Fein anziehen, die Etikette wahren, bei den Tischmanieren aufpassen, das Besteck, wenn mehrfach aufgelegt, immer erst von außen nehmen. Am besten darauf achten, was andere tun. Die Ermahnungen waren nicht umsonst. Dabei fing alles so toll an. Am Eingang stand die gesamt Familie Deger und begrüßte jeden einzeln mit Handschlag und drückte ihm als Aperitif einen Piccolo in die Hand. Der Chef Fritz W. Deger, seine Gattin Trude, die Tochter Hanne-Lore und Sohn Ulrich, der noch zur Schule ging. Im festlich geschmükkten Saal spielte bereits eine Band der Spitzenklasse. Um die Tanzfläche herum gab es zehn Tische mit Platz für jeweils acht Personen. Es war schon eingedeckt, und Norbert und ich wussten sofort, was unsere Mütter mit ihrer Tischempfehlung meinten. Messer und Gabeln in mehrfacher Ausfertigung. Das war nicht schlimm, denn wir hatten ja gehört - immer von außen nach innen wegnehmen und für das Dessert von oben nach unten. Probleme machten uns nur die verschiedenen Werkzeuge, Zangen und Spezialmesser für die Schalentiere. Aufpassen, was der Nachbar macht. Zum Glück saßen an unserem Tisch genügend Experten, die uns die Handhabung vormachten. Trotzdem kamen wir uns etwas erniedrigt vor. Nichts zugeben und fröhlich weitermachen, so überstanden wir die Nacht mit einem tollen Programm. Mit dem ersten Zug fuhren wir am Samstagmorgen von Hügel nach Steele. Der Markt war gerade dabei zu öffnen. Wir kauften uns jeder eine Banane zum Frühstück und gingen nach Hause, um auszuschlafen. Zuvor musste ich allerdings den Eltern einen lückenlosen Bericht abliefern. Das wird bei Norbert nicht anders gewesen sein.

Während meine vertriebliche Berufsausbildung schwerpunktmäßig beim »Sport-Beobachter« gelegen hatte, lernte ich das Anzeigenwesen mehr oder weniger beim »Essener Stadt-Anzeiger« kennen. Auf dem Bild mein Arbeitsplatz in der Geschäftsstelle. Hier war Publikumsverkehr, hier war Action, hier gefiel es mir auf Anhieb, und im Anzeigenmetier bin ich auch hängen geblieben. Um es vorweg zu nehmen: bis ins Rentenalter - natürlich bei anderen Verlagen.

Die Wand hinter meinem Rücken verdeckte das Schaufenster in der Kibbelstraße. Sie hatte zwölf herausnehmbare zeitungsgroße Klappen. So wurde der wichtige Zeitungsaushang erleichtert. Wichtig? Es gab zu allen Zeiten genügend Leute, die Zeitung am Aushang gelesen haben. Man konnte mit dieser Teaser-Werbung neugierig machen, so dass viele die Zeitung eines Tages doch kauften oder sogar abonnierten.

Schon am zweiten Tag meiner Tätigkeit in der Geschäftstelle hatte ich einen interessanten Kunden zu bedienen. Es war mein erster Erdkundelehrer der Realschule, der inzwischen pensioniert war. Der erkannte mich tatsächlich noch nach so vielen Jahren. Ich hatte auch schöne Erinnerungen an ihn. Er kam wohl aus dem Osten und unterrichtete vornehmlich über Oder und Neiße, über Weichsel und deren Nebenflüsse Bober und Queist, über das Mündungsdelta der Oder - Peene, Swine, Diwino und den dazwischen liegenden Inseln Usedom und Wollin. Von Mississippi und Colorado nichts. Wer unangenehm auffiel, musste hinter die Tafel und alles auswendig runterrasseln. Das hatten wir Schüler schnell begriffen und alle Namen vor dem Unterricht an die Rückseite der Tafel geschrieben. Hannes Deutsch hatte davon nie was gemerkt. Ich habe ihm die Geschichte dann erzählt. Er kam danach regelmäßig und kaufte seine Zeitung. Abonnieren wollte er nicht, er suchte die Unterhaltung.

Anzeigen kommen nicht von allein in die Zeitung. Sie müssen akquiriert werden. Das besorgten beim »Stadt-Anzeiger« die Anzeigenvertreter (Akquisiteure) August Lindemann, Hein Hinzke, ein Tirpitz überlebender Mariner, Lotti Ehrlich, Heinz Luxen und Herbert Griguzeit. Die Anzeigenleitung lag bei Nati Blome, die mit dem Chefredakteur Funke liiert war und später mit ihm nach Berlin zog. Dadurch bot sich mir die Chance, jüngster Anzeigenleiter Deutschlands zu werden. Aber soweit war es noch nicht. Zuerst musste Leistung gezeigt werden.

Der gute Hein Hinzke war hauptsächlich für Steele zuständig, hatte aber in Essen auch den Großkunden Cramer & Meermann mit dem Geschäftsführer Schacht vom Steeler Hellweg zu betreuen. Ganz natürlich, dass ich mein Hauptaugenmerk auf den Bezirk Steele richtete. Ohne böse Hintergedanken, schlug ich dem Vertreter eines Tages ein so genanntes Kollektiv vor. Eine Sonderseite über einen Neubau mit Bild, Text und Werbeanzeigen der am Bau beteiligten Firmen. Es handelte sich um den fertig gewordenen Anbau des Lutherhauses.

Der fertiggestellte Anbau des Lutherhauses

Nach Einschätzung des Experten Hein Hinzke bestanden hier keinerlei Chancen auf Erfolg. Damit konnte und wollte ich mich nicht abfinden. Vom Verleger erhielt ich die Erlaubnis, das Ding selbst zu drehen. Ergebnis: Es erschien eine ganze Seite exclusiv in der STEELER ZEITUNG. Davon eine halbe Seite Anzeigen. Das Foto habe ich auch selbst geschossen. Nun muss ich gestehen, dass ich den Erfolg einigen querverbindenden Beziehungen zu verdanken hatte. Da war zunächst einmal der Architekt Benno Lockenvitz, der gerade dabei war, unser Haus am Hellweg zu bauen. Der unterstützte natürlich meine Idee voll. Dann war der Bauherr das evangelische Krankenhaus. Hier wurden vorwiegend Handwerksbetriebe aus dem evangelischen Gesellenverein beauftragt. Durch die Mitgliedschaft meines Vaters in diesem Verein, kannte ich die natürlich alle persönlich gut. Bauunternehmer Ernst Hirdes, Installateur Günter Schäfer (Cousin), Maler Alfred Grigat, Schreiner Erich Guthmann und weitere. Sie alle gaben ihre Gratifikationsanzeige in Visitenkartengröße auf.

Klempnerei — Sanitäre Installationen — Gasheizungen

Günter Schäfer

Essen-Steele, Mettenstraße, Telefon 51297

Muster einer Gratifikationsanzeige aus dem Annoncen-Kollektiv der am Anbau »Lutherhaus« beteiligten Handwerker.

Für mich ein schöner Erfolg, bei dem es leider auch einen Wermutstropfen gab. Ausgerechnet beim Architekten passierte ein Fehler. Das mitgelieferte Klischee stand falsch rum in der Anzeige. Das Bild zeigte drei Affen, die eine Bauleiter emporstiegen. In der Zeitung liefen diese Affen jedoch nach unten. Eine Lachnummer auf der einen und eine saftige Reklamationsnummer auf der anderen Seite. Durch eine kostenlose Ersatzanzeige lassen sich solche Fehler in der Regel bereinigen. In diesem Fall wurde aber Absicht unterstellt.

Es gibt viele Fehler in Zeitungen, die nach Scherz aussehen. Wenn z.B. bei einem Textiler in dem Angebot »Damenblusen« das »l« fehlt und man liest »Damenbusen« kommt so ein Verdacht auf. Bei Blumen Vogelpoth wurde einmal das »p« durch ein »f« ersetzt. Halb Steele hat gelacht - nur der Inhaber nicht. Absicht ist in solchen Fällen schlecht zu beweisen. Wer so was einfädelt, läuft Gefahr seinen Job zu verlieren.

Streit gab es oft auch bei den Placierungsfragen. Ein Kunde wollte sein Inserat unbedingt auf Seite 1, der andere nur auf der effektiv letzten Seite stehen haben. Dabei war das völlig egal, denn Copy-Tests beweisen, dass die Hälfte der Leser die Zeitung von hinten liest und die anderen 50 % von vorne. Nicht die Placierung ist ausschlaggebend, sondern die Aussage, das Angebot.

Schlecht ist, wer sich bei diesem Beispiel etwas Schlechtes denkt: Zwei Möbelkunden hatten als Placierung ihrer blattbreiten Streifenanzeigen vorgeschrieben, diese am Fuß einer lokalen Textseite unterzubringen. Kein Problem für den verantwortlichen Umbruchmetteur in der Technik. So standen eines Tages die Möbelanzeigen der Firmen Grobbink und Kröger gegenüberliegend auf den Seiten zwei und drei. Alles nicht so schlimm, könnte man denken - da kann der Kunde ja gut vergleichen. Wenn da nicht die Werbeaussagen gewesen wären. Da hieß es in der einen Anzeige »Wenn Möbel ...dann« und in dem gegenüber placierten Inserat stand zu lesen »Wenn gute Möbel... dann«. Vertreter Hinzke hatte für kurze Zeit Verhandlungsprobleme mit dem Werbeleiter Verheyen des einen Möbelhauses.

Damals kursierten in Steele die Gerüchte, dass Franz-Josef Kröger demnächst Ute Grobbink heiraten werde. Tatsächlich heiratete Kröger jun. die Tochter des bekannten Unternehmens »Herde-Rück« aus Oberhausen.

Man soll Reklamationen zur Chefsache machen und keinesfalls verniedlichen. Daran hielten wir uns auch. Beliebtheit allein genügt nicht - das Medium muss auch stimmen. Wir haben es erreicht, dass die STEELER ZEITUNG für den lokalen Handel Werbeträger Nr.1 war.

»Der Kunde ist König« klingt ziemlich abgedroschen. Ich persönlich habe immer Wert auf eine gute Partnerschaft gelegt. Zugegeben, es gab auch Kunden, die konnten einem den letzten Nerv rauben, so dass es auch zu einem Fehlverhalten kommen konnte. So geschehen an einem Samstagmorgen. Ich hatte allein Dienst in der Geschäftsstelle. Kurz vor Ladenschluss kam noch ein Kunde mit einer Reklamation. Es handelte sich um eine private Kleinanzeige, bei der der Druckfehlerteufel zugeschlagen hatte. Sollte er nicht, tat er aber gelegentlich. Ich habe mich mehrfach entschuldigt und eine kostenlose Ersatzanzeige zugesagt. Grundsätzlich war der Kunde auch damit einverstanden, aber er wollte partout wissen, wer der Sündenbock war und wollte das Manuskript sehen. Die Unterlagen waren aber noch in der Setzerei, und die hatte seit zwölf Uhr Feierabend. Es ging auf ein Uhr zu. Unser Laden sollte um 12.30 Uhr geschlossen sein. Das alles interessierte den König Kunden überhaupt nicht. »Ich verlasse diesen Raum nicht, bevor der Fall hundertprozentig aufgeklärt ist«, lamentierte er lautstark. Mir platzte der Kragen in einer seltenen Form. Ich wurde immer ruhiger und sagte ganz höflich: »Mein guter Herr, entschuldigen Sie bitte. Ich habe versucht, mich rauszureden. Ich weiß ganz genau, wer der Schuldige ist, das sind nämlich Sie selbst.« Wie ich auf diesen Geistesblitz kam, kann ich nicht erklären. Jedenfalls regte sich der Kunde noch mehr auf. »Wieso ich, wieso denn ich?«, schrie er. »Wieso nicht, wer hat denn die Anzeige aufgegeben, Sie oder ich?«, fragte ich freundlich zurück. Freundlichkeit sei ein Bumerang, hatte ich gelernt. Bei diesem Nörgler hat sich das aber sehr spät erwiesen. Zunächst rannte er schäumend vor Wut aus dem Geschäft und knallte die Türe hinter sich wuchtig zu. Prima, endlich hatte ich Feierabend. In der nächsten Woche schaltete ich das Inserat kostenlos und richtig. Als der Mann damit dann riesigen Erfolg hatte, kam er tatsächlich noch mal vorbei und entschuldigte sich quasi. Na bitte, und ich hatte schon mit einer Abmahnung des Verlages gerechnet. Merke: Wer einem die Zähne zeigen will, versuche es mal mit Lächeln!

Ein anderes Mal stellte mich der Verleger selbst wegen einer fehlerhaften Anzeige telefonisch zur Rede. Ich musste den Stellenmarkt aufschlagen und sollte die Anzeige der Firma Soundso aus Kupferdreh lesen. Ich las und konnte nichts feststellen. Kein Druckfehler, kein falscher Buchstabe. »Wollen Sie aus meiner Zeitung ein Witzblatt machen?«, dröhnte es durch das Telefon. Natürlich wollte ich das nicht. Ich kam nicht dahinter, was er meinte. Ob ich denn ein Brett vor dem Kopf hätte, fragte er mich. Da war ein Metall verarbeitender Betrieb, der Damen suchte. »Lesen Sie doch mal laut vor, vielleicht kapieren Sie dann«, schlug der Verleger vor. Ich las laut: » Damen für mechanische Bearbeitung gesucht...« So langsam fiel bei mir der Groschen. »Manche Damen haben es mechanisch nicht so gern«, raunte es schon etwas freundlicher durch den Hörer. Es hätte heißen müssen »Damen für mechanischen Bearbeitungsbetrieb gesucht«. Aber ehrlich, der Text war so abgedruckt, wie von der Firma aufgegeben.

Während die lokalen Anzeigen, die den größten Teil ausmachten, von den Vertretern akquiriert wurden kam, die überregionale Markenartikelwerbung über den Werbeblock Nordrhein-Westfälischer Heimatzeitungen in Düsseldorf, dem wir angeschlossen waren. Da gab es dann Inserate wie Neda, Togal, Klosterfrau oder Persil.

Der »Essener Stadt-Anzeiger« mit seinen vielen Vorortausgaben hatte keine Vollredaktion. Das heißt, in Eigenregie wurde nur der Lokalteil produziert. Seiten wie »Aus aller Welt«, »Hier spricht der Doktor«, »Menschen, Räder und Motoren«, »Die Seite für die Frau« und »Unterhaltung« mit Witzen und dem Horoskop wurden fremd eingekauft. In unserem Fall war der »Westfälische Anzeiger und Kurier« in Hamm der Lieferant. Jeden Donnerstag kamen die Seiten per Bahn-Express. Sie sollten bis spätestens 9 Uhr da sein. Das klappte nicht immer. Manchmal musste ich nach Hamm fahren und die Seiten holen. Manchmal fehlte auch ein Teil.

»Anzeigen müssen mit, der lokale Teil sollte nicht gekürzt werden und mit dem überregionalen Teil können Sie variieren, wie Sie wollen - aber eines merken Sie sich ein für allemal: Das Horoskop darf niemals fehlen«, sagte der Chef immer donnerstags zu mir, wenn wir den Plan für die neue Ausgabe besprochen hatten und er sich verabschiedete, während ich die Kontrolle über die Herstellung der Zeitung bis zum Andruck hatte. Mehr als 32 Seiten sollte die Zeitung möglichst nicht haben. Was darüber hinausging bedeutete, einen Vordruck von mindestens vier Seiten zu produzieren. In diesem Falle weniger Zeit- als Kostenprobleme. Waren es einmal mehr Anzeigen als ausgerechnet, war ich gezwungen, Textbeiträge rauszuschmeißen - nur bloß das Horoskop nicht.

Einige Male kam es vor, dass das Horoskop bei der Sendung aus Hamm fehlte. Was nun? Kurzerhand nahm ich den Zeitungsband vom letzten Jahr, schnitt ein altes Horoskop aus und gab es in Satz. Wer sollte das schon merken? Mein Vater war ein gläubiger Christ. Ein leichter Aberglauben schwang aber mit. Er ließ sich von seiner Schwester die Karten legen und verließ sich auf sein Horoskop. Sagte er doch bei dem geschilderten Pfusch tatsächlich zu mir: »Eure Zeitung schreibt auch immer dasselbe, mein Horoskop von heute ist alt.« Da war ich geschockt - ließ mir das aber eine Lehre sein. Wenn wieder mal das Horoskop fehlte, habe ich für Vaters Sternzeichen »Jungfrau« kein altes ausgeschnitten, sondern habe selbst eins für ihn persönlich geschrieben. Ich kannte ja seine Problemchen und Wünsche. Fortan sah die Welt für ihn nur positiv aus, und er machte bei jedem Thekengespräch Werbung für die STEELER ZEITUNG, weil die das beste Horoskop weit und breit habe. Wenn das der Verleger gewusst hätte...

Ein echter Steelenser soll auch stolz auf seine Zeitung sein. Stolz sein auf eine eigene Zeitung konnte man in Steele schon 1867. Verleger Friedrich-Wilhelm Lohmann brachte eine eigene Lokalzeitung unter dem Titel »Der Ruhrbote« heraus. Dieses konservative Blatt erschien bis Ende März 1880. Danach erschien die STEELER ZEITUNG vorübergehend auch unter dem Titel »Neueste STEELER ZEITUNG«. Herausgeber war Vikar Peter Monschau, vermutlich ein Vorfahre des späteren WAZ-Reporters gleichen Namens. Kurz vor der Jahrhundertwende hatte die Heimatzeitung unter dem neuen Herausgeber Bernhard Berthold eine stolze Auflage von rund 7000 Exemplaren. Bei damals 14.000 Einwohnern rechnerisch fast nicht nachvollziehbar. Bei nur vier Personen pro Haushalt ergeben sich 3500 Haushaltungen. Alle müssten folglich zwei Exemplare gehabt haben. Wohl kaum - es wird so sein, dass die Zeitung auch außerhalb von Steele gelesen wurde. Ein Beweis für die Qualität der Zeitung. Gleichzeitig auch ein Beweis dafür, dass man auswärts stark an Steele interessiert war.

Die Bearbeitung der Kinoseite gehörte sehr schnell zu meinen Lieblingsbeschäftigungen. In der Regel gab es in den Essener Lichtspielhäusern dienstags und freitags Programmwechsel. Außergewöhnliche Filme liefen auch schon mal eine Woche oder länger. Da die STEELER ZEITUNG nur einmal in der Woche erschien, mussten die Texte für zwei Filme pro Anzeige hereingeholt werden. Es war nicht so, dass die Steeler Kinos nur in der Steeler Ausgabe erschienen und die Krayer nur dort. Fast alle Kinoanzeigen aus dem Großraum Essen erschienen in der Gesamtausgabe des »Essener Stadt-Anzeiger« mit seinen Nebenausgaben. Das machte die Kinoseite so interessant.

Einige Anzeigentexte kamen durch die Anzeigenvertreter herein, ein paar durch die Post, aber wegen der Kürze der Zeit, musste ich die meisten Texte telefonisch abrufen. Das setzte ein gutes Wissen über die Filme und vor allem über die Schreibweise der vielen in- und ausländischen Schauspieler voraus und bedeutete gleichzeitig, beste Kontakte zu den Theaterbetreibern aufzubauen. Praktisch war ich in allen Häusern zu Hause und gern gesehener Gast.

Die Palette der Kinos war groß. An der Spitze mit Uraufführungen lag natürlich die Lichtburg. Gary Coooper, John Wayne und viele andere waren da. Einer kam sogar mal in Coxboy-Kleidung die Kettwiger Straße entlang geritten. Der Zuschauerandrang war riesig. Gern habe ich neben den Western aber auch die Musikfilme mit den Schlagerstars gesehen. Ich hatte alle Schallplatten vom »Schrägen Otto«, der auf seiner beschwipsten Drahtkommode Schlagerpotpourries spielte. Der »Schräge Otto« Fritz Schultz-Reichel war in der Lichtburg - mit seiner Drahtkommode. Auf die war ich besonders neugierig. Oft kopiert, doch nie erreicht. Schließlich konnte ich ja Vaters Klavier nicht so verstimmen, dass es durch verschiedene Saiteneffekte eines einzelnen Tones wie beim Künstler klang. Durch Pergamentpapier zwischen den Filzhämmerchen und den Saiten kam ein ähnlicher Effekt zustande. Aber wehe, wehe ich hatte das Papier nicht entfernt, bevor Vater sich ans Klavier setzte, obwohl er die Art des Spielens auch mochte.

Die Kinozeit war eine schöne Zeit. Beeindruckend noch heute die Vielzahl der Lichtspielhäuser. Es mag sein, dass mir ein paar Namen aus anderen Vororten entfallen sind, oder es gab keine Inserate. Obwohl wir immer akquiriert haben: »Wer nicht wirbt - stirbt!« Ich glaube aber, die bekanntesten Namen noch aufzählen zu können.

Bekannte Film-Theater der 40er und 50er-Jahre im Großraum Essen

Steele	UNION-THEATER, Bochumer Straße KAMMER-LICHTSPIELE, Dreiringstraße LUNA -THEATER, Westfalenstraße GLORIA-THEATER, Krayer Straße FILM-RING, Bochumer Str. Freisenburch
Kray	FILM-ECK, Kiwittstraße, Kray-Süd WALHALLA THEATER, Tempelhof, Kray-Nord DELI-Theater, Kray-Nord
Essen-Ost	OLYMPIA -THEATER, Steeler Straße, Wasserturm EULENSPIEGEL, Steeler Straße, Wasserturm
Essen-West	HELIOS, Martin-Luther-Str. UFA- PALAST, Mommsenstr. (im Krieg zerstört) LUXOR, Berliner Straße KURBEL, Keplerstraße
Frohnhausen	URANAIA, Frohnhauser Straße RIALTO, Frohnhauser Straße
Altendorf	CAPITOL, Buddestraße MERKATOR, Hirtsieferstraße ALHAMBRA-THEATER, Niederfeldstraße LITO-THEATER, Serlostraße
Holsterhausen	GEMAR, Gemarkenplatz
Borbeck	RESI-LICHTSPIELE, Wüstenhöfersstraße
Essen-Süd	KINO-SÜD
Frillendorf	APOLLO

Rüttenscheid	RÜTLI LUX AM STERN
Rellinghausen	SCHAUBURG, Frankenstraße
Katernberg	FOX THALIA-THEATER
Schonnebeck	CORSO PARK-LICHTSPIELE
Altenessen	NORDLICHT FILM-BÜHNE
Kupferdreh	KUPFERDREHER THEATER
Essen-Mitte	LICHTBURG, Kettwiger Straße ATRIUM ROXY, Viehofer Platz UFA-PALAST, Kopstadtplatz KINO 7, Gänsemarkt (Non Stop) BALI, Hauptbahnhof (Non Stop) ASTRA, Teichstraße DIE BRÜCKE (Club), Haus der Technik CAMERA, Lindenallee, Hotel Kaiserhof EUROPA UNIVERSUM GLÜCKAUF FILM-STUDIO FILM-PALETTE ASTORIA

Die Innenstadt-Kinos hatten das größte Einzugsgebiet. Sie konnten damit rechnen, dass auch Besucher aus den Vororten kamen. Eine Werbung in unserer Gesamtausgabe hatte keine Streuverluste und war für sie bezahlbar. Umgekehrt konnten Vorort-Theater kaum mit auswärtigem Besuch rechnen. Von Steele nach Kray und umgekehrt vielleicht - von Essen-West nach Steele wohl kaum. Für die Vororte machte es wegen der hohen Streuverluste der Werbung keinen Sinn, die Gesamtausgabe zu belegen. Für den Verlag machte es aber wegen der kompakten Kinoseite sehr wohl einen Sinn. Es war aber wettbewerbswidrig, für Teilausgaben bestellte Anzeigen kostenlos in der Gesamtausgabe zu veröffentlichen. Da passte die Konkurrenz scharf auf. Als Ausweg vereinbarten wir Teilgegengeschäfte. Es wurde nur die Lokalausgabe bezahlt, und für den fehlenden Differenzbetrag bekamen wir Dia-Werbung für unsere Titel in den Kinos. Ein völlig legale Sache.

Die Domäne von Kompensationsgeschäften lag in der DDR. Aber auch im Westen waren vor allem im Verlagswesen Anzeigengegengeschäfte üblich. Jägermeister, Wolfenbüttel, war sehr werbefreudig, zahlte aber bei uns nur in Naturalien. Dadurch hatten wir immer prima Kundengeschenke. In kleinerem Umfang hatten wir einmal ein Gegengeschäft mit der Badischen Tabakmanufaktur für die Marken »Reval« und »Roth-Händle«. Wohin mit den Zigaretten? Als Werbegeschenk wohl nicht so geeignet. Verlagsmitarbeiter konnten sie vergünstigt kaufen, und ab und zu gab mir der Verleger persönlich eine Stange mit nach Steele, um sie seinem Turnbruder Erich Simon zu bringen. Simon - auch Gesellenfreund meines Vaters - hatte in der Bochumer Straße 18 ein Tabakwarengeschäft. Geld habe ich für die Zigaretten nie kassiert, so dass ich annehmen musste, »Bruder« Erich habe sie selbst geraucht. Außer Zigarren-Simon gab es in der Bochumer Straße 19 noch Tabakwaren-Rosiepe und in Nr. 31 noch Traudt-Bergmann. Aus dieser Branche kamen auf engstem Raum noch Renneken in der Dreiringstraße, Mühlensiepen in der Hansastraße und ein Geschäft am Kaiser-Otto-Platz (später Höing) hinzu. Diese wurden allerdings nicht von uns mit Rauchwaren beliefert. Interessant ist nur die Vielzahl der damaligen Fachgeschäfte. Dabei konnte man Zigaretten auch ohne Automaten in jeder Wirtschaft, an jeder Seltersbude und in verschiedenen Lebensmittelgeschäften erwerben. Als Nichtraucher interessierte mich das nicht allzu sehr, ich sah das nur geschäftlich.

Privat war für mich das Gegengeschäft mit dem Schuhhaus Rüter ein Vorteil. Mit Bescheinigung des Verlages konnte ich dort günstig Schuhe kaufen, denn es wurde ein Gegenseitigkeitsrabatt von 50 % vereinbart. Die Berechtigungsbescheinigungen wurden allerdings nur dosiert ausgestellt.

Durch häufige - fast nicht zählbare - Kinobesuche wurde mein Interesse am Fußball keineswegs geschmälert. 1958 wurde Schalke 04 deutscher Meister, nachdem Borussia Dortmund das Kunststück fertig gebracht hatte, 1956 und '57 zweimal hintereinander mit der gleichen Mannschaftsaufstellung Meister zu werden. In der Glückauf-Kampfbahn sollte mit einem Freundschaftsspiel gegen Arsenal London eine Flutlichtanlage eingeweiht werden. Man wollte wie andere europäische Spitzenvereine nicht auf das Tageslicht angewiesen sein. Chefredakteur Harald Landefeld vom »Sport-Beobachter« schenkte mir zwei Ehrenkarten für dieses Spiel. Sitzplatz Vortribüne.

Die Cranger-Kirmes in Wanne-Eickel beginnt immer am ersten Freitag im August und dauert zehn Tage. Schalke und Cranger waren für mich Anlass genug, einen tollen Samstagsausflug zu planen. Samstagmorgens fuhren Erika und ich mit der Straßenbahn von Steele nach Wanne-Eickel. Mit der Vestischen Linie 4 war dies durchgehend möglich. Aus den Erzählungen unserer Eltern wussten wir, dass die Steeler Kirmes vor dem Krieg gigantisch gewesen sein muss. Der Ursprung der Cranger Kirmes - nach dem Münchener Oktoberfest und dem Cannstatter Wasen der drittgrößte Rummelplatz in Deutschland - liegt im 15. Jahrhundert und war ein Pferdemarkt. Das Erlebnis haute uns um, so eine Größenordnung hatten wir nicht erwartet. Über 80.000 qm Ausstellungsfläche mit 5 km Laufstrecke an den Attraktionen vorbei. Wahnsinnig toll, wenn auch total ermüdend. Dabei hatten wir noch Schalke vor der Brust.

Mit der Straßenbahn bis zum Schalker Markt und den Rest bis zur Glückauf-Kampfbahn zu Fuß. Das Spiel war spät angesetzt, denn die zweite Halbzeit sollte in der Dunkelheit unter Flutlicht stattfinden. Also Zeit genug, um Platz zu nehmen. Herrlich so ein Sitzplatz nach so einer strapaziösen Kirmestour. Dann eine kleine Enttäuschung per Lautsprecherdurchsage: Arsenal London hatte abgesagt, und die Wolverhampton Wanderers waren eingesprungen. Im Nachhinein war es keine Enttäuschung, denn die Ersatzmannschaft war spitze. Wenn ich mich recht erinnere, hat sie sogar gewonnen. Aber das ist Nebensache, denn die hauptsächliche Spannung lag an diesem Abend im Einschalten der Scheinwerfer auf den vier Flutlichtmasten. Oh, wie spannend! Hatten die Spieler zu Beginn des Spiels ganz normal ihren vom Sonnenlicht erzeugten Schatten, so waren es unter Flutlicht plötzlich vier. Schon komisch, dass ein Mann vier Schatten hat. Aber das war damals technisch noch nicht anders möglich.

Die Flutlicht-Einführung brachte uns dann viele schöne Abendspiele. Unvergessen die Freundschaftsspiele von RW Essen kombiniert mit Fortuna Düsseldorf, oder SW Essen oder Schalke gegen namhafte Spitzenmannschaften aus Ungarn und Jugoslawien. Der bekannte Torwart »Katze« Beara von Partizan Belgrad sagte einmal ehrfürchtig nach einem verlorenen Spiel, so einen Stürmer wie den Helmut »Boss« Rahn habe er noch nie erlebt: »Der ist ja so schnell wie ein Hundertmeterläufer und vor allem, man sieht seinen Ansatz zum Schuss überhaupt nicht.«

Bei Sport-Pauls in der Bochumer Straße hingen montags immer aktuelle Sportbilder vom sid (Sportinformations-Dienst) im Schaufesnter. Diese großen Pressefotos wurden eine Woche später ausgewechselt. Die alten Bilder wurden an die sportbegeisterte Jugend verschenkt. Wir waren alle scharf darauf. Man musste sich aber beeilen und wenn man Glück hatte, bekam man eins oder zwei. Reserviert wurde nichts.

Beim »Sport-Beobachter« wurden die besten Fotos veröffentlicht und anschließend archiviert. Dubletten oder ähnliche Bilder wanderten in den Papierkorb. Hier konnte ich mich segnen und die Bildergalerie bei Sport-Pauls vergessen. Beim »Stadt-Anzeiger« war die Sache etwas anders gelagert. Hier gab es von den Pressediensten jeden Tag reichlich Fotos. Filmschauspieler, Schlagerstars usw. Die wurden nicht alle veröffentlicht und wurden auch nicht archiviert. Im Gegensatz zu den lokalen eigenen Bildern, die selbstverständlich archiviert wurden, wanderten die Starfotos direkt in den Abfall - oder in meine Aktentasche zwecks privater Verwendung.

Die Bilder dienten uns als Dekomaterial für unserer Laube. Sie wurden auch ständig aktualisiert. Unseren Laubhüttenfesten verlieh das eine besondere Note. Das sprach sich auch herum und es blieb nicht aus, dass meine Arbeitskolleginnen und Kollegen aus dem Verlag zu einer Gartenparty aufkreuzten. Während wir gewöhnlich im Freundeskreis notgedrungen immer auf Sparflamme kochen mussten, lief jetzt ein Superding ab. Anzeigenvertreter Hein Hinzke hatte bei seiner Steeler Kundschaft organisiert. Von Walter Münch kamen nicht nur die Spezialitäten aus dem Fleisch- und Wurstangebot, leihweise kam auch ein Gas-Grillgerät dazu. Davon hatten wir früher noch nicht einmal geträumt. Von Radio-Arnold hatte Hein Hinzke außerdem einen batteriebetriebenen kleinen Plattenspieler »Mignon« ausgeliehen und ein paar heiße Scheiben aus Privatkreisen mitgebracht. So konnte auch getanzt werden. Die Tanzfläche war in der Laube. Gesessen, gegessen und getrunken wurde vor der Laube unter dem Holunderbusch.

Lokalredakteur Willi Nolte - sehr bekannt geworden durch seine Aufsehen erregende Gerichtsberichterstattung der Prozesse Fahrschule-Helmich und Kohlen-Ermisch - wagte auch ein Tänzchen. Das dauerte allerdings nicht lange, dann geriet er mit seiner Partnerin ins Stolpern und stürzte. Er landete weich, denn rund um die Tanzfläche hatten wir an den Wänden entlang eine Art Matratzenlager eingerichtet. Der Sturz wäre nicht schlimm gewesen, wenn da nicht noch die leere Weinflache gewesen wäre, die auf seinen Kopf niederging. Die glatte Rückwand der Laube hatten wir mit aktuellen Fotos ausgeschmückt, und an den Seitenwänden standen auf den Querbalken leere Weinflaschen zur Dekoration. Durch die Erschütterung fiel eine Flasche runter und traf den Tanzwütigen am Kopf. Er schlief fest ein. Betäubt von dem Schlag mit der Flasche oder benebelt von der Bowle, das konnten wir an diesem Abend nicht feststellen. Nach gewisser Zeit war er wieder topfit und hatte keinerlei Nachwehen. Vielleicht wollte er auch nicht gerne tanzen.

Die Party dauerte bis in den frühen Samstagmorgen hinein, und ich hatte die Aufgabe alles zu entsorgen, vor allem die Leihgaben wieder ordentlich zurückzugeben. Aber das musste meiner Ansicht nach nicht alles gleich am Samstag sein. Erst musste der Verstand ja wieder richtig arbeiten. Das tat er dann auch kurz vor Mittag, kurz vor Ladenschluss. Bei den vielen übrig gebliebenen Sachen wäre es ja eine Sünde gewesen, keine Feier im Freundeskreis nachzuschieben. Das hätte ich mir sicher nie verzeihen können. Als Erstem konnte ich Norbert die Situation schildern, denn alle anderen mussten arbeiten. Für Essen und Trinken war noch genug Material da, lediglich ein paar neue Pfirsiche für die Bowle mussten wir noch besorgen. Dann wurden die Kameraden telefonisch informiert, was aus einer Telefonzelle heraus nicht einfach war. Manfred, Günter, Helmut sagten spontan zu. Guido wollte nicht kommen, er hatte wieder einmal Knatsch mit seiner Freundin. Er solle sich mal keine Sorgen machen, wir würden ihm schon ein Braut besorgen, haben wir ihm versprochen. Norbert war eigentlich ein Garant für solche Dinge. Es klappte auch dieses Mal. Bei Radio-Arnold hatten wir uns entschuldigt, dass der Plattenspieler erst am Montag zurückkommen würde, weil da erst ein Fettfleck gereinigt werden müsse. Ob der Apparat denn noch funktionieren würde, wollte die Verkäuferin wissen. »Die Frage können wir leider nicht beantworten, denn wir haben keine Schallplatten zum Ausprobieren. Die haben die Besitzer alle wieder mitgenommen«, gaben wir Auskunft, »das Beste wird sein, Sie kommen heute Abend zu unserer Gartenparty, bringen ein paar Platten mit, und wir probieren das Ganze gemeinsam aus.« Wohl neugierig geworden, sagte das Mädchen zu.

Zu unserer aller Überraschung tauchte Guido doch mit einer neuen »Braut« auf. So war dann eine Dame zu viel an Bord, was der allgemeinen Freude keinen Abbruch tat. Alle waren natürlich überrascht über den Musikeinsatz. Bill Haley, The Platters - alles aus der Radio-Arnold-Hitparade lief. Dabei hatten alle üblicherweise mit Gesang und Gitarrenbegleitung von Norbert und Manfred gerechnet. Wie sonst:

»Zwei Gitarren im Baum« und »Weißer Holunder«.

Größere Feten musste ich für gewöhnlich zu Hause genehmigen lassen. Die Eltern waren nicht misstrauisch, sondern eher besorgt. Ruhestörender Lärm wäre ein harmloses Delikt gewesen. Da gab es aber noch den Kupplungsparagrafen oder noch gefährlicher: die Verführung Minderjähriger. Also kam Vater oft mit meiner Schwester zusammen zur Kontrolle, oder Tante Alwine tauchte überraschend auf.

Es war nicht so, als ob es jede Woche ein Fest gegeben hätte. Manchmal zogen wir uns auch in kleinem Kreis unangemeldet in unsere Oase zurück. Dazu musste ich aber heimlich die Schlüssel für das Hängeschloss am Gartentor und für die Laubentür entwenden. So auch einmal bei schlechtem Wetter, als Norbert und ich wieder einmal knapp bei Kasse waren und nicht ins Kino oder in die Eisdiele konnten. Wir schlichen uns mit Nanni und Erika in den Garten. Von innen durch den Zaun greifend hatten wir das Vorhängeschloss wieder so angebracht, dass Außenstehende unbedingt den Eindruck haben mussten, niemand sei im Garten. Draußen war es nass und kalt. Also hielten wir uns in der Laube auf, schlossen die Tür ab und ließen den Schlüssel von innen stecken. Plötzlich bummste es an der Tür. Tante Alwine war es. Als eigentliche Besitzerin der Laube besaß sie einen Schlüssel. »Sofort aufmachen«, sprach sie energisch an die Tür klopfend auf uns ein. Sie hatte schon richtig vermutet. Als keine Antwort von uns kam, ging sie um die Laube herum, um durch ein Fenster schauen zu können. Wir kauerten uns vor lauter Angst unter ein Fenster auf den Boden. Erika und ich zitterten, aber Norbert muss wohl Flugzeuge im Bauch gehabt haben. Das, was man sonst seiner Geliebten ins Ohr flüstert, sprach er etwas lauter, so dass man es draußen verstehen konnte: »Können diese Augen lügen? Ich bin wirklich kein Junge für einen Abend. Treue ist für mich kein leeres Wort«, sprach er eine deutliche Sprache, um dann noch lauter zu werden mit der Aussage: »Ich mach' ein glückliches Mädchen aus dir.« Nanni gefiel diese Spannung offensichtlich. »Töte weiter, Liebling«, seufzte sie. Tante Alwine nahm Reißaus. Norbert hatte richtig getippt. Eine sensible ältere Jungfrau hält so etwas nicht aus. Seltsamerweise hat Alwine Vater nie etwas davon erzählt. Wenn sie Fremde in der Laube vermutet hätte, hätte sie sicher nicht dichtgehalten. Für ihr Schweigen hat sie beim nächsten Mal ein Gläschen Bowle mehr bekommen, ohne dass sie jedoch jemals über den Vorgang gesprochen hätte.

Neben den zahlreichen Straßen-Erlebnissen in der Grendgasse, bleibt die Garten- und Laubenzeit in allerbester Erinnerung. Erst die Kindheit, dann die Jugendzeit, die Berufs- und Poussierzeit. Für einen Arbeitgeber und für sich selbst kann es nichts Besseres geben, als dass private Interessen mit den geschäftlichen verknüpft werden können. Bei mir traf das im gesamten Berufsleben zu. Man konnte unsere Laube auch Presselaube nennen oder zumindest Kommunikationszentrale. Auch diese schöne Zeit hatte ihr Ende. So kam auch der Abriss der Laube durch die Baupläne meines Vaters immer näher. Die Laube wurde zur Baubude, und die Bauarbeiter hatten ihren Mordspaß an den vielen Fotos.

In den Schulferien versammelte sich oft die ganze Familie in unserem Garten. Links sitze ich. Neben Mutter und Vater sitzt Edith Dankert aus der Mücher-Familie. Auf der Bank meine Schwester Ulla und neben ihr Ulla Dankert. Außen die Mädchen aus dem Nachbarhaus am Hellweg.

Dann kam das endgültige Aus für Laube und Garten. Die Bagger rückten Ende 1959 an, der Bau sollte spätestens bis Sommer 1960 fertig sein. Das Finanzierungsprogramm lief im Sozialen Wohnungsbau. Eigenhilfe war angesagt. Vaters Musikerkollege Peter Dittgen und seine Frau Ursel beobachteten, ob ich den Kirschbaum auch richtig zersäge. Von Mithilfe keine Spur. Der Soziale Wohnungsbau beinhaltete 1959 noch keine Zentralheizung. Also waren Kohleöfen angesagt. Bereits 1960 änderte sich dies. Beim Sozialen Wohnungssbau hatte man als Bauherr sowieso nichts zu sagen. Man durfte noch nicht einmal die Mieter selbst aussuchen.

Erika und ich hatten 1959 geheiratet und wollten gern die Mansardenwohnung des Neubaus beziehen. Wir haben das zwar geschafft - aber mit enormen Schwierig-

Eigenleistung zählte als Eigenkapital und war wichtig für den Finanzierungsplan

keiten. Willi Nolte, der Lokalredakteur der STEELER ZEITUNG, setzte sich sogar bei einigen Stadträten für uns ein. Es blieb uns nicht erspart, uns für eine Ablösesumme von DM 1.900,-- einzukaufen. Damit war dann keine Bindung auf der kleinen Wohnung. Das war für uns zu viel, so viel hatten wir nicht. Minderbemittelt waren wir nach den Paragrafen nicht, weil Erika noch mitarbeitete. Der Hinweis auf Einstellung der Arbeit, sobald das Baby da sei, half da überhaupt nicht. Einen Kleinkredit bei der Bank bekamen wir auch nicht. Hier zählte das Einkommen der Frau seltsamerweise nicht. Das waren die Feinheiten des so genannten Wirtschaftswunders. Gott sei Dank, hatte der Arbeitgeber ein Einsehen und gewährte Kredit.

Meine Heirat 1959 und der darauf folgende Umzug 1960 bedeutete auch das Ende der Ära »Grendgasse«. Es gab Ende ‘59 noch einen gewaltigen Abschiedsumtrunk bei Helmut Eins in der »Michelshöhe« in der Westfalenstraße, Ecke Pass. Hier kamen die Straßenfreunde und Schulkameraden noch einmal zusammen, um Abschied zu nehmen. Nicht von mir. Nein, nein - von Manfred Graf.

Manfred hatte sich in ein holländisches Mädchen verliebt. Deren Eltern wanderten nach Australien aus. Manfred hinterher. Kurz vorher hatte er noch einen mittleren Lottogewinn, so dass er sich beim »Sport-Beobachter« und bei seinen Kameraden würdig verabschieden konnte. In der »Michelshöhe« dabei waren seine Schulfreunde Ingo Tüpker und Erwin Küster. Aus unserem Kreis Helmut, Norbert, Guido und ich. Und aus der Grendgassenclique Heinz-Erwin Steinfels, Arnold und Peter Pung. Kurz vor Weihnachten brachten Norbert und ich dann Manfred zum Zug auf Bahnsteig 4 des HbF. Von seiner Familie hatte er sich schon vorher verabschiedet, die wollte er am Bahnhof nicht mehr dabei haben. Ich habe noch heute vor Augen, wie Norbert ihm die Gitarre ins Abteil reichte. Dann war alles vorbei. Von Rotterdam dampfte er mit einem preiswerten Hochsee-Frachter nach Australien. Nach 25 Jahren, anlässlich seiner Silberhochzeit, besucht er mich und einige andere alte Freunde. Danach habe ich kein Lebenszeichen mehr erhalten.

Der Jahreswechsel '59/60 war ein bisschen turbulent verlaufen. Beruflich konnte ich meine Position festigen. »Sport-Beobachter« und »Stadt-Anzeiger« mit der STEELER ZEITUNG liefen gut. Noch.

Der Sohn des Verlegers, Ulrich Deger, sollte das Geschäft einmal übernehmen, denn Tochter Hanne-Lore hatte sich nach Bocholt verheiratet. Ulrich musste aber zunächst eine Schriftsetzerlehre beim Industriedruck absolvieren. Dabei freundete er sich mit Dieter Bürger, dem Sohn des Steeler Druckereibesitzers an. Bürger-Druck hatte seinen Standort zuerst in der Dreiringstraße neben dem Kino im Hinterhof und zog dann um in die Humannstraße, Ecke Ahestraße.

Früher gingen alle Drucksachenaufträge automatisch an die Steeler Druckerei Bregartner - eine Freundschaft des Seniors aus dem Turnverein. Allmählich vollzog sich durch die neue Freundschaft des Juniors ein Wechsel zur Druckerei Bürger. Es dauerte auch nicht lange, da hing das Schild STEELER ZEITUNG auch über deren Eingangstür. Bürger war offizielle Geschäftsstelle der Zeitung geworden. Die weitere Entwicklung der 60er- und 70er-Jahre fällt in eine andere Zeitepoche, die mit meiner Kinder-, Jugend- und Ausbildungszeit nichts mehr zu tun hat. Harte Zeiten sollten anbrechen. Das Wort »Zeitungssterben« zog gespenstisch seine Kreise.

Der Abschied von der Grendgasse, von der Bochumer Straße, von den Straßen- und Schulfreunden war für mich damit vollzogen. Die Ära der Gartenpartys war abgeschlossen.

Im Sommer 1959 die letzte Gartenparty. Hier mit Manfred Graf und Norbert Kaiser nebst »Bräuten« - links außen meine Schwester Ulla und daneben meine Braut Erika. Ein paar Monate später stand der Neubau. Schulkamerad Jürgen Toll, der bei den Gartenfesten nicht dabei war, entpuppte sich anfänglich als wertvoller Helfer bei den Gartenarbeiten. Mutter freute sich riesig über den von uns angelegten Rasen; denn Vater war zur Kur. Alles grünte schon schön, als Vater zurückkam. Ihm war jedoch alles nicht gut genug. Da fehlte angeblich richtiger Mutterboden, und, und, und. Kurzum, er fing noch mal von vorne an. Ohne meine Hilfe.

Für mich begann das eigene Familienleben und damit der Ernst des Lebens richtig. Frisch vermählt nahmen Erika und ich Abschied von unserem Garten, unserer kleinen Oase inmitten der Großstadt - etwas wehmütig, aber auch stolz nach vorne blickend mit Freude auf die neue Wohnung. Das Allergrößte war für mich die rosige Toilettenzukunft. Endlich ein eigenes WC in der eigenen Wohnung, keine Teilung mehr mit anderen Hausbewohnern, kein Schlangestehen, kein Lauern auf das Freiwerden des WC kein Wettrennen mit der Nachbarin - Ende des Toilettenhorrors. Es mag albern klingen, aber solche Probleme gehen auf die Psyche und haben Nachwirkungen. Ich steige heute noch nicht gern in einen Reisebus ohne WC, auch wenn ich es nie benutze.

Jau äi, dat wa dat geflügelte Wort vonne Kumpels kurz nachen Kriech, wennse vonne Maloche die Schnauze voll hatten oder Maläste mitti Krankenkasse bekamen:

»Kappes, Schnaps und Stuten, dat sin di Knappschaftsstatuten!«

Sanierung: Wohltat oder Sündenfall?

Sanieren (lat.) = heilen, lebensfähig, gesund machen; Altes, Schlechtes aufbessern, beseitigen. So steht es im Lexikon. Und weiter heißt es, dass ein Sanierungsgebiet ein Stadtteil ist, in dem abrissreife Häuser durch neue Wohnsiedlungen ersetzt werden. Auch ist da die Rede von wirtschaftlicher Gesundung und vom Sanierungsgewinn. Sanitär = gesundheitlich ist davon abgeleitet. Ein Sanitäter ist ein Krankenpfleger - ein Sanierer nicht unbedingt.

Je nach Betonung und Aussage kann das Sanieren doppelsinnig sein. »Der hat sich gesund gestoßen, der hat sich prima saniert« zum Beispiel, oder »Der hat seinen Laden damit ganz schön saniert« oder »Von der Sanierung haben die ganz schön profitiert«. Bei so einer Auslegung des Begriffs »Sanieren« würde man in Baden vornehm zurückhaltend sagen: »Das hat ein G`schmäckle.« Im Ruhrpott dagegen heißt es deutlich: »Dat hatten fiesen Beigeschmack.« Im Prinzip habe ich mich auch saniert. In einer Zeit der Rezession, habe ich der Heimat den Rücken zugekehrt, bin quasi abgehauen, um einen Arbeitsplatz zu finden. Damals war die Floskel »man muss mobil und flexibel sein« noch nicht so populär.

Der amerikanische Management-Guro Tom Peters stand auch erst viel später bei uns hoch im Kurs. »Ohne Wandel kein Wachstum« ist eine seiner Thesen, oder »Hierarchien gehören abgerissen, auseinandergebaut und zerstückelt« eine andere Forderung. Managementtheorien, die die Welt verändert haben, Theorien die Spitzenleistungen in chaotischen Zeiten prophezeien. Hochkonjunktur der Unternehmensberater. Totengräber der Nation sagen die einen, Retter unserer Wirtschaft sagen die anderen.

All dieses hat sehr wohl mit Sanieren zu tun. Aber den Gedanken, dass erst einmal alles zerstört werden muss, damit wir - oder einige - wie Phönix aus der Asche aufsteigen können, möchte ich gar nicht zu Ende denken. Denn sonst müsste ich mir die Frage stellen, ob Hitler und seine Nazis tatsächlich Kriegsverbrecher oder in Wirklichkeit Wohltäter des Volkes waren. Sind sie nicht Urheber, des so genannten Wirtschaftswunders? Haben die Alliierten zu wenig oder falsch zerstört? Wäre zum Beispiel die Friedenskirche zerbombt worden, hätte es später keine Diskussionen geben müssen, ob sie aus verkehrstechnischen Gründen abgerissen werden muss oder weil sie auf Sand gebaut worden war oder stehen bleiben kann.

Besser ist es, solche Fragen erst gar nicht aufkommen zu lassen - sie beschwören nur unnötige Konfliktsituationen herauf. Für meinen überschaubaren Zeitraum bleibt es Tatsache, dass das Sanierungsprogramm für Steele im Zweiten Weltkrieg begann. Gewollt oder ungewollt ist dabei egal.

Ob das spätere offizielle Steeler Sanierungsprogramm in Ordnung geht, vermag ich aus der Distanz nicht zu sagen, ich kann es nicht beurteilen. Wichtig ist, dass die Bürger einverstanden sind und sich in Steele wohl fühlen. Und dass dem so ist, kommt doch bei vielen Gelegenheiten zum Ausdruck.Trotzdem sei es mir erlaubt zu sagen: »Das ist nicht mehr mein Steele.« Das ist keine negative Kritik, sondern hängt einfach mit guten Erinnerungen an alte Zeiten zusammen. So geht es bestimmt vielen Älteren. Aber die Jungen, die in das neue Steele hineingeboren werden, dürfen stolz sein, in einem lebendigen, modernen Stadtteil leben zu dürfen. Es gibt Schlechteres in allen Beziehungen.

Wer von einem Wolkenkuckucksheim spricht, meint eine Traumstadt, ein Fantasiegebilde. Zurück geht der Begriff auf den griechischen Literaten Aristophanes. In dessen Stück »Vögel« wird eine von den Vögeln in die Luft gebaute Stadt so genannt. Jemand »lebt in einem Wolkenkuckucksheim« heißt, er ist in seinen (optimistischen) Vorstellungen befangen (Quelle: Der Große Büchmann/Knaur Verlag).

So in etwa muss mein Traum-Zustand gewesen sein, als die ersten offiziellen Sanierungspläne in Steele kursierten - das war schon lange vor meinem Umzug und lange bevor es wirklich losging. Träume sind Schäume, sagt man. Nehmen kann einem die Träume niemand und verbieten schon gar nicht.

Wenn jemand mal wieder von irgendwelchen illusorischen Vorhaben fabuliert, nennt man das schlechthin »Luftschlösser bauen«. Diese Redewendung geht auf die »Predigten 2.6« des Kirchenvaters Augustinos (354-430) zurück. Es heißt dort »Subtracto fundamento in aere aedificare«, was nichts anderes bedeutet als »Nachdem einem das Fundament entzogen ist, in die Luft bauen«. (Quelle: Büchmann/Knaur)

Was die Bomben des Krieges in Steele nicht erledigten, vollzog der Sanierungsplan. So manchem wurde das Fundament entzogen. Das betraf Privatpersonen genauso wie Unternehmen und Vereine. Mancher Haus- und Grundbesitzer konnte sich durch den Sanierungsplan selbst sanieren, wenn die Entschädigungssumme hoch genug bzw. der Ausgleich adäquat war. Es ist müßig, im Nachhinein darüber zu diskutieren, ob das eine oder andere Gebäude denkmalschutzverdächtig oder überhaupt erhaltenswert war.

Wenn heute serienweise Bilder von Alt-Steele verteilt werden, kommt bei den Bürgern und auch bei den »Auswanderen« zunächst Freude auf. Unmittelbar darauf aber auch ein bisschen Wehmut: »Schade, dass es das nicht mehr gibt.« Die Sanierung musste kommen, da gab es keinen Weg dran vorbei. Auf Detailfragen konnte nicht immer Rücksicht genommen werden, das ist auch klar - ob die Grundkonzeption stimmig ist, wird die Nachwelt beurteilen müssen. Wobei auch unsere Nachfahren niemanden an den Pranger stellen können, genauso wenig wie wir es jetzt wollen. Und so ganz nebenbei, es gibt ja auch Lobeshymnen.

Im Übrigen hat der Ex-Oberbürgermeister mit seiner Aussage vom 2. November '78 allen Zweiflern den Wind aus den Segeln nehmen wollen, als er sagte: »Wer heute die Frage nach dem Sinn der Steeler Sanierung aufwirft, muss sich auch fragen, ob die Bewohner der Hansastraße nicht schon vergast wären, wenn wir den Verkehr nicht herausgezogen hätten.« (Quelle: »Steele - gestern und heute« von Fritz W. Deger) Realist oder Ideenkiller?

Schwer hatten es die Vereine während der Sanierungsphase. Die Mitglieder wurden umgesiedelt, teilweise so weit weg, dass sie nicht mehr in die Versammlungen kamen. Sehr viele Vereinslokale wurden abgerissen und nicht alle Vereine konnten ein Clubhaus oder eigenes Vereinsheim bauen.

Auch die Einstellung der beiden Steeler Zeitungen hat ihren Ursprung in der Sanierung.

Weit ist das Land, dachte man beim Blick aus dem Mansardenfenster unseres neuen Hauses am Hellweg. Diesen Blick auf den Leither Wasserturm mit den davor liegenden Schrebergärten zwischen Hellweg und Isinger Berg gab es nicht mehr lange. Der alte Wasserturm verschwand und wurde durch eine moderne Anlage ersetzt. Das Isinger Feld wurde bebaut - eine riesige Wohnsiedlung entstand. Hier zogen auch Steeler Bürger ein. Aber es kamen auch jede Menge Zugereiste. Ähnlich war es auf dem Hörster Feld und überall, wo neue Wohnsiedlungen entstanden. Steelenser wurden auf den Großraum Essen verteilt, und Ortsfremde zogen nach Steele.

Genau das war ein Problem für die Vereine und die Heimatzeitungen. Tante Guste und Onkel Jakob aus der Bochumer Straße 31 a verschlug es nach Gerschede. Keine Mitgliedschaft mehr im Gesellenverein, kein Bezug der »Steeler Zeitung«. Familie Karl Dapprich verschlug es von der Kaiser-Wilhelm-Straße nach Überruhr. Kein Bezug der Heimatzeitung und stark reduzierte Besuche der Versammlungen des Gesellenvereins. Derartige Beispiele ließen sich beliebig fortsetzen. Steelenser wurden umquartiert und Fremde angesiedelt.

Blick auf den ehemaligen Kray-Leither Wasserturm

Die eigentliche Tragik der Sanierung liegt für mich deshalb nicht nur im Abriss der alten Häuser, sondern darin, dass der so genannte »Geist von Steele« entfleuchte. Wenn dieser »Steeler Geist« nach langer Zeit wieder zurückgekehrt ist bzw. dabei ist, wieder Fuß zu fassen, dann ist das mit Sicherheit ein großes Verdienst der Steeler Bürgerschaft e.V. und der Werbegemeinschaft des Steeler Einzelhandels. Diese Leute kämpfen seit Jahren, unterstützt durch viele Aktionsideen, dafür, dass Steele mehr ist als nur ein Überbleibsel eines nicht vergleichbaren Sanierungsplanes. Auch die Lieder der »Hillybillies« zeugen von diesem Trend des Sich-wieder-wohl-Fühlens.

Also gilt auch für mich: Weg mit den Träumen von der »Drehscheibe Grendplatz« mit den vielen Straßenbahnen aus allen Richtungen. Weg von dem Gedanken einer Untertunnelung des Laurentiusweges und der Umgehungstraße entlang der Ruhr. Fort mit dem Gedanken von dem schönen Dorf in der Stadt. Bleiben möchte ich aber bei dem Traum, dass die Ruhr in Steele für den Personenverkehr schiffbar wird.

Ausgelöscht wurde vieles. Im Gedächtnis bleiben bei denen, die das alte Steele noch kannten, die Bilder aus ihrer damaligen näheren Umgebung.

Hellweg abwärts. Das alte Fachwerkhaus der Familie Polutta musste weichen, oben stand bereits der Neubau.

Hellweg und Nottebaumskamp mündeten in dieses Nadelöhr.

Von der anderen Seite der Unterführung gelangte der Verkehr vom »Isinger Tor« und vom »Steeler Berg« in den Engpass. Hier in der Eisenbahnunterführung wollte man im Mai '45 noch die amerikanischen Panzer stoppen. Das erste Haus nach dem Tunnel, Dachdecker Ebert am Hellweg, musste auch verschwinden. In diesem Haus haben mal meine Urgroßeltern gelebt. Vater soll nach den Erzählungen seiner Mutter noch kein Jahr alt gewesen sein, als er mehr auf dem Hosenboden rutschend als laufend vom Hellweg 57 ganz allein seine Oma Meier am Fuße des Bergs besuchte.

Durchgang vom Steeler Berg zum Nottebaumskamp und zum Hellweg

Wenn man das finstere Loch betrachtet, kann man die Sanierung durchaus verstehen. Oder täuscht nur die schlechte Fotografie? Wer so viel durch diese Unterführung gelaufen und gefahren oder als Kleinkind sogar getragen worden ist wie ich, kann diese Bilder unmöglich vergessen.

Beginn des Hellwegs.
Dachdecker Ebert

Blick vom Kaiser-Otto-Platz zum Isinger-Tor

Kaiser-Wilhelm-Straße mit Blick auf die Friedenskirche

Die Kirche und das Pfarrhaus blieben von der Sanierung verschont. Alle Häuser rundherum existieren nicht mehr.

Alte Bilder, schöne Bilder gab es nach der Sanierung in Steele erfreulicherweise in

Serie. Einzelbilder, Kalender, Zeichnungen und vor allem Bücher. In denen wurde Steele so richtig schöngeschrieben. Es ist wie immer, man muss nur den richtigen Glauben haben.

In der Friedenskirche wurden meine Großeltern, Eltern, Verwandten getauft, konfirmiert und getraut. Auch meine Trauung wurde dort vollzogen, und meine drei Söhne wurden noch hier getauft. Die jetzige Friedenskirche wurde in den Jahren 1871/72 als Ersatz für die zu kleine gewordene alte evangelische Kirche zu Königssteele erstellt. 1697 wurde die alte Kirche erbaut. Man konnte 1997 das 300-jährige Bestehen feiern.

Auch unser Neubau am Hellweg stand zur Abrissdebatte, zumindest sollte das Garten-Grundstück hinter dem Haus stark beschnitten werden. Glück gehabt, die »Eigene Scholle« auf die Vorfahren so stolz waren. Oder Pech gehabt? Vielleicht hätte Vater sich besser sanieren können, wenn es anders gekommen wäre.

Den Ratsbeschluss für die Sanierung gab es 1961, also außerhalb meiner Anekdotenzeit der 40er- und 50er-Jahre. Über das Geschehen selbst und über die Zusammenhänge kann man sehr gut in dem Buch von Tim Schanetzky »Endstation Größenwahn« nachlesen: Die Geschichte der Stadtsanierung in Essen-Steele.

Mich bedrückt aus persönlich-beruflichen Gründen am meisten die Entwicklung der »Steeler Zeitung«. 1948 gründete der Journalist und spätere Verleger Fritz W. Deger das »Steeler Bürgerblatt« von dem ich sagen muss, dass es bei uns zu Hause nie aufgetaucht ist, obwohl es bis August 1966 erschienen ist. Die ersten zwei Jahre hat Deger das Bürgerblatt redigiert. Dann wurde diese Aufgabe von Dr. Kracht in Verbindung mit der »Heimat am Mittag« (Steeler Tageblatt, später Ruhr-Anzeiger) übernommen. Von 1950 bis 1974 war Fritz W. Deger Herausgeber des »Sport-Beobachter«. In diesem Verlag erschien auch der wöchentlich erscheinende »Essener Stadt-Anzeiger« mit seinen zahlreichen Lokalausgaben. Darunter auch die »Steeler Zeitung«. Die Verlagsobjekte ergänzten sich wirtschaftlich.

Für die Auflösung des Verlages kann man nicht die Sanierung verantwortlich machen. Schon gar nicht was den »Sport-Beobachter« betrifft. Für das Sterben der aktuellen Sportzeitung im Straßenverkauf gab es mehrere Gründe. 1963 startete die Bundesliga. Gespielt wurde neuerdings samstags, während der andere Sportbetrieb beim Sonntag blieb. Samstag- und Sonntagabend erscheinen hätte eine Auflagenteilung bei einer Kostenverdoppelung bedeutet. Egal für welchen Erscheinungstag man sich auch endgültig entschieden hätte, es wäre ein Roulettespiel geblieben. Hinzu kam, dass in der ARD bereits kurz nach 18 Uhr die Sportschau anlief. Wer wollte da noch auf der Straße eine Zeitung kaufen? Später kam das ZDF mit dem Aktuellen Sportstudio noch hinzu. Außerdem hatten die Tageszeitungen den großen Lesermarkt »Sport« begriffen und verstärkten ihren Sportteil in den Montagausgaben wesentlich. Da war für eine Sportzeitung kaum noch Spielraum - weder im Einzelverkauf noch im Abonnement. Nicht zu vergessen auch die totale Fehleinschätzung vieler Experten, die geglaubt hatten, dass die Bundesliga nach kurzer Zeit nur noch aus Westvereinen bestehen würde, weil die Oberliga West doch die stärkste war. Der 1. FC Köln wurde zwar erster Meister, aber im Prinzip wurden die Starspieler mit viel Geld weggelockt. Mit Fiffi Geller und Hennes Küppers vom ETB habe ich zum Abschied noch ein paar »Köpi` s« bei Hansi Kemmerling und »Krabbel« Trabant in der kleinen Kneipe auf der Humannstraße gepackt, bevor Hennes nach München zu 1860 wechselte. Saarbrücken, Bremen, Karlsruhe, München - alle wollten gute Westspieler. Einer kam allerdings zum Start der Bundesliga wieder zurück. Von Enschede in Holland stieß Helmut Rahn zum Meidericher SV und spielte dort eine Saison bis zu seiner Invalidität.

Ohne Sportzeitung sah es im Verlag für die Heimatzeitungen nicht gut aus, vor allem nicht für das Zugpferd »Steeler Zeitung«. Und hier hat die Sanierung schon dazu beigetragen.

Durch den Bevölkerungsaustausch sank die Zahl der Abonnenten. Weniger Leser - weniger Inserenten, das ist eine Binsenweisheit. In diesen Teufelskreis drang aber auch noch das Sterben des Einzelhandels durch eine zunehmende bundesweite Filialisierung ein und im Steeler Spezialfall noch die Aufgabe durch Abriss.

Zwei langjährige Partner, der Einzelhandel und die Heimatzeitung, wurden durch die Sanierung wesentlich geschwächt. Der Handel teilweise nur vorübergehend - die Zeitung bis zum Exodus. Hätte die Zeitung überhaupt eine Überlebenschance gehabt? Ich meine, ja: durch eine Systemumstellung.

In Deutschland setzte die Entwicklung der kostenlosen Anzeigenblätter ein. Schon lange vorher hatte die Werbung treibende Wirtschaft auch in Steele auf eine möglichst totale Haushaltsabdeckung ihrer Werbebotschaft gedrängt und sei es durch Flugblattverteilung. Der Ruf wurde von den Alt-Verlegern zunächst überhört. Als dann die ersten kostenlosen Blätter erschienen, rümpfte man die Nase: »Was nichts kostet, ist doch nichts und im Übrigen hat das mit gutem Journalismus und mit

Pressefreiheit nicht viel zu tun.« Verleger Deger, dessen Verdienste um Steele durch seine Zeitungsarbeit und nicht zuletzt durch seine wundervollen Bücher nicht angezweifelt werden sollen, muss ähnlich gedacht haben. Sein Sohn Ulrich - später Verlagsleiter bei der »Bocholter Volkszeitung« - hatte ein Konzept für ein Anzeigenblatt für den Großraum Essen mit einer Start-Auflage von 300.000 Exemplaren. Das Objekt scheiterte, weil Deger jun. keinen mutigen Partner in der Verlagsbranche fand.

So eine Anzeigenblattstrategie hätte gut in den Stadt-Anzeiger-Verlag gepasst. Ob in dieser Richtung ausreichend Gespräche mit der Steeler Werbegemeinschaft geführt worden sind, vermag ich nicht zu beurteilen. Ich glaube nur, dass ein Anzeigenblatt für Steele mit einem vernünftigen Einzugsgebiet für den Handel hätte existieren können.

Inzwischen sind die Märkte anderweitig besetzt. WAZ und NRZ hatten auch die Wichtigkeit der lokalen Teilmärkte erkannt und brachten sporadisch den Lokalanzeiger für die Ruhrhalbinsel und andere Stadtteile als Teilbelegung heraus. Es gab verschiedene Modelle von Anzeigenblättern für Steele und Umgebung. Inzwischen hat sich der »Steeler Kurier« etabliert.

Anhang mit vielen Namen

Die »Grendgasse« mit ihrer Straßen-Clique, bestehend aus Kindern der Nachbarschaft. Praktisch aus dem Karree »Bochumer Straße-Dreiringstraße-Grendgasse-Alte Zeilen-Hansastraße«

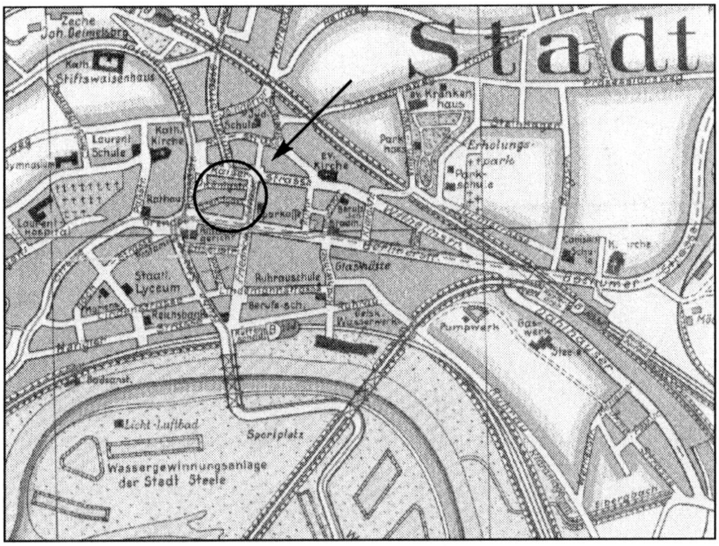

Teil-Stadtplan STEELE Februar 1927

Vom Zentralpunkt »Grendgasse-Mitte« einen Zirkel angesetzt, wohnten in einem Radius von maximal 300 Metern die erwähnten Kinder.

Die Jungensbande:
Klaus Mücher, Wolfgang »Wolle« Lierse. Heinz-Erwin Steinfels, Wilfried »Wille« Selbach, Friedrich-Karl »Frika« Weimer, Gerhard Gläser-Fahrenthorn, Heinz Möller, Herbert Sprenger, Dieter Meinert, Klaus Lickart, Arnold und Peter Pung, Reinhold Bradenbrink, Walter Krautscheid, Hermann Sondermann, Helmut und Günter »Atz« Gößling, Rudi Schmidt, Hartmut Wrede, Günter und Dieter Abel, Theo Schumann, Erwin Klauwer, Berni Fesselmann, Karlchen »Kalle« Hansmann, Franz Schütte, Heinz Klobes, Wolfgang Sure, Dieter Heiming, Dieter Hamann, Berni Magdans, Wolfgang Hill, Peter und Stefan Gogolka, Hardy Schlößer, Friedhelm Uhrig, Herbert Lindner, Eberhard Petrich, Udo Hader, Rolf Röhrig, Manfred »Tex« Simon, Hansi Hannapel, Siegfried Jenderny, Ralf Panther, Hans-Georg

Bruhne, Helmut »Furz« Weinert, Erwin »Zappel« Kaiser, Helmut und Norbert »Nörthy« Kaiser, Manfred Graf, Karl-Heinz Willschrei, Gottwald Ruhrus, Manfred Preuß.

Die Schicksenschar:
Ute Mücher, Karin und Annegret Knedel, Christel Lierse, Ursula Hansmann, Christel Steinfels, Edith und Hildegard »Hilein« Meinert, Gisela Eder, Angelika Wendland, Gerda, Inge und Renate Weimer, Renate Sondermann, Inge Rehkopf, Anette Terbrack, Rosi Heiming, Ina Bauer, Waltraud »Walli« Gößling, Eugenie Hamann, Christel Larbig, Gisela Krautscheid, Bärbel Pung, Christa Gogolka, Ulla Dankert, Ingrid Schlösser, Brunhilde Redelings, Ingrid und Erika Krämer, Monika Cremer, Ulla Lahr, Mia Weinert, Lisbeth Graf, Anneliese und Eva Kaiser.

Jeder kannte jeden, aber nicht jeder pflegte enge Freundschaft mit jedem. Es gab diverse Gruppierungen. Das hing mit den Altersunterschieden und den Geschlechtern zusammen. Nicht zuletzt auch mit der Konfession. Böse Zungen behaupteten, dass die katholischen Töchter von Uhren-Brandhoff nicht mit Protestanten spielen durften. In Wirklichkeit heiratete eine den Evangelen Winfried Gladisch, Sohn von Robert Gladisch, einen Schulkollegen meiner Mutter, der stark in der ev. Kirche engagiert war.

Aber wenn z. B. Schützenfest gefeiert wurde, waren fast alle dabei. Alt und Jung, Männlein und Weiblein, Katholiken, Protestanten, aber wenige Heiden, weil es noch nicht so viele gab. Die größte Gemeinsamkeit aller Schichten aus jüngster Vergangenheit war jedoch während des Krieges das Luftschutzkeller- und Bunkerleben. Außer man war evakuiert. Und danach eine weitere traurige Gemeinsamkeit: der große Abenteuerspielplatz »Trümmerfeld«.

Einige Namen werden in der Auflistung fehlen oder verwechselt worden sein. Ohne Absicht. Mir liegen keine Notizen vor, so dass alles aus dem Gedächtnis gekramt werden musste.

Natürlich gab es in anderen Straßenzügen ähnliche Gruppierungen. Allein aus meiner Verwandtschaft mütterlicherseits, aus dem Stamm August Pollmann, könnten meine Cousins und Cousinen ebenso viele Geschichten erzählen. Guido und Wilma Becker von der Gruppe »Steele Süd -Ruhrstraße/Henglerstraße«. Oder Günter, Jürgen und Werner Schäfer von der Clique »Mettenstraße/Krimmstraße« und Helmut, Norbert, Anneliese und Eva Kaiser von den »Nichtorganisierten« aus der

»Mittleren Bochumer Straße«. Dabei bestand die Bauunternehmung »Gebr. Pollmann« nicht nur aus unserem Opa August. Sein Bruder Heinrich als Kompagnon hatte ja auch eine Familie - sein Sohn Fritz mit Tochter Heidele usw. Hier gab es jedoch keine Kontakte. Erzählen könnten die sicher genauso viel - genau wie jeder andere auch, der in dieser Zeit groß geworden ist. Innerhalb der Verwandtschaft war ein Austausch der Aktivitäten durch die gegenseitigen regelmäßigen Besuche zwangsläufig leichter.

Nicht verwandtschaftsbedingt waren meine Kontakte während der ersten Schuljahre in der Ruhrauschule zu Schulfreunden am »Steeler Berg/Augener Straße«. Manfred Schiffbauer, Alfred Makoschey, Karl-Heinz und Christel Breimeier sowie Herbert und Helmut Köster fallen mir da namentlich ein.

Da, wo man öfter schläft oder zu Besuch ist, findet man in der Umgebung auch schnell Spielkameraden. So geschehen auf dem »Hellweg«. Erstens, weil Vaters Schwester Alwine in Nr. 29 wohnte, und zweitens, weil wir zwischen den Anwesen Fischer Nr. 17 und Scheidt Nr. 19 unseren Garten hatten. Mir fallen da die Namen Rosemarie, Peter und Harald Cesar, Karin und Brigitte Lubinsky, Herbert Gundlach, Karl-Heinz Münsterberg, Siegfried Polutta, Ingrid Müller, Ingrid Schlien, Josef Aust, Gottfried Dittmar, Norbert Klur, Franz Josef Preuß, Ingrid Kerpen und die Hermanny-, Girsch- und Hennigfeld-Kinder ein.

Diese Fotos hat mein Vater im Juli 1943 nach dem Tod seiner Mutter (14. 9. 1942) gemacht. Tante Alwine wohnte jetzt ganz allein in der 3-Zimmer-Wohnung in der ersten Etage, und wir besuchten sie regelmäßig. Das Hausbesitzer-

Ehepaar Winkler betrieb ein kleines Kolonialwarengeschäft - einen original »Tante-Emma-Laden«. Die Winklers behandelten meinen Vater wie einen Sohn und verwöhnten mich wie ein Enkelkind mit Süßigkeiten, Limonade und gelegentlich einem Schluck Malzbier. Vom Outfit sahen die Erwachsenen jeder Zeit älter aus als sie in Wirklichkeit waren. Tante Alwine war da 39 Jahre alt und die Winklers Anfang 50. Bei der Kinderschar vor der Haustüre war auch Franz-Josef Preuß, der mit seiner Familie über Tante Alwine wohnte. Auch die beiden Kinder von Jupp und Friedchen Bocks, der ältere Horst und sein jüngerer Bruder Franz-Josef »Männlein« aus der Bochumer Straße, rechts hinter mir sitzend, waren dabei. Sie gingen gerne mit uns spazieren.

Tante Else wohnte in der Ruhrstraße 21. Wenn wir dort zu Besuch waren, ging ich mit meinem gleichaltrigen Cousin Guido oft auf die Straße zum Spielen. Dabei lernte ich seinen Kameradenkreis kennen. Einige kannte ich auch selbst von der Schule her. Der beliebteste Tummelplatz dieser Gruppe war der Vorhof des Güterbahnhofs »Steele-Süd« zwischen Henglerstraße und Ruhrdamm. Hier konnte ich unter anderem diese Kinder treffen: Guido und Wilma Becker, ist klar. Dann aber Rosemarie und Heinz Sonntag, Jürgen Betke, Werner Urhahn, Manfred Lakenberg, Annemarie und Julius Bosbach, Manfred »Lucky« und Inge Ewald, Wolfgang Kemmerling, Marlies Großböhmer, Helmut Baumgärtner, Willi Bernd, Werner Pakula, Rigo König, Fritz Merle, Peter Kellermann, Renate März, Rosemarie Häufchen-Breitenbach, Richard de Klein, Sieglinde Staginus (spätere Frau von Matthes Landschof), Josef Kimpert, Gerd Rabe und Ernst Hagedorn.

Tante Mimi wohnte in der Mettenstraße 21. Ähnlich wie bei Tante Else durch Guido, stieß ich hier durch Günter und Jürgen Schäfer auf eine andere nette Straßenspielgemeinschaft.

Günter, Jürgen und Werner hatten in der Mettenstraße jeweils in ihren Altersgruppen jede Menge Jungen und Mädchen um sich herum. An der Spitze Christel und Karin Schäfer, Töchter ihres Onkel Max und Cousin ihres Vaters Reinhard, die direkt um die Ecke herum in der Steeler Straße wohnten. Und von Onkel Reinhards Schwester Hilde Peschel die Kinder Horst und Helga sowie Rita, die Tochter von Philipp Hoffmann, der Martha, die Halbschwester von Onkel Reinhard, geheiratet hatte. Gefolgt von vielen Nachbarkindern aus der Metten- und Krimmstraße. Manfred und Wilfried Welker, Manfred Arntz, Heidi Böhmer, Dieter Kleber, Rosemarie Domscheidt zum Beispiel.

Unvergessen bleiben die Silvesterfeiern Ende der 50er bei Schäfers. Da wurde gesungen, musiziert und es gab Darbietungen in Form von Sketchen, und die Jugend fühlte sich bei der älteren Generation pudelwohl. Das hatte Stil. Stil hatte auch das mitternächtliche Trompeten-Solo von einem Balkon herunter. Orchestermusiker Prohaska blies zum Jahreswechsel. Auf der ganzen Krimm ging kein Böllerschuss los, stieg keine Rakete, bevor die Trompetenklänge, die das neue Jahr anbliesen, verstummt waren. Das war disziplinierter Respekt.

Hintere Reihe von links: Anni Hansmann, Mimi Schäfer, Oma Süßlack die Schwiegermutter von Mimi und deren Tochter Martha. Die Oma hält Werner den jüngsten der Familie Schäfer an den Schultern fest. Das Mädchen links mit der Haarschleife ist Ulla Hansmann, meine Schwester

Im Halbstarkenalter gab es eine interessante Gruppierung an der Ruhrauschule an der Kreuzung Hünninghausenweg/Krahwinkelstraße. Das hing mit den Abendseminaren wie Steno und Maschinenschreiben zusammen. Man traf sich abends - ein Teil der Gruppe war schon in der Lehre, der andere Teil noch in der Schule. Im Gedächtnis hängen geblieben sind hier Inge und Erika Fritz, Siegfried Sinzig, Guido Becker, Norbert Kaiser, Manfred Graf, Jürgen Raulin, Beate Karten (später die Frau des Fußballtrainers Otto Rehhagel), Margot und Ulla Harscheidt, Hannelore Schröder, Inge Welch, Norbert Merkes, Horst Schleifenbaum, Jürgen Dickmnn, Edith Strahlendorf, Walburga Westenburger, Inge Ewald, Klaus Karten. Last but not least der Nachwuchs der Familie Klauenburg aus der Souterrain-Wohnung des Eckhauses Krahwinkelstraße/ Hünninghausenweg, vor deren Eingang sich alles abspielte. Moment mal - nicht alles! Das Knutschen und Pinkeln fand hinter den schützenden Bäumen der abends menschenleeren Allee hinter der Glashütte statt. Getrennt und hinter verschiedenen Bäumen, denke ich, glaube ich - hoffe ich.

Nachbetrachtung

Wenn ich die 40er- und 50er-Jahre rückwirkend beurteilen soll, so kann ich nur sagen, dass ich trotz äußerer schwierigster Einflüsse insgesamt eine glückliche Kinder- und Jugendzeit hatte. Ich darf stolz auf mein Elternhaus zurückblikken und bin sicher, dass meine Schwester genauso denkt. Traurig nur, dass Mutter 1966 mit 57 Jahren so jung sterben musste. Schön wiederum, dass Vater das gesegnete Alter von 92 Jahren erreichte; er starb 2001.

Aber wo sind sie geblieben? Nicht nur die Jahre. Wo sind die Nachkommen des Fünf-Mädel-Hauses Pollmann aus der Grendgasse geblieben?

Von der jüngsten Tochter, Auguste Kaiser, zog es den ältesten Sohn Helmut über vier Jahre Zwischenstation in Offenburg/Baden nach Württemberg in die Nähe von Heilbronn, wo er auch verstarb. Bruder Norbert landete in Nürnberg. Tochter Anneliese lebt in Essen-Margarethenhöhe und Eva in Essen-Stoppenberg.

Die zweitjüngste Tochter Wilhelmine Schäfer hat drei Söhne. Günther und Jürgen wohnen in Steele, wobei man sehen muss, dass Günther als Heizungs- und Gasexperte lange Jahre für eine Recklinghauser Firma in verantwortlicher Position Kokereien im Ausland gebaut hat und somit beruflich länger in aller Welt als in Steele tätig war. In Brasilien, USA, Japan, Indien, Australien, China, Formosa, Italien oder Frankreich z.B. lagen die länger dauernden Betätigungsfelder. Werner machte seinen Dr. und doziert Mathematik an der Uni Siegen.

Die Kinder von Anneliese Peters leben ebenfalls nicht in Steele. Sohn Michael ist im Taunus ansässig geworden und Tochter Sabine in Bocholt.

Guido und Wilma, die Kinder von Else Becker, sind auch abgewandert. Guido nach Bruchsal in Baden und Wilma nach Köln.

Bleiben noch meine Schwester Ulla und ich, die Kinder der ältesten Pollmann-Tochter Anni Hansmann. Ulla wohnt in Steele und ich in Schutterwald/Baden.

Von der großen Schar sind es also nur noch drei - Günther und Jürgen Schäfer sowie Ulla Weiß geb. Hansmann, die noch voll in Steele integriert sind. Rezession und Sanierung waren die Gründe auch bei vielen anderen Familien für die Abwanderung. Ich lebe mit meiner Familie glücklich in Mittelbaden, bin aber stolz darauf, ein Steelenser zu sein, obwohl Steele nicht mehr »mein« Steele ist - was wiederum das Heimweh in Grenzen hält. Als äußeres Zeichen meiner Verbundenheit zu Steele habe ich in meiner Kellerbar ein original Straßenschild hängen. Was steht da wohl drauf? Bochumer Straße, Hellweg oder Grendgasse? Gäste und Besucher fragen mich immer nach dem Warum und dem Woher und wollen wissen, warum ich die Worte »Dat« und »Wat« noch im Sprachgebrauch habe.

Zunächst erkläre ich, wo ich herkomme und wo Steele liegt. Hierbei bediene ich mich immer der einzigartigen Erklärung von Matthias Reifenscheidt, dem Pohlbürger, dem Steeler Urgewächs, der 1943 für den Heimatkalender das Gedicht »Wo litt usse Steele« verfasste

Reiffenscheidt schrieb in den 50er-Jahren wöchentlich eine Glosse in der STEELER ZEITUNG in plattdeutsch. Eine sehr beliebte Zeitungsspalte. Die Hymne, das Lied »Schöne Steelenserin« stammt auch aus seiner Feder.

Wo litt usse Steele?

Tüschen Höntrop, Rellekusen, tüschen Öberruhr un Kray,
tüschen Linden, Bergerhusen, Watsche un ok Kopperdreih.
Wo man eenst op Hännemänne un op Heinsmanns Kohlen fuhr,
do litt usse olle Steele met de speigelblanke Ruhr!

Wo noch jedes Menschenhätte för denn godden Nower schlött,
wo twee Blagen op de Stroote noch van eenen Appel ett,
wo die ganze Stadt im Bille, wenn een Börger kränkelt nur,
do litt usse olle Steele met de speigelblanke Ruhr!

Wo mit trüem Ogenlüchten Mann un Frau tesammenhängt -
und wo et tehuhse immer wie `ne Puppenstowe blenkt,
wo de Frau em löppt entgägen, kömmt van Arbeet he retour,
do litt usse olle Steele met de speigelblanke Ruhr!

Wo de Arm vam Füerwerker hoch denn Isenhammer schwenkt,
wo die »Hüttentüttenliedkes« wiet büs in dat Städtken drängt,
wo däm Wert all hunnert Johre eemol nur dat Beer wird su`r,
do litt usse olle Steele met de speigelblanke Ruhr!

Wo dat Rhienland mit Westfolen wuchtig oppenanner stött,
wo dat Lüen van semm Kerken usse Heimatstadt verrött.
Wo de Fremden alltegerne maket `ne Erholungskur,
do litt usse olle Steele met de speigelblanke Ruhr!

Spätestens dann wissen meine schwäbisch-alemannisch babbelnden Freunde und Gäste, dass es auch anderswo wohlklingende Mundarten gibt (nicht zu verwechseln mit dem Ruhrpot-Slang). Um Steele notfalls geografisch noch besser zu lokalisieren, kann ich dann noch einen alten Stadtplan aus der Zeit vor der Eingemeindung erörtern und auf die Besonderheiten von Steele und Königssteele, auf den Schnittpunkt Westfalens und des Rheinlands am Ruhrbogen hinweisen. Womit sich der Kreis mit meinem Titel-Slogan »Steele im Loch - wir finden dich doch« schließt.

»Da möchten wir gern mal hin«! kommt dann meist die spontane Wunschäußerung. Und in der Tat war ich schon einige Male mit interessierten Gruppen aus der mittelbadischen Geschäftswelt in Steele, um Steele zu zeigen. Um darzulegen, wie sich die dortige Werbegemeinschaft dem Sog der Großstadt Essen entzieht, wie man primär Kaufkraft am Ort bindet und sekundär das Einzugsgebiet erweitert. Nach den »Dat & Wat« - Erklärungen ist man dann total auf Steele eingestimmt und blickt bewunderungsvoll auf mein Straßenschild, das natürlich heißt

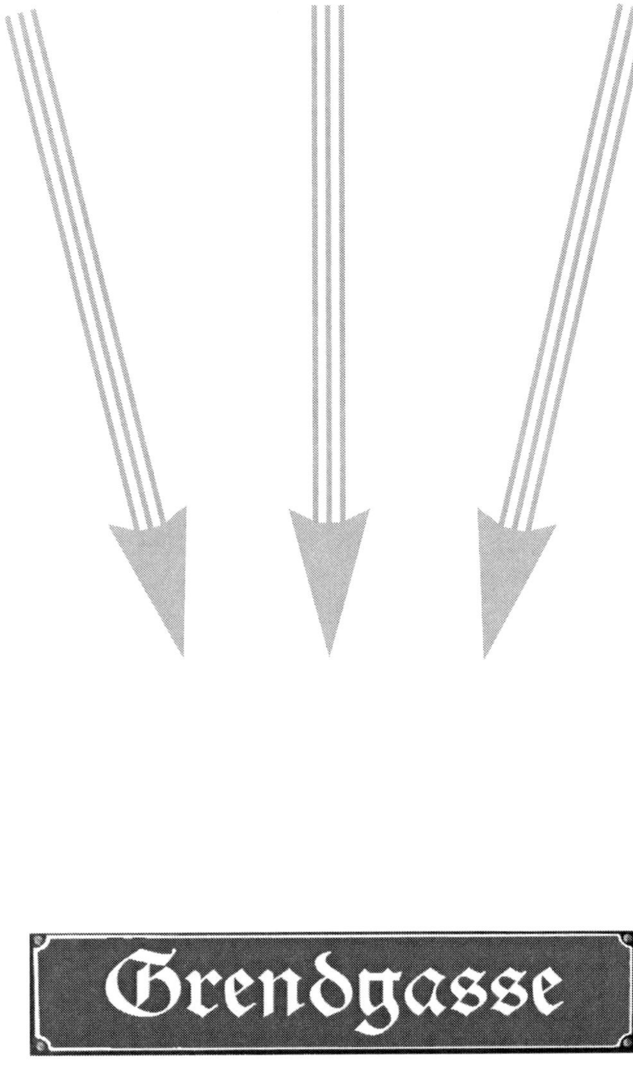

WAT is WAT

Wenn ich gefragt werde, was unser Allerweltswort
in Steele ist, dann sag ich natürlich WAT.
Wenn ich WAT sage, wisst Ihr überhaupt, was WAT is?
WAT is eben WAT, und aus WAT kann man auch WAT machen.
Und wer WAT hat, der is auch WAT.

Wenn ein junger Mann heiraten will, dann sucht er sich WAT.
Er sucht sich ein Mädchen, WAT WAT hat und WAT WAT kann.
Und nicht zu vergessen, WAT WAT mitbringt.

Und wenn er nun so WAT gefunden hat, dann hat er WAT.
Dann hat er WAT fürs Herz, WAT fürs Gemüt,
WAT fürs ganze Leben. Und wenn er dann Hochzeit feiert,
dann darf DAT WAT kosten, damit man sieht, DAT er WAT is.
Man weiß ja, wo WAT is, kommt immer WAT dazu.

Dann geht es auf die Hochzeitsreise. Da sieht man WAT,
da hört man WAT und da erlebt man WAT. Bis es eines Tages
heißt: Jetzt haben sie WAT.

Wenn DAT Kind dann schreit, dann fehlt ihm WAT.
Hat es Hunger, dann kriegt es WAT. Wenn es dann noch
weiter schreit, dann hat es WAT anderes, oder - es hat nur
WAT gemacht.

Mit sechs Jahren kommt DAT Kind gewöhnlich in die Schule,
damit es WAT lernt. Wenn der Lehrer WAT fragt und es weiß
WAT nicht oder es hat WAT vergessen, dann kriegt es WAT
zu hören, oder sonst noch WAT.

Wenn es aus der Schule entlassen wird, dann geht es in die
Lehre. Damit es auch WAT wird, WAT kann und WAT verdient.
Oder es geht aufs Gymnasium und wird WAT. Dann is es auch WAT.

So könnte es man mit dem WAT immer weiterführen. Gestern war da
WAT - heute is hier WAT. Und wenn wir feiern, feiern wir WAT. Dat
is doch auch WAT. Oder WAT?

WAT is ? Is WAT ?

Übrigens: Im »Original Kumpel Anton« von Wilhelm Herbert Koch steht DATT und WATT mit zwei T und bei Dr. Antonia Cervinski, der bekannten Sprachforscherin liest man es nur mit einem T. Matthias Reifenscheidt hat bei DAT auch nur ein T eingesetzt. Von der harten Sprache her müssten es die Doppelbuchstaben sein - meine ich. Es wird wohl beides richtig sein. Jedenfalls weiß jeder Bescheid - ob so oder so geschrieben.

Mundarten, Dialekte, Slangs werden oft imitiert. Mit dem Srepchen geht das leichter als mit dem Schreiben. Ganz schwer tue ich mich persönlich jedoch mit dem lauten Vorlesen. Ich weiß nicht, wie es anderen geht, jeder sollte es mal versuchen. Am besten dazu sin die Kumpel-Anton-Glossen aus der WAZ.

Johannes Pottkieker, Tante Klara, August an der Berne - Zeitungsleser der 50er-Jahre liebten die Kolumnen dieser Pseudofiguren. Sensationell jedoch die Dialoge zwischen Anton und Cervinski in der samstäglichen WAZ-Serie »Kumpel Anton«. Ich glaube, ich war samstags der erste aus dem Hause, der die Zeitung hereinholte, um die neueste Story zu lesen. Obwohl ich mir einbildete, die gleiche Sprache zu sprechen, tat ich mich beim Lesen schwer. Beim Vorlesen heute noch. Hier eine kleine Kostprobe aus dem Büchlein von Wilhelm Koch »Kumpel Anton« aus dem Droste-Verlag, Düsseldorf.

Aima inne Woche »Här«

»Anton«, sachtä Cervinski für mich,
»Tuusse aintlich gärn arbeiten?«
»Gärn arbeiten? Mann«, sarich,
»Gärn arbeiten? Ich kammich watt forstellen,
Wattich gärner tu.«
»Eem, Anton«, sachtä Cervinski,
»Aber ezzoll Leute geem, die tazächlich gärn abeiten.
Anton, aber ich glauptat nich.
Die sowatt sagen, dazzint entweder Angebers,
Oder se sint nich ganz gescheit,
Oder direkte Lügners,
Oder da stimmt watt anderet nich.
Watten richtigen Seegers is,
Dä tuut nur abeiten wegen Safetti first,
Datter die Kohln im Keller hat
Un sonntachs seinen Bello inne Fanne,
Un datter sich auma nach Schicht

Den Kehlkopp appspülen kann,
Anton, dafür tuuten richtigen Seegers abeiten,
Un datter aima inne Woche mit »Här« angeredet wirt.«
»Aima inne Woche mit »Här«, sarich,
»Wieso aima inne Woche mit »Här«?«
»Istoch ganz kla, Anton«, sachtä Cervinski,
»Aima inne Woche wirrse mir »Här« angereedet.
Wennze fom Appschlach nach Hause komms,
Un hass noch die Tür inne Hant,
Steeti Olle da un reedet dich »Här« an -
»Här mittat Moos!««

Ganz zum Schluss noch einmal einen Blick auf die Bochumer Straße und die Grendgasse.

Christine Lierse und Anni Hansmann beobachten die Hauptverkehrsader von oben herab.

Die 6-jährige Ulla Hansmann spielt 1952 in der oberen Hälfte der Grendgasse in Richtung Dreiringstraße-Sparkasse mit Gerhard Gläser-Fahrenthorn.